Jochen Kraeft

Haben Sie hier auch Fliesen?

Ein Roman vom Leben, Leiden
und Lieben in einem Baumarkt

Bibliografische Information der Deutschen
Nationalbibliothek:
Die Deutsche Nationalbibliothek verzeichnet diese
Publikation in der Deutschen Nationalbibliografie;
detaillierte bibliografische Daten sind im Internet über
http://dnb.dnb.de abrufbar.

Umschlag-Idee & -Gestaltung: Jochen Kraeft, Ludwigsburg

Herstellung und Verlag: BoD – Books on Demand,
Norderstedt

ISBN: 978-3-7543-2333-5

„Seifert, haben Sie den Verstand verloren?"
Manfred Gerstner, Filialleiter

„Können Sie denn nicht aufpassen, Seifert?"

„Huch. Ich habe Sie gar nicht gesehen. Entschuldigen Sie bitte, Herr Gerstner."

„Schauen Sie mal wie mein Hemd jetzt aussieht. Und auf meine Schuhe ging das Zeug auch noch."

„Tut mir wirklich leid."

„Davon hab' ich jetzt auch nix, dass es Ihnen leid tut."

Ich krame in meiner Hosentasche nach irgendetwas, das geeignet sein könnte, das Ergebnis meines übergeschwappten Smoothies etwas einzudämmen und bekomme etwas zu fassen, das vor langer Zeit mal ein Papiertaschentuch gewesen sein muss. Allerdings macht es auch irgendwie den Eindruck, dass es schon seit längerer Zeit in meiner Hosentasche wohnt und fühlt sich darüber hinaus so an, als hätte es schon mindestens einen kompletten Wasch- und Schleudergang bei 40 Grad erlebt. Kommt also nicht in Frage.

„Ich habe gerade leider nichts, mit dem ich…" stammle ich mich in eine nicht wirklich erfolgversprechende Entschuldigung hinein.

„Seifert, es ist Montagmorgen, ich bin noch nicht mal richtig im Büro, und mein Hemd sieht aus, als wäre ich gerade von einer Horde wildgewordener Himbeeren angegriffen worden." zeigt er mit beiden Händen auf sein Hemd, gerade so als würde man das ganze Ausmaß nicht auch ohne diese Geste eindeutig erkennen können.

„Erdbeeren und Kirschen." entgegne ich, weil mir gerade nichts wirklich Besseres einfällt.

Im gleichen Moment merke ich jedoch, dass in dieser Situation nahezu jeder andere Satz besser gewesen wäre als dieser Hinweis. Denn es dürfte ihm herzlich egal sein, um welche Obstsorte es sich handelt, die sich da gerade fein püriert den Weg in Richtung des südlichen Endes seines Hemds bahnt.

„Was?"

„Es sind Erdbeeren und Kirschen. Keine Himbeeren, Chef." antworte ich, auch wenn seine Frage definitiv nicht als Verständnisfrage gemeint gewesen sein dürfte.

„Ach so, Erdbeeren und Kirschen. Na dann ist es ja nicht so schlimm." lacht er etwas verzerrt und schaut mich irritiert an, während er mittels eines Kugelschreibers versucht, das Fruchtfleisch davon abzuhalten, sich noch weiter auf seinem Hemd breitzumachen.

„Rote Bete wären wahrscheinlich noch schlimmer." manövriere ich mich noch weiter in meine selbst gebaute Sackgasse hinein, anstatt einfach nur die Klappe zu halten.

„Na das freut mich aber, dass Sie heute Morgen darauf verzichtet haben, noch ein paar Rote Bete mit reinzumischen, Herr Seifert." erwidert er süffisant, fischt gleichzeitig ein paar Papiertaschentücher aus seiner dunkelbraunen Aktenmappe und wischt damit über seine Schuhe, die eine ziemlich ordentliche Portion abbekommen haben. Schon nach wenigen Sekunden hat er damit tatsächlich den Früchtebrei komplett rückstandsfrei von seinen Schuhen entfernt, seine Laune scheint sich dadurch aber nicht wirklich zu bessern.

„Seit wann trinken Sie überhaupt so gesundes Zeug?" sieht er mich kopfschüttelnd an, während er sich jetzt an den nächsten Versuch macht, bei seinem Hemd zu retten, was sowieso nicht mehr zu retten ist.

„Ist das erste Mal." sage ich und bin froh, dass sich damit möglicherweise gerade doch noch ein Ausweg aus meiner recht eng gewordenen Sackgasse ergibt. In Nordkorea verliert man wegen einer solchen Aktion bestimmt schnell mal seinen

Job. Und obendrein auch noch einen Lungenflügel, könnte ich mir vorstellen.

„Aha."

„Sie können ja auch mal einen probieren."

Schweigen.

„Die haben da acht verschiedene Sorten im kostenlosen Probier-Angebot." überbrücke ich die peinliche Pause und zeige in Richtung der Zufahrt zur Tiefgarage.

„Wer hat da acht verschiedene Sorten im kostenlosen Probier-Angebot?" fragt Gerstner genervt, ohne dabei in die von mir angedeutete Richtung zu schauen. Stattdessen reibt er sich durch sein wildes Gefuchtel mit den Taschentüchern das ganze Beeren-Ensemble noch tiefer in sein weißes Hemd hinein. Deshalb sieht das mittlerweile so aus, als hätte es gerade den Angriff irgendwelcher Killer-Beeren nicht nur miterlebt, sondern so, als wäre dieser Angriff auch äußerst erfolgreich verlaufen.

„Na die Jungs und Mädels von ‚Früchtchen gefällig?'" antworte ich leicht verunsichert.

„Was denn jetzt schon wieder für Früchtchen, Seifert?" unterbricht er kurz seine Rubbel-Aktion.

Ich muss mir ein Lachen verkneifen, denn durch sein wildes verteilen der Erdbeeren und Kirschen hat sich auf seiner linken Hemdseite unfreiwillig ein Muster gebildet, das mich im ersten Moment stark an Schweinchen Dick erinnert.

„Na, die machen doch diese Woche ihre Promotion bei uns vor dem Gebäude."

„Ich weiß weder was von Früchtchen noch von irgendeiner Promotion." verlagert Gerstner seine Konzentration jetzt endgültig von den Pürierfrüchten seines Hemds hin zu den Promotionfrüchten.

„Da kam doch vor zwei Wochen die Info aus der Zentrale. Haben Sie die nicht bekommen?"

Das Fragezeichen, das sich gerade in Gerstners Gesicht bildet, zeigt mir, dass er keine Ahnung hat, von was ich da spreche.

Herrlich, noch vor wenigen Augenblicken war ich also gefühlt in Reichweite einer zeitweiligen Strafversetzung an unseren Beschwerde-Counter, und – schwupps – sitze ich auf dem ‚Ich weiß etwas, das Sie nicht wissen'-Thron.

„Ach so. Die. Klar. Hatte bloß das Datum nicht mehr im Kopf." schüttelt er zwei, drei Mal hektisch mit dem Kopf, verbunden mit einer abwinkenden Handbewegung. Heißt übersetzt:

1.) Er hat die Mail bekommen,

2.) sie komplett vergessen und

3.) er denkt, dass ich ihm seine Temporär-Amnesie tatsächlich abnehme.

„Bei so vielen Mails rutscht schon mal eine durch." sage ich gönnerhaft, kann mir gerade aber noch den Zusatz ‚passiert mir übrigens auch ständig' verkneifen. Das wäre zwar ehrlich gewesen, aber gleichzeitig eben auch ziemlich bescheuert. Und es hätte mich mitsamt meinem gerade bestiegenen Besserwisser-Thron wieder schön zurück in meine von mir selbst akkurat geteerte Sackgasse befördert.

„Tja, wem sagen Sie das?"

Mit dieser Aussage bestätigt er quasi den dritten Punkt meiner Annahme. Und damit scheint zumindest das Schweinchen Dick-Hemd auf einen der hinteren Plätze seiner aktuellen Prio-Liste gerutscht zu sein.

„Tja, wie auch immer, dann wollen wir mal, oder Seifert? Die Pflicht ruft." greift er, verkrampft unverkrampft wirken wollend, seine Aktenmappe und macht sich auf in Richtung Haupteingang.

Kurz bevor er die große Eingangstür unseres riesigen Baumarktes erreicht, winkt er noch zu dem kleinen

‚Früchtchen gefällig?'-Stand rüber, wahrscheinlich um so zu tun, als würde er die beiden Jungs heute nicht zum ersten Mal sehen, bestätigt damit aber natürlich nur nochmals den zweiten und dritten Punkt meiner Annahme von gerade eben. Und albernerweise wirkt er dabei auch noch so, als wäre er der amerikanische Präsident, der nach einer erfolgreichen Friedensmission im Nahen Osten, nochmal kurz winkend, gerade in die Air Force One einsteigt, voller Vorfreude darauf, sich gleich auf dem Rückflug in das Presidents-WLAN einzuloggen und die Bewerbungsunterlagen für den nächsten Friedensnobelpreis herunterzuladen.

„Ich komme gleich nach, muss noch kurz was erledigen." sage ich.

„Kein Problem. Bis später." scheint Gerstner genauso erleichtert zu sein wie ich, dass wir uns jetzt nicht noch durch eine weitere Minute Smalltalk quälen müssen.

Als sich die großen Glas-Schiebetüren hinter ihm geschlossen haben, frage ich mich, in welcher Dick-und-Doof-Akademie für Führungskräfte man so etwas wohl beigebracht bekommt? Keine Ahnung zu haben, aber nach außen dennoch so zu tun, als sei man über alles im Bilde. Ich befürchte, dass dies bereits Stoff der ersten Unterrichtseinheit sein dürfte, wenn nicht sogar schon im Vorauswahlverfahren bei der Vergabe der Studienplätze. Und wer da kläglich versagt, indem er die eine oder andere Wissenslücke offenbart, für den ist dann auch gleich wieder Schluss. Zur Belohnung müssen diese Menschen sich dann wahrscheinlich erst einmal für die nächsten Jahre im Verkauf von Fliesen und Kacheln beweisen.

Oder anders ausgedrückt: diese Menschen machen dann genau den Job, den ich hier seit mittlerweile fast drei Jahren mache: „Rüdiger Seifert, Ihr Fachmann für alles rund um die Verfliesung Ihrer Wände und Böden."

Bevor auch ich mich ebenfalls ins Innere vom *Honäsch* begebe, gehe ich noch kurz am Smoothie-Stand vorbei, um meinen Probierbecher zurückzugeben.

„Und, wie hat er dir geschmeckt?" fragt mich einer der beiden Promo-Jungs.

„Lecker. Genau das richtige für einen Montagmorgen." antworte ich wahrheitsgemäß, auch wenn mein Gegenüber sich augenscheinlich deutlich noch mehr Begeisterung erhofft hat.

„Welchen hattest du? Erdbeer-Kirsche, richtig?"

„Korrekt. Übrigens auch ideal geeignet, wenn man einem Hemd einen etwas moderneren Look verpassen will."

„Hab' ich mitbekommen." lacht er.

„War wahrscheinlich nicht zu übersehen."

„Nicht wirklich. War aber hoffentlich nicht dein Chef." schaut er mich fragend an.

„Es war mein Chef." zucke ich mit den Schultern.

„Oops."

„Allerdings. Dumm gelaufen. Er hatte übrigens keine Ahnung, dass ihr die Woche hier seid. Wahrscheinlich wird er aber heute irgendwann mal vorbeischauen und so tun, als wenn er das schon seit drei Jahren auf dem Schirm hat."

„OK, danke für den Hinweis."

„Und sprich' ihn nicht unbedingt auf die Geschichte mit dem Hemd an. Ich weiß nicht, inwieweit sich das Beeren-gemisch im Laufe des Tages noch weiter durch das asiatische Polyester durcharbeiten wird."

„Kein Problem."

Auf den Hinweis, dass sich sein Smoothie möglicherweise auch sehr gut als Schuhputzmittel eignen könnte, verzichte ich zunächst. In erster Linie da ich nicht weiß, ob Gerstners vorhin noch einfarbig braunen Schuhe mittlerweile schon ein neues, möglicherweise eher an Marmorkuchen erinnerndes, Muster angenommen haben.

„Dann euch noch viel Erfolg." verabschiede ich mich von ‚Früchtchen gefällig?'

„Danke. Dir einen schönen Tag. Was machst du hier im *Honäsch* eigentlich?"

„Ich bin Verkäufer bei Fliesen und Kacheln."

„Oh, Fliesen und Kacheln. Interessant." antwortet er mit einem seltsamen Unterton.

Dank dieses eigenartigen Untertons bekomme ich gerade das Gefühl, er kennt möglicherweise die Gepflogenheiten dieser merkwürdigen Akademien und fragt sich jetzt, ob auch ich vielleicht einer dieser Führungskräfte-Versager sein könnte. Oder, noch schlimmer, ob ich eher einer der Typen bin, die solche Bildungseinrichtungen höchstens vom mit-dem-Bus-dran-vorbeifahren kennen und deren Einstiegs-Abteilung dann auch gleichzeitig die letzte in ihrer Karriere ist. Das hieße in meinem Fall hochgerechnet: Fünfundvierzig Jahre Fliesen und Kacheln. Na toll.

Zu allem Überfluss veranlasst dieser mulmige Gedanke jetzt auch noch das pürierte Erdbeer-Kirsch-Gemisch, in meinem Inneren auf Wanderschaft zu gehen. Und mit diesem nicht wirklich motivierenden Gefühl mache ich mich auf den Weg zum Haupteingang. Viel schlechter kann eine Woche eigentlich nicht wirklich beginnen. Erst dem Chef die Klamotten versauen und dann unfreiwillig noch mit einer nicht wirklich prickelnden Zukunftsperspektive konfrontiert werden. Mal schauen, was das Schicksal heute noch so für mich geplant hat. Als mögliche Szenarien fallen mir spontan ein Farbenblinder mit Rot-/Grünschwäche ein, der bei mir Fliesen in einem ganz bestimmten Rotton kaufen möchte, oder alternativ dazu eine Großfamilie mit zwei ADHS-verdächtigen Kindern, die unsere Sonderverkaufsflächen innerhalb weniger Augenblicke zum Abenteuerspielplatz umfunktionieren, während ich versuche, den Eltern die unterschiedlichen Fliesenoberflächen ,natur', ,gehämmert' oder ,poliert' zu erklären. Dummerweise führen diese beiden Szenarien aber nur dazu, dass die Erdbeeren und Kirschen ihre Wandergeschwindigkeit in meiner Magengegend gerade nochmals deutlich erhöht haben.

„Guten Morgen." höre ich, kaum dass ich unsere heiligen Hallen betreten habe, plötzlich hinter mir und drehe mich um.

Gott sei Dank, es ist mein Lieblingskollege Patrick. Mein Schicksals-Beauftragter hat heute also vielleicht doch nicht seinen allerschlechtesten Tag.

„Guten Morgen." antworte ich.

„Was ist denn mit dir los? Du siehst ein wenig durcheinander aus." sagt er.

„Is' noch nicht ganz so mein Tag heute." meine ich und ziehe ein dazu passendes Gesicht.

„Sei bloß froh, dass es dir nicht so wie Gerstner ergangen ist. Der hat sich heute schon das komplette Hemd versaut." lacht Patrick.

„Und die Schuhe." ergänze ich.

„Ach, du hast ihn auch schon gesehen?" gluckst er.

„Ich war sozusagen live dabei."

„Das ist ja noch besser. Was hat er denn gemacht? Beim auf-die-Uhr-schauen vergessen, dass er was in der Hand hält, was ziemlich unschöne Flecken machen kann?"

„Ich hab' ihm einen Smoothie über's Hemd gekippt."

„Ernsthaft?" versucht er erfolglos sein Lachen zu unterdrücken.

„Ernsthaft!" bleibe ich dagegen völlig ernst.

„Himbeere?"

„Erdbeere und Kirsch." muss ich jetzt doch grinsen.

„Wie hast du denn das fertiggebracht?"

„Ich kam von dem Promotion-Stand, an dem sie diese Woche diese Probierdinger verteilen. Gerade als ich dir geschrieben habe, kam Gerstner um die Ecke. Den Rest kannst du dir denken."

„OK, das erklärt dann auch gleich meine nächste Frage."

„Welche?"

„Was mir deine Nachricht ‚Diese Dinger musst du mal prob' sagen sollte." hält er mir sein Telefon entgegen.

Da hatte ich natürlich gar nicht mehr dran gedacht. In dem Moment, in dem sich das Püree auf den Weg in Richtung Gerstner gemacht hat, muss ich wohl auf ‚senden' gekommen sein.

„Wie war er denn drauf?" frage ich Patrick.

„Bisschen durcheinander. Hat mich gefragt, ob ich wüsste, dass ab heute diese Promo-Typen eine Woche lang neben der Tiefgarage stehen." zuckt Patrick mit den Schultern.

„Der hatte keine Ahnung, als ich ihm das vorhin gesagt habe. Hat er wohl total vergessen. Damit war er aber zumindest kurz davon abgelenkt, sich Gedanken über sein versautes Hemd zu machen."

„Sah auf der linken Seite übrigens ein bisschen so aus, als hätte ihm da jemand die Silhouette von Schweinchen Dick aufgedruckt." grinst Patrick.

„Das habe ich mir auch gedacht." muss ich jetzt dann doch laut lachen.

„Nun ja, das ist ja alles schön und gut, Herr Seifert. Aber würde es Ihnen denn etwas ausmachen, sich jetzt die Dienstkleidung Ihres Arbeitgebers anzuziehen?" imitiert Patrick nahezu perfekt Gerstners stellenweise recht nasal klingenden Kasernenton.

„Ach du scheiße. Vor lauter Erdbeeren, Kirschen und Hemden hab' ich das ja komplett vergessen." schaue ich an mir herunter. Vor allem das T-Shirt mit dem großem AC/DC-Aufdruck könnte die Kunden der Generation 70+ möglicherweise etwas irritieren, denke ich.

„Deswegen weise ich Sie ja auch darauf hin, Herr Seifert."

„Ich danke Ihnen, Herr Weber." deute ich eine leichte Verbeugung an und mache mich auf den Weg zu der hässlichen, grauen Stahltür mit dem schon leicht verwitterten Aufdruck ‚Zutritt nur für Personal'.

Nach nur zwei Minuten bin ich wieder zurück. Mit einem hellblauen Polohemd statt dem T-Shirt vom Vorabend und anstelle des AC/DC-Schriftzugs prangt jetzt das Logo unseres *Honäsch*-Baumarktes an meiner linken Brustseite. Daneben glänzt mein ‚Es bedient Sie'-Namensschild, dessen Form angeblich den Umrissen von Holz, Nägeln und Schrauben nachempfunden worden sein soll. Also den drei Produkten, mit denen der Gründer vor vielen Jahrzehnten den Grundstein für das heutige kleine Imperium gelegt hat, und deren Anfangsbuchstaben noch heute den Firmennamen bilden.

Es ist Montagmorgen, 8:45 Uhr. Die Woche kann beginnen. Und hoffentlich besser werden als ihr Auftakt.

Im ‚Fliesen und Kacheln'-Gang ist wie immer um diese Zeit fast noch nichts los. Vor allem montags sieht man hier vor 10 Uhr so gut wie niemanden, was mir auch heute meinen Einstieg in die neue Woche sehr leicht macht. Für eine zusätzliche, wenn auch unfreiwillige Ablenkung sorgt dabei der ‚Tapezieren kann jeder'-Aktionsstand, der Anfang letzter Woche auf der Freifläche gegenüber aufgebaut wurde und für den ausgerechnet meine beiden Kollegen Markus und Martin eingeteilt wurden. Die beiden Hobby-Bodybuilder arbeiten normalerweise im Lager vom Baumarkt, nachdem sich aber keiner für die Betreuung des Aktionsstands gemeldet hatte, werden jetzt seit einer Woche ausgerechnet diese beiden Testosterontrottel auf unsere Kundschaft losgelassen. Und das obwohl hier jeder weiß, dass die beiden genauso viel Ahnung von Tapezieren haben, wie bisher noch unentdeckte, pazifische Inselvölker vom Fliesenlegen. Nämlich gar keine.

Dummerweise wurde den beiden freie Hand bei der Gestaltung der Aktionsfläche gelassen, was sich als zweiter großer Fehler entpuppte. Denn diese acht Quadratmeter ähneln inzwischen einer Mischung aus dem Big Brother-Container nach der elften oder zwölften Staffel und einer nicht mehr ganz taufrischen Wellblechhütte, die von einem Hurrikan der höchsten Warnstufe überrollt wurde. Die beiden links und rechts aufgestellten Musterwände wurden in den letzten Tagen so oft übertapeziert, dass es einem physikalischen Wunder gleicht, dass sie nicht längst unter ihrem eigenen Gewicht eingestürzt sind. Getreu dem Motto ‚viel hilft viel‘ hatten die beiden alleine schon an den ersten beiden Tagen der Aktion etwa achtzig Liter Tapetenkleister verbraucht, wodurch sich unser Werkschutz kurzfristig veranlasst sah, großräumig Schilder aufzustellen, die ausdrücklich vor dem Gebrauch offenen Feuers im Umkreis von fünfzehn Metern abrieten. Zudem stellt der komplette Boden ein Gemisch aus eben diesem zu üppig verwendeten Kleister und den unterschiedlichsten Tapetenresten dar und sollte daher besser nicht mehr betreten werden. Außer man hat Schuhe an, bei denen es egal ist, wenn sie sich ein paar Stunden später von selbst zersetzen würden. Abgerundet wird das Ganze durch permanent aus den beiden Wänden und dem Boden entweichende Dämpfe der verschiedenen Lösungsmittel, welche auch bei Markus und Martin offensichtlich ihre Wirkung nicht verfehlt zu haben scheinen. Denn so wie die beiden in den letzten Tagen die meiste Zeit etwas realitätsfern grinsend mit verschränkten Armen, angelehnt an den Musterwänden dastehen und auf Kunden warten, könnten sie durchaus auch als M&M-Bonbon-Spender in Lebensgröße durchgehen.

Heute ist von den beiden weit und breit jedoch noch nichts zu sehen, was bedeuten könnte, dass ihnen die Lösungsmittel vielleicht doch nicht ganz so gutgetan haben könnten. Möglicherweise sind sie aber auch am Smoothie-Probierstand hängengeblieben und trinken sich jetzt gerade einmal quer durch das ganze Obst- und Gemüse-Sortiment. Wenn ich daran denke, was die kleine Erdbeer-Kirsch-Einheit bei mir gerade für eine Wirkung im Verdauungstrakt hervorgerufen hat, möchte ich mir allerdings nicht wirklich vorstellen, wie sich das dann bei diesen beiden Meister Propper-Typen auswirken könnte. Dennoch hoffe ich inständig, dass die beiden bald auftauchen, in welcher Verfassung auch immer. Gerstner dürfte es nämlich gar nicht gefallen, wenn der Stand nicht bald besetzt sein wird. Und der Einzige, der hier offensichtlich kurzfristig einspringen könnte, trägt ein Namensschild mit dem Namen Rüdiger Seifert. Darüber hinaus läuft der in den nächsten anderthalb Stunden nicht wirklich Gefahr von einer großen Meute kachel- oder flieseninteressierter Kunden überrannt zu werden.

„Morgen."

Hoppla, habe ich da gerade die Stimme von einem der beiden M&Ms gehört?

„Guten Morgen" drehe ich mich in die Richtung, aus der Stimme gekommen ist. Und, oh Wunder, es ist tatsächlich

Markus, der sich in Richtung seines Tapezier-Labors bewegt. Allerdings in einem Tempo, bei dem man in der Flensburger Verkehrssünderkartei nicht wirklich einen Eintrag wegen überhöhter Geschwindigkeit befürchten müsste. Egal, welches Tempolimit gilt.

„Hast du Martin schon gesehen?" fragt er mich in Zeitlupe.

„Nein."

„Hm."

„Oder warte mal" sage ich und schaue in einen kleinen Karton, der bei mir auf dem Schreibtisch steht.

„Ne, da isser auch nicht."

Markus schaut mich wortlos an.

OK. Entweder hat er den Witz nicht verstanden oder er fand ihn nicht lustig. Möglicherweise aber auch beides. Das lässt sich nicht so einfach sagen, denn mittlerweile haben sich seine Mimik und seine Gestik nochmals so stark verlangsamt, dass selbst Flash, das Faultier aus ‚Zoomania' im Vergleich zu ihm noch wie ein völlig entfesselter Duracell-Hase wirken würde.

„Alles OK bei dir Markus?" frage ich ihn.

„Bei wem?" antwortet er mit leichter Verzögerung.

„Bei dir, Markus. Ob bei dir alles OK ist?" präzisiere ich meine Frage ein wenig.

„Ja, schon. Alles gut bei mir. Und selbst?"

„Bei mir ist alles bestens." sage ich. Ich habe zwar keine Ahnung, was bei ihm gerade nicht stimmt, aber dagegen erscheint mir das Problem meiner unfreiwilligen gerstnerschen Obst-Attacke von heute Morgen zumindest nicht mehr ganz so dramatisch.

„Schön. Hast du Martin schon gesehen?" fragt er erneut.

„Nein. Tut mir leid. Habe ich heute noch nicht gesehen."

Dieses Mal verzichte ich verständlicherweise auf die Nummer mit dem Karton.

„OK. Danke trotzdem."

Mit diesen Worten entschwebt er in Richtung der nur wenige Meter entfernten Tapeten-Aktionsfläche. Ich würde in diesem Moment jedoch keine Wetten darauf abschließen, ob er die noch vor der Mittagspause erreicht. Auch wenn bis dahin noch mehr als drei Stunden Zeit sind, wie mir ein Blick auf die Uhrzeit auf dem Sperrbildschirm meines Handys bestätigt.

In diesem Moment meldet sich das Telefon in meiner Gürteltasche. Das Display zeigt mir den Namen Gerstner an, was nur bedeuten kann, dass seine Schuhe nun doch noch ein neues Muster angenommen haben und die Stiftung Warentest in ihrem Jahresheft Obstpüree eher nicht in die Empfehlungsliste für alternative Schuhputzmittel aufnehmen wird.

„Seifert." melde ich mich.

„Seifert? Gerstner hier."

„Ah, hallo Herr Gerstner. Also nochmal wegen heute Morgen, das war wirklich keine ..."

„Schon gut. Vergessen Sie das mal. Haben Sie die Kollegen Gellert und Pohl heute schon gesehen? Deren Tapezierstand ist doch direkt bei Ihnen gegenüber."

„Markus, also Herr Pohl ist schon da. Aber Martin, äh, Herrn Gellert habe ich noch nicht gesehen." verzichte ich zunächst auf Details zu Markus' mental überschaubarer Gesamtverfassung.

„OK. Also einen haben wir schon mal gefunden." höre ich ihn leise zu jemandem sagen.

„Worum geht's denn?"

„Ihre Fruchtfreunde da draußen nehmen es mit der Reinigung der Mixer für's Gemüse wohl nicht allzu genau. Sie hatten nur was mit Frucht, richtig?"

„Richtig. Erdbeere und Kirsch. Warum fragen Sie?" bin ich jetzt doch etwas beunruhigt.

„Unsere beiden Tapezier-Experten haben heute Morgen an diesem Promostand die ganze Gemüsekarte durchprobiert. Und dann haben diese Smoothie-Ökos festgestellt, dass in ihren Probierbecherchen neben Gurke, Spinat und Löwenzahn wohl auch noch reichlich Reste von Fairy Ultra mit drin waren."

Ich beiße mir in meine linke Hand um nicht laut loslachen zu müssen.

„Shit."

„Das können Sie laut sagen. Seifert. Wie geht's dem Kollegen Pohl denn? Wirkt er irgendwie, wie soll ich sagen, anders als sonst?" fragt Gerstner mit leichter Unruhe in der Stimme.

„Er wirkt tatsächlich etwas benommen." antworte ich, anstatt einfach klipp und klar zu sagen, dass Markus gerade eine gute Autostunde entfernt ist von seiner ohnehin schon nicht allzu aufsehenerregenden Normalform.

„OK. Wir kommen gleich vorbei. Wenn er weggehen will, halten Sie ihn auf, verstanden?"

„Verstanden." unterdrücke ich erneut einen Lacher und lege auf. Selbst wenn Gerstner jetzt in Super-Zeitlupe hierher läuft, würde sich Markus in dieser Zeit nicht wirklich weit weg bewegt haben. Egal in welche Himmelsrichtung.

Markus hat es sich mittlerweile schon auf einem der beiden, von Kleister und Tapetenresten verschont gebliebenen Hocker bequem gemacht und blättert in einem der Tapeten-Musterbücher. Damit ist zumindest sichergestellt, dass er sich noch nicht komplett in den Stand-by-Modus verabschiedet hat.

„Wann hast du denn Martin zum letzten Mal gesehen?" frage ich ihn, nicht wirklich aus Interesse, sondern vor allem um seine mentalen Lebensgeister bei Laune zu halten, bis gleich Gerstner und wer-auch-immer-sonst-noch kommt.

„Wen?"

OK, ich hatte es befürchtet, aber einen Versuch war es wert.

„Nicht so wichtig. Warst du heute Morgen auch an dem Smoothie-Promostand?" lenke ich jetzt das Thema direkt auf die entscheidende Problematik.

„Hm. Waren aber nicht alle so richtig gut." antwortet er in der unverändert übersichtlichen Geschwindigkeit.

Ich verzichte darauf, ihn nach den verschiedenen Geschmacksrichtungen zu befragen, zumal ich auch nicht wüsste, welchem Gemüse Fairy Ultra geschmacklich wohl am nächsten kommen könnte.

„Ich hatte einen mit Erdbeere und Kirsch, der war eigentlich ganz OK." sage ich, was ihn aber verständlicherweise nicht so wirklich zu interessieren scheint.

„Ich hatte was mit Spinat oder so ähnlich." stammelt er. Ich gehe davon aus, dass er mit ‚so ähnlich' das neue Trend-gemüse Fairy Ultra meinen dürfte.

Bleibt jetzt nur noch die Frage, wie viele er von diesen Fairy-Smoothies zu sich genommen hat. Wenn ich mal seine Körpermasse mit seiner mentalen Verfassung vergleiche, muss ich wohl davon ausgehen, dass es sich um eine mittlere, zweistellige Zahl handeln dürfte.

„Bin gleich wieder da." sage ich, verzichte logischerweise aber auf den Hinweis, dass er bitte nicht weggehen möge, und schaue in den Gang, in dessen Richtung Gerstners Büro liegt. Aber noch niemand zu sehen.

„Da sind die beiden." höre ich stattdessen von der anderen Seite Gerstners Stimme und drehe mich in die andere Richtung.

Außer Gerstner sehe ich noch zwei weitere Personen den Gang entlangkommen. Zum einen den Promo-Typ, der mich vorhin gefühlt zum ‚Loser des Tages" abgestempelt hat, zum anderen meine Kollegin Lara mit einem Erste-Hilfe-Koffer in der Größe eines mittelgroßen Schuhschranks. Lara wurde erst vor wenigen Wochen zur offiziellen Ersthelferin ernannt, was bedeuten dürfte, dass Markus heute ihr erster echter Fall ist.

„Hallo Herr Pohl. Wie geht's Ihnen denn?" geht Gerstner ohne Umschweife direkt auf Markus zu und spricht ihn dabei auf eine Art und Weise an, als würde er dessen geistige Nutzlast im unteren einstelligen Bereich ansiedeln. Ehrlicherweise muss man sagen, dass er damit höchstwahrscheinlich nicht ganz so falsch liegen dürfte.

Gleichzeitig hat Lara ihren Erste-Hilfe-Schuhschrank geöffnet, in dem sich neben einer großen Menge, in Plastik verpacktem, medizinischem Krimskrams auch eine Flasche in der Größe einer 2-Literflasche Cola befindet.

„Wow. Da findet sich bestimmt was, um den guten Markus wieder in seine gewohnte Umlaufbahn zurückzuholen." zwinkere ich Oberschwester Lara zu, die allerdings zu nervös scheint, um darauf etwas antworten zu können.

In der Zwischenzeit hat Gerstner noch zwei weitere Versuche unternommen, in Markus' von Fairy Ultra beherrschtes Unterbewusstsein vorzudringen. Allerdings erfolglos, wie mir dessen nach wie vor glasiger Blick zeigt, der apathisch zwischen dem Tapeten-Musterbuch, Gerstner und mir hin und her wechselt.

„Ich kann mir das wirklich nicht erklären. Wir spülen unsere Mixer-Gefäße immer sehr gewissenhaft aus." mischt sich jetzt auch der Smoothianer in die Szenerie ein, auch wenn diese Aussage keinem der Anwesenden in irgendeiner Weise wirklich weiterhilft.

„Scheinbar nicht gründlich genug." lässt Gerstner kurz von seinen Versuchen ab, Markus durch gutes Zureden ins Hier und Jetzt zurückzubringen und unterstreicht seine Ansage noch mit einem eindeutigen Gesichtsausdruck.

„Lassen Sie mich mal." hat sich Lara mit der XL-Flasche mittlerweile zu Gerstner und Markus vorgearbeitet.

„OK." räumt Gerstner das kleine Tapetenzimmer. „Viel Erfolg, Frau Finke."

Offensichtlich scheint Lara ihren Sanitäts-Kurs als Klassenbeste abgeschlossen zu haben, so professionell und ruhig wie sie Markus die Atemmaske anlegt. Mit einem kleinen Zischen öffnet sich das Ventil am oberen Ende der Flasche und ein kurzes Zucken des Schlauchs zeigt, dass sich jetzt irgendein bläulich wirkendes Gemisch in Richtung seiner Lunge aufmacht, um den Kampf gegen die Fairy Ultra-Armee aufzunehmen.

In den nächsten Minuten schauen Gerstner, der Smoothie-Mann und ich gebannt auf Lara und Markus, aber zunächst verändert sich erstmal gar nichts. Lediglich sein glasiger Blick scheint wieder etwas normaler zu werden. Lara schaut abwechselnd auf Markus und die Messuhr am Ventil, gerade so als hätte sie Angst, das Ventil zu stark aufzudrehen und Markus könnte hier im schlimmsten Fall gleich wie ein Luftballon, aus dem schlagartig alle Luft entweicht, einmal quer durch den ‚Fliesen und Kacheln'-Gang schießen.

Nachdem auch in den nächsten beiden Minuten nicht viel passiert ist, beginnt Markus jetzt plötzlich zu grinsen. Und auch seine Motorik verändert sich und scheint so langsam den ‚Winterschlaf'-Modus zu verlassen.

„Großartig, Frau Finke." nickt Gerstner aufgeregt in Laras Richtung, fast so als wolle er sie ermuntern, noch mehr von dem Zeug in seinen Körper zu feuern.

„Ich mach mal lieber etwas langsamer." sagt sie jedoch. Scheinbar hat sie Gerstners aufkommende Euphorie ähnlich interpretiert wie ich und schließt das Ventil ein wenig, wodurch die Spannung des Schlauchs gleich etwas nachlässt.

„Nicht aufhören." meldet sich jetzt plötzlich Markus zu Wort und lässt alle Beteiligten schlagartig zusammenzucken.

„Herr Pohl! Willkommen zurück im Honäsch."

Gerstner hat als erstes seine Stimme wiedergefunden und strahlt ihn euphorisch an.

„Nicht aufhören. Das ist echt lecker." wiederholt Markus nochmals seine Forderung.

Lara schaut Gerstner und mich achselzuckend an.

Wir zucken beide synchron zurück.

Ich habe keine Ahnung welche Sorte Lachgas Lara da seit einigen Minuten in Markus hineinpumpt, aber es scheint eindeutig zu wirken. Ich hoffe nur, dass die Kombination mit einer kompletten Wochenration Gemüse plus einer unbekannten Menge Fairy Ultra nicht noch irgendeine andere Wirkung hat. Sollte Markus also gleich eine grüne Farbe annehmen und seine Klamotten aus allen Nähten platzen, werde ich mich wohl spontan für einen stark vorgezogenen Feierabend entscheiden.

„Ich glaube, das müsste jetzt reichen." sagt Lara schließlich und nimmt Markus die Atemmaske ab.

„Das war mal was." grinst Markus in die Vierer-Runde und scheint tatsächlich wieder der Alte zu sein: Immer noch nicht die hellste Kerze auf der Torte, aber ehrlich und direkt heraus.

„Da sind wir aber alle ziemlich froh." atmet Gerstner spürbar durch und schickt im gleichen Moment nochmals einen eindeutigen Blick in Richtung des armen Smoothie-Manns.

„Allerdings, Herr … äh." stottert der.

„Pohl" flüstere ich ihm möglichst unauffällig zu.

„Herr Pohl. Ich kann mich da nur in aller Form bei Ihnen entschuldigen."

„Och, das war doch gar nicht so schlimm." grinst Markus tatsächlich immer noch wie das berühmte Honigkuchenpferd. „Bin mal gespannt, wie es Martin geht."

Martin! Vor lauter Lachgas haben wir den zweiten der M&M-Zwillinge komplett vergessen.

„Der wird bestimmt noch im Schlummerland unterwegs sein." ergänzt Markus ungefragt, gibt uns damit aber glücklicherweise einen ersten Hinweis, um ihn zu finden.

„Und wo?" fragen Gerstner, Lara und ich fast zeitgleich.

„Na, im Lager, nehme ich an."

Beeindruckend wie schnell die grauen Zellen bei ihm wieder die geschäftsmäßige Geschwindigkeit erreicht haben und vollen Zugriff auf sein Kurzzeitgedächtnis gewähren, denke ich mir und schicke ein virtuelles Dankeschön an Laras Zauberflasche.

„Herr Pohl, Sie kommen ja bestimmt erstmal alleine klar. Frau Finke, Sie gehen schon mal vor. Seifert, Sie und ich packen hier alles zusammen und wir kommen gleich nach." greift sich Gerstner die Flasche und die noch etwas beschlagene Atemmaske, um sie notdürftig im XXL-Koffer zu verstauen.

Normalerweise würde ich das jetzt mit einem zackigen ‚Zu Befehl, Herr Oberstleutnant!' kommentieren, aufgrund der Geschehnisse verzichte ich aber auf diese ironische Kommentierung und helfe ihm beim Packen.

„Schöne Grüße von mir." tippt mir Markus auf die Schulter.

„Wie bitte?"

„Grüß' mir Martin, wenn ihr ihn findet." lächelt mich Markus an und scheint im Begriff zu sein, das Ganze auch noch mit einer festen Umarmung unterstreichen zu wollen.

„Machen wir." kann ich mich diesem Versuch aber zum Glück gerade noch entziehen.

„Und was soll ich jetzt machen?" fragt der immer noch verdatterte Vertreter der Smoothies, ohne dabei jemanden direkt anzusprechen.

„Ich würde es mal damit probieren, meinen Promo-Stand in neuer Weltrekordzeit abzubauen." antworte ich, um ihm eine dritte Breitseite von Gerstner zu ersparen.

„Äh, ja. Klar. Das mache ich natürlich gleich." stammelt er.

„Andere Richtung!" fährt ihn Gerstner dann aber doch noch ein drittes Mal an, nachdem dieser sich in Richtung des ‚Fliesen und Kacheln'-Ganges aufgemacht hat.

„Wie bitte?"

„Andere Richtung! Dort geht's nirgendwo hin. Und der Haupteingang liegt in dieser Richtung." zeigt Gerstner ihm unmissverständlich den Weg.

„Ich wusste nicht …"

„Jaja, schon gut. Wir sprechen uns noch. Und Sie, Seifert, kommen Sie, wir müssen uns um den Kollegen Gellert kümmern."

Fast tut mir der arme Kerl ein bisschen leid, denn mit Absicht hat der bestimmt sein ursprünglich geplantes Wochen-Programm nicht schon gleich in den ersten Stunden pulverisiert. Aber wer weiß, was passiert wäre, wenn sich nicht unseren beiden Schwarzeneggers durch deren püriertes Gemüsebeet getrunken hätten, sondern irgendein Kunde, der sich nach einer überstandenen schweren Gastritis gerade das erste Mal wieder aus dem Haus gewagt hat.

„Nur gut, dass Sie scheinbar mehr auf Obst als auf Gemüse stehen, Seifert. Drei Ausfälle gleich am Wochenanfang stehen nicht wirklich auf meiner Wunschliste."

„Verständlich." schnaufe ich, denn der XXL-Koffer wiegt deutlich mehr als das was ich normalerweise um diese Zeit durch die Gegend trage, nämlich höchstens mal eine halbvolle Tasse Kaffee.

„Ein Putzmittel im Gemüse-Smoothie. Und das bei uns vor dem Eingang. Wenn das die Runde macht. Aber daran denke ich jetzt erstmal nicht." kann sich Gerstner gar nicht beruhigen.

Ich muss mir ein Grinsen verkneifen, denn die Kombination aus Gemüse und Spülmittel lässt in meinem Kopf einen merkwürdigen Gedanken reifen. Könnte eine Kombination aus Obst und Fairy Ultra eventuell dazu führen, dass die Flecken aus Gerstners Hemd nach einer bestimmten Zeit von selber verschwinden, wenn man sie nur lange genug einwirken lässt und dann irgendwann das Spülmittel die Oberhand über das Fruchtpüree gewänne.

„Seifert, wo bleiben Sie denn?" holt mich Gerstners freundliches Organ zurück aus den Tagträumen für meinen neuen Super-Fleckenentferner, der mir in der ‚Höhle der Löwen‘ bestimmt einen Sofortzuschlag von Ralf Dümmel beschert hätte.

„Bin schon da." sage ich und wuchte den Koffer auf eine halbhoch mit Gartenfackeln bestückte Palette direkt am Eingang des Lagers.

In etwa fünf Metern Entfernung sehe ich Lara, die gerade versucht, eine Blutdruckmess-Manschette über Martins honigmelonengroßem Unterarm zu schieben. Und das lässt dieser auch ganz entspannt über sich ergehen, denn sein lautes Schnarchen verrät mir, dass die Fairy Ultra-Attacke bei ihm wohl deutlich entspannter ablief als bei seinem siamesischen Testosteron-Zwilling aus dem Tapetenland.

„Und, Frau Finke, was sagen Sie? Wie geht's Herrn Gellert?"

Scheinbar ist Gerstner ein etwas zu eifriger ‚Tatort‘-Zuschauer und erwartet deswegen nach nur wenigen Sekunden schon ein komplettes Bulletin.

„Kann ich noch nicht sagen." antwortet Lara nicht wirklich überraschend, schließt den Klettverschluss und beginnt mit dem kleinen Gummiball Luft in die Manschette zu pumpen.

„Den Jungs in der Zentrale werde ich nachher erstmal eine gepfefferte Mail schreiben, und mal nachfragen, was für Amateure die uns da geschickt haben." presst Gerstner zwischen den Zähnen heraus.

Vielleicht sollte Lara auch bei ihm gleich nochmal die Oberarm-Manschette anlegen, denn sein Blutdruck dürfte sich seit einigen Minuten auch nicht mehr in dem Bereich bewegen, den die Ärztekammer für gestresste Filialleiter empfiehlt. Und noch etwas anderes fällt mir erst jetzt auf. Gerstner hat offensichtlich sein Schweinchen Dick-Hemd gegen ein baugleiches Hemd in dezentem hellblau eingetauscht. Vor lauter Fairy Ultra, Lachgas und Kofferschleppen hatte ich darauf gar nicht geachtet. Bleibt aber natürlich noch die Frage nach seinen Schuhen. Und da er gerade seine volle Konzentration auf Schwester Lara und ihr Blutdruck-messgerät legt, kann ich unauffällig nach unten schauen. Im ersten Moment scheinen seine Schuhe tatsächlich eine Metamorphose von braun zu grau-marmoriert gemacht zu haben. An diesem optischen Eindruck ist glücklicherweise aber nur das Licht unserer uralten Neonlampen im Lager schuld, sodass ich schon wenige Augenblicke später entspannt durchatmen kann. Gerstners Schuhe glänzen nach wie vor im schönsten haselnussbraun.

Spätfolgen sind zwar nicht auszuschließen, aber das spielt im Moment keine Rolle.

„Ich glaube, wir können Martin jetzt mal aufwecken. Sein Blutdruck ist im grünen Bereich." Mit diesen Worten und einem unüberhörbaren Ratschen nimmt Lara ihm die Manschette ab.

Gerstner schaut mich an, gerade so als scheint er mich ‚Wollen Sie, oder soll ich?' zu fragen. Mit einer papstähnlichen Segensgeste deute ich allerdings unmissverständlich an, dass ich eine solche Aufgabe eindeutig im Fachbereich für Führungskräfte sehe.

„Hey Martin, aufwachen."

Von uns allen unbemerkt steht Markus plötzlich im Lager und hat scheinbar kurzerhand beschlossen, selbst den Weckdienst zu übernehmen. Mit seinen großen Pranken umfasst er resolut Martins Schultern und schüttelt seinen Testosteron-Zwilling, der zunächst aber keine Anstalten macht, seine Traumwelt verlassen zu wollen.

„Martin, wir müssen Tapeten kleben. Auf-wa-chen." unternimmt Markus daher einen zweiten Versuch. Ich frage mich zwar, ob die Aussicht auf gemeinsames Ankleben von Tapeten wirklich der beste Köder ist, um Martin aus seinen Träumen zu holen, beschließe aber, mich erstmal noch nicht in seine Strategie einzumischen.

„Was … Markus, was machst du da?" kehren aber jetzt dann doch die ersten Lebensgeister in Martins Körper zurück.

„Da muss irgendwas in den Gemüse-Shots drin gewesen sein." kommt Markus gleich auf den Punkt. Allerdings habe ich starke Zweifel, ob Martin in dieser Phase des Aufwach-Vorgangs schon in der Lage ist, mit dieser Information etwas anfangen zu können.

„Was für Gemüse?"

Tja – war zu erwarten.

„In den Dingern war wohl noch Spülmittel mit drin." antwortet Markus. Martins fragender Gesichtsausdruck zeigt mir jedoch, dass er immer noch nur Provinz-Bahnhof versteht. Und so unangenehm das alles für die beiden bestimmt auch sein mag, kann ich mir gerade ein Grinsen nur schwer verkneifen. Denn zwei XXL-Niedrigwatt-Lampen, die irgendwie zu verstehen versuchen, was da gerade in der letzten Stunde passiert sein könnte – das hätte Hollywood nicht besser inszenieren können.

„Ihr habt heute Morgen beide ein paar von den Gemüse-Smoothies probiert. Im Mixer waren scheinbar noch Reste eines Spülmittels drin, und das ist euch beiden verständlicherweise nicht gut bekommen. Aber ich glaube, ihr beide seid gleich wieder die alten." fasst Oberschwester Lara das ganze souverän in drei Sätzen zusammen. Und das synchrone Kopfnicken von M&M zeigt, dass diese drei Sätze von ihren grauen Zellen wohl mit offenen Armen in Empfang genommen worden sind.

„Herr Pohl, Herr Gellert, ich freue mich, dass das ganze hier so glimpflich für Sie abgegangen ist. Aber ich versichere Ihnen, dass wir hier selbstverständlich Schadenersatzansprüche gegen die Firma prüfen werden." ergreift jetzt auch Gerstner wieder das Wort.

Er scheint also nicht nur keine ‚Tatort'-Folge zu verpassen, sondern hin und wieder auch ein paar Folgen dieser unrealistischen Gerichtsshows anzuschauen. Anders ist es nicht zu erklären, warum er den beiden gerade so staatstragend die Möglichkeiten rechtlicher Schritte aufzeigt.

„Schadenersatzansprüche!" grinst Markus und drückt Martin seinen Ellenbogen in die Seite. Der ist zwar erst bei etwa 80% mentalem Füllstand, die Aussicht auf Schadenersatz scheint die fehlenden 20% bei ihm aber deutlich zu beschleunigen.

„Klingt gut. Danke Herr Gerstner!" grinst jetzt auch Martin.

„Nichts zu danken. Das ist ja das Mindeste, was wir tun können. Und mein Dank geht natürlich auch an Sie, Frau Finke. Sehr gut gemacht, sehr professionell."

Ich hatte schon befürchtet, er würde sie vergessen. Denn Lara hatte sich ein wenig aus der Szenerie zurückgezogen, um den ganzen Krimskams wieder korrekt in die vorgeformten Schaumstoff-Platzhalter des XXL-Koffers einzusortieren.

„Gern geschehen." lächelt sie in Richtung von Gerstner und den Lagerzwillingen, die scheinbar erst jetzt merken, dass auch sie sich noch nicht wirklich bei ihr bedankt haben und sich daher gegenseitig mit einem Blick der Marke ‚schlechtes Gewissen' anschauen.

„Danke Lara." geht Markus als erstes auf sie zu und drückt sie an sich. Zwischen seinen Armen verschwindet sie fast komplett, scheint sich aber, ihrem Gesichtsausdruck nach, dennoch über die Geste zu freuen. Wobei man den auch so interpretieren könnte, dass sie hofft, nicht ersticken zu müssen. Nachdem er sie nach wenigen Sekunden wieder in die Freiheit entlässt, ist diese Gefahr jedoch gebannt. Auch zumal Martin es mit einer sehr kurzen Dankes-Umarmung bewenden lässt und somit keine erneute Erstickungsgefahr besteht.

„Seifert, Sie helfen Frau Finke doch bestimmt dabei, den Erste-Hilfe-Koffer zurück in unseren Saniraum zu bringen, richtig?" wendet sich Gerstner an mich und gibt damit auch das klare Zeichen, dass jetzt doch bitte alle wieder an die Arbeit gehen mögen.

„Klar." sage ich, so als wäre es das Selbstverständlichste der Welt. Und letztlich ist es das auch, denn wenn ich überlege, wie ich schon auf den paar Metern vom Tapezierstand hier ins Lager ins Schnaufen gekommen bin, will ich ihr das natürlich nicht zumuten.

„War das heute dein erster richtiger Einsatz?" frage ich Lara, nachdem ich das Koffer-Ungetüm wieder von der Palette heruntergewuchtet habe.

„Hm."

„Alles OK?" frage ich, da ich nicht weiß, wie ich ihre etwas kurz ausgefallene Antwort deuten soll.

„Alles OK. Danke. Ist aber halt schon ein Unterschied, ob man zur Übung einer Plastikpuppe mit 120 Beats pro Minute auf den Brustkorb drückt, oder in echt zwei ausgewachsene Kraftpakete wieder ins Hier und Jetzt zurückholt."

„Also ich fand, das sah alles sehr souverän aus."

„Danke." lächelt sie und lässt dabei ihr Lippenbändchen-Piercing hervorblitzen.

Lara ist eine nette Kollegin, allerdings hat sie für meinen Geschmack deutlich zu viel Metall in ihrem Gesicht verbauen lassen. Insgesamt hat sie fünf verschiedene Piercings asymmetrisch in ihrem Gesicht verteilt. Ich glaube, wenn sie zu nahe an einem Magneten vorbeiläuft, könnte das möglicherweise zu einer unfreiwilligen Richtungsänderung bei ihr führen. Hinzu kommen ihre leuchtend blau gefärbten Haare, die so aussehen, als würde sie diese mehrmals die Woche mit einer Tüte Gletscher-Eis-Bonbons einreiben, und last but not least noch ihre beiden Arme, die komplett mit orientalisch wirkenden Ornamenten tätowiert sind. Dies alles zusammen genommen hat ihr bei ein paar Kollegen recht schnell den Spitznamen „Buntspecht" beschert. Ob das der Grund ist, warum Gerstner sie in erster Linie in der Abteilung für Wandfarben einsetzt, habe ich sie allerdings nie gefragt. Und Gerstner sowieso nicht.

Nach fast drei Minuten haben wir unser Ziel erreicht. Der Saniraum liegt direkt neben Gerstners Büro, was bedeutet, dass ich diesen Koffer gerade insgesamt fast 200 Meter quer durch den ganzen Markt geschleppt habe.

„Haben wir eigentlich so was wie eine Box für Verbesserungsvorschläge hier?" frage ich Lara leicht kurzatmig.

„Äh, nicht, dass ich wüsste. Wieso fragst du?" schaut sie mich etwas skeptisch an.

„Keine Sorge. Ich habe nichts an deinen Erste-Hilfe-Qualitäten auszusetzen. Aber ein paar Rollen an diesem Ungetüm wäre definitiv ein nachvollziehbarer Verbesserungsvorschlag." lache ich.

„Verständlich. Meine Zustimmung ist dir sicher. Ich glaube, ich habe hier morgen auch erstmal einen ordentlichen Muskelkater." zeigt sie auf ihren rechten Oriental-Oberarm.

„Na dann, dir noch einen schönen Tag. Vor allem ohne weitere Einsätze." sage ich und schließe die Tür zum Saniraum wieder.

„Wie bitte?"

„Einen schönen Tag dir." wiederhole ich.

„Ach so. Ja, danke. Wünsch ich dir auch. Und danke fürs Koffertragen."

Was ist denn da los? Irgendwie scheint Lara nicht ganz bei der Sache zu sein. Irgendetwas muss wohl ihre Aufmerksamkeit gewonnen haben, was die Themen Verbesserungsvorschläge und Muskelkater bei ihr gerade in die mentale Warteschleife verschoben hat. Als ich in Laras Blickrichtung schaue, sehe ich auch, was es ist. Beziehungsweise wer es ist. Es ist Martin, der im Kassenbereich steht und in überschaubarem Tempo eine Palette Mehrfachsteckdosen auf unsere Sonderangebots-Wühlkisten verteilt. Ich hatte mir schon gedacht, dass Lara ein Auge auf ihn geworfen hat, als sie ihm vorhin die Blutdruck-Manschette angelegt hat. Denn während sie mit ihrem Gummiball seinen Oberarm aufgepumpt hat, hielt sie die ganze Zeit seine Hand. Und als Martin sich dann, im Gegensatz zu Markus, körperlich nur recht knapp bei ihr bedankt hat, habe ich eine leichte Enttäuschung bei ihr erkennen können.

„Vielleicht schaust du bei Martin ja später nochmal nach, ob bei ihm denn wirklich alles wieder OK ist." zwinkere ich Lara zu.

„Meinst du?" fragt sie und fügt damit ihrem ohnehin schon recht bunten Farbmix noch ein leichtes Erröten zu.

„Meine ich. Und um Markus kümmere ich mich. Erst wenn er versuchen sollte, die Tapeten mit Hilfe von Blumenerde anzukleben, hole ich dich nochmal dazu."

„Danke, Rüdiger."

„Nichts zu danken. Und ich denke, deine erste Visite solltest du am besten jetzt gleich machen." zeige ich mit den Augen in Richtung von Martin.

Mit einem breiten Grinsen und einem noch etwas stärker gewordenen Rot im Gesicht macht sich Lara auf den Weg zu den Kassen, während ich mein Telefon aus der Hosentasche hole. Nach diesem Vormittag muss ich jetzt erstmal dringend einen Statusbericht an Patrick schicken.

ZWEI

Mit einer Handvoll WhatsApp-Nachrichten bringe ich Patrick auf den neuesten Stand hinsichtlich der vormittäglichen Ereignisse, d.h. alles rund um die psychedelischen Smoothies, die Rückreise unserer M&Ms aus dem Fairy Ultra-Land und natürlich auch über Laras bisher noch unentdeckte Souveränität als Krankenschwester. Dass sie darüber hinaus offensichtlich auch in Martin verknallt ist, behalte ich aber erstmal für mich. Das würde Patrick schon noch früh genug mitbekommen, wenn die beiden demnächst mal morgens Hand in Hand im Baumarkt einlaufen. Bei diesem Gedanken muss ich unfreiwillig schmunzeln, denn ein viel besseres Beispiel für den Spruch, Gegensätze würden sich anziehen, kann es ja kaum geben. Auf der einen Seite unser zierlicher Buntspecht mit Metall-Verzierung im Gesicht, auf der anderen Seite der aufgepumpte Michelin-Mann mit überschaubarem Oberstübchen. Ich mag mir gar nicht vorstellen, wie der Nachwuchs der beiden mal aussehen würde.

Zum Abschluss meiner Zusammenfassung schicke ich Patrick noch schnell ein Foto von Gerstner in seinem frischen blauen Hemd, versehen mit dem Kommentar ‚Breaking News: Aus Schweinchen Dick wurde soeben Käpt'n Blaubär'. Wie mir die beiden nach dem Abschicken immer sofort hellblau werdenden Häkchen zeigen, scheint Patrick im Gegensatz zu mir einen sehr entspannten Vormittag zu verleben. Ich weiß nicht, in welcher Abteilung er gerade ist, aber wahrscheinlich hat er sich wieder freiwillig für den Holzzuschnitt gemeldet. Diese Abteilung ist montags erfahrungsgemäß eher verwaist, denn in der Regel decken sich die ganzen Hobbyschreiner immer schon am Freitag mit reichlich maßgeschneidertem

Holz ein, um damit dann an den Wochenenden irgendwelche Gartenlauben, Vogelhäuser oder Hundehütten zusammenzubauen. Oder auch um gegebenenfalls die Wandvertäfelung ihres Hobbyraumes auszubessern, weil Tante Jutta und Onkel Herbert mal wieder zu viel von der Maibowle gekippt haben und deswegen mit der kompletten Biergarnitur in die Wand vom Hobbykeller gedonnert sind.

,2 Nachrichten von Patrick Weber' zeigt mir mein Display an, nachdem es diese auch durch ein kurzes Vibrieren angemeldet hat.

Ich tippe auf öffnen.

1. Nachricht: ,Schick sieht er aus. Haha. Und die Details zu den ganzen anderen Sachen will ich natürlich alle auch noch wissen.'

2. Nachricht: ,Und da soll noch einer sagen, bei uns wäre nichts los!'

,Also mein Bedarf für diese Woche ist damit eigentlich schon mehr als gedeckt. Bis später' antworte ich ihm noch schnell, stecke das Telefon weg und mache mich zügig auf den Weg zu meinen Fliesen und Kacheln. Denn selbst wenn gerade ein 38-Tonner mit 120 Sachen durch den Baumarkt gefahren wäre, würde Gerstner das nur in absoluten Ausnahmefällen als Ausrede gelten lassen, vorübergehend erstmal nicht an den Arbeitsplatz zurückzukehren.

Ich bin gespannt, ob sich Markus und Martin schon wieder an ihrem Tapezierstand eingefunden haben. Zumindest Martin hätte ja eine gute Ausrede, wenn er sich beim Einräumen der Mehrfachsteckdosen etwas mehr Zeit genommen hätte, um mit Lara gleich schon mal über erste Termine zur Nachsorgeuntersuchung zu sprechen. Als ich mich von der Seite nähere, sieht das kleine Tapeten-Wunderland jedenfalls ziemlich verlassen aus. In dem Moment, in dem ich in den ,Fliesen und Kacheln'-Gang abbiege, sehe ich jedoch aus dem Augenwinkel, dass beide überraschenderweise doch schon anwesend sind und eifrig in den Tapeten-Musterbüchern blättern.

„Hi, ihr zwei. Alles wieder OK bei euch?" rufe ich herüber und freue mich wirklich, die beiden zu sehen. Nicht zuletzt natürlich auch aus dem Grund, dass mir dank ihrer Voll-Genesung ein vor kurzem noch zu befürchtender Ersatzdienst in der anarchistischen Tapetenruine erspart bleibt.

„Hallo Rüdiger. Alles bestens." rufen beide fast lippensynchron und winken zu mir herüber. Sie scheinen also auch motorisch wieder in ihren alten Aggregatszuständen angekommen zu sein.

„Schon Kundschaft gehabt heute?" frage ich, obwohl diese Frage natürlich ziemlich bescheuert ist.

„Wir warten noch auf den ersten Kunden." schaut Markus von seinem Musterbuch auf, das fast ausnahmslos ziemlich kitschige Tiermotive enthält.

„Brauchst du nicht vielleicht eine neue Tapete?" fragt mich Martin mit einem für seine Verhältnisse ziemlich breiten Grinsen. Ich gehe davon aus, dass daran Oberschwester Lara nicht ganz unschuldig sein dürfte und kann mir gerade noch verkneifen, Markus spontan zu fragen, ob denn bei seinen Tiertapeten vielleicht auch welche mit Buntspecht-Motiven dabei sind.

„Ich bin versorgt, danke." antworte ich stattdessen. „Aber wenn ich mal neu tapezieren muss, weiß ich ja, an wen ich mich wenden muss."

„Sag Bescheid. Wir sind da." zeigt mir Markus seinen erhobenen Daumen und gibt mir damit zu verstehen, dass er meinen nicht im entferntesten ernst gemeinten Kommentar komplett falsch verstanden hat. Diese beiden Typen sind wirklich unglaublich. Ich gehe davon aus, dass sie solche Bemerkungen nicht mal dann richtig verstehen würden, wenn ich ein T-Shirt anhätte, auf dem das Wort ‚Ironie' mit abwechselnd blinkenden Buchstaben stehen würde. Wahrscheinlich würden sie denken, es handele sich dabei um die weibliche Ausgabe von ‚Iron Man' und mich schlimmstenfalls auch noch fragen, wann der Film denn in den Kinos anläuft.

Jedenfalls verläuft die restliche Zeit bis zur Mittagspause äußerst schleppend, was vor allem daran liegt, dass ich die heutigen Kunden mit Fliesenkaufbedarf an den Fingern einer Hand abzählen kann. Und da würden sogar noch einige Finger übrigbleiben. Auch Markus blättert mittlerweile zum gefühlt vierzehnten Mal seine Musterbücher durch, während Martin fast ausschließlich mit seinem Handy beschäftigt ist. Wenn er so weitermacht, dürfte sein Akku schneller leer sein, als die Smoothie-Typen draußen ihren tollen Promostand abgebaut haben und gesenkten Hauptes den Heimweg antreten.

Es dauert dann tatsächlich bis zum späten Nachmittag, dass sich an diesem Montag ein erster ernstzunehmender Kunde in meine Abteilung verirrt.

„Haben Sie hier auch Fliesen? In blau?" fragt er mich.

Es ist ein schon etwas älterer Herr mit einer Brille, die in anderen Kulturkreisen vermutlich auch als Lupe verkauft werden dürfte. Ich tippe auf eine mindestens zweistellige Dioptrienzahl, denn seine Pupillen hüpfen wie zwei, mit jeweils einem großen, dunklen Punkt verzierte Tischtennisbälle hinter den fingerdicken Gläsern hin und her.

„Aber natürlich." antworte ich. Unter normalen Umständen hätte ich ihn jetzt gefragt, was denn auf dem großen Schild steht, das etwa vier Meter über mir hängt, und auf dem in großen Lettern ‚Fliesen und Kacheln' steht. Da ich aber ganz froh bin über etwas Beschäftigung und außerdem davon ausgehen muss, dass er schon froh sein dürfte, überhaupt den Baumarkt gefunden zu haben, erspare ich uns beiden diese Nachfrage.

„Sehr schön. Ich bin ja froh, dass ich überhaupt den Baumarkt gefunden habe." sagt er und verpasst mir damit eine ordentliche, und auch verdiente Portion schlechtes Gewissen.

„Und bei mir sind Sie auch genau richtig. Welches blau darf es denn sein? Meeresblau, azurblau, hellblau, oder vielleicht enzianblau?" frage ich ihn.

„Wenn ich das nur wüsste." seufzt er.

OK, mehr als vier verschiedene Blautöne scheinen ihn zu überfordern.

„Hm. Welcher Raum in Ihrer Wohnung soll denn gefliest werden?" schiebe ich die Aufmerksamkeit ein wenig weg von der Farbthematik.

„Das Bad."

„Na, da kommen wir der Sache ja schon näher." tue ich so, als ob das bereits des Rätsels Lösung sein könnte, was aber natürlich völliger Blödsinn ist.

„Wissen Sie, das blau sollte auf jeden Fall zum Bade-zimmerteppich passen. Und zwar zu diesem gelb hier." ergänzt er und deutet auf den in seinem Einkaufswagen liegenden Frottee-Teppich.

„Na das bekommen wir ja problemlos hin." sage ich. „Wir haben hier wahrscheinlich dreimal mehr Blautöne als es Füllfarben in PowerPoint gibt, da haben Sie dann eher die Qual der Wahl." lache ich, merke aber im selben Moment, dass ihn das natürlich noch mehr überfordern wird als meine gerade eben erst ins Spiel gebrachten vier Blautöne.

„Genau das ist ja mein Problem." seufzt er erneut und tut mir mittlerweile schon fast ein wenig leid. Und das natürlich auch, weil ich keine Ahnung habe, welchen Anteil seine überdurchschnittliche Dioptrienzahl an seiner Entscheidungs-Problematik haben könnte.

„Wie viel Quadratmeter hat denn Ihre zu fliesende Fläche?"

Mit dieser Frage unternehme ich einen zweiten Versuch, die Farbproblematik noch ein weiteres Stückchen mehr auf die Seite zu schieben.

„12,5. Plus Fugen." sagt er freudestrahlend, so als hätte er damit gerade die Eine-Million-Frage bei Günther Jauch richtig beantwortet. Und das noch bevor die vier Antwortmöglichkeiten eingeblendet worden sind.

„Sehr schön. Soll ich mal schauen, ob wir da gerade was im Angebot haben für Sie?" frage ich ihn.

„Oh ja, sehr gerne." vergrößert sich sein freudestrahlendes Grinsen sogar noch, gerade so als glaube er, dies wäre jetzt die Bonus-Frage, welche ihm neben der gerade gewonnenen Million auch noch zu einem neuen Eigenheim verhelfen könnte. Schlüsselfertig und bezugsfertig in vier Wochen.

„Die 12,5, sind das nur Boden, oder sind da auch Wände mit drin?" hake ich nach.

„Nur Boden. Wenn bei 12,5 Quadratmetern auch Wände dabei sind, wäre das mit Sicherheit ein ziemlich kleines Bad, meinen Sie nicht?" läuft er jetzt zu echter Hochform auf.

Wo er recht hat, hat er leider recht. Werde ich ihm aber natürlich nicht sagen.

„Ich frage nur wegen der Abriebklasse." lüge ich daher spontan.

„Welche würden Sie denn empfehlen?" nimmt er den Ball aber dummerweise auf und bringt mich dadurch in weitere Schwierigkeiten.

Als hätte mich dieser Montag nicht schon genug Nerven gekostet.

„Ich schaue mal im Computer nach."

„Ja bitte, tun Sie das mal."

„Einen Moment bitte."

Leider ist die Leistungsfähigkeit unserer Computer manchmal äußerst überschaubar. So auch heute, denn es dauert etwa eine Minute, bis sich nach der Eingabe der Begriffe ‚Fliesen' und ‚blau' das dazugehörende Menü öffnet. Hätte man mit unseren Computern anno 1969 die Apollo 11-Mission gesteuert, würden Armstrong, Aldrin und Collins noch heute in ihren Marshmallow-Anzügen am Kennedy Space Center auf den Start-Countdown warten. Und in der Zwischenzeit hätten wahrscheinlich schon der Vatikan, Legoland oder auch die Firma Haribo erfolgreich Raketen zum Mond geschossen.

„Also ich würde Ihnen unsere Bodenfliese ‚Indigo ROYAL' empfehlen. Die ist im Angebot und die haben wir auch vorrätig". Um das festzustellen, habe ich geschlagene fünf Minuten gebraucht. In der Zeit hätte ein geübter Fliesenleger wahrscheinlich schon sein halbes Bad gefliest.

„Sehr schön. Die nehme ich." sagt mein Kunde, dem diese Wartezeit scheinbar nichts ausgemacht hat. Hat man ja auch nur noch ganz selten.

„Tut mir leid, dass das ein bisschen gedauert hat. Aber unsere Computer hier sind wohl noch ein bisschen im Wochenend-Modus." klopfe ich zweimal kurz auf meinen Monitor.

„Kein Problem. Außer ich falle beim Preis gleich in Ohnmacht."

Bloß nicht, denke ich. Mein Bedarf an allem was irgendwie mit Erster Hilfe zu tun hat, ist für heute bereits mehr als gedeckt.

„Schauen wir mal. Dreizehn Quadratmeter in royal-blau. Abriebklasse 1. Fugen inklusive. 338 Euro." lese ich ihm die Details vor und ergänze dann noch: „Das nenne ich ein

Schnäppchen. Und zum Badezimmer-Teppich passen die auch."

Der entspannte Blick meines Kunden zeigt mir, dass er zum einen mit meiner fachmännischen Farbauswahl zufrieden zu sein scheint und zum anderen auch die Gefahr einer Preis-Ohnmacht gebannt ist.

„Na dann also dreizehn Quadratmeter in royal-blau. Perfekt." sagt er, was seine Pupillen noch ein bisschen größer werden lässt als sie ohnehin schon sind.

„Wunderbar. Ich lasse sie Ihnen gleich an die Kasse liefern. Ihre Abholnummer ist die … Moment ... wie gesagt, der Computer ist heute ein wenig langs... ah, da haben wir sie ja. Also, Ihre Abholnummer ist die 421768."

„421768, das dürfte ich mir merken können. Vielen Dank für die freundliche Beratung, Herr ... äh ...?"

„Seifert. Rüdiger Seifert." antworte ich und entscheide mich dagegen, einfach nur auf mein Namensschild zu tippen, und ihm damit zuzumuten, meinen in 10 Punkt-Schrift aufgedruckten Namen entziffern zu müssen.

„Vielen Dank, Herr Seifert. Sie wissen ja gar nicht, wie schwer es heutzutage ist, eine kompetente Beratung zu bekommen."

„Wem sagen Sie das?" antworte ich und schaue instinktiv aus dem Augenwinkel zu den beiden Tapetentrotteln herüber. Auch wenn sie aufgrund der Vorfälle von heute Morgen noch eine gewisse Kulanz hinsichtlich ihres vollständigen Arbeitseinsatzes haben dürften, so hoffe ich dennoch inständig, dass mein Kunde nicht auf die Idee kommt, sich gleich auch noch von Martin und Markus fachmännisch zum Thema Tapeten beraten lassen zu wollen.

„Kann ich denn sonst noch etwas für Sie tun?" frage ich daher, um mich notfalls augenblicklich selber zum Experten für alle Fragen zu Raufasertapeten oder der Streichfähigkeit von Tapetenkleister zu befördern.

„Vielen Dank. Das war's schon." sagt er nach kurzer Bedenkzeit.

Puh. Glück gehabt.

„Obwohl."

Also doch. Aber sag jetzt bitte nicht das T-Wort, flehe ich innerlich.

„Ja?"

„Haben Sie auch Wasserwaagen?"

Ich glaube, ich habe mich noch nie im Leben so über die Erwähnung des Wortes Wasserwage gefreut wie jetzt gerade.

„Aber natürlich." sage ich freudestrahlend. Denn ich weiß, dass wir tatsächlich über achtzig verschiedene Modelle hier bei uns im Sortiment haben, nachdem mich Patrick das vor ein paar Wochen mal hat schätzen lassen und ich mich mit der Antwort ‚ich tippe auf höchstens fünfzehn Stück' ziemlich blamiert hatte.

„Schön. Wo finde ich die denn?" fragt er.

„Also, Sie gehen vorne rechts in Richtung Kasse und dann biegen Sie nach ungefähr 25 Metern links ab in den Gang 31, dort finden Sie dann bei den Werkzeugen auch die ... ach, wissen Sie was? Ich bringe Sie hin." entscheide ich mich spontan um. Erstens um mir damit ein wenig die Füße zu vertreten und zweitens um den Kunden endgültig aus der Inkompetenz-Schusslinie von Martin und Markus zu bringen.

„Sehr freundlich von Ihnen. Wissen Sie, ich sehe nämlich nicht mehr ganz so gut."

Jetzt muss ich mir tatsächlich ein Lachen verkneifen, denn wenn man diesem Mann etwas auch noch aus mehr als fünfzig Metern Entfernung und bei dichtem Nebel eindeutig ansehen würde, dann ist das eine gewisse Sehschwäche.

„Mache ich doch gerne. Wollen Sie Ihr Bad denn selber fliesen?" wechsele ich elegant auf die Smalltalk-Bundesstraße, während wir in Richtung Gang 31 schlendern.

„Selber fliesen? Na Sie trauen mir ja einiges zu, Herr ..."

„Seifert."

OK, beim Gedächtnis gibt es bei ihm wohl auch die eine oder andere Wanderbaustelle.

„Genau. Herr Seifert. Also ich werde es mal probieren, auch wenn ich befürchten muss, dass mein Bad danach möglicherweise so aussieht wie ein südamerikanischer Andenponcho nach mehreren Schleudergängen in der Waschmaschine. Und meine Badeente wird höchstwahrscheinlich umgehend die Flucht antreten" lacht er.

Ich muss zugeben, dass mich diese Antwort ziemlich überrascht, denn ich frage mich gerade, wie er ernsthaft diese kleinen Luftblasen in unseren Wasserwaagen richtig erkennen will, wenn er noch nicht mal sicher war, ob er vorhin bei mir im richtigen Gang war. Geschweige denn, ob er sich tatsächlich in einem Baumarkt befindet und nicht im örtlichen Hallenbad.

„So, dann suchen wir mal eine passende Wasserwaage für Sie." sage ich, nachdem wir in Gang 31 angekommen sind, und mir unser riesiges Wasserwaagen-Sortiment entgegenstrahlt.

Ich glaube, selbst wenn ich zwanzig Jahre oder noch länger in dieser Männer-Tagesstätte arbeiten würde, gäbe es immer noch Abteilungen, von denen ich so wenig Ahnung hätte wie eben von den unterschiedlichen Typen, Größen und Einsatzzwecken von Wasserwaagen. Aber Herausforderungen sind dazu da, angenommen zu werden. Also versuche ich zunächst mir einen Überblick zu verschaffen. Das teuerste Modell kostet bei uns tatsächlich unglaubliche fast zweihundert Euro. Die Ausstattung mit verschiedenen Griffmulden, einem beleuchteten Display und insgesamt sechs unterschiedlich großen Luftblasen lassen das gute Stück eher so wirken, als handele es sich um ein Steckmodul für eine Marssonde und nicht schlicht und ergreifend lediglich um ein Messgerät, welches einem anzeigt, ob man irgendwas kerzengerade verlegt hat oder eben völlig krumm und schief. Und aufgrund des Gesamtpreises der Fliesen von gerade mal 338 Euro unternehme ich natürlich jetzt auch keinen Versuch, ihm eine Wasserwaage für mehr als die Hälfte dieses Preises anzudrehen.

„Da haben Sie aber eine ganze Menge im Angebot." meint mein Kunde beim Blick auf das riesige Sortiment.

„Allerdings. Alles dabei. Und manche sehen so aus als könnten sie locker auch noch die Hälfte der Funktionen eines handelsüblichen Thermomixes übernehmen, wenn der gerade mal im Urlaub ist."

Der irritierte Blick meines Kunden scheint mir zu sagen, dass er entweder keine Ahnung hat, was ein Thermomix ist, oder hinsichtlich des vielerorts schon so gut wie heiliggesprochenen Thermomixes eher gar keinen Spaß versteht.

„Dann wollen wir mal." löse ich mich aus der Thermomix-Zwickmühle und versuche möglichst fachmännisch zu wirken, obwohl ich keine Ahnung habe, anhand welcher Kriterien man hier das passende Modell herausfinden soll. Interessanterweise haben aber alle eins gemeinsam: die leuchtend grüne Farbe der Luftblasen-Mini-Planschbecken, was sich nur um eine EU-Vorgabe handeln kann, denn bei über achtzig Modellen kann das ja kein Zufall sein. Und da unser Wasserwaagen-Regal an der Rückwand beleuchtet ist, dürfte mein Kunde dank seiner Sehschwäche gerade das Gefühl haben, vor ihm hängen, stehen und liegen nicht nur Dutzende verschiedener Wasserwaagen, sondern es hat sich außerdem noch eine komplette Glühwürmchen-Armee in Stellung gebracht. Bereit zum Angriff.

„Was kostet die hier denn?" fragt er plötzlich und zeigt mittenhinein in den Glühwürmchen-Schwarm. Allerdings deutet er dabei auf den kleinen 8-Zoll-Monitor in der Mitte des Regals. Auf diesem läuft ein Film in Endlosschleife, in dem ein Schönling mit strahlend weißer Latzhose eine zwei Meter lange Wasserwaage auf eine Art und Weise anpreist als handele es sich dabei um so etwas wie den Flux-Kompensator des 21. Jahrhunderts. Hallo? Eine Wasserwaage kann einen korrekten Winkel anzeigen. Vielleicht kann man sie außerdem noch als XXL-Lineal verwenden. Aber das war's dann auch schon.

„Das ist eins unserer teuersten Modelle. Ich denke zum Fliesen verlegen dürfte die vielleicht ein wenig überdimensioniert sein." sage ich, ohne den Preis zu erwähnen. Denn als ich den gerade dem Augenwinkel gesehen habe, kann ich mir beim besten Willen nicht vorstellen, dass der wirklich stimmen kann.

„Och, jetzt habe ich ja bei den Fliesen richtig gespart. Da darf die auch gerne ein bisschen teurer sein." tippt er mit zwei Fingern jetzt direkt auf den Monitor. Dabei handelt es sich wohl um einen Touchscreen-Monitor, denn genau in dem Moment schaltet er auf Stand-by und friert dadurch eine Szene ein, bei der der Hinweis „mit drei Libellen" eingeblendet wird, verbunden mit kleinen Pfeilen, welche auf die drei leuchtendgrünen Luftblasen zeigen.

OK, heißen also Libellen diese Dinger. Wieder was gelernt.

„Dieses Modell kostet 149 Euro." sage ich jetzt doch und bin gespannt auf seine Reaktion.

„Hui." fällt diese allerdings recht kurz und knapp aus.

„Ich denke, wir schauen mal weiter, was wir sonst noch im Angebot haben. Oder?" nicke ich freundlich in seine Richtung, zumal ich die Eigenschaft, dass dieses Ding auch ‚geeignet für Überkopfmessung' sei, als komplett irrelevant für ihn erachte.

Wäre Gerstner jetzt hier, würde er mich allerdings mit Sicherheit fragen, ob ich denn noch wasserwaagen-gerade im Kopf sei. Ein Kunde, der bereit ist, für ein Produkt ein bisschen mehr auszugeben – und ich biete ihm an, nachzuschauen ‚was wir sonst noch so im Angebot haben'? Er kann nachts bestimmt gut schlafen, wenn er ein paar Stunden zuvor gutgläubigen Kunden völlig überteuerte Produkte verkauft hat. Oder wahrscheinlich gerade weil er es gemacht hat. Ich kann das nicht. Und deswegen schieße ich mich auch immer in schöner Regelmäßigkeit selber aus unserer Vorschlagsliste für den ‚Mitarbeiter des Monats' heraus.

„Ja bitte. Eine Nummer kleiner müsste vielleicht auch reichen." scheint jetzt auch mein Kunde selbst gemerkt zu haben, dass kein Mensch so ein teures Ding braucht. Außer vielleicht Menschen, deren kompletter Acht-Stunden-Arbeitstag nahezu ausschließlich aus der Überprüfung horizontaler und vertikaler Ausrichtungen besteht. Und dieser Personengruppe gehört mein Mister Super-Dioptrie definitiv nicht an.

„Wie wäre es denn hiermit?" strahle ich, denn ganz am Rand habe ich ein Exemplar gefunden, das seinen Anforderungen mehr als gerecht werden dürfte.

„Zeigen Sie mal."

„Bitteschön. Sechzig Zentimeter lang, robuster Alu-Ramen mit Kunststoff-Schutzkappen an den Seiten und zwei Libellen. Kostet acht Euro neunundneunzig. Und hat hier sogar noch eine Öffnung zum Aufhängen." zeige ich auf ein schmales, geriffeltes Loch an einem Ende der Wasserwaage.

„Sieht ja fast so aus wie das Ding für 150 Euro aus dem Fernseher." meint er ohne dabei eine Miene zu verziehen.

Also auch wenn er dank seiner ausgiebigen Dioptrienzahl nicht immer 1:1 das gleiche sehen dürfte wie ich, muss ich ihm dennoch recht geben. Außer der fehlenden dritten Libelle und hundertvierzig Zentimetern Länge sehe ich da jetzt auch nicht den ganz großen Unterschied.

„Da muss ich Ihnen fast recht geben." sage ich daher. Ganz recht geben wäre dann doch etwas zu viel des Guten, denn: Gerstner hin oder her, ich bin schließlich hier angestellt, um Produkte zu verkaufen, die letztlich irgendwann auch mein spärliches Gehalt bezahlen sollen. Und bei einer Wasserwaage für achtneunundneunzig ist da eben keine wirklich üppige, zweistellige Marge zu erwarten.

„Ich nehme sie. Nein, warten Sie." sagt er.

Ich warte.

„Ich nehme drei Stück."

Ich frage mich, ob ich jetzt wirklich wissen will, wofür er die beiden anderen benötigt.

„Gerne." sage ich und nehme noch zwei weitere Exemplare aus dem roten Metallkorb.

„Wollen Sie denn gar nicht wissen, wofür ich die beiden anderen benötige?" blinzelt er kurz mehrmals mit den Augen in meine Richtung und erinnert mich damit unweigerlich an Dorie, die schusselige Paletten-Doktorfisch-Dame aus ‚Findet Nemo'.

„Sie werden es mir bestimmt gleich verraten." sage ich, verzichte aber darauf, zurückzublinzeln.

„Wissen Sie, ich bin ja schon ein wenig vergesslich. Und wenn ich mich mal nicht daran erinnern kann, wo ich die eine Wasserwaage hingelegt habe, habe ich dadurch ja noch zwei weitere Chancen, eine zu finden."

Ich bin für einen Moment sprachlos. So bescheuert diese Idee ist, genauso genial ist sie irgendwie gleichzeitig.

„Sehr schlau." antworte ich, weil mir gerade nichts wirklich Intelligentes einfällt. Aber zumindest verleihe ich meinen beiden Worten einen anerkennenden Unterton, den er auch sofort bemerkt.

„Nicht wahr? Aber fragen Sie mich jetzt bitte nicht, ob ich immer alles in dreifacher Ausfertigung kaufe." lacht er und deutet auf die drei Wasserwaagen in meiner Hand.

Hätte ich ihn im Moment tatsächlich nicht gefragt, aber jetzt wo er es anspricht, frage ich mich das natürlich schon. Interessieren würde mich vor allem, bis zu welcher Größe von Gegenständen diese Dreier-Regel gilt. Ich gehe davon aus, dass es bei ihm zuhause weder den Fernseher, noch das Sofa, den Kühlschrank oder sein Auto in dreifacher Ausfertigung gibt. Und seine Frau schon gleich gar nicht. Aber vielleicht hat er praktischerweise ja auch Drillinge geheiratet. Wer weiß.

„So, Herr …äh…"

„Seifert."

„Richtig. Herr Seifert. Ich denke, jetzt habe ich aber wirklich alles."

„Dann bringe ich Sie noch zur Kasse. Und da versichere ich mich dann auch gleich nochmal, ob die Kollegen die richtigen Fliesen an die Kasse geliefert haben."

„421768"

„Wie bitte?" frage ich.

„421768. Meine Abholnummer. Oder haben Sie die etwa schon vergessen?" lacht er und tippt sich mit dem Zeigefinger an die rechte Schläfe. Dadurch verrutscht seine Brille kurz ein wenig und lässt seine Pupillen für einen Augenblick optisch nahezu auf Normalgröße zusammenschrumpfen.

„Äh, nein. Natürlich nicht." stammle ich.

Ich weiß nicht, was mich gerade mehr irritiert. Dass er sich meinen keinesfalls ungewöhnlichen Namen nicht merken kann, dafür aber eine sechsstellige Abholnummer oder sein komplett verändertes Äußeres, sobald diese Riesenbrille seine Pupillen mal für einen kurzen Moment nicht auf Aprikosendimension vergrößert.

„Zahlen konnte ich mir schon immer ganz gut merken, aber bei Namen, da hapert es dann meistens, Herr Seibold." gibt er mir quasi unfreiwillig die Antwort auf meine nur gedachte Frage. Da er meinen Namen also innerhalb der nächsten Minute schon wieder vergessen haben dürfte, verzichte ich auch auf den Hinweis, dass er in den letzten Sekunden nur die ersten drei Buchstaben meines Vornamens richtig behalten hat. Beim SAT1-Glücksrad wäre er damit gerade jedenfalls ausgeschieden.

„Kein Problem. Ich wusste bis vor kurzem auch nicht, dass wir hier bei uns tatsächlich über achtzig verschiedene Wasserwaagen im Programm haben." sage ich um ein bisschen Solidarität mit seinen Gedächtnislücken zu demonstrieren.

„Und jetzt haben sie gleich erstmal drei Stück weniger."

„Und 13 Quadratmeter Fliesen." ergänze ich.

„In royal-blau!" lacht er.

Als dieser Kunde vor einer knappen halben Stunde bei mir aufgeschlagen ist, musste ich befürchten, dass mein Nachmittag so enden würde, wie der heutige Vormittag begonnen hatte. Aber mittlerweile habe ich ihn fast schon ein wenig ins Herz geschlossen. Mit etwas Humor und ein paar kleinen Alltagstricks kommt man scheinbar ganz gut durchs Leben, wie er mir heute gezeigt hat. Und das auch wenn die grauen Zellen hin und wieder mal den Dienst verweigern oder die Augen ab und zu eine sehr individuelle Wahrnehmung an genau diese grauen Zellen melden.

„Sind die Fliesen schon da?" frage ich Maria, als wir bei der Warenauslieferung ankommen.

„421768?" fragt sie mit einer Mischung aus Selbstverständlichkeit und Langeweile und schiebt ihren Kaugummi von der linken in die rechte Backentasche.

„Genau die."

„Moment."

„Danke."

„Wohl auch noch ein wenig im Wochenend-Modus, die Kollegin." flüstert mein Kunde, zieht seine Augenbrauen nach oben und zuckt mit den Achseln.

„Scheint so." antworte ich entschuldigend.

Aber auch wenn heute Freitag oder Samstag wäre und das hier Marias letzte Tagesaufgabe, würde sie sich in genau dem gleichen Modus befinden, wie jetzt gerade. Gerstner hatte sie vor einigen Monaten mal probeweise direkt im Verkauf eingesetzt. Aber sich im Rahmen eines Beratungsgesprächs für Küchenarbeitsplatten an einer Kaugummiblase zu versuchen, die größer werden soll als der eigene Kopf, kam bei den Kunden verständlicherweise nicht wirklich gut an. Und auch nicht bei Gerstner, denn wie sich dummerweise im Nachhinein noch zusätzlich herausstellte, handelte es sich bei diesen Kunden um Testkäufer aus unserer Zentrale. Seitdem ist Maria quasi nur noch das Nummerngirl hier bei der Warenausgabe. Die Begeisterung darüber lässt sie seitdem jeden spüren. Und da ist es ihr auch völlig egal ob der- oder diejenige im Markt angestellt ist oder Kunde.

„Stehen an der Rampe." kommt sie nach weniger als einer halben Minute zurück an ihren Tresen.

„Sehr schön. Danke, Maria."

„Nix zu danken. Finden Sie die überhaupt, Meister?" fragt sie in Richtung meines Kunden.

Ich hatte gehofft, dass sie sich mit Kommentaren zurückhalten würde, die irgendwie auf seine augenscheinliche Sehschwäche abzielen. Aber genauso hätte ich zum Beispiel heute Morgen darauf hoffen können, dass Markus von selber wieder von seinem Ausflug ins Fairy Ultra-Land aufwacht. Das Ergebnis wäre dasselbe gewesen.

„Ich kümmere mich darum." ziehe ich ihn zur Seite.

„OK. Schönen Tag dann noch, die Herren."

„Danke. Ihnen auch." sagt er, was im besten Fall bedeuten dürfte, dass er ihre Bemerkung nicht wirklich mitbekommen hat. Oder nicht verstanden.

„Unsere Rampe ist ein wenig schwer zu finden." lüge ich noch schnell hinterher.

Denn wenn es bei uns etwas gibt, das man völlig problemlos findet, dann ist das unsere Rampe mit der Warenausgabe.

Die Kombination ‚Ware liegt an der Rampe bereit' und ‚Kunde verfügt nach eigener Aussage über eine leichte Sehschwäche' führt mich jedoch unfreiwillig zu der Frage, wie a) der Mann hierhergekommen ist und b) womit er seine dreizehn Quadratmeter Fliesen nach Hause transportieren möchte.

„Sind Sie denn mit dem Auto da?" frage ich ihn daher frisch heraus, bevor ich vor meinem geistigen Auge verschiedene Szenarien durchspiele, die mir wahrscheinlich alle nicht wirklich gefallen dürften.

„Klar. Oder meinen Sie, die Fliesen passen auch auf einen Fahrrad-Gepäckträger?" lacht er.

„Natürlich nicht." tue ich so, als wäre meine Frage tatsächlich völlig absurd gewesen und lege seine drei Wasserwaagen auf das Kassenband.

„Vielleicht können Sie mir aber noch beim Einladen helfen?" fragt er, als die erste Wasserwaage gerade mit dem bekannten Piepen über den Scanner gezogen wird.

„Klar. Mache ich gerne." sage ich. Denn zum einen mache ich das in seinem Fall wirklich gerne und zum anderen möchte ich natürlich sehen, wie er den Begriff ‚sichere Teilnahme am Straßenverkehr' für sich persönlich interpretiert.

„Wo steht ihr Auto denn?" frage ich ihn, als wir auf dem Parkplatz ankommen.

„Da drüben. Bei ... Moment." sagt er und zieht sein Telefon aus der Tasche. Nach nur wenigen Sekunden hat er seine Galerie geöffnet und das Bild eines unserer Parkplatzschilder füllt den Bildschirm.

„Bei 24B?" frage ich, da ich mir erlaubt habe, ihm über die Schulter zu schauen.

„Bei 24B!" antwortet er strahlend.

Der Mann überrascht mich immer wieder.

„Da steht er ja." sagt er, nachdem wir nach knapp einer Minute den Bereich ‚24B' erreicht haben. Und auch wenn ich nicht genau sehe, auf welches Auto er zeigt, ist mir klar, dass er nur ein ganz bestimmtes Auto meinen kann. Denn in etwa fünfzehn Metern Entfernung steht ein Auto, das wie gemacht ist für Menschen mit Sehschwäche, die auf Baumarkt-Parkplätzen nicht aus Versehen in ein falsches Auto einsteigen wollen: Denn in diesen etwa fünfzehn Metern Entfernung steht ein VW Polo Harlekin! Bei diesem Auto müssen die Wolfsburger Mitte der Neunziger Jahre scheinbar für einen kurzen Moment die disziplinarische Kontrolle über ihre Design-Abteilung verloren haben, denn es sieht aus als wäre es auf dem Schrottplatz aus verschiedenen, intakt gebliebenen Einzelteilen verschiedener Polos zusammengebaut worden:

Sonnenblumengelbe Türen, knallrote Motorhaube, limetten-grünes Dach und dazu azurblaue Kotflügel. Also wenn da nicht für jeden was dabei ist, dann weiß ich es auch nicht.

„Steigen Sie ein. Kleiner Ausflug zur Rampe gefällig?" grinst er mich an und schließt die Fahrertür auf.

„Klar." sage ich und nehme auf dem Beifahrersitz Platz. Ohne mir groß darüber Gedanken zu machen, ob, beziehungs-weise wie mein heute sowieso schon leicht angeschlagenes Nervenkostüm diese kleine Strecke überleben wird.

„Sie sagen mir, wo's lang geht. Einverstanden?" schaut er zu mir rüber, als er den Zündschlüssel herumdreht.

„Mache ich."

Ich gehe nicht davon aus, dass er bei dieser Frage eine andere Antwort erwartet hat, geschweige denn eine solche akzeptieren würde.

In einem Tempo, das mich automatisch an die Geschwindigkeit erinnert, mit der Markus heute Morgen versucht hat, sein kleines Tapetenland aufzusuchen, nähern wir uns Meter um Meter der Rampe. Kurz bevor wir ankommen, sehe ich, dass gerade ein kleiner Transporter mit der Aufschrift ‚Früchtchen gefällig?' von unserer Ausfahrt in die Hauptstraße einbiegt. Haben die wirklich bis jetzt gebraucht, um ihren Stand abzubauen, frage ich mich. Egal, Hauptsache, dieses Kapitel ist damit abgeschlossen. Oder zumindest fast. Denn im Raum stehen ja noch die von Gerstner angesprochenen Schadenersatzforderungen. Ob die bei Martin und Markus allerdings für die Jahreskarten im Fitness-Studio und on top vielleicht noch für ein paar XXL-Eimer Eiweiß-Präparate reichen wird, wage ich zu bezweifeln. Dafür hätte dann heute mindestens auch noch ein Krankenhaus-besuch inklusive Magenauspumpen mit dabei sein müssen.

„Soll ich rückwärts ranfahren?" höre ich plötzlich vom Fahrersitz.

Vor lauter Früchtchen, Schadenersatzforderungen und Magen auspumpen war ich so abgelenkt, dass ich gar nicht gemerkt habe, dass wir mittlerweile unsere Rampe erreicht haben.

„Fahren Sie einfach seitlich ran." sage ich. Denn ich weiß natürlich nicht, wie stark diese Dioptrien-Sammlung sein räumliches Sehen entweder vergrößert oder verkleinert. Und demzufolge habe ich keine Ahnung, ob ihm sein kunterbunter Polo so groß vorkommt wie ein handelsübliches U-Boot oder eher doch so klein wie eine dieser Spardosen wie man sie früher immer zum Weltspartag vom freundlichen Bankberater geschenkt bekommen hat.

Als ich aussteige, sehe ich oben auf der Rampe schon ein paar Kartons stehen, bei denen es sich aufgrund des aufgedruckten Logos definitiv um Fliesen handeln dürfte. Und zu meiner Überraschung stehen neben den Kartons auch Markus und Martin.

„Was macht ihr denn hier?" frage ich.

Für Feierabend ist es noch zu früh und ich kann mir nicht vorstellen, dass sie hier stehen, weil beide unbedingt noch dem Smoothie-Transporter zum Abschied winken wollten.

„Gerstner hat uns heute etwas früher freigegeben." sagt Markus. Und Martin unterstreicht diese Aussage noch mit einem energischen Kopfnicken.

„Schau an, das ist ja mal nett von ihm."

„Finden wir auch. Können wir dir noch was helfen, bevor wir uns auf den Heimweg machen?"

„Top timing, Jungs. Die Fliesen-Kartons müssen in diesen vierrädrigen Papagei." zeige ich auf den Polo.

„Kein Problem. Machen wir."

Mittlerweile ist auch mein Kunde ausgestiegen und nestelt am Schloss der Heckklappe herum. Ich bin gespannt, was mich jetzt gleich erwarten wird, wenn er die irgendwann mal aufbekommt.

„Sie ziert sich manchmal etwas." schaut er mich entschuldigend an.

„Nur die Ruhe." sagt jetzt ausgerechnet Markus. Aber mit Ruhe kennt der sich ja seit heute Morgen bestens aus.

Mit dieser Ruhe gelingt es ihm tatsächlich, nach wenigen Augenblicken seine Heckklappe zu öffnen. Und ich hätte wirklich mit allem gerechnet, nur nicht mit dem, was ich da jetzt sehe. Denn sein Kofferraum sieht so aus, als hätte er seinen knuffigen Harlekin-Polo gerade erst in Wolfsburg in Empfang genommen. Auf der Innenverkleidung findet sich weder ein Fussel noch sonst irgendetwas, an dem ein Tankstellen-Staubsauger ernsthaft scheitern könnte.

„Respekt. Der sieht ja aus wie neu!"

„Klar. Ihrer nicht?" schaut er mich mit seinen großen Augen an.

„Naja. Also nicht ganz so neu wie Ihrer." umgehe ich einigermaßen elegant seine Frage. Denn mein Kofferraum sieht meistens so aus wie der Campingplatz am dritten Tag eines komplett verregneten Rock am Ring-Wochenendes.

„Also Jungs, schön vorsichtig einräumen." sage ich zu den M&Ms, die bereits die ersten Kartons am Heck des Polos platziert haben.

„Ist unser Spezialgebiet." nickt Markus und hebt den ersten Karton ins Heck als wäre darin eine hochexplosive Mischung aus Nitroglyzerin und irgendetwas anderem schnell Entzündlichem. Aufgrund seiner Tapeziertechnik der letzten Wochen hätte ich da jetzt eher das Gegenteil erwartet. Interessant, wie so ein bisschen Fairy Ultra scheinbar die Feinmotorik optimieren kann.

„Vielen Dank, meine Herren." lächelt mein Kunde Markus und Martin an, nachdem der letzte Karton im Kofferraum verstaut ist.

„Gern geschehen." tippt sich Markus kurz mit zwei Fingern an die Stirn.

„Und viel Spaß beim Verlegen. Genügend Wasserwaagen haben Sie ja." ergänzt Martin grinsend, nachdem er die drei Dinger entdeckt hat, die ich vorhin auf die Rückbank des Polos gelegt habe.

„Herr Seifert, es war mir ein Vergnügen." nimmt er meine Hand und schüttelt sie kräftig durch.

Wie jetzt? Hat er sich etwa doch meinen richtigen Namen gemerkt?

„Ganz meinerseits. Und wenn Sie noch Fragen haben oder mal irgendetwas anderes in Ihrer Wohnung renovieren müssen, wenden Sie sich einfach an mich." zeige ich auf mein Namensschild.

„Das mache ich. Versprochen, Herr Seiler."

Alles klar. Doch zu früh gefreut.

Jetzt bin ich nur noch gespannt, in welchem Tempo er gleich vom Hof fahren wird. Und ich werde nicht enttäuscht. Denn gefühlt noch langsamer wie gerade auf dem Weg vom Parkplatz 24B zur Rampe fährt er in Richtung Ausfahrt. Ich frage mich, ob er weiß, dass dort die Ausfahrt ist oder ob er da einfach mal auf gut Glück hinfährt. Nach gefühlten drei Minuten biegt er dann aber endlich mit korrekt gesetztem Blinker auf die Hauptstraße ein. Und gerade so, als hätte diese Straße einen magnetischen Impuls bei ihm oder bei seinem Patchwork-Polo ausgelöst, beschleunigt er auf die handels-übliche Geschwindigkeit und reiht sich damit nahtlos in den Verkehr ein. Ich habe keine Ahnung, wie er das nun wieder bewerkstelligt hat, aber ich bin sicher, dass es mich erneut verblüffen würde, wenn ich es wüsste.

„Der hatte aber mal ordentlich Glasbausteine im Gesicht." spüre ich auf einmal eine Hand auf der Schulter.

Es ist Markus.

„Allerdings. Danke nochmal für eure Hilfe."

„Kein Problem."

„Ist Martin schon gegangen? Ihr wolltet heute doch früher Feierabend machen."

„Doch. Aber er muss noch was erledigen."

Soso, ich kann mir gut vorstellen, dass dieses noch-was-erledigen mit L anfängt und ähnlich bunt ist wie das Auto, das hier gerade vom Parkplatz gekrochen ist.

„Na dann, ich geh mal wieder rein. Schönen Abend und bis morgen. Dann wieder smoothie-frei."

„Danke, dir auch. Und Smoothies sind erst mal gestrichen von der Speisekarte."

Mittlerweile ist es schon fast halb sechs. Wenn Gerstner den beiden also vor etwa einer halben Stunde gesagt hat, dass sie etwas früher Feierabend machen dürfen, war das wohl der Witz des Tages. Um die Zeit haben die meistens sowieso schon ihren Tapezierstand zugemacht. Aber egal, die beiden hat's gefreut, Ziel erreicht.

Auf dem Weg zu meiner Abteilung hole ich mein Telefon aus der Hosentasche um zu schauen, ob mir Patrick vielleicht eine Nachricht geschickt hat. Sollte er sich tatsächlich für den Holzzuschnitt gemeldet haben, dürfte er den erwartet ruhigen Nachmittag verbracht haben. Aber keine Nachricht von ihm. Dafür leuchtet ‚Fünf Nachrichten von Dennis Sandner' auf meinem Display.

Ich tippe auf ‚öffnen'.

Erst Nachricht: ‚Servus'

Für ausführliche Anreden war Dennis noch nie bekannt

Zweite Nachricht: ‚Wochenende Fußball schauen?'

Dritte Nachricht: ‚Deine Borussia gegen meine Kölner?"

Klar, denke ich. Bei Spielen in Mönchengladbach gab es für die Kölner ja nur ganz selten was zu holen.

Vierte Nachricht: ‚Und vergiss eure positive Heimspiel-Statistik! Haha'

Fünfte Nachricht: ‚Müssten am Samstag aber noch ein paar Getränke besorgen.'

Diese Nachricht hatte er mit einem Bild des Innenlebens seines Kühlschrankes versehen, auf dem sich nicht wirklich viele Bewohner tummeln. Und zwei Flaschen Apfelschorle halte auch ich für nur bedingt geeignet, uns bei neunzig Minuten Fußball angemessen Gesellschaft zu leisten.

‚Geht klar. Getränke holen wir am Samstag. Und über die Statistik unterhalten wir uns dann gerne nach Spielende nochmal ausführlich.'

Ich garniere das Ganze noch mit ein paar sportlichen Emojis, tippe auf ‚senden', stecke das Telefon zurück in die Hosentasche und mache mich auf den Weg zurück zum ‚Fliesen und Kacheln'-Gang.

Wenig überraschend, kommt mir auf dem kompletten Weg tatsächlich kein einziger Kunde entgegen. Nur ein paar meiner Kollegen sind noch in Einzelgesprächen. Das lässt mich hoffen, dass damit dieser Tag jetzt auch für mich beendet sein dürfte. Und da dann auch weder bei den Fliesen noch am Tapeten-stand weit und breit jemand zu sehen ist, der den Eindruck macht, er benötige jetzt und sofort eine umfangreiche Beratung, beschließe ich, mich den M&Ms anzuschließen und Feierabend zu machen. Und nach diesem Tag habe ich mir den auch mehr als verdient.

In weniger als einer Minute verwandele ich mich kurz darauf wieder vom Baumarktverkäufer Rüdiger Seifert zurück in den AC/DC-Seifert von heute Morgen. Gerade als ich unseren Personalraum verlassen will, vibriert meine Hosentasche:

‚1 Nachricht von Patrick Weber‘.

Aha, also doch noch ein Lebenszeichen.

‚Wo bist du? Komm mal raus zum Parkplatz.‘

Da ich sowieso schon am Eingang bin, schreibe ich gar nicht erst zurück. In dem Moment, als sich die beiden großen Glas-Schiebetüren hinter mir mit einem dumpfen Geräusch schließen, sehe ich Patrick, der gebannt in Richtung Südwest starrt.

„Was gibt's denn so wichtiges?" frage ich ihn.

„Wirst du gleich sehen. Schau mal da rüber." lacht er und zeigt in Richtung unserer Sommermöbel-Freiflächen.

„Was gibt's denn da besonderes zu …?"

„Na, habe ich zu viel versprochen?" grinst er.

Hat er nicht. In etwa zwanzig Meter stehen zwei sehr vertraut wirkende Menschen, angelehnt an ein Auto, das ohne Zweifel einem unserer beiden M&Ms gehört. Und genauso zweifellos handelt es sich bei diesen beiden um einen zierlichen Buntspecht namens Lara und einen Testosteron-Tapetenexperten namens Martin.

„Na das ging ja flott bei den beiden." sage ich und nicke anerkennend in Patricks Richtung.

„Wie meinst du das denn?"

Klar, davon hatte ich ihm ja noch gar nicht berichtet. Bisher wusste er ja nur von Laras Krankenschwester-Künsten hinsichtlich Martin und Markus. Innerhalb von dreißig Sekunden bringe ich ihn daher auch in dieser Thematik auf den neuesten Stand.

„Händchen halten beim Blutdruckmessen und assistieren beim Verteilen der Mehrfachsteckdosen. Großartig. Mehr Romantik geht ja fast nicht." bringt Patrick es auf den Punkt.

„Allerdings. Und ich glaube, ich weiß auch schon, was wir den beiden zur Hochzeit schenken, wenn es dann mal so weit ist."

„Nämlich? Ein paar Mehrfachsteckdosen und ein Blutdruckmessgerät?"

„Nein. Viel zu unromantisch." schüttele ich den Kopf.

„Sondern?"

„Ist doch klar. Fairy Ultra. Und zwar in der Geschmacksrichtung ‚Gemüse püriert'."

„Ich glaube, bei deinem Smoothie war auch irgendwas drin, was da nicht reingehört." schaut mich Patrick mit gespieltem Unverständnis an.

„Ich weiß nicht, was du meinst." rolle ich meine beiden Pupillen in Richtung meiner Nasenspitze.

„Lass uns gehen, du Blödmann. Im Aquarium ist noch eine gute Stunde Happy Hour."

„Sehr gut. Ich denke, das ist die beste Idee des Tages."

DREI

Nachdem ich mich mental darauf eingestellt habe, dass diese Woche bestimmt noch einige weitere Überraschungen bereithalten dürfte, bin ich fast ein wenig enttäuscht, wie normal die restlichen vier Tage im *Honäsch* verlaufen. Markus, Martin und mein Glasbaustein-Kunde bildeten unfreiwillig wohl schon den Höhepunkt der Woche, und alles was sich seitdem zu mir verlaufen hat, war nicht annähernd so unterhaltsam wie die Ereignisse des Wochenbeginns. Erschwerend kam hinzu, dass es keinen Tag gab, an dem ich mehr als beide Hände gebraucht hätte, um Kunden mit ernsthaftem Beratungsbedarf zu zählen. Im Gegensatz dazu hatten meine beiden tapezierenden Nachbarn dagegen jeden Tag mehr als ordentlich Kundschaft. Und überraschenderweise stehen die beiden Musterwände sogar immer noch, allerdings würden sie eine weitere Woche definitiv nicht überleben, soviel Kleister und Tapeten wie darauf mittlerweile verbaut sind. Und während Markus wahrscheinlich ganz froh sein wird, dass die beiden Tapeten-Wochen heute zu Ende gehen und ab nächster Woche wieder Lager angesagt sein wird, könnte es wegen Martin bestimmt noch ein bisschen weitergehen. Denn so oft wie Lara hier immer wieder auftaucht, würde ein ahnungsloser Außenstehender höchstwahrscheinlich darauf tippen, sie wolle sich um eine Stelle als Tapezier-Azubi bei den beiden bewerben. Beziehungsweise lediglich nur bei einem von den beiden.

Mittlerweile wissen nicht nur Patrick und ich, sondern schon mindestens der halbe Laden von Lara und Martin. Nur Gerstner hat offensichtlich noch nichts davon mitbekommen. Vor allem nicht davon, dass sie hier mehrfach täglich vorbeikommt, um nach ihrem Testosteron-Schätzchen zu schauen. Und so wie ich Gerstner kenne würde er sich auch nicht freuen, hier den lebenden Beweis dafür zu haben, dass über die Hälfte der Beziehungen am Arbeitsplatz beginnt, sondern ihr ganz rational und sachlich einen Platzverweis für das kleine M&M'sche Tapetenland erteilen. Da der gute Herr Gerstner aber bei der Größe unseres Baumarktes zum Glück nicht überall gleichzeitig sein kann, blieb Lara diese rote Karte erspart. Auch wenn diese farblich bestimmt perfekt zu ihrem Gesamt-Outfit gepasst hätte.

Apropos Größe. Während man sich in anderen Baumärkten auch ohne GPS ganz gut zurechtfinden dürfte, stellt das bei uns definitiv eine gewisse Herausforderung dar. Denn unser *Honäsch* ist so riesig, dass man fast annehmen könnte, die NASA wäre in der Lage, hier nicht nur sämtliche Weltraumraketen zu bauen, sondern es wäre auch noch ausreichend Platz, die dazugehörenden Starts und Landungen zu üben. Um die Dimension einigermaßen greifbar zu machen, muss man schon auf die weit verbreitete Messgröße „entspricht der Fläche von so-und-sovielen Fußballfeldern" zurückgreifen. Natürlich weiß jeder so ungefähr, wie groß ein Fußballfeld ist. Aber ich habe mich immer gefragt, ob es Menschen tatsächlich leichter fällt, sich vorzustellen, wieviel Fläche des australischen Westens verheerende Waldbrände gerade mal eben so vernichtet haben, wenn man ihnen sagt, dass es der Fläche von sechzehntausend Fußballfeldern entspricht? Kurioserweise liegt die Schwankungsbreite der vom DFB vorgeschriebenen Größen des grünen Rasens übrigens zwischen bemerkenswert wenigen 4050 und beeindruckend vielen 10800 Quadratmetern. Somit liegt die Bewertung eines Waldbrands je nach Betrachter zwischen „das ist ja noch recht überschaubar" oder bereits bei „das Land steht kurz vor der Apokalypse".

Irgendwann wird das Ganze dann von der nächstgrößeren Messgröße wie zum Beispiel „entspricht in etwa der Fläche des Saarlands" abgelöst. Das ist dann zwar eindeutig hinsichtlich der Größe, macht es aber nicht wirklich einfacher. Wer weiß schon, wie groß das Saarland ist, geschweige denn, wo es ist. Oder ob es überhaupt existiert. Wobei: das ist ja Bielefeld.

In unserem Gebäude könnten jedenfalls locker drei bis vier Viertelfinal-Spiele einer offiziellen Fußball-WM gleichzeitig stattfinden. Platz für Zuschauer wäre dann allerdings keiner mehr gewesen und wir hätten zwischen den Plätzen Netze aufhängen müssen, um nicht ständig Spielunterbrechungen wegen „zweiter Ball im Spiel"-Rufen zu haben. Aber alles andere hätte den FIFA-Statuten entsprochen. Und in dieser zugegebenermaßen völlig sinnlosen Flächenberechnung waren noch nicht mal unsere Außen-Parkplätze oder die Tiefgarage eingerechnet. Hätte also bestimmt auch noch für eine parallel stattfindende Volleyball-EM der Frauen gereicht.

Unser *Honäsch* kann es sich also problemlos leisten, die eine oder andere in etwa strafraum-große Fläche unterzuvermieten, und so verfügen wir in einem Umkreis von mehreren Kilometern nicht nur über das wohl kompletteste Sortiment, um die Herzen sämtlicher Heimwerkelnden in höheren dreistelligen Frequenzen schlagen zu lassen, sondern beherbergen außerdem auch noch eine Bäckerei, eine Bio-Textilreinigung, eine Autowaschstraße, eine TÜV-Außenstelle, ein Tattoo-Studio, einen Getränkemarkt, eine Paketannahme und -ausgabe und seit wenigen Tagen auch noch eine kleine Zoo-Handlung. Mit anderen Worten: Würden von heute auf morgen alle Geschäfte im Umkreis von geschätzten zehn Kilometern ihre Pforten schließen, könnten wir problemlos für mehrere Wochen die menschliche Grundversorgung aufrechterhalten. Hierbei rechne ich großzügigerweise die Tankstelle und den Supermarkt auf der gegenüberliegenden Straßenseite einfach mal mit dazu.

Während mich aber zum Beispiel die Existenz der Zoo-Handlung oder auch des Tattoo-Studios nicht wirklich interessieren, bezeichne ich mich bezüglich des Getränkemarktes schon als so etwas wie ein Stammkunde. Und ausgerechnet in diesem Getränkemarkt bewahrheitete sich der bekannte Spruch, dass man sich wohl immer zweimal im Leben begegnet. Denn mit Udo Scharnitzky, dem Chef des Marktes verbindet mich ein ganz besonderes Verhältnis. In der 6. Klasse, die ich scheinbar so toll fand, dass ich sie gleich zweimal absolviert habe, war er sowohl mein Erdkunde- als auch mein Musiklehrer. Die Kombination fand ich damals schon recht eigenartig. Ich bildete mir daher immer ein, dass er im Grunde seines Herzens eigentlich ein kosmopolitisch motivierter Straßenmusiker sei, der darauf hoffte, eines Abends mal in einer S-Bahn-Unterführung von Peter Maffay entdeckt zu werden. Oder auch von Dieter Bohlen. Wurde er aber nicht. Und Peter Maffay oder Dieter Bohlen gehen wahrscheinlich zwar überall hin, aber eben nicht abends in schlecht beleuchtete Unterführungen.

Jedenfalls war der Job als Lehrer dann wohl auch nicht mehr das, wofür er die nächsten zwanzig Jahre noch jeden Morgen aufstehen wollte. Irgendwann hatte er den Entschluss getroffen, sich neben seinen berufsbedingt verfügbaren geographischen Kenntnissen auch noch auf die lokalen Spirituosen-Spezialitäten dieser Länder zu konzentrieren. Das hatte zur Folge, dass er sich innerhalb von knapp drei Jahren in diesem Spezialgebiet ein schon fast lexikon-ähnliches Wissen aneignen konnte. Würde es bei ‚Wer wird Millionär?'

also irgendwann mal ein Spirituosen-Special geben, wäre der gute Udo Scharnitzky da jokerfrei noch vor der ersten Werbeunterbrechung um einen siebenstelligen Betrag reicher.

Nach einem 14-tägigen Sommerurlaub auf irgendeiner der dreiundfünfzigtausend griechischen Inseln, beschloss er schließlich, seine pädagogische Laufbahn schlagartig und damit gleichzeitig auch noch sehr deutlich vor dem Erreichen des notwendigen Pensionsalters zu beenden. Seine Ehefrau beschloss daraufhin genauso deutlich, selbiges mit der Ehe der beiden zu tun. Und so wurde aus dem Erdkunde- und Musiklehrer Udo Scharnitzky ein glücklicher, alleinstehender Getränkefachmann mit einem stetig wachsenden Kundenstamm. Die Tatsache, dass er in seinem Sortiment mittlerweile über eine hohe zweistellige Anzahl Ouzo-Sorten verfügte, hatte ihm sehr schnell den Spitznamen ‚Ouzo-Udo‘ verschafft. Und jede neu hinzukommende Sorte wurde von ihm mit einem eine Woche lang geltenden Einführungs-Rabatt in Höhe des Alkoholgehaltes ins Sortiment aufgenommen. Die so gewährten Nachlässe von teilweise bis zu satten 46 Prozent hatte er allerdings mehr als schnell wieder wettgemacht, denn sein Anteil an Stammkunden stieg mindestens doppelt so schnell wie sein Ouzo-Sortiment.

Ich habe mich Udo Scharnitzky lange Zeit nicht als sein ehemaliger Doppelt-Sechstklässler zu erkennen gegeben, und er hatte scheinbar sämtliche Erinnerungen an seine Schulzeit bei den verschiedenen Probeverkostungen, zu denen er regelmäßig eingeladen wurde, in unwiederbringliche Bereiche seines Gehirns verabschiedet. Somit war ich für ihn nur einer von vielen Kunden, der eben auch noch zufällig im benachbarten Baumarkt arbeitet. Zumindest war dies der Status bis zum heutigen, für mich arbeitsfreien Samstag, an dem ich zusammen mit Dennis die Getränkevorräte für das anstehende Bundesliga-Wochenende auf den neuesten Stand bringen wollte.

„Der sieht ja aus wie der alte Scharnitzky" sagt Dennis direkt beim Betreten des Getränkemarktes.

Wir schieben unsere Leergutkisten gerade am obligatorischen Ouzo-Sonderangebot und einer Großpalette irgendeines Szene-Biers mit Holundergeschmack vorbei, als rechts davon Ouzo-Udo einer Kundin behilflich ist, die völlig hilflos mit verschiedenen Roséwein-Flaschen hantiert.

„Der sieht nicht nur so aus, er ist es." bestätige ich seine Annahme.

„Das gibt's doch nicht. Was macht der denn hier?" starrt mich Dennis an.

„Er hat vor einigen Jahren seinen Lehrerjob gekündigt. Der Handel mit Getränkeflaschen versprach wohl auf lange Sicht mehr Spaß, als solchen Erdkunde-Flaschen wie uns den Unterschied zwischen den Alpen und den Anden beizubringen." grinse ich.

Dennis' Blick scheint mir irgendwie zu sagen, dass er bis heute noch nicht verstanden hat, dass es da tatsächlich einen Unterschied gibt.

„Dann hat ihn seine Frau verlassen. Sie hatte gedanklich die pensionsfinanzierte spanische Finca für die Wintermonate schon fest in ihrer Lebensplanung verankert. Die Aussicht, dann aber doch weiterhin alle vier Jahreszeiten hier in Deutschland verbringen zu müssen, führte nach ein paar aussichtslosen Versuchen, ihm seine Kündigung noch mal auszureden, direkt zum Scheidungsanwalt. Mit ihm verbringt sie jetzt übrigens die kalten deutschen Wintermonate in einem Vorort von Marseille. Mit Meerblick. Tja, c'est la vie."

„Selawas?"

„C'est la vie. So ist das Leben." kläre ich ihn auf. Dennis' Französisch-Kenntnisse sind tatsächlich noch schlechter als die in Geographie.

Aber damit habe ich Dennis zumindest in Kurzform über all die Dinge informiert, die meine Mutter durch intensive Gespräche mit den diversen Elternteilen meiner früheren Mitschüler zu einem Scharnitzky-Gesamtbild zusammengeführt hatte.

„Unglaublich." schüttelt Dennis geistesabwesend den Kopf. Scheinbar befindet er sich gedanklich immer noch irgendwo in den Gipfelregionen seiner ganz eigenen südamerikanischen Alpen.

„Hallo Herr Seifert." strahlt mich Herr Scharnitzky plötzlich an. „Schön, dass Sie auch am Wochenende mal vorbeikommen."

„Sind die Alpen tatsächlich in Südamerika, Rüdiger?" höre ich Dennis' Stimme links hinter mir auf Kniehöhe. Als ich mich umdrehe, sehe ich, wie er gerade zwei Kisten des Holunder-Szene-Biers auf unseren Wagen wuchtet.

Und scheinbar lösen diese sieben Worte bei Ouzo-Udo ein spontanes Total-Deja-vù aus.

„Dennis? Dennis Sandner?" fragt er in Richtung meiner linken Kniescheibe.

Dennis erhebt sich, und schiebt mit dem rechten Fuß die zweite Kiste noch vollends auf den Wagen.

„Richtig, Herr Scharnitzky. Schön Sie mal wiederzusehen." lügt Dennis ohne rot zu werden. Denn im Gegensatz zu mir, dessen Ehrenrunde in der sechsten Klasse ein noch vertretbarer Ausrutscher war, bedeuteten seine langjährigen Scharnitzky-Noten beinahe das komplette Schul-Aus für ihn.

„Ich wusste gar nicht, dass Sie und Herr Seifert sich kennen."

Und genau in dem Moment, in dem er meinen Namen ausgesprochen hat, kommt ihm dann die Erleuchtung.

„Das gibt's doch nicht." lacht er jetzt herzhaft in meine Richtung.

„Natürlich. Sie sind Rüdiger Seifert. Dennis, das Erdkunde-Genie und Rüdiger, der Doppel-Sechser."

Beeindruckend, welche längst verloren geglaubten Informationen durch die Kombination der Alpen, Südamerika und dem Anblick meines Kumpels Dennis da gerade bei Herrn Scharnitzky reaktiviert werden.

„Na, da hätten Sie doch auch schon mal früher etwas sagen können." sagt er und drückt mir die Ecke seines Klemmbretts in die rechte Schulter. „Oder haben Sie gedacht, ich würde hier nur Einser-Schüler bedienen? Da wäre es hier aber ganz schön leer. Hahaha."

Toll, soviel Humor hätte ich mir früher schon mal von ihm gewünscht. Ob Dennis das auch witzig findet, kann ich allerdings nicht sehen, da er gerade tatsächlich auch noch einen dritten Kasten dieser bestimmt pappsüßen Bierbrause auf unseren Wagen wuchtet.

„Ich muss gerade noch der netten Dame hier bei ihrem Mädelsabend-Sixpack behilflich sein." Dabei zeigt er mit seinem scheinbar multifunktional einsetzbaren Klemmbrett in Richtung einer attraktiven Blondine und zwinkert uns konspirativ zu.

„Wobei?" fragen Dennis und ich unfreiwillig im Chor.

„Beim Mädelsabend-Sixpack. Sechs Flaschen Rosé zum selber zusammenstellen. Geniale Idee, oder?" gluckst Ouzo-Udo. „Die Idee kam mir, als hier vor ein paar Wochen ein durchgeknalltes Mädels-Trio aufgetaucht ist und sich in einer halben Stunde nicht darauf einigen konnte, was denn jetzt die besten Getränke für den Junggesellinnen-Abschied wären. Am

Schluss sind sie mit drei Flaschen Prosecco und irgendeinem Rosé rausgelaufen."

„Und wie kam es dann zu der Idee?" frage ich.

„Ganz einfach. Nur kurz danach kamen drei Typen rein. Direkter Weg zu den Sixpacks, jeder eins vom Stapel genommen und ab zur Kasse. Schneller und effizienter als die sind höchstens noch die Jungs, die in der Formel Eins die Räder wechseln."

„Aha". Dennis scheint ähnlich beeindruckt wie ich und ist gedanklich zumindest endlich nicht mehr in den Alpen. Oder den Anden.

„Tja, und dann hab' ich mal eins und eins zusammengezählt. Eine halbe Stunde für dreimal Prosecco und Rosé im Vergleich zu weniger als zwei Minuten für drei schnelle Sixpacks Bier. Da stimmt was nicht. Und so war ruckzuck die Idee für das Mädelsabend-Sixpack geboren. Ganz ohne finanziellen Aufwand. Hätte ich mir dafür irgendwelche überbezahlten Marketing-Fiffis engagiert, da wären die doch nie draufgekommen." lacht er zufrieden.

Herr Scharnitzky hat durch seine feurige Erzählung allerdings beinahe seine Kundin vergessen, die immer noch hilflos mit der halbvollen Holzkiste in wenigen Metern Entfernung steht, knapp unterhalb des Schildes mit dem Aufdruck „Roséweine aus aller Welt".

„Äh, ich glaube, da wartet immer noch jemand auf Ihre Expertise." sage ich daher zu ihm. Dabei lege ich meinen Kopf leicht schräg in die Himmelsrichtung der Blondine, damit er weiß, was ich meine.

„Huch. Stimmt ja. Danke." schlägt er sich beinahe sein Klemmbrett ins Auge.

„Nicht weglaufen, Jungs. Bin gleich wieder da."

Als er in ihre Richtung entschwindet, schauen Dennis und ich ihm mit einer Mischung aus Bewunderung und Faszination hinterher. Ich hatte in den vergangenen zwei Jahren zusammengerechnet weniger mit ihm gesprochen als heute in den letzten knapp zwei Minuten. Genau genommen konzentrierte sich unsere bisherige Kommunikation auf „Guten Tag", „Bar oder mit Karte?" und „Schönen Tag Ihnen. Auf Wiedersehen." Und jetzt braucht es ausgerechnet den Geografie-Kronleuchter Dennis, um das Tor zu unserer gemeinsamen Vergangenheit zu öffnen.

„Schau dir das an. Schau dir an, wie die ihn ansieht." flüstert Dennis. Wir haben uns ein wenig hinter die Szenebier-Palette zurückgezogen und beobachten Ouzo-Udo bei seiner Beratung. Während er ihr also mit der einen Hand die unterschiedlichen Rosé-Flaschen in einem wahrscheinlich exakt abgemessenen 60-Grad-Winkel entgegenhält, damit sie einen Blick auf das Etikett werfen kann, berührt seine andere Hand immer wieder beiläufig ihren rechten Unterarm. Und spätestens als sie anfängt, ihren Kopf leicht zur Seite zu neigen und sich durchs Haar zu fahren, benötigt man keinen Experten für Mimik und Gestik mehr, um zu wissen, was hier gerade passiert. Denn ich bin mir sicher, wir beide werden hier gerade Zeuge für die Mutter des perfekten Verkaufsgesprächs.

Nachdem Udo Scharnitzky schließlich die sechste Roséflasche in die schmucklose Holzkiste stellt, sind das Mädelsabend-Sixpack und seine strahlende Besitzerin bereit für den Gang zur Kasse. Wie paralysiert folgen wir den beiden mit immer noch fasziniertem Blick. Und dann folgt unbestritten die Königsklasse im noch nicht geschriebenen ‚Wie werde ich erfolgreicher Verkäufer im Getränke-Einzelhandel?'-Handbuch sein. Denn was macht Scharnitzky? Er überlässt seine Kundin nicht irgendeinem gelangweilten Verkäufer, sondern setzt sich persönlich an die Kasse. Das dürfte nicht nur die Königsklasse sein, das ist sie! Und während sie ihre PIN in den EC-Karten-Leser eintippselt, fischt er etwas unter seiner Kasse hervor, das ich im ersten Moment nicht wirklich erkennen kann, erst als er es um den Flaschenhals einer der sechs Flaschen wickelt. Es handelt sich um mehrere Kunststoff-Armbänder in unterschiedlichen, knallbunten Farben, auf denen irgendetwas eingedruckt zu sein scheint. Was genau auf den Bändern draufsteht, können wir aus der Entfernung natürlich nicht erkennen, aber Sixpack-Blondie entlockt es ein weiteres Lächeln, das selbstverständlich unmittelbar von Scharnitzky erwidert wird. Diese Aktion muss sie aber irgendwie irritiert haben, denn sie vergisst, ihre Karte aus dem Lesegerät zu ziehen. Ich bin mir aber ziemlich sicher, dass auch dies ein Teil des Scharnitzky'schen Masterplans sein wird. Denn so elegant, wie er nur wenige Sekunden später die Karte mit einer gekonnten Handbewegung aus dem Gerät befreit und ihr überreicht, muss er das in wochenlangen Trainingsstunden eingeübt haben. Soviel steht fest.

„Das will ich auch."

Dennis' Stimme bringt mich schlagartig wieder zurück in die Realität. Er war die letzten zwei Minuten quasi bewegungslos, aber mit offenem Mund neben mir gestanden. Lediglich die Tatsache, dass er hörbar atmete, hat mir versichert, dass ihn dieses Szenario nicht in eine Art Ohnmacht versetzt hat. Und jetzt hat er glücklicherweise auch seine Stimme wiedergefunden, gerade noch rechtzeitig bevor sich in einem seiner Mundwinkel ein kleiner Speichelfaden hätte bilden können.

„Das will ich auch." wiederholt er apathisch. Vielleicht auch nur um sicherzugehen, dass ich es auch ganz bestimmt mitbekommen habe.

Dennis und ich kennen uns seit der Kindheit. Unsere Mütter waren beide abwechselnd halbtags in einem kleinen Blumenladen beschäftigt, sodass wir die jeweils freien Nachmittage immer zuhause beim anderen verbrachten. Der Umstand, dass er eine drei Jahre ältere Schwester hatte, erwies sich dabei für mich als großer Glücksfall. Denn Marie verbrachte, sobald sich das Thermometer einigermaßen stabil auf zweistelligen Temperaturen eingependelt hatte, den kompletten Nachmittag auf der elterlichen Gartenliege. Für einen 13-jährigen Jungen, dessen Welt in erster Linie aus Harry Potter, einer in die Jahre gekommenen Playstation und TV-Dokumentationen über das Leben auf amerikanischen Flugzeugträgern bestand, öffnete sich dadurch eine Türe in eine ganz neue Welt. Wobei es sich bei dieser Tür genau genommen eher um eine nicht richtig befestigte Pressspan-Platte von Dennis' Balkonverkleidung handelte, die mir vom ersten Stock einen perfekten Blick in den Garten ermöglichte. Meine Mutter hatte sich zwar gewundert, dass ich immer mit recht guter Laune von den Nachmittagen bei Dennis zurück-kam, ich ließ sie aber in dem Glauben, dass das ausschließlich an meiner Freundschaft mit Dennis lag. Und natürlich auch daran, wieviel Spaß das gemeinsame Erledigen der Hausauf-gaben gemacht hatte.

Nachdem meine Mutter irgendwann den Job im Blumenladen gekündigt hatte, wurden unsere gemeinsamen Nachmittage leider immer seltener. Hinzu kam, dass auch Maries Nachmittage mittlerweile nicht mehr alleine auf der Gartenliege stattfanden, sondern händchenhaltend mit irgendeinem Rolf oder Ralf aus ihrer Parallelklasse. Daher schien es irgendwann auch nur noch eine logische Fügung des Schicksals zu sein, das Dennis' Vater die Pressspannplatte wieder richtig am Balkongeländer befestigt hatte, was dieses Kapitel meiner frühen Jugend damit final besiegelte.

Nachdem unsere Schulzeit zu Ende gegangen war, blieben wir dennoch in Kontakt. In den letzten zwei Jahren bemühte sich Dennis, nachdem er seine Mittlere Reife mit einer nicht mehr für möglich gehaltenen 3,8 gerade noch so geschafft hatte, aber nicht wirklich darum, seinem Leben zumindest in beruflicher Sicht irgendwie einen Sinn oder zumindest eine Perspektive zu geben. Aus den beiden anfänglich geplanten „ich-mache-jetzt-erstmal-nichts"-Monaten wurden letztendlich stolze vierzehn. Dies versetzte seine Eltern in einen Zustand, der sich irgendwo zwischen Verzweiflung und Apathie einpendelte. Zumal jeder neu hinzugekommene Monat des Nichtstuns Dennis' Chancen auf eine vernünftige Berufsausbildung deutlich sinken ließen. Von seiner Idee, diese Lücke in seinem Lebenslauf mittels eines Hinweises auf eine einjährige Weltreise zu füllen, konnte ich ihn glücklicherweise aber mit dem auch für ihn nachvollziehbaren Hinweis auf seine Alpen- und Anden-Schwäche und andere geographische Wissenslücken schnell wieder abbringen.

In dieser Zeit schaffte es Dennis jedoch zumindest, mit der einen oder anderen Rolle bei den Scripted Reality-Formaten von RTL ein paar Euro zum Haushaltseinkommen seiner bemitleidenswerten Eltern beizutragen. Seine persönlichen Highlights waren dabei die Auftritte bei den ‚Trovatos' und in einer Doppelfolge der ‚Verdachtsfälle'. Zum einen spielte er einen psychisch komplett gestörten Stalker, der sich in die Mutter seiner Ex-Freundin verliebt hatte, zum anderen einen Kioskbesitzer, der trotz oder wegen seinem partiellem Gedächtnisverlust glaubte, mit dilettantisch geplanten Einbrüchen bei seinen Stamm-Kunden ein wenig seine Urlaubskasse auffüllen zu können. Mit der Überzeugung, dass dies seine Eintrittskarte für höhere Weihen à la Hollywood darstellen könne, stand er allerdings von Anfang an ziemlich alleine da. Denn beide Rollen spielte er so grottenschlecht und unglaubwürdig, dass er für weitere Rollen nicht mehr berücksichtigt wurde. Lediglich als Statist durfte er noch einmal bei den ‚Trovatos' für zwei Sekunden einen betrunkenen Gast in einer Kneipe spielen, der ein randvolles Pilsglas auf einen Spielautomaten schleuderte.

Als ich schließlich meine Ausbildung zum Einzelhandelskaufmann begann, hoffte ich, dass das für ihn möglicherweise eine gewisse Motivation darstellen könne, sich vielleicht nach etwas ähnlichem umzusehen. Faktisch hatte es aber genau das Gegenteil zur Folge, denn fünfmal pro Woche zu einer einstelligen Uhrzeit aufzustehen passte so gar nicht in seine Lebensplanung. Wenn es so etwas wie eine Lebensplanung überhaupt gibt bei ihm. Somit entfielen für ihn von vorneherein gefühlt gleich mal schätzungsweise 99% der landläufig bekannten Berufsbilder auf einen Schlag. Das kümmerliche eine Restprozent umfasste zweifelhafte Berufsbilder wie Spielhallenaufsicht, Paketlasterbelader oder Drogenhändler. Und dafür war Dennis ganz eindeutig mindestens so ungeeignet wie zum Beispiel ein Analphabet für einen Job in der Duden-Redaktion.

Diese stark gegenläufigen Tagesabläufe und Zukunftsvorstellungen verhinderten bedauerlicherweise auch einen Großteil möglicher gemeinsamer Aktivitäten, die in einem ‚werktags und bis spätestens 22 Uhr beendet'-Zeitfenster anzusiedeln waren. So verlagerten sich diese fast ausschließlich auf die Wochenenden. Und in den Monaten August bis Mai orientieren sich diese in erster Linie am Spielplan der Ersten Fußball-Bundesliga. Deswegen stehen wir heute in Scharnitzkys Getränke-Laden. Aber die Ereignisse, von denen wir gerade Zeuge geworden waren, hätten dieses Vorhaben beinahe unwiederbringlich aus unserem Kurzzeitgedächtnis gelöscht.

„Was willst du auch?" frage ich Dennis, um uns beide langsam wieder zurück in die Realität zu holen. Blöde Frage. Die Antwort hätte ich mir nämlich auch ganz einfach selber geben können.

„Dieser Typ ist definitiv über fünfzig, ist kleiner als jede dieser Ouzo-Paletten hier und hat einen ziemlich albernen weißen Kittel an. Aber diese Frau schaut ihn an, als hätte er gerade erst einen George-Clooney-Doppelgänger-Wettbewerb gewonnen. Und zwar einen, an dem Clooney selber teilgenommen hat. Und das will ich auch." sagt Dennis und fasst damit die Geschehnisse mittels einer meiner Meinung nach astreinen Punktlandung perfekt zusammen.

„Verständlich." murmele ich und klinge dabei so, als hätte mein Unterbewusstsein gerade die Hoheit über mein Sprachzentrum übernommen.

„Wie macht er das?" Dennis' Stimme hat im Gegensatz zu meiner immer noch ihre vertraute Stimmfarbe. Lediglich die mitschwingende Bewunderung hatte ich bei ihm noch nie zuvor vernommen.

„Ich habe keine Ahnung. Aber ich bin sicher, er wird es uns verraten. Hast du gesehen, wie er sich gefreut hat, als er uns beide vorhin wiedererkannt hat?"

„Schon. Aber warum sollte er das tun?" fragt Dennis ungläubig.

„Ganz einfach. So viel Anerkennung hat er in seinen zwanzig Jahren Schuldienst doch bestimmt nie bekommen. Weder von seinen Kollegen, und von so Schülern wie uns schon gleich gar nicht. Und jetzt ist er hier der unbestrittene König vom Rosé-Land."

Herr Scharnitzky wartet noch, bis seine Kundin sich, die sechs Flaschen Rosé inklusive Holzkiste und die Armbänder sicher ins Auto gebracht hat und kommt dann beschwingt in unsere Richtung. Ich bin mir sicher, ihn an keinem einzigen Unterrichtstag jemals so entspannt erlebt zu haben.

„Herr Scharnitzky, das hätten wir ja echt nicht gedacht, dass wir uns nochmal wiedersehen. Vor allem nicht bei Ouzo und Holunderbier statt mit Erdkundebüchern und Hausaufgaben." strahlt ihn Dennis in seiner immer noch anhaltenden Verzückung an.

„Udo." strahlt er zurück und streckt Dennis seine rechte Hand entgegen.

Dennis starrt erst mich etwas ungläubig an, dann Herrn Scharnitzky.

„Sagt einfach Udo zu mir." schaut er uns beide abwechselnd an und streckt jetzt auch mir die Hand entgegen.

„Äh. Klar. Gerne. Ich bin Rüdiger." nehme ich sein Angebot an.

„Dennis" sagt Dennis.

Jetzt ist es seine Stimmlage, die irgendwie eine andere Färbung angenommen zu haben scheint. Die schlechten Noten, die ihn beinahe seinen Abschluss gekostet hätten, machen es ihm anscheinend doch nicht ganz so leicht, sein Verhältnis zu Udo innerhalb so kurzer Zeit auf das nächste Level der Vertrautheit zu heben.

„So Jungs. Und jetzt erzählt ihr mir mal, was so aus euch geworden ist."

Ich frage mich, ob er etwa vergessen hat, dass ich nicht erst seit gestern nebenan in dem Baumarkt arbeite.

„Herr Scharnitzky, Sie wissen doch wo ich arbeite."

„Udo."

„Was?"

„Udo. Schon vergessen? Wir sind seit knapp 30 Sekunden per du." lacht er.

„Ach so. Klar. Udo. Also du weißt doch, dass ich hier im Honäsch arbeite.

„War doch nur Spaß. Klar weiß ich das."

Ich erwarte die nächste Begegnung mit seinem Klemmbrett, das hat er aber mittlerweile auf der minütlich kleiner werdenden Holunderbier-Palette abgelegt.

Unsere verständlicherweise bisher noch recht bescheidenen Karrierewege sind schnell erzählt. Dennis verzichtet bei seiner Aufzählung peinlicherweise jedoch nicht auf die Erwähnung seiner Rollen bei den ‚Trovatos' und den ‚Verdachtsfällen', was Udo aber überraschenderweise mit einem anerkennenden Nicken statt mit einem ‚Das-hast-du-nicht-wirklich-gemacht?'-Kopfschütteln kommentiert. Scheinbar hat er sich nicht nur aus dem Schuldienst verabschiedet, sondern auch ein Stück weit von seinen kulturellen Ansprüchen. Zumindest glaubte ich bisher, dass Scharnitzkys Niveau doch noch deutlich über dem des durchschnittlichen RTL-Zuschauers liegen würde. Tja, so kann man sich täuschen.

„Und was willst du jetzt machen, Dennis?" will Udo wissen, als Dennis klargemacht hat, dass eine mögliche Schauspiel-Karriere nur sehr kurz einen ernsthaften Bestandteil seiner Zukunftsplanung darstellte.

„Keine Ahnung. Aber das was Sie, äh, das was du hier machst, das finde ich richtig gut."

„Hm." Udos Reaktion ist bestimmt nicht das, was Dennis jetzt gerne gehört hätte.

„Also … glaube ich." fügt er daher noch schnell hinterher, was aber Udos Bedenken nicht wirklich zu besänftigen scheint.

Auch ich befürchte, dass seine Begeisterung schnell wieder abnehmen wird, wenn er feststellt, dass die Kundschaft nicht ausnahmslos aus hilflosen Blondinen mit unwiderstehlichem Augenaufschlag bestehen wird, sondern logischerweise öfters auch mal aus schusseligen Rentnern, Red-Bull-Hauptschülern oder vom *Honäsch* herübergekommenen, nicht nur unter den Achseln transpirierenden Handwerker-Trupps. Aber so begeistert wie er in diesem Moment ist, will ich jetzt nicht den großen Bremser spielen.

„Super Idee." sage ich daher in seine Richtung, wenn auch vielleicht etwas zu übertrieben.

Aber es ist auch nicht komplett gelogen, denn die Ereignisse der letzten Stunde haben auch bei mir ein bisschen das Gefühl hervorgerufen, ein Job bei Ouzo-Udo könnte vielleicht doch das Richtige für Dennis' Zukunft sein. Ehrlicherweise habe ich da auch schon ein wenig die Vorzüge des Mitarbeiter-Rabattes eingerechnet, in dessen Genuss Dennis früher oder später unweigerlich kommen würde. Und ich damit irgendwann auch. Dieses Maß an Eigennutz finde ich in diesem Moment absolut vertretbar.

„Wisst ihr, Jungs, ich hätte mir nie vorstellen können, mal einen solchen Schritt zu machen. Goodbye Schuldienst, welcome Promille. Und auch wenn die erste Zeit alles andere als einfach war, ich würde es jederzeit wieder genauso machen." nimmt Udo jetzt wieder den Gesprächsfaden auf, der durch Dennis' plötzlichen Begeisterungsschub kurzzeitig abgerissen zu sein schien.

„Und das, obwohl dich deine Frau verlassen hat?" fragt Dennis.

Was ein Trottel, denke ich nur. Udo fragt bestimmt gleich, woher er das weiß. Ich habe große Zweifel, ob mir jetzt spontan eine Geschichte einfällt, mit der ich glaubhaft meine

Mutter und ihre detektivische Kleinarbeit decken könnte. Ich schaue unauffällig rüber zu Dennis, um ihm mit verschiedenen diagonalen Augenbewegungen klarzumachen, dass in seinen nächsten Fragen bitte auf keinen Fall auch noch die Begriffe ‚Anwalt', ‚Marseille' oder ‚Meerblick' vorkommen sollten.

„Ganz ehrlich? War leichter als ich mir es damals vorstellt hatte."

Puh. Diese Klippe ist umschifft. Udo hat nix gemerkt.

„Hat Rüdigers Mutter dir davon erzählt?" fragt er und grinst in meine Richtung.

OK. Er hat es doch gemerkt. Danke Dennis.

Ehrlicherweise muss ich zugegeben, dass meine Mutter in unserer Nachbarschaft zu dieser Zeit so eine Art Betaversion einer WhatsApp-Gruppe war. Aber eben halt in Menschengestalt. Dies führte unter anderem soweit, dass zum Beispiel Änderungen bei den Bus-Abfahrtzeiten von Ausflügen oder Informationen zu Sammelbestellungen von Schulbüchern nicht mehr vom Sekretariat der Realschule verschickt, sondern eine Handvoll Schüler gebeten wurde, diese Infos bitteschön über ihre Mütter an die restlichen Haushalte weiterzugeben. Und ein Schüler aus dieser Handvoll war eben auch der kleine Rüdiger Seifert.

„Ist schon OK. Immerhin ist sie ja bei der Wahrheit geblieben und hat damals nicht noch irgendwelche erfundenen Dinge dazu gedichtet." Udo scheint das alles ziemlich locker zu sehen. Ob diese neu gewonnene Lässigkeit möglicherweise in einem direkten Zusammenhang mit seinen regelmäßigen Ouzo-Verkostungen der letzten Wochen und Monate steht, kann ich zwar zu diesem Zeitpunkt noch nicht wirklich einschätzen, ist aber irgendwie ja auch völlig egal. Im Moment habe ich eher ein bisschen das Gefühl, das hier könnte gerade der mittlerweile schon inflationär oft zitierte ‚Beginn einer wunderbaren Freundschaft' sein.

Während wir also in Erinnerungen schwelgen und nebenher Dennis' beruflicher Zukunft neues Leben einhauchen, legt sich so langsam der große Samstags-Ansturm im Getränkemarkt. Nur noch ein paar vereinzelte Bierdurstige schieben ihre Wochenend-Bedarfe gelangweilt in Richtung Kasse und legen dabei, wie von Geisterhand gesteuert noch ein paar Tüten Chips auf die blauen, roten oder grünen 20-er Bierkästen in ihren Wagen. Auch potentielle Sixpack-Mädels sind weit und breit keine mehr in Sicht. Udo quittiert das mit einem entspannten Grinsen, was mich zu der Annahme bringt, dass sein samstäglicher Mindestumsatz jetzt bereits erreicht sein dürfte.

„Wie sieht's denn bei euch so aus mit den Mädels?"

Dennis und ich schauen uns verwundert an. OK, Udo ist jetzt für uns zwar nicht mehr der Lehrer, der uns damals mit geographischen oder musikalischen Grundkenntnissen auf das Leben nach der Schule vorbereiten wollte, aber der Übergang zum Getränkehändler unseres Vertrauens, mit dem man dann auch mal über ein solches Thema spricht, geht uns dann doch vielleicht etwas zu schnell.

„Naja, ist auch egal." geht er elegant über die Tatsache hinweg, dass wir beide in unterschiedliche Richtungen starren und darauf warten, dass möglichst der andere mit einer dahergestammelten Antwort anfängt. Und zum Glück hat Dennis dieses Mal scheinbar auch erst nachgedacht, bevor er irgendwas losplappert und schlimmstenfalls auch noch meine Schwärmerei für seine Schwester Marie erwähnt hätte. Somit bleibt mir eine zweite Peinlichkeit aus meiner Vergangenheit erspart.

„Die Frau, die Sie da vorhin beraten haben, das wäre genau mein Ding" steigt Dennis dann aber überraschenderweise doch ins Thema ein.

„Das kann ich verstehen." grinst Udo, verzichtet diesmal jedoch auf den erneuten Hinweis, dass wir drei doch jetzt alle schon per du sind. „Und soll ich dir noch was sagen?"

Dennis nickt mit geöffnetem Mund.

„Solche Kundinnen habe ich hier fast täglich. Das mit diesen Sixpacks hat sich noch schneller rumgesprochen, als ich mir das vorgestellt hätte. Und manchmal, wenn eine Kundin reinkommt wette ich mit ein paar meiner Angestellten sogar drauf, ob sie eine von den Kundinnen ist, die wenige Minuten später mit so einem Ding wieder hier rausspaziert."

Ich rechne damit, dass von Dennis jetzt wieder sein apathisches ‚das will ich auch' kommt.

„Wie sind denn da so die Arbeitszeiten?" verblüfft er mich aber stattdessen.

„Also unter der Woche öffne ich um 7 Uhr, am Samstag um 8 Uhr. Wieso fragst du?"

Oh je, da sind sie wieder, die einstelligen Uhrzeiten, die in Dennis' Biorhythmus-Kosmos nicht existieren.

„Ach, nur so."

„Na komm, sag schon." hakt Udo nach. „Ich wollte nächste Woche eine Ausbildungsstelle bei mir ausschreiben. Wäre das was für dich?"

Jetzt bin ich gespannt.

„Ähm, ja, könnte ich mir schon vorstellen." sagt Dennis ohne zu zögern.

Ich versuche mich unauffällig in den Arm zu kneifen. Biegt mein Dennis hier gerade tatsächlich auf die Straße des geordneten Lebens ein? Und ich bin Zeuge?

„Und lange machen das meine Eltern bestimmt auch nicht mehr mit." ergänzt er in einem fast entschuldigenden Ton.

Udo sieht zum Glück darüber hinweg, bei Dennis nachzuhaken, von welchem Martyrium er hier genau spricht. Er kann es sich wahrscheinlich sowieso denken. Die jahrelang aus Elternabenden gewonnenen Lebenserfahrungen vergisst man nie.

„Wir machen das so." sagt er stattdessen, um das Gespräch wieder in eine positive Richtung zu schieben. „Du kommst am Montag bei mir vorbei und dann sprechen wir da mal in Ruhe drüber. Einverstanden?"

Frag' jetzt bloß nicht nach der Uhrzeit, denke ich und versuche diesen Gedanken irgendwie telepathisch in Dennis' Gehirn zu transformieren.

„Um welche Zeit soll ich denn kommen?"

OK, das hat also nicht wirklich geklappt.

„Komm am besten so gegen vierzehn Uhr vorbei" sagt Udo mit einem breiten Grinsen, so als hätte er Dennis seine Allergie auf einstellige Uhrzeiten von der Stirn abgelesen.

„So. Und jetzt muss ich weiter." erhebt er sich schwungvoll und klopft uns beiden gleichzeitig auf die Schultern. Für einen Außenstehenden muss das so aussehen, als hätte er uns beide gerade beim Ladendiebstahl erwischt und würde uns mit dieser Geste zu verstehen geben, dass wir gerade nochmal mit einem blauen Auge und einem vierwöchigen Hausverbot davongekommen seien.

„Ein schönes Wochenende und viel Spaß beim Fußball schauen." deutet er auf unsere drei Kästen Holunderbier.

„Und vergesst nicht, auch noch ein paar Chips mitzunehmen." ergänzt er noch schnell.

„Nein, vergessen wir nicht." nicke ich zurück. So cool Udo ist, so geschäftstüchtig ist er natürlich selbst in dieser Situation.

„Danke, Ihnen … äh dir auch. Und bis Montag." sagt Dennis bestens gelaunt und setzt sich mit dem Wagen in Richtung der Chips-Regale in Bewegung.

„Zweiundzwanzigfünfundneunzig. Bar oder mit Karte?" sind die nächsten Worte, die ich wieder bewusst wahrnehme, nachdem ich die Strecke von den Kartoffelchips-Paletten bis zur Kasse damit verbracht habe, mir darüber Gedanken zu machen, wie lange diese dennis'sche Euphorie wohl anhalten wird.

„Mit Karte bitte." sage ich und drücke wenige Augenblicke später meine vierstellige Zahlenfolge in die Tastatur.

Während ich meine Karte zwischen den Führerschein und der Payback-Karte ins Portemonnaie zurückstecke, steuert Dennis den Wagen bereits in Richtung Ausgang.

„Moment. Ich hab' noch was für Sie." hält mir der Kassierer noch etwas entgegen, was ich sofort als zwei dieser Kunststoff-Armbänder identifiziere, mittels derer Udo seiner Kundin vorhin ein mehr als strahlendes Lächeln entlockt hat.

„Danke." nehme ich die beiden überflüssigerweise noch zusätzlich in eine Klarsichthülle verpackten Dinger entgegen. Ich will sie gerade in meine Hosentasche stecken, als mir einfällt, dass der Grund für das strahlende Lächeln der darauf eingedruckte Text gewesen sein muss. Ich versuche also den Text durch die Verpackung hindurch zu entziffern, und lese im ersten Moment tatsächlich ‚Ich trink Ouzo, was machst du so?' Ich kann mir aber beim besten Willen nicht vorstellen, dass dieser Satz dort wirklich steht und schaue deswegen nochmal genau hin.

Besser macht es das aber nicht. Im Gegenteil. Denn auf dem Armband steht doch tatsächlich:

„Ich trink Ouzo, aber nur den von Udo!"

VIER

Es ist exakt 8:30 Uhr, als ich im *Honäsch* ankomme, kann aber noch nicht mal in Ruhe mein Namensschild befestigen, als schon Herr Gerstner, ungesund hektisch atmend, auf mich zukommt.

„Seifert, wir haben ein Problem." keucht er.

„Ebenfalls einen guten Morgen, Chef."

„Was? Ach so. Ja. Guten Morgen, Seifert."

„Welches Problem haben wir denn?" Mir ist selbstverständlich klar, dass nicht wir ein Problem haben, sondern mit großer Wahrscheinlichkeit nur ich alleine. Denn Gerstners vertrauliches ‚wir' ist lediglich wieder einer seiner, meistens kläglich verlaufenden Versuche, uns Mitarbeitern das Gefühl zu vermitteln, irgendwie säßen wir ja doch alle in einem Boot. Aber in jedem Boot sitzt halt immer ein armer Haufen an den Rudern, während einer lässig an der Bordwand lehnt und seine Hand entspannt ins Wasser baumeln lässt. Und eins war, ist und bleibt klar: ich bin nicht derjenige mit der Hand im Wasser. Heute nicht. Morgen nicht. Und schon gar nicht irgendwann mal.

„Seifert. Frau Blum hat sich heute leider krankgemeldet."

„Frau Blum von Jalousien & Rollos?"

„Genau die. Oder kennen Sie noch eine andere Kollegin mit diesem Namen?"

„Äh ... nein."

„Eben. Ich auch nicht."

Gerstners Unterton hat wie immer einen unwiderstehlichen Charme. Ungefähr so unwiderstehlich, wie das Angebot eines Zahnarztes, die fällige Wurzelbehandlung zur Abwechslung mal ohne Narkose durchführen zu wollen. Nur mit dem

Unterschied, dass dort ein einfaches ‚Ich glaube ich hätte irgendwie dann doch ganz gerne diese Betäubung. Also, nur zur Sicherheit; die Schmerzen würde ich bestimmt schon aushalten.' sowie ein bescheidener Hinweis auf die Tatsache, Privatpatient zu sein, das Thema recht schnell löst. Und zwar zu Gunsten desjenigen, der gerade den bläulichen Papier-sabberlappen mit der kalten Metallperlen-Kette um den Hals gelegt bekommt. Und im Vergleich zu diesem Szenario ist Gerstner dann eben eher so der Typ der betäubungsfreien Wurzelbehandlung.

„Sie haben doch schon mal bei Jalousien & Rollos gearbeitet, oder?"

„Hm. Ja schon. Aber da war ich ja noch Azubi." versuche ich das nahende Unheil noch irgendwie abzuwenden.

„Sehr gut, Seifert." sagt er, während er mein Namensschild in die korrekte, waagerechte Position bringt.

„Und das gesamte Sortiment passte damals auch noch locker auf überschaubare fünfzehn Regal-Meter. Jetzt brauchen wir ja alleine für die Modelle in Holz-Optik schon fast zwanzig laufende Meter." starte ich noch einen zweiten, aber wahrscheinlich auch letzten, da genauso aussichtslosen Versuch, um diese Vertretung herumzukommen.

„Das schaffen Sie, Seifert. Ich habe Ihnen hier ein paar Infos zusammengestellt. Die lesen Sie sich jetzt in der nächsten halben Stunde mal schön durch. Nicht erschrecken, das meiste darin sind sowieso hauptsächlich Bilder und Zeichnungen."

Mit diesen Worten drückt er mir zwei randvolle Ordner in die Hand.

„Danke. Chef." murmele ich in mich hinein. Meine erste Lüge heute. Aber die Alternative ‚Stecken Sie sich Ihre Produkt-Infos dorthin, wo spätestens nach Ladenschluss kein Neonlicht mehr brennt' halte ich nur für sehr bedingt geeignet, um auch heute Abend noch bei vollem Gehalt hier im *Honäsch* angestellt zu sein.

„Sehr gut. Ich wusste, ich kann mich auf Sie verlassen, Seifert." schnippt er noch ein paar Staubflusen von seinem Sakkoärmel, die darauf schließen lassen, dass der letzte Einsatz dieser beiden Musterordner schon eine ganze Weile her sein dürfte.

Mittlerweile zeigt die Uhr über dem Eingang fünf Minuten nach halb neun. Dieses Ding verdient die Bezeichnung ‚Uhr' allerdings ausschließlich wegen seiner Fähigkeit, die Zeit anzuzeigen. Ansonsten handelt es sich dabei eindeutig um eine optische Variante der Körperverletzung. Der große Zeiger hat die Form einer Art Rohrzange, der kleine Zeiger hingegen soll wohl einen Kreuzschraubenzieher oder etwas ähnliches darstellen. Gerüchteweise hat der Sohn eines unserer Geschäftsführer aus der Firmenzentrale in Düsseldorf dafür im Kunstunterricht eine drei plus dafür bekommen. Eine drei plus! Schön und gut für einen Acht-Klässler, aber muss deswegen der Vater sowas dann gleich auf den Rest der Menschheit loslassen? Meiner Meinung nach wäre eine Umsetzung im heimischen Hobbykeller völlig ausreichend gewesen. Zwischen der Bundesliga-Stecktabelle, einer alten Sinalco-Leuchtreklame und einer aus Marzipanmasse modellierten Kuckucksuhr fällt so was ja auch viel weniger auf. Aber mittlerweile hängt dieses hässliche Ding in nahezu jeder Filiale vom *Honäsch*. Und nicht nur das. Gerüchteweise soll dieses Ding doch tatsächlich auch bald noch in unser Sortiment aufgenommen werden.

Zumindest weiß ich jetzt, dass ich noch 25 Minuten Zeit habe, mich ein wenig mit den beiden Jalousien-und-Rollo-Bilderbüchern vertraut zu machen. Die Aussage, dass in den beiden Ordnern ,sowieso hauptsächlich Bilder und Zeichnungen' drin sind, relativiert sich dabei allerdings recht schnell. Denn schon auf Seite sieben – weiter hatte Gerstner wohl nicht reingeblättert – beginnen umfangreiche Erklärungen zu Materialien, möglichen Farbkombinationen der verschiedenen Stoffe sowie den dazugehörenden, unterschiedlichsten Befestigungsmöglichkeiten auf den verschiedenen Untergründen wie Holz, Mauerwerk, Kunststoff-Fensterrahmen oder dünnwandigen Rollladenkästen. In der Hoffnung, dass diese Grundkenntnisse bei den Kunden schon irgendwie vorhanden sein werden, blättere ich nicht nur darüber gleich flott hinweg, sondern ebenfalls auch noch über die seitenweise aufgeführten Metall- und Kunststoffhaken und dazugehörenden Schienen mit asymmetrisch angeordneten, vorgestanzten Löchern und länglichen Vertiefungen. Meine komplette Unkenntnis über solche Dinge kann ich dann immer noch beweisen, wenn mich ein Kunde danach fragen sollte.

In etwa der Mitte des Ordners beginnt schließlich ein Kapitel mit dem charmanten Titel ,Schöne Motive für Ihr schönes Zuhause'. Es ist ja landläufig bekannt, dass ein schönes Zuhause mehr oder weniger im subjektiven Auge des Betrachters liegt, daher bin ich gedanklich auf die aberwitzigsten Designs vorbereitet, bevor ich umblättere. Und ich werde nicht enttäuscht. Auf den ersten Seiten erwartet mich zunächst die Serie ,Landleben'. Nach einigen unifarbenen Motiven in gerade noch erträglichen Pastelltönen, beginnt das Grauen mit einer ersten Jalousie, die eine Mühle mit einem Wasserrad zeigt, welches in das Licht der hinter einem Berg untergehenden Sonne eingetaucht ist. Und auch die nächsten Seiten geben nicht wirklich Anlass zur Hoffnung auf geschmackliche Besserung. Nach bunten Blumenwiesen,

schneebedeckten Berggipfeln, wild wachsenden Apfel-
bäumen, Regalen voller handbemalter Tonkrüge und dem
Highlight ‚Almabtrieb im Salzburger Land' ist mein Bedarf an
Landleben erstmal gedeckt.

Beim zweiten Ordner sind nahezu alle eingeschweißten
Folien an den Rändern schon deutlich zerfleddert. Das lässt
darauf schließen, dass dieser wahrscheinlich die besser
verkäuflichen Motive enthalten würde. Und bingo! Die
Designs bestätigen meine Hoffnung, dass ich meinen heutigen
Tag nicht nur mit Tonkrügen, Wasserrädern oder einem
kitschigen Almabtrieb verbringen werde. OK, Motiv-Serien
nach Hauptstädten, Frauennamen oder auch Film-Klassikern
zu benennen, empfinde ich jetzt nicht wirklich als die
originellste Idee. Denn genauso wenig, wie das Raff-Rollo
‚Casablanca' für mich den Beginn einer wunderbaren
Freundschaft darstellt, lässt mich die Dachfenster-Jalousie
‚Petersplatz in Rom' darauf hoffen, dass im Kaufpreis eine
Privataudienz beim Papst plus ein mediterraner Mittags-
Snack in der Vatikan-Kantine enthalten sein könnte.

Mit dem Erreichen der letzten Seite, dem dunkelbraunen
Tropenholz-Rollo ‚Sommer in Puerto Rico' schließe ich den
zweiten Ordner. Mittlerweile ist es kurz vor neun und ich
fühle mich jetzt eigentlich ganz gut vorbereitet für das was da
heute auf mich zukommen kann. Und darauf gönne ich mir
jetzt erstmal einen Kaffee. Mit Milch. Und das hoffentlich von
glücklichen, almabgetrieben Salzburger Kühen.

Zum Glück ist Steffi Blum eine scheinbar sehr ordentliche
Kollegin, sodass ich auf Ihrem Schreibtisch nicht erst noch
Ordnung in ein mögliches Chaos bringen muss und bin somit
also bereit für meinen heutigen Einsatz: Hereinspaziert, meine

Damen und Herren, Rüdiger Seifert, ihr Experte für Jalousien und Rollos freut sich auf Sie! Diese Freude bleibt in der ersten Stunde allerdings sehr einseitig, denn die Kundenfrequenz bis zehn Uhr beträgt exakt null. Der Einzige, der sich zu mir verirrt, ist auf der Suche nach bunten Polyester-Streifen-vorhängen für seine 70er-Jahre Schlager-Party. Die haben wir aber nicht im Sortiment. Meine Antwort, er solle es vielleicht mal ‚Über den Wolken‘ probieren, findet er leider weder witzig noch in irgendeiner Form originell. Für so viel Kreativität um diese frühe Uhrzeit hätte ich mir da schon etwas mehr Begeisterung erhofft. Somit ist das Einzige was ich tun kann, hin und wieder sinnlos den Gang entlangzulaufen, und zu versuchen, so etwas ähnliches wie Kompetenz auszustrahlen: Von deren Existenz bin ich selbst allerdings am wenigsten überzeugt.

„Hallo?" höre ich plötzlich und zucke zusammen.

Ich schaue mich um, sehe aber niemanden, dem ich diese Frage zuordnen kann.

„Haaalloo."

Ich drehe mich erneut nach hinten, sehe aber wieder nichts. Gefühlt kommt die Stimme aus den gerade frisch einge-troffenen Stoff-Jalousien, die wir in den aktuellen Trendfarben safranbeige, elfenbeinbeige und sandbeige anbieten. Im Seg-ment ‚sandbeige‘ bewegt sich jetzt etwas, daher schiebe ich eine der Jalousien ein wenig zur Seite.

„Guten Tag." spreche in das Gesicht eines älteren Männleins, das mich mit weit aufgerissenen Augen anschaut.

„Haben Sie mich gerufen?" frage ich in die Jalousien hinein.

„Richtig, junger Mann", freut sich das Männlein, das in erster Linie durch sein eigenartiges Safari-Outfit so gar nicht in die Jalousien-Abteilung passen will. Neben einem Helm, den ich das letzte Mal gesehen hatte, als ich vor vielen Jahren von meinem kleinen Neffen genötigt wurde, mit ihm siebzehn Folgen „Daktari" am Stück anzuschauen, trägt er ein Hemd in einem eigenartigen Braunton und mit unzähligen Taschen, das sich über seinem definitiv zu dicken Bauch spannt. Dazu trägt er dunkelbraune Stiefel, deren letzte Grundreinigung noch im letzten Jahrhundert stattgefunden haben dürfte. In diese hat er höchst akkurat seine khakifarbenene Multifunktions-Hose eingesteckt, die dadurch einige sehr unnatürlich wirkende Falten wirft. Hätte er jetzt noch einen kleinen silbernen Metallknopf im Ohr, könnte er uneingeschränkt als Steiff-Figur in Lebensgröße durchgehen. Außerdem fällt mir auf, dass der Mann eine leichte Schieflage hat. Auf den ersten Blick rührt diese mutmaßlich daher, dass er in seiner auf Kniehöhe angebrachten Seitentasche des rechten Hosenbeins wohl so viele Sachen hineingepackt hat, dass eine natürliche Balance im Stand nicht mehr möglich ist. Um dies auszugleichen, hält er sich leicht verkrampft an der Alu-Jalousie ‚Annegret' fest, die erfreulicherweise diesen unfreiwilligen Reiß-Test aber mit Bravour besteht.

„Wie kann ich Ihnen denn helfen?" frage ich.

„Junger Mann, ich suche für meine nächste Safari eine Jalousie für mein Fahrzeug".

„Na da sind Sie hier ja genau richtig." antworte ich ihm, auch wenn die Kombination aus Jalousie und Fahrzeug für mich überhaupt keinen Sinn ergibt. Da aber der Kunde König ist, stelle ich dies erstmal nicht in Frage. Stattdessen stelle ich mir unfreiwillig vor, wie er vorhin draußen möglicherweise, quasi zur Übung, seinen Geländewagen mal in Schräglage auf einer unserer Paletten mit Blumenerde geparkt hat und warte sekündlich auf eine Durchsage à la „Der Halter des Fahrzeugs mit dem Kennzeichen so-und-so soll bitte umgehend zu seinem Fahrzeug kommen. Es liegt umgekippt neben der

Blumenerde und versperrt dadurch die Zufahrt zum Parkhaus. Danke."

„Mein Herr, bei diesen Jalousien handelt es sich ja eigentlich um Produkte für Zuhause.", sage ich, um nicht bei dem Gedanken an den umgekippten Geländewagen einen Lachanfall zu bekommen.

„Oh."

„Diese Jalousien führen wir in den ...", ich fische geschickt die eingeschweißte Produkt-Info von meinem Schreibtisch „also, diese führen wir in den Breiten 80, 90, 100, 120 und 150 cm, sowie in den entsprechenden Längen 100, 120, 150, 180, 200 und 250 cm".

„Oh." sagt der kleine Hobby-Indiana Jones erneut.

„Wo genau möchten Sie diese denn im Fahrzeug anbringen?" frage ich in meiner jahrelang antrainierten ‚Wir-haben-für-jedes-Problem-eine-Lösung'-Stimmlage.

„Im Motorraum." kommt seine Antwort wie aus der Pistole geschossen.

„Wie bitte?"

„Hahaha. Kleiner Scherz." Um diesen, zugegebenermaßen gar nicht mal so schlechten Spruch noch zu unterstreichen, schlägt er seine Hand auf meinem Oberarm.

„Natürlich an den Seitenscheiben. Oder wo hängen Sie normalerweise Ihre Jalousien auf?"

Gute Frage.

Ganz unbewusst fällt dabei mein Blick auf die großflächigen Plakate oberhalb der Regale. Diese zeigen unterschiedlichste, glücklich wirkende Menschen, die vor sonnendurchfluteten Fenstern stehen, und dabei mit leicht verliebtem Blick mit einer Hand über den Stoff ihrer Vorhänge streichen. Menschen, die in Autos sitzen, deren Seitenscheiben mit Jalousien verschönert sind, suche ich da jedenfalls vergeblich.

„Klar. Seitenscheiben. Wo sonst?" versuche ich seine Frage irgendwie zu übergehen. „Wie viele haben Sie denn und wie groß sind die denn?"

„Schauen Sie hier." Mit diesen Worten zieht er ein Foto aus einer seiner zahlreichen Hemdtaschen und entfaltet es auf seine volle Größe. Das Bild zeigt einen knallgelben VW-Bus mit einem großen, dunkelblauen ‚Siggi on tour'-Schriftzug auf der Seite.

„Das isser. Mein treuer Gefährte. Sie glauben ja nicht, wo ich mit dem schon überall war." Gefühlt wächst er bei diesem Satz um einige Zentimeter, sodass sich der vordere Rand seines lustigen Tropenhelms jetzt ungefähr auf der Höhe meines Namensschildes einpendelt.

„Das glaube ich Ihnen sofort." lächle ich charmant zurück, verbunden mit der Hoffnung nicht gleich mit einer Auswahl seiner tollsten Safari-Trips konfrontiert zu werden.

„Also meine letzte Fahrt, das war ja wirklich unglaublich. Stellen Sie sich vor, da habe ich doch tatsächlich ..."

„Darf ich?" unterbreche in ihn jedoch und nehme ihm das Bild seines Siggi-on-Tour-Busses ab. Und damit irritiere ich ihn scheinbar so sehr, dass er gar nicht merkt, dass ich dadurch auch noch gleich seinen Drang, mir irgendwelche Geschichten zu erzielen, souverän bereits im Keim ersticke.

„So, dann zählen wir mal durch. Eins, zwei, drei. Also drei Fenster pro Seite. Plus Frontscheibe und Heckscheibe, macht dann also acht Fenster. Richtig?" frage ich und reiche ihm das Bild zurück.

„Stimmt. Ich sehe schon: Sie sind der richtige Ansprechpartner für mich."

„Danke. Ich bin sicher, wir finden genau das richtige Motiv für Sie und Ihr Schätzchen."

Ich bin mir zwar zu einhundert Prozent sicher, dass dieser Safari-Typ nicht mehr alle Nähte an der Hose hat, aber mittlerweile beginnt mir das ganze hier irgendwie sogar Spaß zu machen.

„Kennen Sie denn schon unser Raff-Rollo ‚Casablanca'?"

„Nein. Zeigen Sie mal."

Ich schiebe ihm den Ordner herüber und setze gerade an, mich für den fragwürdigen Zustand der einzelnen Seiten zu entschuldigen.

„Das ist perfekt. Genau sowas habe ich gesucht. Volltreffer, Herr Seifert." strahlt er mich an und tippt virtuell auf mein Namensschild.

In der Zwischenzeit scheint Siggi auch seine Balance wiedergefunden, wie ich gerade bemerke. Nach und nach hat er nämlich in den letzten Minuten den Inhalt seiner seitlichen Hosentasche auf meinem Schreibtisch ausgebreitet: Einen Kompass, irgendeine verbeulte Metalldose mit dem Aufdruck eines arabischen Kaugummi-Herstellers, ein faltbares Fernglas, ein Benzin-Feuerzeug und eine Tüte Pfefferminz-Bonbons. Ich frage mich, wie das alles in diese eine Hosentasche passen konnte. Und das noch mehr, als er zum Schluss auch noch ein dickes Notizbuch daraus hervorzaubert.

„Haben Sie einen Zollstock, Herr Seifert?"

„Klar. Wir haben sogar so viele, dass wir die verkaufen."

„Ich will keinen kaufen, sondern damit meine Scheiben abmessen." meint er ohne eine Miene zu verziehen.

„Natürlich. Hab' ich wohl falsch verstanden." sage ich.

Einen Versuch war es aber allemal wert, den uralten Verkäufer-Witz mal wieder rauszuholen.

„Hier. Sie schreiben." hält er mir einen alten Bleistift entgegen, auf dem ich gerade noch so die verbliebenen Reste des Aufdrucks „Cairo Intercontinental" entziffern kann.

„Kein Problem. Kann ich ja seit der siebten Klasse einigermaßen unfallfrei." versuche ich es doch noch mal mit einem kleinen Scherz. Sein Blick sagt mir jedoch unmissverständlich, dass sich unser Humor-Verständnis wohl doch sehr stark voneinander zu unterscheiden scheint.

Siggi legt den Zollstock mit einem konzentrierten Gesichtsausdruck auf das Bild seines Bullys. Er will jetzt aber nicht wirklich die Fensterflächen abmessen, um diese dann auf die tatsächlich notwendigen Formate hochzurechnen? Ich überlege, wie groß hier wohl die Abweichungen sein werden, verzichte aber darauf, ihn darauf hinzuweisen. Genies und Irre haben für solch profane Dinge scheinbar eigene, uns normalen Menschen fremd erscheinende Methoden.

Nach ein paar Minuten habe ich sein Notizbuch mit reichlich Zahlen vollgeschrieben, ohne allerdings zu wissen, ob ich alles richtig verstanden habe. Denn so undeutlich wie er mir die Zahlen diktiert hat, ist es völlig unmöglich einen Unterschied zwischen einer zweiundvierzig oder einer dreiundsechzig herauszuhören.

„Zeigen Sie mal her, junger Mann."

Ich gebe ihm sein Büchlein und den Interconti-Bleistift zurück in der Hoffnung, dass meine bisher tadellos aufgebaute Kompetenz nicht gleich wie ein Kartenhaus in sich zusammenfällt.

„Ein-wand-frei." strahlt er aber zu meiner Überraschung.

Dabei lässt er auch noch seinen Tropenhelm ein paar Mal auf- und abwippen, in dem er seine Stirnfalten abwechselnd zusammen und wieder auseinanderzieht.

„Na, Sie haben aber doch bestimmt nichts anderes erwartet." sage ich schon fast etwas überheblich und habe in der Zwischenzeit auch schon das Datenblatt für die „Casablanca"-Serie herausgesucht. Denn jetzt muss ich

natürlich erstmal die lieferbaren Breiten- und Höhenkombi-
nationen mit den Fensterflächen vergleichen. Breitenmäßig ist
alles auch kein Problem, aber die kürzeste verfügbare Länge
wäre sogar dann noch ausreichend, wenn sein VW-Bus
Fensterflächen hätte, die bis zur Bodenplatte reichen.

„Also, es ist so …" beginne ich, um behutsam in die Breiten-
Längen-Problematik einzusteigen.

„Ich kann es mir schon denken. Die Dinger sind zu lang,
richtig?" unterbricht er mich.

Scheinbar kann er Gedanken lesen, denn er hat das Problem
exakt erkannt.

„Genau das ist das Problem." sage ich folgerichtig.

„Wissen Sie, Herr Seifert, wenn man wie ich schon mal
einen Reifen in der Wüste gewechselt hat und dabei in die
gierigen Augenpaare von vier hungrigen Hyänen geschaut
hat, stellt das hier gerade nicht annähernd so etwas wie ein
Problem dar." grinst er.

Aus einem mir nicht nachvollziehbaren Grund glaube ich
ihm diese Geschichte sogar und erliege für einen Moment fast
der Versuchung, mir diese Radwechsel-unter-Hyänen-
Geschichte auch noch von ihm erzählen zu lassen.

„Schauen Sie mal hier" sagt er und tippt mit der Spitze des
Zollstocks auf Humphrey Bogarts bekanntes Casablanca-
Gesicht. „Wenn wir da einfach unterhalb von seinem Kinn
abschneiden, dann passen die Dinger doch perfekt bis zur
Unterkante der Fensterscheibe."

Ich bin für einen Moment sprachlos.

„Tja, da schauen Sie. Ich glaube, der gute Bogy wird uns
beiden nicht böse sein, wenn wir da etwas kürzen" zwinkert
er mir schon fast verschwörerisch zu, gerade so, als wären wir
jetzt Verbündete im Kampf für Jalousien mit einer Länge von
verboten kurzen fünfzig Zentimetern.

„So machen wir das." sage ich und logge mich nur wenige Augenblicke später ins hauseigene *Honäsch*-Produktsystem ein und suche nach den Bestelldaten für die „Casablanca"-Serie. Heute scheint zumindest dieser Computer mal richtig Schwung auf der Festplatte zu haben, denn ich finde die notwendigen Daten in rekordverdächtigen knapp fünfzehn Sekunden.

„Dann nehmen wir also sechs Mal die 80-er in Länge 100 und zwei Mal die 180-er, auch in Länge 100. Haben Sie denn auch eine passende Schere, um die sauber auf die richtige Länge zu kürzen? Wenn Sie das mit einer üblichen Bastel-schere machen, also da haben Sie in Kürze einen Fransensalat, gegen den wirkt selbst der verheerendste Haar-Spliss wie eine perfekte Fräskante."

Keine Antwort.

Ich drehe mich um, aber mein neuer Freund ist wie vom Erdboden verschluckt.

„Hallo? Wo sind Sie denn?"

Ich schaue den Gang entlang. Könnte ja sein, dass die ‚Casablanca'-Serie plötzlich doch nicht mehr die erste Wahl ist und er sich noch etwas umschauen möchte. Bei dieser Überlegung hoffe ich allerdings inständig, dass er sich jetzt gerade nicht ernsthaft darüber Gedanken macht, ob man möglicherweise auch den Salzburger Almabtrieb auf die Fenstergrößen seines Busses zurechtschneiden könne.

„Psst."

Dieses Geräusch kommt offensichtlich aus den Holz-Rollos.

„Was machen Sie denn da?" rufe ich lachend in seine Richtung.

„Nicht so laut" flüstert er. „Da hinten steht meine Frau."

„Das ist doch schön. Dann können Sie ihr gleich zeigen, was Sie Schönes gekauft haben. Sie steht doch bestimmt auch auf Humphrey Bogart."

Sein Gesichtsausdruck zeigt mir, dass wahrscheinlich weder der Jalousien-Kauf noch der gute Humphrey Bogart seiner Frau ein freundliches Lächeln entlocken würde. Und am allerwenigsten die Kombination aus beidem.

„Siegfried ... bist du hier irgendwo?"

Beim Klang ihrer Stimme beginne ich sofort Verständnis für das Versteckspiel des kleinen Globetrotters zu entwickeln. Denn diese klingt in etwa so, als würde man einen Terrakotta-Übertopf mit einer Kreissäge auf voller Leistungsstufe bearbeiten.

„Siegfriiiiied!" OK, ihre Kreissägen-Stimmlage verfügt also tatsächlich noch über eine höhere Stufe als die Modelle, die wir hier so tagtäglich verkaufen.

Ich schaue zu Siegfried, der sich höchstwahrscheinlich gerade wünscht, sein Tropenhelm sei eine Tarnkappe und ein zweimaliges Antippen an der Kante würde ihn schlagartig unsichtbar machen.

„Was machen wir beide denn jetzt?" flüstere ich in die Holz-Rollos hinein, wo er mittlerweile den Versuch unternimmt, eine Art Schockstarre einzunehmen.

„Junger Mann? Hallo, Sie da?"

Die Anrede „junger Mann" scheint bei beiden wohl zum Standard-Repertoire zu gehören, denke ich mir und wende meinen Blick in ihre Richtung. Sie ist noch ein Stückchen kleiner als er und stöckelt mit viel zu hohen Schuhen in meine Richtung. Als erstes sticht mir ihr auffallend geblümtes Kleid ins Auge, mit der sie jeder Blümchentapete ernsthaft Konkurrenz machen könnte. Im starken Kontrast dazu steht ihre viel zu große Handtasche, deren Farbton man sonst höchstens in der Abteilung für Fensterkitt oder bei den doppelseitigen Klebebändern im Kassenbereich zu sehen bekommt. Und darüber hinaus wirkt diese Tasche auch irgendwie so auf mich, als sei die Frau damit gerade eigentlich auf dem Weg zu ‚Bares für Rares', um dort prüfen zu lassen, ob nicht vielleicht Margaret Thatcher oder sogar die Queen eine ihrer Vorbesitzerinnen gewesen sein könnte.

„Guten Tag. Was kann ich für Sie tun?" frage ich möglichst neutral und konzentriere mich darauf, nicht aus Versehen zu den Rollos herüberzuschauen, wo sich Siegfried bestimmt immer noch im Versuchsaufbau für seine Stockstarre befinden dürfte.

„Ich suche meinen Mann. Wir sind heute Morgen hier zusammen hereingekommen. Ich wollte nur kurz etwas in der Blumenabteilung besorgen. Und plötzlich war er weg."

„Haben Sie denn etwas Schönes gefunden?"

„Was?" fragt sie und beweist, dass man selbst mit einem dreibuchstabigen Wort in einen ziemlich hohen Frequenzbereich vordringen kann.

„Na, ich meine, ob Sie in unserer Blumenabteilung fündig geworden sind?" präzisiere ich meine Frage.

„Nein. Äh, ja. Doch. Hier, diese Hyazinthe. Aber darum geht es ja gar nicht."

Mir ist klar, dass mein Ablenkungsmanöver nur eine sehr kurze Halbwertszeit haben wird. Und so lange wir noch im Rollo-Gang stehen, hat mein neuer Freund Indiana Siegfried natürlich auch keinerlei Chance, sein Versteck unenttarnt verlassen zu können.

„Wie sieht er denn aus, Ihr Mann?" frage ich und bugsiere sie dabei mit einer elegant angedeuteten Handbewegung in Richtung der Posterrahmen im Nachbargang.

„Kennen Sie Dick und Doof?"

Ich muss kurz lachen.

„Klar."

„Stellen Sie sich eine Mischung aus diesen beiden Trotteln vor. Und dann stecken Sie diese Mischung in Archäologen-Klamotten aus dem Kostümverleih. Das ist mein Mann."

Sie verschränkt ihre Arme vor der Brust und legt den Kopf leicht in den Nacken, als wolle sie ihrem Kurzportrait dadurch eine noch größere Bedeutung geben. Und das fast ein wenig zurecht. Denn Menschen wie Siggis Ehefrau wünscht sich jede Polizeidienststelle, wenn sie mithilfe von Zeugenaussagen versucht, eine eindeutige Täterbeschreibung zu erstellen. Denn sie hat es in wenigen Worten perfekt auf den Punkt getroffen:

Dick. Doof. Archäologe. Das ist mein neuer Verbündeter: Schockstarre-Siggi.

Während ich weiterhin krampfhaft überlege, wie ich möglichst elegant aus dieser Situation entkommen kann, lässt mich ein lautes Geräusch herumfahren.

„Was war das denn?" fragt es aus dem Blumenkleid.

Da es aus dem ‚Jalousien und Rollos'-Gang kommt, hat Siggi mit hoher Wahrscheinlichkeit seinen Kampf um das Erreichen der Schockstarre verloren.

„Ich kann mir schon vorstellen, was passiert ist." ergänzt sie, rollt die Augen nach oben und macht sich auf in Richtung des Nachbargangs.

Siggi, an mir liegt's nicht, ich hab' alles versucht, sage ich in Gedanken zu mir selbst.

Das Bild, das sich uns beiden dort jetzt bietet, ist nicht einfach zu beschreiben. Auf dem Gang liegen etwa fünfundzwanzig ineinander verhakte Rollos. Aus diesem Haufen, der irgendwie aussieht wie die Startformation für eine Partie Riesen-Mikado, schaut an der linken Seite ein Tropenhelm heraus, während sich ein dunkelbrauner Stiefel in unsere Richtung streckt. Auf dem Boden rollt uns ein Bleistift entgegen, den Siegfrieds Frau elegant stoppt, als er unter ihre Schuhsohle rollt; und zwar genau in dem Moment, in dem der mir bekannte ägyptische Hotel-Aufdruck nach oben zeigt. Irgendwelche Versuche, jetzt noch irgendetwas zu leugnen oder zu beschönigen, sind ab sofort also komplett für die Katz.

„Und Sie wollen mir also sagen, dass Sie nicht wissen, wo mein Mann ist und dass Sie mit all dem hier nichts zu tun haben?"

Ihr Versuch, mir dabei noch eine mit ihrer Margaret-Thatcher-Handtasche zu verpassen, scheitert glücklicherweise, denn ich bin schon ein paar Schritte in Richtung des armen Siegfrieds unterwegs, um ihn irgendwie aus dieser Lage zu befreien. Als ich sehe, wie heftig er sich in den Holz-Rollos verheddert hat, musste ich mir allerdings ein Lachen verkneifen. Drei seiner vorderen Hemdknöpfe konnten beim Übergang von der Schockstarre zur Mikado-Startaufstellung ihrer eigentlichen Aufgabe nicht mehr so ganz gerecht werden, sodass sich sein Bäuchlein jetzt den Weg durch die nicht mehr komplett vorhandene Knopfleiste in die Freiheit gebahnt hat.

„Warten Sie. Ich helfe Ihnen." beuge ich mich zu ihm herunter.

„Ne, ne, ne. Lassen Sie mal, junger Mann. Da soll er mal schön selber mit klarkommen." will mich seine Frau allerdings vehement davon abhalten, ihn aus seiner misslichen Lage zu befreien.

Der Ausdruck in seinen Augen lässt mich überlegen, was wohl schlimmer für den bedauernswerten Siggi ist: Inmitten dieser Holz-Rollos gefangen zu sein, oder gleich seiner Frau Rede und Antwort stehen zu müssen, wie es dazu kommen konnte.

Mit ein paar Handgriffen sind er und die knapp fünfundzwanzig Rollos jedoch dann schließlich wieder erfolgreich voneinander entwirrt.

„Danke, Herr Seifert." flüstert er mir zu, während er versucht, Hemd und Bauch wieder in die Ausgangsposition zurückzuknöpfen.

„Schatzilein. Da bist du ja." lächelt er in Richtung des Blumenkleides mit Handtasche und Hyazinthe in den Händen, ist sich aber natürlich des aussichtslosen Unterfangens bewusst, dass dies irgendwie zur Entspannung der Gesamtsituation beitragen kann.

„Was? Machst? Du? Da?"
Ihre mittlerweile noch eine Oktave höher spielende Stimme betont jedes einzelne Wort.
„Weißt du, ich wollte … also wegen der Scheiben im Bus … also da dachte ich mir …" stammelt er ziemlich hilflos und tut mir mit jeder Sekunde ein Stückchen mehr leid. Leider kann ich ihm aber mit keinerlei Verteidigungstaktik unter die Arme greifen. Denn die Rollen sind eindeutig verteilt. Und das ganz klar zu seinen Ungunsten.

„Wissen Sie, junger Mann," wendet sich seine Frau nun wieder mir zu, glücklicherweise mit einer leicht gedämpften Stimme und in einem nicht mehr ganz so tinitus-gefährlichen Frequenzbereich „wenn Sie wüssten, was ich mit meinem Mann seit seiner Pensionierung alles mitmachen muss."
Nachdem ich schon erfolgreich vermieden habe, mir Siggs gesammelte Indiana-Jones-Geschichten anhören zu müssen, ist jetzt eine neue Idee gefragt, um auch um ihre Erzählungen herumzukommen.
„Ich kann es mir vorstellen." versuche ich es mit einer Art Charme-Offensive.
„Siehst du Siegfried. Er kann es sich auch sehr gut vorstellen." zeigt sie in meine Richtung.

Von einem ‚sehr gut' war zwar keine Rede, ich lasse sie aber in ihrem Glauben, in mir einen Verbündeten in ihrem Pensions-Dilemma gefunden zu haben.

„Seien Sie doch froh, dass er noch so aktiv ist." sage ich und zwinkere dabei für sie nicht erkennbar in Siggis Richtung. Ein kurzes Lächeln huscht über sein Gesicht, so als sähe er langsam wieder Licht am Ende des Tunnels. Wenn auch nur ein sehr, sehr schwaches.

„Ja, irgendwie bin ich das ja auch."

Hat sich gerade eine dritte Person in dieses Szenario eingemischt? Denn diese Stimme kann ich so gar nicht zuordnen. Aber es ist tatsächlich die Stimme seiner Frau, deren Klangfarbe plötzlich von kreissägenscharf auf polstersessel-weich gewechselt hat.

„Wissen Sie, alles hat damit angefangen, als ich ihm vor ein paar Jahren diese Indiana-Jones-DVD-Box geschenkt habe. Zunächst hatte ich mir noch nichts dabei gedacht, dass er sich morgens nach dem Frühstück immer mit Dosenwurst, Zwieback und einer Thermoskanne Kaffee in den Garten zurückgezogen hat. Auch nicht, als plötzlich dieser gelbe VW-Bus vor der Tür stand. Hat er Ihnen davon schon erzählt?"

„Ja. Hat er." Zum Glück kommt mir in diesem Moment nicht wieder die mögliche Parksituation an der Blumenerde-Palette in den Sinn, sodass ich meine Mimik im Griff halten kann.

„Ich habe das ja noch als eins dieser typischen Anzeichen abgetan, die Menschen entwickeln, wenn sie auf einmal den ganzen Tag sinnvoll füllen müssen und eben nicht mehr nur die Zeit zwischen 17:30 Uhr und dem Ende der Tagesthemen. Als er dann aber eines Morgens mit diesem komischen Archäologen-Kostüm am Frühstückstisch saß, da wusste ich: ab jetzt wird's eigenartig."

Bei der zweiten Silbe des Wortes Kostüm droht ihre Stimme kurzzeitig wieder in die alte Säge-Welt zurückzufallen, zumal sie dieses Wort noch mit einer abwertenden Geste unterstreicht, gerade so als wolle sie ihren armen Mann dadurch unsichtbar machen.

„Und dann fing er an mit diesem Bus kleinere Touren in die Umgebung zu machen. Baggerseen, Waldlichtungen, lächerlich flache Hügel oder Wanderparkplätze. Nichts war vor ihm sicher. Und das schlimmste: Überall hat er sich fotografiert. Siegfried im Bus. Siegfried vor dem Bus. Siegfried neben dem Bus. Siegfried wechselt einen Reifen am Bus. Siegfried beim … egal, Sie können es sich sicher vorstellen. Und dann waren diese Bilder ein paar Stunden später auch noch alle in diesem … äh … Fensterkram zu sehen."

„Wo bitte?" frage ich. Zum einen, um sie endlich mal in ihrem Redefluss zu stoppen, vor allem aber, um ihr die Möglichkeit zu geben, zwischendrin auch mal wieder Luft zu holen. Denn ihre Gesichtsfarbe konkurriert seit den letzten Momenten der Siegfried-am-unter-im-und-neben-dem-Bus-Geschichte beängstigend mit den Farben ihres Kleides.

„Fensterkram" wiederholt Sie. „Sie wissen doch. Da, wo Menschen immer ihre Bilder im Internet zeigen, vor allem Bilder vom Mittag- oder Abendessen."

„Ach so. Sie meinen Instagram." sage ich schmunzelnd und schaue zu Siegfried herüber. Er zieht lediglich seine Schultern nach oben und atmet hörbar tief ein. Allerdings etwas zu tief, denn dies hat zur Folge, dass der mittlere seiner verbliebenen Hemdknöpfe nun endgültig den Dienst quittiert, in gebührender Eleganz nach vorne abhebt, um schließlich mit einem leisen ‚plopp-plopp' zu Boden zu fallen und dann, wie in Zeitlupe, in Richtung des Regals von unseren Jalousien mit Almabtriebs-Motiv in die Freiheit zu rollen.

„Also, Ihr lieber Siegfried ist ja hier, um Jalousien für seinen Bus zu kaufen. Mit Casablanca-Motiv." lenke ich das Gespräch wieder zurück auf Siegfrieds eigentlichen Grund für seinen Besuch bei mir. Schließlich sind wir hier nicht bei der Paartherapie, sondern es ist mein erster Tag bei Jalousien und Rollos; und ich habe hier gerade eine ziemlich realistische Chance, den durchschnittlichen Tagesumsatz dieser Abteilung noch vor der Mittagspause bereits zu verdreifachen. Siegfried muss seine Frau jetzt nur noch vom halb abgeschnittenen Humphrey Bogart überzeugen. Und dann möchte ich mal Gerstners Gesicht sehen, wenn er mit seiner überheblichen ,Na, wie läuft's denn so bei Ihnen, Seifert'-Attitüde um die Mittagszeit bei mir vorbeitänzelt und ich ihm ganz entspannt den Durchschlag von Indiana Jones' heutiger Bestellung unter die Nase halten kann.

„Im Ernst?" fragt sie.

Dabei huscht zum ersten Mal so etwas wie ein Lächeln über ihr Gesicht.

„Ich liebe Casablanca." ergänzt sie noch, wodurch sich der dunkelrote Farbton ihrer Schnappatmungsphase in ein zartes rosa verwandelt, welches sich dann auch gleich auf ihren leicht bebenden Bäckchen niederlässt.

Danke, Humphrey, denke ich mir. Du bist bis mindestens heute Abend mein Held des Tages.

Selbst die unromantische Durchsage ,Schauen Sie doch mal in unserer Sanitär-Abteilung vorbei. Auf alle Mischbatterien erhalten Sie heute einen Rabatt von fünfundzwanzig Prozent.' kann mir nicht dieses freudige Gefühl vermiesen, das ich dank dieser drei Worte von ihr gerade verspüre. Und als ich dann noch sehe, dass Siegfrieds Frau mittlerweile sogar den entlaufenen Hemdknopf gefunden hat und ihren kleinen

Abenteurer liebevoll in die Seite knufft, ist mein Glück quasi perfekt.

Ich ziehe mich für ein paar Augenblicke zurück, um den beiden die Möglichkeit zu geben, ihren frisch zurückgewonnenen Frieden ein wenig zu genießen, zumindest soweit das in einer Baumarktumgebung überhaupt möglich ist. Den beiden scheint dies aber perfekt zu gelingen, denn schon kurz darauf stehen beide Arm in Arm vor meinem Schreibtisch. Gerade so als hätte es die Geschehnisse der soeben vergangenen Minuten nie gegeben.

„Junger Mann" flöten beide unisono im Chor in meine Richtung. „Wir nehmen dann also einmal das Casablanca-Rundum-Sorglos-Paket."

Mit diesen Worten übergibt Siegfried mir seinen Zettel mit den errechneten Fenstergrößen. Und in diesem Moment hat dieser Zettel gefühlt eine noch größere Bedeutung als der Zettel mit den Elfmeterschützen der Argentinier, den Andi Köpke Jens Lehmann beim Viertelfinale der WM 2006 zugesteckt hatte.

„Bin in ein paar Sekunden wieder da" lächle ich beide an und entschwinde. Mit acht länglichen Paketen kehre ich nach weniger als einer Minute zurück. Mittlerweile hat seine Frau auch den Inhalt seiner seitlichen Hosentasche in ihre Maggie-Thatcher-Gedächtnis-Handtasche umgepackt, womit dann auch sichergestellt sein dürfte, dass Siegfried den Weg zum Kassenbereich gleich ohne Schieflage absolvieren wird.

„Herr Seifert, es war mir ein großes Vergnügen. Vielen Dank." nimmt er mir die acht Pakete ab – so behutsam, als enthielten sie ein paar bis vor kurzem noch verschollen geglaubte Da Vinci-Gemälde.

„Das Vergnügen war ganz meinerseits!" gebe ich das Kompliment zurück.

OK, auf den einen oder anderen Teil hätte ich natürlich auch durchaus verzichten können, aber einen schönen Umsatz zu machen und gleichzeitig noch einen Besuch bei der Ehe-Beratung verhindert zu haben, das konnten bisher wahrscheinlich nur wenige spontan eingesprungene Aushilfs-Verkäufer bei „Jalousien & Rollos" auf ihrer Haben-Seite vermerken. Und das noch vor der Mittagspause.

„Vielen Dank." verabschiedet sich auch seine Frau und tätschelt mir dabei noch kurz über die Schulter, bevor mich beide in Richtung Ausgang verlassen. Ausgestattet mit achtmal dem Raff-Rollo ‚Casablanca', einmal Hyazinthe und dazu noch der Aussicht auf eine entspannte Heimreise. Ich sehe beiden noch ein paar Sekunden leicht sentimental hinterher. Wäre das jetzt nicht ein ganz normaler Vormittag in einem unbedeutenden Baumarkt irgendwo in Deutschland, sondern die letzte Einstellung eines Humphrey Bogart-Films, würde diese Szenerie jetzt auf schwarz-weiß wechseln. Und über den Köpfen der beiden würde ganz langsam das Wort „ENDE" eingeblendet.

Für jeden Außenstehenden wäre mein eingefrorener Gesichtsausdruck jetzt womöglich Anlass genug gewesen, mich zu fragen, ob ich heute Morgen vielleicht vergessen habe, meine Tabletten einzunehmen. Aber es ist natürlich ausgerechnet Gerstner, der sich wenige Zentimeter neben mir postiert hat. Und leider weiß ich nicht, wie lange er da schon steht und sich möglicherweise gerade fragt, ob er am Nachmittag die Abteilung ‚Jalousien und Rollos' nicht vielleicht besser einem dressierten Schimpansen anvertrauen soll.

„Seifert, haben Sie den Verstand verloren?" fragt er, nachdem ihm ein leichtes Kopfnicken meinerseits die Gewissheit gibt, dass ich gerade nicht einfach im Stehen gestorben bin.

„Acht Raff-Rollos Casablanca. Und einmal Hyazinthe." flüstere ich, um den magischen Moment nicht sofort zu zerstören.

„Acht Stück? Ernsthaft? Respekt, Seifert." bewegen sich seine Mundwinkel plötzlich nach oben. „Ich wollte sie gerade ablösen lassen, aber wenn Sie natürlich so ein Verkaufs-Ass sind, dann dürfen sie das gerne auch weiterhin unter Beweis stellen."

Na toll, so muss sich wohl ein Eigentor kurz vor dem Schlusspfiff bei einem Spielstand von 1:1 anfühlen. Hätte ich ihm meinen Zufalls-Verkaufserfolg mal besser verschwiegen. Denn die Wahrscheinlichkeit, so etwas heute nochmal wiederholen zu können, ist in etwa so gering wie eine Fortsetzung von ‚Titanic' im Kino. War gar nicht so kalt damals im Meer zwischen den ganzen Eisschollen. Und Leonardo di Caprio ist auch nicht erfroren, Nein, nein, er ist einfach die restliche Strecke bis nach New York weitergeschwommen. Klar.

„Mache ich, Herr Gerstner." sage ich, wobei diese vier Worte wohl eher von meinem Unterbewusstsein gesteuert über meine Lippen kommen.

„Sehr gut. Ich habe nichts anderes erwartet, Seifert."

Mit diesem Standardspruch verschwindet er genau so unauffällig und schnell wie er gekommen ist.

Ich habe natürlich keine Ahnung, wie ich diese Erwartung auch nur annähernd erfüllen soll. Einen zweiten Indiana Jones inklusive Frau würde ich nervlich wahrscheinlich auch nur mit Mühe und nicht absehbaren Spätfolgen überstehen; selbst wenn man dank solcher Kunden auf einen Schlag einen akzeptablen, dreistelligen Vormittags-Umsatz realisieren kann. Und als hätte ich es geahnt, stürzt am Nachmittag das Interesse an Rollos, Jalousien oder irgendwelchen Kleinteilen auf exakt nullkommanull ab. Es kommt noch nicht mal jemand vorbei, der nach dem Weg zur Lampenabteilung fragt oder vielleicht, ob wir möglicherweise Klobrillen aus veganem Tropenholz führen. Dadurch hätte ich zumindest ein bisschen das Gefühl, nicht ganz nutzlos hier zu sitzen. Wobei: Fragen nach dem Weg wären bei uns insofern etwas seltsam, als unsere garagentor-großen Hinweisschilder so eindeutig beschriftet und unübersehbar platziert sind, dass man sie wahrscheinlich auch noch von der nahegelegenen Autobahn-Anschlussstelle lesen könnte.

Als ich mich schließlich kurz vor Feierabend auf den Weg zum Personalraum mache, laufe ich natürlich ausgerechnet Gerstner über den Weg.

„Na, wie lautet das Nachmittags-Fazit, Seifert?" schaut er mich erwartungsfroh an und rechnet bestimmt mit einer vergleichbaren Erfolgsmeldung wie heute am späten Vormittag.

„Unglaublich, Herr Gerstner. Es war wie abgeschnitten."

„Das heißt?"

„Ich sage ja, wie abgeschnitten. Kein Kunde. Den ganzen Nachmittag."

„Seifert. Sie machen Witze. Und Sie wissen, bei was ich keinen Spaß verstehe, nämlich beim …"

„Umsatz." antworte ich wie aus der Pistole geschossen, denn die Frage höre ich heute nicht zum ersten Mal. Wobei auch jede andere Antwort genauso zutreffend gewesen wäre, denn Gerstners Spaßverständnis liegt sehr stark unterhalb von null. Er ist wahrscheinlich der einzige Mensch, der es schaffen würde, alle drei ‚Nackte Kanone'-Filme anzuschauen, ohne dabei auch nur ein einziges Mal lachen zu müssen.

„Sie wollen mir also ernsthaft wahrmachen, heute Nachmittag weder ein einziges Rollo noch eine Jalousie verkauft zu haben?" hakt Gerstner nochmals nach.

„Nicht einmal eins unserer Montagesets für dreineunundneunzig." versuche ich glaubhaft so zu tun, als sei ich selber am meisten enttäuscht über meine unterirdische Erfolgsquote der letzten Stunden.

„Seifert. Ich glaube es echt nicht. Wissen Sie was? Vergessen Sie, was ich heute Mittag gesagt habe bezüglich Verkaufs-Ass und so weiter. Ab morgen sind Sie wieder bei ihren Fliesen. Verstanden?"

„Aber Herr Gerstner, können Sie mir nicht …?"

„Möchten Sie, dass ich Ihnen mal die durchschnittlichen Nachmittagszahlen von Frau Blum zeige?" unterbricht mich Gerstner und tippt mit seinem Kugelschreiber zweimal auf mein Namenschild.

„Nein." antworte ich kurz und knapp. Denn selbst wenn sie da auch nur einen Cent Umsatz machen würde, wäre sie damit prozentual gesehen uneinholbar vorne.

„Eben. Also, morgen wieder Fliesen und Kacheln. Dafür scheinen sie ja ein besseres Händchen zu haben."

„OK." sage ich mit einem gespielten Bedauern in der Stimme. Denn durch die Blume betrachtet, könnte das natürlich heißen, dass meine sonstigen Umsätze gar nicht so schlecht zu sein scheinen. Schön, dass man solche Informationen zumindest über einen solchen Umweg mal mitgeteilt bekommt.

Na dann. Feierabend.

F Ü N F

Je nachdem aus welcher Perspektive man es betrachtet, ist im *Honäsch* jeder Tag wie der andere. Oder eben genau das Gegenteil, und kein Tag ist hier annähernd wie der andere. Zur korrekten Einordnung dieser Bewertung muss man verschiedene Faktoren heranziehen, angefangen bei der Abteilung, für die man eingeteilt ist. Und dabei spielt es wiederum eine sehr große Rolle, ob man Ahnung von den Produkten hat, die man da verkauft, oder ob man schon die interne Hotline anrufen muss, wenn der Kunde fragt, ob ein 30-Millimeter-Hohlraumdübel ausreicht, um einen 85-Zoll-Flachbildschirm kippsicher an einer haushaltsüblichen Rigipswand zu befestigen. Wenn man sich da spontan und ohne Absicherung entscheidet, diese Frage statt mit einem klaren ,Um Gottes Willen. Bloß nicht!' mittels einem saloppen ,Aber natürlich, da können Sie locker auch noch ein paar schöne Blumenampeln dranhängen.' zu beantworten, kann man fest davon ausgehen, dass einer der nächsten Arbeitstage bestimmt vom üblichen Schema abweichen wird. Und zwar genau dann, wenn dieser Kunde wiederkommt und, begleitet von hektischen Bewegungen, mit Begriffen wie ,Schadenersatz', ,Parkettboden völlig zerstört' oder ,Riesenloch in der Außenwand' um sich wirft. Solche Tage enden dann auch schon mal nach offiziellem Arbeitsende in Gerstners Büro und fallen dadurch definitiv auch nicht mehr in die Kategorie ,Tag wie jeder andere.'

Zweiter, sehr entscheidender Faktor für die Einordnung ist die Gemütslage von Herrn Gerstner. Man weiß leider nie, wie weit diese sich über- oder unterhalb seines ganz persönlichen mentalen Nullpunktes befindet, und welche Fieberkurven sie im Rahmen eines kompletten Arbeitstages durchlaufen wird. Ein kleiner Indikator für uns alle war eine Zeitlang die Stimmlage bei seinen Marktdurchsagen. Aber leider nur solange bis ihm ein Kollege dies auf der letzten Weihnachtsfeier nach dem vierten Glühwein unbedingt mitteilen musste. Seitdem überlässt er diese Durchsagen immer öfter seiner Assistentin, die diese aber ihrerseits aus uns nach wie vor nicht nachvollziehbaren Gründen in etwa so euphorisch vorliest, als handele es sich dabei um die Weisheiten chinesischer Glückskekse.

Die dritte, und wohl entscheidende Unbekannte für die Tagesbewertung sind jedoch die Menschen, wegen derer wir jeden Morgen freudestrahlend aus dem Bett springen und es kaum erwarten können, unser riesiges Wissen mit ihnen zu teilen: Unsere Kunden. Geschöpfe, die aufgrund der Kunde-ist-König-Regel davon überzeugt sind, die ledigliche Existenz einer ausreichenden Kontodeckung oder eines lächerlich hohen Dispo-Kredites räume ihnen das Recht ein, uns in die Grenzbereiche des von der Zentrale vorgegebenen Regelwerks für freundlich-korrekten Umgang mit Kunden zu bringen. Und ähnlich wie bei Gerstner wissen wir eben auch da nie, in welcher Gemütslage sich ein vermeintlich freundlicher Herr in Wahrheit vielleicht befindet, wenn er sich gerade völlig unverfänglich nach ein paar stabilen Gartengeräten erkundigt, in Wahrheit aber am späten Abend seine tags zuvor hinterrücks ermordete Gattin verbuddeln will.

Einen Tag im Monat gibt es allerdings, an dem ist Ausnahmezustand. Und zwar für alle. Ohne Ausnahme. Dieser Tag entzieht sich auch komplett den Bewertungsmaßstäben ‚Tag wie jeder andere‘ oder ‚Tag wie kein anderer‘. An diesem Tag befindet man sich gewissermaßen in einer Art rechtsfreien Zone im *Honäsch*. Egal ob Chef, Angestellter oder Kunde. Bei diesem ganz bestimmten Tag handelt es sich um den zweiten Dienstag eines Monats: unseren Sonderangebots-Tag. Im ersten Moment klingt das zugegebenermaßen nicht wirklich spektakulär, vor allem wenn man bedenkt, dass heutzutage flächendeckend eher Tage ohne groß angekündigte Rabattschlachten eine Ausnahme darstellen. Aber eben nicht in unserem Fall. Denn verglichen mit den Szenen, welche sich an diesem Tag bei uns zum Teil abspielen, laufen Erstverkaufstage eines brandneuen iPhones, limitierter Nike Sneaker oder des so-und-sovielten Harry-Potter-Bandes in etwa so geordnet und diszipliniert ab wie eine Militärparade in Nordkorea.

Aber der Reihe nach.

Da sich die Erwartungshaltung hinsichtlich der prozentualen Umsatzsteigerung in einem mittleren zweistelligen Bereich befand, hatte die Düsseldorfer *Honäsch*-Zentrale für die konzeptionelle Ausgestaltung dieses Tages eine völlig überteuerte Werbeagentur angeheuert. Blöderweise waren deren bisherigen Referenzen komplett irrelevant für eine solche Aktion geschweige denn für einen Heimwerker-Markt unserer Größe. Denn ihre größten Erfolge bis dato waren nach eigener Aussage die Kampagne für eine Diät, die gleichzeitig gegen Fußpilz helfen sollte, diverse Radio-Spots für Single-Reisen 50+ nach Osteuropa und Russland, eine Instagram-Kampagne für eine Versicherung gegen ungewollte Schwangerschaften und die Erfindung eines Maskottchens für veganes Hundefutter namens „Rübli". Letzteres feierte die Agentur als einen der größten Erfolge ihrer Geschichte. Und ausgerechnet dieses ziemlich bescheuerte, und wie sich später noch herausstellen sollte, dummerweise auch noch schielende

„Rübli" hatte es einem der Vorstände in Düsseldorf scheinbar so angetan, dass er beschloss, diese Agentur für unsere Zwecke zu engagieren.

Soweit so schlecht. Für unseren Sonderangebots-Tag beschloss die Agentur nämlich, dem allmonatlich wiederkehrenden Schnäppchen-Irrsinn einen einprägsamen Slogan zu verpassen. Slogans sind zwecks der guten Einprägsamkeit im Normalfall recht kurzgehalten, in diesem Fall müssen die kreativen Köpfe der Agentur aber in einer eigenen Umlaufbahn unterwegs gewesen sein. Aber nicht nur in dieser Hinsicht, denn auch für das dazugehörende Media-Placement, wie sie es nannten, hatten sie sich etwas ganz Besonderes ausgedacht. Zumindest ihrer Meinung nach. Es begann in der ersten Woche des Monats auf unserer Website. Exakt in der Mitte wurde eine kleine Kugel in der Hausfarbe unseres Marktes platziert, in deren inneren eben jener Slogan stand. Zumindest konnte man es erahnen, denn am ersten Tag war diese Kugel und damit auch der Slogan noch so klein geschrieben, dass ihn niemand ernsthaft hätte entziffern können. Nicht mal Mac Gyver oder Chuck Norris hätten das geschafft. Einer Art Kaugummiblase ähnelnd, vergrößerte sich diese Kugel dann nach und nach, und zwar solange bis sie schließlich am Ende der Woche jedes der zur Verfügung stehenden 1920 x 1080 Pixel des Bildschirms ausfüllte. Ab diesem Moment war sie auch nicht mehr so einfach wegzuklicken und erst nach etwa fünf Sekunden erschien oben rechts das erlösende, eingekreiste „x". Ich weiß nicht, was in dieser Agentur so alles geraucht wird, aber es musste definitiv dasselbe sein wie zu der Zeit, in der dort das schielende „Rübli" erfunden wurde.

Parallel zu dieser virtuellen Kaugummiblase entwickelte die Agentur noch eine ganze Reihe weiterer Maßnahmen, mittels derer sichergestellt sein sollte, auch noch den letzten Tageslicht-Verweigerer im Umkreis von geschätzten fünfzehn Kilometern über den in Kürze anstehenden Dienstag der Bekloppten zu informieren. Und so werden also allmonatlich alle diese bedauernswerten Menschen über mehrere Tage hinweg mit diesen zwölf unfassbar behämmerten Wörtern verbal angegriffen:

„Ob Holz, ob Nägel oder Schrauben,
Honäsch-Preise kann man fast nicht glauben!"

Bis heute ist es nicht zu erklären, wie dieser verbale Blindflug tatsächlich alle Instanzen der düsseldorf'schen Zentrale vom *Honäsch* durchlaufen hatte, um am Ende dann in der obersten Etage final und widerspruchsfrei abgenickt zu werden. Und das anscheinend sogar einstimmig. Es war also davon auszugehen, dass die versammelten Damen und Herren diese Entscheidung ausschließlich mit jenen Abteilungen ihres Gehirns gefällt hatten, deren einzige Aufgabe in der Koordination regelmäßigen Ein- und Ausatmens besteht. Oder höchstens noch dem Abspeichern banalen Grundwissens wie beispielsweise der Kenntnis des eigenen Geschlechts.

Ein solcher Tag bringt natürlich eine nicht zu unterschätzende Planung mit sich. Im Falle von Gerstner ähnelt dies eher der Strategie für ein groß angelegtes NATO-Manöver. Der Grundriss des *Honäsch* ist dabei seine ganz persönliche Manöverkarte. Auf ihm werden die einzelnen Sonderangebots-Schlachtfelder in verschiedenen Braun- und Grüntönen eingezeichnet, die unterschiedlichen Schnäppchenjäger bezeichnet er tatsächlich als „Invasoren" und zeichnet diese als eine sich unsymmetrisch frei im Markt bewegende formlose Masse in seinen Plan ein, zusätzlich noch mit einem großen „I" markiert. Wir Angestellte sind alle in Vierergruppen an den Seiten platziert, so ein bisschen wie bei ‚Mensch, ärgere dich nicht', nur mit dem Unterschied, dass wir nicht erst eine sechs würfeln müssen, um aufs Spielfeld zu dürfen. Die Uhrzeit der Ladenöffnung entspricht quasi einer virtuell, und für alle gültigen, geworfenen sechs. Und unser Ziel ist es auch nicht, möglichst schnell und ohne rausgeworfen zu werden, in irgendein Häuschen zu kommen. Unser Ziel besteht in erster Linie darin, nicht bereits nach wenigen Minuten von einer oder mehreren, der mit „I" gekennzeichneten Spielfiguren dem Erdboden gleichgemacht zu werden.

Da Gerstners Plan weder Nachfragen noch Verbesserungsvorschläge zulässt, versuche ich an den Montag-Nachmittagen vor unserem D-Day immer so wenig wie möglich in seine Vorbereitungen einbezogen zu werden. Allerdings bin ich damit nicht der einzige, was unweigerlich dazu führt, dass jeder Kunde, der montags ab ca. 14 Uhr unseren Markt betritt, ähnlich einem Magneten in wenigen Sekunden ein halbes Dutzend Verkäufer anzieht, die ihm anbieten, für die nächsten zwei oder bei Bedarf gerne auch sechs Stunden in allen Fragen uneingeschränkt behilflich sein zu wollen. Denn jeder von uns weiß: in Gerstners Hierarchie steht vor dem Aufbau der Sonderangebots-Paletten für den Rabatt-Dienstag immer noch die erfolgreiche Kundenberatung.

Leider ist am heutigen Montag die Kundenfrequenz äußerst überschaubar, und somit bleibt nur, mir Gerstner mittels ständigem Wechseln meiner Position vom Leib zu halten. Hätte ich einen GPS-Tracker getragen, wäre auf dem

Kontrollbildschirm jetzt wahrscheinlich nur noch ein unentwirrbares Knäuel wild durcheinanderlaufender Linien zu sehen. Dieser aus meiner Sicht eigentlich ganz gute Plan scheitert allerdings schon nach kurzer Zeit. Und zwar kläglich.

„Seifert!? Wo stecken Sie denn schon wieder?"

Gerstners Stimme ist unter Tausenden rauszuhören. Bei entsprechender Lautstärke schon alleine deswegen, da sie die einzige mir bekannte Stimme ist, die man sogar fühlen kann. Anscheinend erzeugt er beim Sprechen nicht nur hörbare, sondern auch spürbare Frequenzen.

„Ich bin hier, Chef."

Jetzt noch schnell die Flucht zu ergreifen, oder das verzweifelte Hoffen auf noch einen Kunden, stellen beides leider keine allzu realistischen Alternativen dar. Mein Schicksal für die nächsten Stunden ist quasi in diesem Moment besiegelt. Ich versuche zwar meiner Stimme den wie immer freundlich-hilfsbereiten Ton zu verleihen, das ist allerdings nicht ganz so einfach angesichts der Tatsache, dass ich gerade versuche, mehrere Schichten schiefliegender Schieferpaletten zurück in ihre ursprüngliche, rechtwinklig-gestapelte Anordnung zu bringen.

„Seifert, es ist Montag, sechzehn Uhr." ruft er, als er gerade schwungvoll aus der Lampenabteilung kommend in den Bereich „Boden- und Wandfliesen" einbiegt.

„Hallo, Chef. Danke für die Information. Und ich dachte, es sei schon vier."

Sein Gesichtsausdruck signalisiert mir, dass jetzt wohl nicht der ideale Zeitpunkt für Sprüche dieser Art zu sein scheint.

„Sehr witzig, Seifert. Sehr witzig."

Sprachzentrum an Großhirn: Humor ausschalten, hätte Otto Waalkes das ganze jetzt bestimmt kommentiert.

„Dies hier sind alles Produkte, auf denen morgen früh deutlich sichtbar unser Aktions-Slogan stehen muss!" tippt er auf mehrere übergroße Zettel, die er in seiner rechten Hand hält und mit denen er vor meinem Gesicht rumwedelt.

„Ich bin hier gerade noch an den Schieferplatten. Also wenn da was verrutscht und das dann noch einem Kunden auf die Füße ..." unternehme ich einen letzten Versuch, die Prioritäten zu meinen Gunsten zu verschieben.

„Seifert. Sie wissen was morgen für ein Tag ist und was hier los sein wird?" unterbricht er mich.

Diese Frage macht in etwa so viel Sinn, als wenn man an einem 23. Dezember in irgendeinem voll belegten Kindergarten die Frage stellen würde, ob einer der kleinen Racker denn wisse, was morgen für ein Tag sei. Das Risiko einer falschen Antwort läge bei null. Um genau zu sein bei nullkommanullnull.

„Also, hören Sie zu. Blum, Giesler und Finke kümmern sich um die Sonderangebote bei den Klobrillen, unseren Emaille-Wasserhähnen, den Naturkork-Tapeten, den elektrischen Mährobotern und zusätzlich noch um den kompletten Außenbereich. Und Sie, Seifert, Sie sind verantwortlich für den Bereich ..."

Hier macht er eine kurze Pause und blättert in seinen Listen.

Sag jetzt bloß nicht, dass ich die Eisenwaren machen soll, denke ich.

„... für den Bereich Eisenwaren!" zieht er die Augenbrauen nach oben.

Die Höchststrafe also. Jeder weiß, dass die Vorbereitung dieses Bereiches in etwa den gleichen Spaßfaktor hat wie ein nächtliches Reinigen von Toiletten osteuropäischer Autobahn-Raststätten.

Vor meinem geistigen Auge entrollt sich gerade ein großes Transparent mit der Aufschrift: ‚Herzlichen Glückwunsch, Rüdiger Seifert, Sie haben die Arschkarte gezogen für diesen Monat.'

„Aber ich sollte vorher schon noch hier diese Platten, äh, schauen Sie mal wie schief die …"

Ich drehe mich um, um ihm durch eine alberne Handbewegung das Risiko sich verschiebender Platten zu visualisieren, und mir dadurch noch etwas Aufschub zu verschaffen, aber er hat schon abgedreht. Während Gerstner also in Richtung der Gartenmöbel verschwindet, stehe ich da – mit einem Fuß auf den schief liegenden Schieferplatten und einem darauf liegenden Stapel Papier, der mich stumm auszulachen scheint.

„Hast du etwa die Eisenwaren bekommen?" höre ich eine Stimme aus dem Nachbargang blöd lachen. Ich muss nicht lange überlegen, wem diese Stimme gehört. Genauso wie man Gerstners Stimme unter Tausenden raushören kann, ist auch dieser süffisante Unterton einmalig im *Honäsch*. Er gehört Jonas Palfrader, dem Stammgast auf unseren „Mitarbeiter des Monats"-Urkunden.

„Danke. Ich komme klar."

Ich kann ihn nicht leiden, genau genommen kann ihn niemand leiden. Ich hatte mir daher schon vor längerer Zeit vorgenommen, meine Kommunikation mit ihm auf das notwendigste zu reduzieren. Nämlich auf null. Und da darf selbst die Zuteilung der Eisenwaren für die Vorbereitung des D-Days keine Ausnahme machen.

„Ich kann dir helfen, wenn du willst."

Wie bitte? Hatte ich mich verhört? Jonas und mir helfen? Ein Jonas Palfrader würde niemals etwas freiwillig oder ohne Hintergedanken machen. Und die fünf Buchstaben des Wortes ‚Hilfe' kannte der höchstens als Bestandteil der ‚Tommy Hilfiger'-Schriftzüge auf seinen schlecht sitzenden Pullundern mit V-Ausschnitt.

Er ist seit knapp einem halben Jahr bei uns. Keiner wusste damals so richtig warum, geschweige denn was er hier eigentlich macht und ob er auch nur eine einzige Qualifikation besaß, die ihn befähigen könnte, auf unsere Kundschaft losgelassen zu werden. Irgendwann hatte ihn Gerstner mal einen halben Vormittag durch alle Abteilungen geschleppt und am nächsten Morgen stand er dann hinter der Infotheke für Deckenlampen, so als wäre es das natürlichste der Welt. Mit Mittelscheitel, beigefarbener Bundfaltenhose und einem wasserwaagen-akkurat sitzenden Namensschild.

Nachfragen zu Jonas hat Gerstner immer abgewiegelt. Er entscheide, wer hier arbeitet und welche Qualifikationen notwendig wären und so weiter. Irgendwann war es mir dann auch egal, zumal nahezu keine der Abteilungen, in denen Jonas jeden Tag aufs Neue seine ausgeprägte Inkompetenz unter Beweis stellen konnte, gleichzeitig zu meinen Einsatzgebieten gehörte.

Ein paar Wochen später kamen wir dann aber doch noch dahinter, was es mit Super-Jonas auf sich hat. Patrick und ich waren an diesem Tag etwas früher als sonst im *Honäsch*, als wir auf einmal eine für ihr Alter noch ziemlich gut aussehende Frau im Markt sahen. Der gute Gerstner lief an ihrer Seite, sein Gesichtsausdruck und seine dazu passende Körperhaltung schwankte dabei zwischen unterwürfiger Hörigkeit und verliebtem Gockel. Zumindest den ersten Teil hätte ich mir auch mal in einem unserer Gespräche gewünscht. Den anderen Teil hoffte ich verständlicherweise niemals im Rahmen eines Vier-Augen-Gesprächs erleben zu müssen.

Die Frau stolzierte auf ihren etwas zu hohen High-Heels in Richtung der Kassenbereiche, also genau dorthin wo Patrick und ich gerade standen. Zum Glück hatten wir am Vorabend noch die Paletten mit den Sonnenschirmen auf ihre richtige Position, direkt auf die Fläche vor den Kassen, geschoben. So boten diese uns jetzt einen perfekten Sichtschutz. Und der war auch notwendig, denn beide hielten ausgerechnet genau zwischen den regenbogenfarbenbunten Sonnenschirmen und dem Wühltisch vor Kasse drei an.

„Herr Gerstner, ich weiß gar nicht, wie ich Ihnen danken soll." Genauso unterwürfig wie Gerstners Gesichtsausdruck gerade noch war, so anschmiegsam klang jetzt ihre Stimme.

„Aber das mache ich doch sehr gerne, Frau Palfrader." flötete er zurück.

Patrick und ich sahen uns an. Palfrader? Heißt das etwa, diese Frau ist die Mutter unserer Verkaufsperle Jonas?

„Ich wüsste nicht was ich sonst mit meinem Jonas gemacht hätte. Wissen Sie, nachdem er die beiden Ausbildungen zum IT-Kaufmann und zum Augenoptiker abgebrochen hatte, war ich so verzweifelt. Und als er dann eines Abends zu mir gesagt hat, er wolle jetzt irgendwas mit YouTube machen, da war ich mit meinen Nerven völlig am Ende."

Um das noch zu unterstreichen, schluchzte sie hörbar auf. Wegen der blöden Schirme konnten wir nicht alles sehen, aber Gerstner nutze diese Gelegenheit sofort, um alle seine fünf Wurstfinger der rechten Hand auf ihren linken Arm zu legen.

„Jonas macht sich wirklich sehr gut hier." wechselte er auf Stufe zwei seiner Besänftigungs-Offensive.

Ich schaute Patrick an und imitierte mit einer lautlosen Grimasse das Gerstner'sche ‚Jonas macht sich wirklich sehr gut hier'. Denn dass sich Jonas hier wirklich gut mache, war in doppelter Hinsicht eine glatte Lüge. Zum einen machte er so gut wie nichts hier, weswegen Begriffe wie ‚wirklich' und ‚sehr gut' im Zusammenhang mit dem Begriff ‚machen' komplett fehl am Platz waren, zum anderen kannte er wahrscheinlich immer noch nicht den Unterschied zwischen einer Wasser-waage und einem Zollstock.

„Ach, Herr Gerstner, wenn Sie das sagen, bin ich ja beruhigt." legte sie jetzt wiederum ihre rechte Hand auf seine. „Der Junge erzählt mir ja nichts. Immer wenn ich ihn frage, wie es denn so ist bei der Arbeit, bekomme ich höchstens zwei, drei Worte aus ihm heraus. Nun ja, das liegt bestimmt auch daran, dass er es noch nicht verkraftet hat, dass sein Vater und ich uns vor etwa einem Jahr getrennt haben."

Auch ohne hinzuschauen, wusste ich: Dieser letzte Satz hatte in Gerstner einen Hormonschub in einer Größenordnung ausgelöst, die für Julio Iglesias vollkommen ausreichen würde, um innerhalb von vierundzwanzig Stunden zwei komplett authentische Romantik-Alben aufzunehmen.

„Das wusste ich ja gar nicht." Gerstners Stimmlage orientierte sich jetzt eindeutig in Richtung ‚Wort zum Sonntag'-Timbre.

„Kein Problem. Woher denn auch?" beschwichtigte sie. „Ich hatte mich damals von ihm getrennt, als sich an seinen Hemden irgendwann öfter Lippenstift-Flecken fanden als Reste vom Mittagessen." versuchte sie die Situation mit einem leicht gequält wirkenden Witz aufzulockern. Ein bisschen tat sie mir jetzt sogar leid. Und dann auch noch einen Sohn wie Jonas zu haben, also das war echt hart.

„Ich habe mich auch vor sechs Monaten getrennt. Also von meiner Frau. Und das obwohl ich auf ihrer Kleidung keinerlei Lippenstift-Flecken gefunden hatte."

Da Frau Palfrader laut lachte, fiel es zum Glück nicht auf, dass ich auch kurz lachen musste. Soviel Humor hatte ich ihm gar nicht zugetraut. Oder besser gesagt, dass ein Mann wie er, der seine Ausbildung zum Sesselfurzer mit Sicherheit als Klassenbester abgeschlossen hatte, überhaupt über so etwas wie Humor verfügte. Aber etwas anderes verwunderte mich noch mehr. Bisher war ich nämlich immer davon ausgegangen, dass er glücklich mit seiner Frau und seinen beiden Kindern in einem schmucklosen Reiheneckhaus ganz in der Nähe wohnte. Aber das war wohl ein stark veralteter Wissensstand. Unglaublich, was man alles in ein paar Minuten erfährt, wenn man ausnahmsweise mal genau diese paar Minuten früher zur Arbeit kommt.

„Dann sitzen wir ja quasi im selben Boot" Frau Palfraders Stimme hatte dank Gerstners Charme- und Humor-Offensiven wieder einen spürbar positiveren Klang angenommen. Zwischen den Zeilen sollte dieser Satz bestimmt eher ‚Warum fragen Sie mich nicht einfach, ob ich mal mit Ihnen essen gehen möchte?' aussagen. Aber das würde Gerstner wahrscheinlich noch nicht mal dann wahrnehmen, wenn man es auf einem Teleprompter einblenden würde, der direkt hinter ihrem Kopf platziert wäre, und auf dem dieser Satz in Endlos-Schleife durchs Bild laufen würde.

„Wir können ja vielleicht mal zusammen essen gehen." Gerstner legte jetzt seine linke Hand auf ihre rechte Hand, die immer noch auf seiner rechten Hand lag, gerade so als würde damit der Pakt für das gemeinsame Abendessen besiegelt.

Patrick und ich schauten uns achselzuckend und mit aufgerissenen Augen an. Alles was wir dachten, über ihn zu wissen, pulverisierte sich gerade quasi auf einen Schlag.

Ich reckte meinen Kopf, denn ich hatte das dringende Bedürfnis mich zu versichern, ob da nicht doch ein Teleprompter oder irgendetwas vergleichbares hinter ihr stand. Aber logischerweise war weit und breit nichts zu sehen.

Ich zog daher gedanklich meinen Hut. Respekt, Manfred Gerstner! Das war eine perfekte Punktlandung auf der Meta-Ebene im Frauenversteher-Makrokosmos.

„Sehr gerne, Herr Gerstner." Dabei wanderte ihre linke Hand in Richtung des Händestapels und ordnete sich ganz oben ein.

Ich war mir sicher, dass er ihr jetzt als Höhepunkt noch das ‚Du' anbieten würde, aber das wollte er sich scheinbar für das Diner bei Kerzenschein aufheben.

„Ich rufe Sie heute Nachmittag an, dann können wir einen Tag ausmachen." sagte er stattdessen und löste damit gleichzeitig die Vollversammlung der vier Hände auf.

Dadurch gab er Frau Palfrader die Möglichkeit, ein kleines Kärtchen aus Ihrer Handtasche zu holen und ihm zu überreichen.

„Das ist meine Mobil-Nummer, da können Sie mich auch später erreichen, wenn Sie heute Nachmittag nicht dazu kommen sollten. Sie haben ja bestimmt immer sehr viel zu tun, nicht wahr?"

„Die Zeit nehme ich mir natürlich. Und vielen Dank für Ihre Telefon-Nummer."

„Sehr gerne."

So endete diese Szenerie, wie sie selbst eine Rosamunde Pilcher nicht hätte schöner schreiben können. Außer dass die beiden jetzt in einem sonnendurchfluteten Garten stehen würden und im Hintergrund irgendein Schloss oder eine nicht mehr ganz taufrische Burg zu sehen wäre. Naja, hier war es eben eine Palette Sonnenschirme und ein Wühltisch mit Multifunktions-Arbeitshandschuhen.

„Einen schönen Tag. Ich melde mich, Frau Palfrader."

„Auf Wiedersehen, Herr Gerstner. Ich freue mich auf Ihren Anruf."

Nach diesen Worten stöckelte Frau Palfrader zwischen den Kassen drei und vier in Richtung des Ausgangs. Und als sich die beiden schweren Glastüren langsam zur Seite schoben, um ihr den Weg freizumachen, hatte das etwas so anmutiges, als hätte Moses gerade zum zweiten Mal in seiner Karriere das Meer geteilt.

„Wobei willst ausgerechnet du mir helfen?" frage ich Jonas, der mittlerweile bei mir im Gang steht und mit einem abfälligen Blick auf die immer noch nicht korrekt übereinanderliegenden Schieferplatten schaut.

„Na, erstmal bei diesen Platten hier." deutet er in Richtung meines Fußes. „Und dann schauen wir mal, was noch alles bei ‚Heavy Metal' zu tun ist. Jonas hatte irgendwann mal die Eisenwaren-Abteilung in ‚Heavy Metal" umbenannt, was außer ihm aber keiner wirklich witzig fand. Dies hielt ihn aber nicht davon ab, konsequent diesen Namen zu verwenden. Und das selbst gegenüber unseren Kunden. Vor allem bei den Kunden, welche sich weit über dem Renteneintrittsalter befanden, hatte das öfters zu reichlich verstörten Blicken geführt.

„OK. Danke." sage ich schließlich. Ich weiß zwar, dass hinter diesem Angebot irgendwas steckt, was mir nicht gefallen wird. Aber die Aussicht, die Eisenwaren-Strafarbeit alleine machen zu müssen, gefällt mir in diesem Moment noch weniger.

Nachdem die Schieferplatten endlich wieder alle bündig und im rechten Winkel auf ihren Plätzen liegen, greife ich mir den Stapel Papier, der mir mittlerweile so vorkommt, als wäre er in den letzten Minuten sogar noch größer geworden. Es sind seitenweise Tabellen mit ellenlangen Bestell-Nummern, hinter denen jeweils der aktuelle Preis, der festgelegte Rabatt und der neue Preis vermerkt ist. Zum Glück gibt es nur drei Rabatt-Sätze, sonst wären diese Listen wohl eher als Bewerbungsschreiben für den Mathematik-Nobelpreis geeignet gewesen und nicht als Angebotsübersicht für den D-Day im *Honäsch*.

„Hier."

Ich gebe Jonas ungefähr die Hälfte des Blätterstapels.

„Dann schauen wir mal, welche Heavy-Metal-Schnäppchen morgen so geplant sind." nimmt er ihn mir ab, während wir nebeneinander in den Hauptgang der Eisenwaren einbiegen.

Diese Abteilung stellt für mich eine Art achtes Weltwunder dar. Unzählige Kistchen und Schublädchen beherbergen aber- tausende Schrauben, Nägel, Metalldübel, Winkeleisen, Hülsen, Drähte, Schlösser, Wandhaken, Scharniere und Möbelknöpfe in allen Materialien, Formen und Farben. Und das alles auf kleinstem Raum. ‚Monaco' hätte eigentlich viel besser als Spitzname für diese Abteilung gepasst, denn die hier vorherrschende Teiledichte war gefühlt in etwa vergleichbar mit der Bevölkerungsdichte von Monaco. Allerdings sprach das Fehlen solch elementarer Dinge wie eines Casinos, dem Mittelmeer inklusive Yachthafen und einmal im Jahr einem Formel Eins-Grand Prix Wochenende letztendlich dann doch deutlich gegen einen solchen Vergleich.

„Machst du die Schrauben, Nägel & Co, und ich den Rest?" schlägt Jonas vor.

Ich schaue auf die Listen in meiner Hand und stelle fest, dass tatsächlich fast alle entweder die Überschrift ‚Nägel' oder ‚Schrauben' tragen.

„Machen wir." sage ich und versuche es möglich großzügig klingen zu lassen. Eine Neuverteilung der Listen hätte jetzt sowieso keinen Sinn gemacht.

Die Schieferplatten-Aktion hat richtig Zeit gekostet, sodass es mittlerweile bereits kurz vor halb fünf ist. Ich muss also Gas geben, wenn ich noch eine Chance haben will, hier vor sieben Uhr rauszukommen, um mich dann im *Aquarium* mithilfe der Einnahme einiger alkoholhaltiger Kaltgetränke wenigstens etwas davon abzulenken, was mich morgen hier erwarten wird.

Jonas hat bereits begonnen, die ersten Kistchen und Schublädchen mit den knallbunten Aufklebern zu versehen, auf denen neben unserem genialen Slogan auch der jeweilige Rabattsatz zu erkennen ist. Aus der Entfernung sieht das so aus, als wäre jemand mit einer Paintball-Pistole durch den Gang gerannt, gestolpert und hätte dann im Fallen wahllos sein ganzes Magazin in Richtung der verschiedenen Regale leergeballert.

„Nicht träumen." ruft er zu mir herüber, als könne er meine Paintball-Gedanken lesen.

„Muss nur noch kurz was checken." rufe ich zurück und blättere alibimäßig in meinen Listen.

„Rüdiger, der Checker vom Honäsch, oder wie?" lacht er und widmet sich wieder seinen Aufklebern.

Jonas kann sehr vieles nicht. Und lustig sein steht auf dieser Liste weit oben. Sehr weit oben.

Die nächsten zwei Stunden verbringe ich also damit, anhand von Gerstners Listen Einschlagbodenhülsen, Terrassenschrauben, Schwerlast-Verbinder oder Schnellbauschrauben-Vorteilpacks mit den richtigen Aufklebern zu versehen. Um kurz nach halb sieben, also genau als auf unserer tollen Uhr über dem Eingang der Rohrzangen- und der Kreuzschraubenzieher-Zeiger exakt übereinanderstehen und diese dadurch noch bescheuerter aussieht als sonst, klebe ich den letzten 40%-Rabatt-Kleber auf die Vorderseite der Kunststoff-Schublade unserer Allround-Bodendübel mit dem eigenartigen Namen „Vitali".

Geschafft. Der D-Day kann kommen.

Der Morgen des D-Dienstags begrüßt mich bereits beim Aufwachen dummerweise mit recht intensiven Nachwirkungen des Vorabends im *Aquarium*. Ich kann mich zwar noch schemenhaft daran erinnern, irgendwann der letzte Gast gewesen zu sein, und dass ich mit Bastian, dem Barkeeper, noch einen finalen Absacker nehmen wollte, aber das war's dann auch mit den Details, zu deren Speicherung mein Kurzzeitgedächtnis wohl noch gerade so in der Lage gewesen war. Und dieser Absacker konnte definitiv nicht die letzte Aktion gewesen sein. Anders wäre es nicht zu erklären, warum das letzte Bild auf meinem Telefon eine größere Anzahl leerer Schnapsgläser auf dem Tresen zeigt, während ich etwas verwackelt im Hintergrund bei dem Versuch zu sehen bin, etwa dreißig weitere Gläser auf meinen zehn Fingern zu balancieren.

Leider helfen auch ein doppelter Espresso, ein Rollmops plus zwei rohe Eier nur sehr bedingt, meinen innerlichen Gesamtzustand in eine Form bringen, die mich in die Lage versetzt hätte, einen Tag mit ungefähr dem vierfachen des üblichen Kundenaufkommens im *Honäsch* durchzustehen. Zumindest mein äußeres Erscheinungsbild kann ich durch die Verwendung der dreifachen Menge Hydra Energy so aussehen lassen, als hätte ich in der letzten Nacht die ärztlich empfohlenen acht Stunden Schlaf minutiös eingehalten. Ich hoffe lediglich, dass mir Gerstner nicht gleich in den ersten Minuten über den Weg laufen wird. Da er sich es aber traditionellerweise nicht nehmen lässt, die Ladeneröffnung um acht Uhr von seinem Büro aus zu erleben, stufe ich dieses Risiko erstmal als sehr gering ein.

Gerstners Büro befindet sich in ungefähr fünf Metern Höhe, etwas seitlich vom Haupteingang gelegen. An jedem zweiten

Dienstag des Monats steht er ab spätestens 07.55 Uhr an dem verspiegelten Fenster seines Büros. Mit verschränkten Armen blickt er hinunter, einem Feldherrn ähnelnd, der seinen Truppen in wenigen Augenblicken befehligen wird, die Tore zu öffnen und damit die Schlacht beginnen zu lassen. Hätte er dabei auch noch eine Weste getragen, ich bin mir sicher, er hätte, wie Napoleon annodazumal, auch noch seine rechte Hand etwas über Bauchnabelhöhe unter die Weste geschoben.

Einmal hatte ich das zweifelhafte Vergnügen, diesen Moment in Gerstners Büro miterleben zu müssen. Ich hatte ihn dummerweise wenige Minuten vor acht gefragt, ob es noch was zu tun gäbe.

Großer Fehler!

„Seifert. Kommen Sie her. Diesen Moment müssen Sie erleben." hatte er damals gesagt, ohne seine Feldherren-Haltung zu verändern und ohne auf meine Frage wirklich eingegangen zu sein.

„Wie bitte?" hatte ich ihn gefragt, um mich zu vergewissern ob seine Rolle vielleicht auch akustische Wahrnehmungs-störungen mit sich bringt.

„Nein, nein." hat er damals in vollkommener Ruhe geantwortet. „Es gibt nichts mehr vorzubereiten. Alles ist gut. Die Wiese ist bereit. Die Schafe können kommen."

Mir war klar: Um dieses Bild wieder aus dem Kopf zu bekommen würde es Tage oder sogar Wochen dauern. Selbst lustige Tierpannen-Videos in Dauerschleife würden dafür nicht ausreichen. Und leider hatte ich damals auch keinerlei Restalkohol vom Vorabend in mir, auf den mein Kurzzeit-gedächtnis spontan hätte zurückgreifen können. Ich musste damals also diese ersten D-Day-Minuten bei vollem Bewusstsein über mich ergehen lassen. Aber dieser Fehler ist mir natürlich seitdem nie mehr passiert. Auch heute mache ich daher einen größtmöglichen Bogen um das Sichtfeld seines Büros. Da ich nicht mehr alles wusste, was ich am Vortag gemacht hatte, vergewissere ich mich aber schnell noch mit einem Blick in die drei Eisenwaren-Gänge, ob dort alles in Ordnung ist. Und es ist alles in Ordnung. Noch immer sieht es dort so aus, als hätte dort ein Trupp Tourette-Patienten ein Drei-Satz-Match Paintball gespielt.

„Wer riecht denn hier leicht übertrieben nach Hydra Energy?"
Patrick lehnt lässig an einer nicht rabattierten Alu-Leiter und grinst.
„Is' gestern ein bisschen später geworden im Aquarium." grinse ich zurück. „Normalerweise würde ich heute ja auch blaumachen. Aber sich am D-Day krankzumelden, wäre in Gerstners Augen bestimmt eine nicht entschuldbare Majestätsbeleidigung. Dann also lieber Espresso, Rollmops, rohe Eier. Und Hydra Energy."

„Noch zwei Minuten." Patrick hält mir sein iPhone entgegen, auf dem sich die Ziffern ‚07:58' den Bildschirm mit dem Foto eines tiefergelegten blaumetallic-farbenen 3-er BMWs teilen.
„Also tief durchatmen und wie üblich erstmal zurückhalten. Den Fehler vom letzten Mal mache ich bestimmt nicht nochmal." rolle ich die Augen nach oben, genau in die Richtung meiner Kopfschmerzen.
„Du meinst deinen Auftritt im Eingangsbereich? Ich war ja leider nicht dabei, hätte aber zu gerne gesehen, wie du versucht hast, die Massen davon abzuhalten, durch die Ausgänge reinzukommen. Haha. Hat Gerstner dir dafür eigentlich, sozusagen posthum die Honäsch-Tapferkeitsmedaille verliehen?"

„Blödmann. Im Gegenteil. Am D-Day gibt es keine Einbahnstraßen hat er nur gesagt. Und zur Belohnung durfte ich am nächsten Tag die ganzen Rabatt-Schildchen wieder entfernen. Alleine."

Bevor ich mir aber unnötigerweise noch weitere Erlebnisse des Vormonats in Erinnerung rufen kann, springt der Rohrzangen-Zeiger in die senkrechte Position.

Acht Uhr. Es geht los.

Patrick und ich halten uns im hinteren Bereich des *Honäsch* auf und nehmen die Marktöffnung durch das dumpfe Grollen unserer schweren, duschkabinen-großen Einkaufswagen auf dem Kunststoffboden zunächst nur akustisch wahr. Mit dem Einbiegen der Wagen in den Hauptgang, kommen dann auch gleich die ersten hektischen Ansagen in strammem Bundeswehrton dazu. „Als erstes zu den Bormaschinen!", „Schnapp dir ein paar von den Buchsbäumen!" oder gerne auch „Denk dran, Schatz, das Abtropfgestell nur in schwarz. Eine andere Farbe will ich nicht." Die daraus zwangsläufig resultierenden Richtungsänderungen führen allerdings nach kürzester Zeit dazu, dass sich die ersten Einkaufswagen ineinander verhaken. Um dies zu verhindern hat Gerstner im Rahmen seiner NATO-Manöver-Planung zwar immer ein paar Mitarbeiter im Hauptgang platziert, das hat allerdings noch nie was gebracht. Heute auch nicht. Sogar noch weniger als sonst, denn ich bin mir sicher, dass das Chaos noch nie zu so einer frühen Uhrzeit ausgebrochen war wie heute.

Nur gut, dass weder Patrick noch ich jemals für diesen völlig aussichtslosen Einsatz eingeteilt waren. Denn eher würden Deutsche und Engländer im Urlaub freiwillig darauf verzichten, Pool- oder Strandliegen mit Hotel-Handtüchern zu reservieren, als dass es mal einen D-Day im *Honäsch* geben würde, bei dem nicht unmittelbar nach Eröffnung der Krieg um die besten Schnäppchen ausgebrochen wäre.

„Schon fünf Sekunden" Patrick hält mir erneut sein iPhone entgegen, auf dem er mittlerweile die Stoppuhr aktiviert hat. „Wenn also in den nächsten fünf Sekunden immer noch keiner zu sehen ist, geht das Mittagessen heute auf Sie, Herr Seifert." lacht er.

Patrick und ich haben an jedem Sonderangebots-Tag die Wette laufen, wie lange es dauern würde, bis der erste Kunde in einem bestimmten Gang auftaucht. Heutiger per nicht-notariell überwachter Auslosung bestimmter Wetteinsatz-Gang ist „Wohnen und Deko" mit immerhin 25 rabattierten Produkten, also eigentlich einer recht großen Chance, dass sich hier sehr schnell die ersten Schnäppchenjäger zeigen. Sollte aber dennoch vor Ablauf der zehn Sekunden kein Kunde zu sehen sein, sieht es schlecht aus für mich. Und es sieht schlecht aus für mich. Genau genommen sogar sehr schlecht. Denn erst nach über zwanzig Sekunden sehen wir ein kleines Männlein in den Gang einbiegen. Und nicht nur das. Zu allem Überfluss trägt er auch noch eines dieser unfassbar hässlichen Kurz-armhemden, wie man sie in der Regel nur in vakuum-verschweißten 2-er Packs auf polnischen oder tschechischen Wochenmärkten direkt hinter der Grenze bekommt. Ich bin der festen Überzeugung, dass es diese Hemden ausschließlich in zwei Größen gibt. Nämlich zu groß oder zu klein. Denn entweder spannen diese Dinger unheimlich und man muss befürchten, bei zu starkem Einatmen sein Gegenüber mit einem abplatzenden Knopf ernsthaft zu verletzen, oder man hat das Gefühl, die verarbeitete Menge Stoff hätte locker gereicht, um alternativ daraus auch zwei Sitz-Schonbezüge für einen französischen Kleinwagen zu nähen. Aus mir nicht nachvollziehbaren Gründen haben wir an unseren Sonderangebotstagen einen außergewöhnlich hohen Prozentsatz an Kunden, die im Nebenberuf überzeugte Kurzarmhemden-Träger sind. Daher haben Patrick und ich einen an jedem D-Day gültigen zusätzlichen Wetteinsatz. Sollte der erste Kunde tatsächlich auch noch so ein Kurzarm-Dingsbums anhaben, waren für den Wettverlierer neben dem Mittagessen auch noch zehn Euro extra fällig.

„Ich nehm' heute das Sonderessen. Egal was es ist." Lachend steckt Patrick sein iPhone ein und hält mir die andere Hand entgegen, die mir ‚ich-bekomme-zehn-Euro-von-dir' zu sagen scheint.

„Jaja, Glückwunsch." sorgt die doppelt verlorene Wette natürlich nicht wirklich für einen Gute-Laune-Schub bei mir. Nachdem aber damit das Thema Wette erledigt ist, können wir uns zumindest so langsam auf den Weg machen, irgend-welchen verwirrten oder überforderten Kunden auf ihrem Weg durch den Rabattschildchen-Parcours behilflich zu sein. Mittlerweile sind auch alle Gänge gut gefüllt mit Schnäppchenjägern, die im Sekunden-Takt ihre Einkaufs-wagen mit allem möglichen befüllen, auf dem einer unserer lustig-bunten Sonderangebots-Aufkleber leuchtet.

Ich frage mich, wie lange es heute wohl dauern wird, bis ich zum ersten Mal den Satz „Darf ich Sie mal was fragen" hören werde. Und es dauert dann auch nicht lange, auch wenn die Anrede in diesem Fall grammatikalisch noch deutlich Luft nach oben hat.

„Schulldigung? Hallo Sie?" höre ich auf einmal hinter mir.

Als ich mich umdrehe steht ein Mann vor mir, der aussieht, als wäre er gerade eben erst von fünf Tagen Spring Break in Amerika zurückgekehrt und hätte seitdem noch keine Zeit gefunden, sich umzuziehen. Auf seinem schwarzen T-Shirt prangt in knalligem orange der Schriftzug „Titten raus! Es ist Sommer!", die Sonnenbrille steckt völlig schief in seinen eindeutig zu stark eingegelten Haaren fest und seine Hände vergräbt er in Bermuda-Shorts, die beim Kauf höchstwahrscheinlich mal dunkelblau gewesen sein mussten. Die jetzige Farbe hingegen schwankt irgendwo zwischen einem undefinierbaren leberwurstgrau und feuerlöscherrot. Ich hätte wetten können, dass er mich jetzt entweder nach dem Weg zum Strand fragt oder ob die Happy Hour heute vielleicht ausnahmsweise schon um acht Uhr beginnt. Aber mein Bedarf an Wetten ist verständlicherweise für heute bereits mehr als gedeckt.

„Wo iss'n der Ruhrpott?" fragt er mich stattdessen, wobei ihm beinahe sein mintgrüner Kaugummi aus dem Mund fällt.

„Der Ruhrpott?"

„Mmmh."

Ich frage mich, ob ich hier gerade bei der versteckten Kamera gelandet bin. Oder vielleicht sucht RTL ja auch frische Kandidaten für eine neue Quiz-Show? Nunja, wenn es um irgendwas mit Geografie gehen sollte, schicke ich sie vielleicht besser direkt zu Ouzo-Udo, meinem alten Erdkunde-Lehrer.

„Haben Sie sich verfahren?" frage ich stattdessen. Mir ist klar, dass das so ziemlich die dümmste Gegenfrage sein dürfte, die man in einem solchen Moment stellen kann. Denn selbst der bescheuertste Autofahrer würde um diese Uhrzeit nicht in einen Baumarkt gehen, um dort nach dem richtigen Weg zu fragen. Aber was Besseres fällt mir um diese Zeit beim besten Willen halt nicht ein.

„Ne, ich will den Ruhrpott kaufen." Mittlerweile hat er seinen Kaugummi wieder im Griff.

OK, jetzt bin ich überzeugt, dass es sich um RTL handeln muss, oder noch wahrscheinlicher sogar RTL 2. Und er spielt seine Rolle echt gut. Er verzieht keine Miene, die irgendwie darauf schließen lässt, dass ich das, was hier gerade passiert, vielleicht schon nächste Woche im Abendprogramm wiedersehen werde. Und zwar zur Primetime.

„Ich glaube, da müssten Sie wahrscheinlich eher mal mit dem Land Nordrhein-Westfalen verhandeln." antworte ich, nachdem ich spontan beschlossen habe, bei seiner Show mitzuspielen.

„Meister, in deinem Prospekt steht er doch drin." Das vertraute ‚du', das jetzt ins Spiel kommt, bestärkt mich endgültig in der Annahme, es müsse sich hier um einen Vertreter des Jugendbildungs-Kanals RTL 2 handeln.

„In unserem Prospekt? Was soll er denn kosten?" frage ich und stelle mir dabei vor, wie ich gestern, statt lediglich drei Eisenwaren-Gängen, das ganze Ruhrgebiet mit unseren Angebots-Aufklebern verschönert hätte.

„Neunundachtzigneunundneunzig."

„Millionen?"

„Ne. Ich brauch nur einen, du Witzbold." lacht er und verschluckt jetzt beinahe seinen Kaugummi.

Gleichzeitig kramt er aus seiner Hosentasche eine schon ziemlich mitgenommene Version unseres Aktionsprospektes hervor und blättert auf eine der hinteren Seiten.

„Da isser doch." hält er mir den Prospekt hin und tippt auf ein Bild, das ich zunächst nicht richtig erkennen kann.

„Der faltbare Bollerwagen ‚Ruhrpott'. Neunundachtzigeuroneunundneunzig." liest er unfallfrei vor und schaut mich mit hochgezogenen Augenbrauen erwartungsvoll an.

„Ach so. Ja, natürlich. Der faltbare Bollerwagen." Ich schlage mir zweimal mit der Hand gegen die Stirn, gerade so, als wäre es mir just in dem Moment wieder eingefallen. In Wahrheit hatte ich bis vor fünf Sekunden nicht den Hauch einer Ahnung, dass wir so ein Produkt in unserem Sortiment haben. Ob rabattiert oder nicht. Und schon gar nicht, dass da jemand bei der Namensgebung einen ganz schlechten Tag gehabt haben muss.

„Patrick?" rufe ich in eine fiktive Richtung, in der ich ihn vermute. „Wo steht denn der Ruhrpott?"

„Gang 22. Garten und Freizeit" steht wie aus dem nichts plötzlich Jonas neben mir.

„Soll ich Sie hinbringen?" fragt er im gleichen Atemzug in Richtung des Springbreak-Rückkehrers, der nach wie vor grinsend seinen Kaugummi bearbeitet.

„Klar, Meister. Reicht ja auch, wenn sich hier zumindest einer auskennt." nickt er in Jonas' Richtung.

„Hier, schenk ich Ihnen." drückt er mir den Prospekt in die Hand. „Schauen Sie mal rein, sind tolle Angebote drin. Haha."

Mit diesen Worten verschwinden beide in Richtung Gang 22. Um zu vermeiden, dass sich Jonas nochmal zu mir umdrehen und mir dabei sein blödes ‚Mitarbeiter-des-Monats'-Grinsen zeigen kann, verschwinde ich schnell in den nächstbesten Gang. Allerdings etwas zu schwungvoll, sodass ich beinahe direkt in unsere Sonderverkaufsfläche für den Alleskleber „Superkontakter" reinfliege. Zwei Physik-Studenten hatten den vor zwei Jahren in der „Höhle der Löwen" vorgestellt, aber keinen Deal bekommen, weil einer der Löwen zu doof war, zwei verschiedene Metalle damit zusammenzukleben. Wie sich später rausstellte, war er aber nur vermeintlich zu doof dazu, in Wahrheit hatte er befürchtet, damit einem Produkt seiner eigenen Firma Konkurrenz zu machen. Als die Presse davon Wind bekommen hatte, war „Superkontakter" sofort rehabilitiert und die Verkaufszahlen gingen quasi von heute auf morgen durch die Decke. Seitdem ist es eines unserer bestverkäuflichsten Produkte, selbst am D-Day. Und das selbstverständlich ohne einen einzigen wiederablösbaren Rabatt-Aufkleber.

„Was gibt's denn?" fragt Patrick etwas irritiert, als er sieht, wie ich gerade noch verhindern kann, dass die gesamte mühsam aufgebaute „Superkontakter"-Pyramide innerhalb weniger Sekunden in sich zusammenfällt.

„Hat sich erledigt. Danke."

„Worum gings denn?"

„Wusstest du, dass wir einen faltbaren Bollerwagen im Programm haben? Und dass der tatsächlich ‚Ruhrpott' heißt?" frage ich in der Hoffnung, als Antwort lediglich ein Achselzucken zu erhalten.

„Klar. Ist im Angebot drin und runtergesetzt von hundertneunundzwanzig auf neunundachtzigneunundneunzig. Steht doch ganz groß im Prospekt."

Tja, hätte ich da gestern mal besser nochmal ein Blick reingeworfen, anstatt im *Aquarium* zu versuchen, einen neuen Rekord im Wodkagläser-balancieren aufzustellen. Egal, jetzt weiß ich es ja auch.

„Jonas hat den Kunden übernommen. Ich bin sicher, er wird das irgendwie auch Gerstner stecken, um Punkte zu sammeln für den MdM."

„Vergiss doch mal den scheiß Mitarbeiter des Monats. Lass uns lieber schauen, ob ein paar Kundinnen unsere Hilfe benötigen." grinst Patrick.

„Wo du recht hast, hast du recht. Kümmern wir uns um die wirklich wichtigen Dinge." Ich blättere nochmal in unserem Prospekt um nachzusehen, welche unserer Angebote denn am ehesten für die weibliche Kundschaft interessant sein könnten.

„Kristall-Wandspiegel ‚Sissi'. Da werden doch bestimmt Experten benötigt." lache ich.

„Na dann: auf geht's, Herr Seifert. Die Pflicht ruft."

Wie würde ich hier nur überleben, wenn ich Patrick nicht hätte?

Die Abteilung mit den Spiegeln liegt annähernd genau am anderen Ende vom *Honäsch,* daher müssen wir uns auf dem Weg dorthin an Unmengen von Kunden vorbeidrücken, die mittlerweile den Markt vollständig annektiert haben. Mein Blick wandert zur Uhr über dem Haupteingang, die gerade mal kurz nach halb zehn anzeigt. Und das, wo mein Bedarf an Kundschaft für heute eigentlich schon fast gedeckt ist. Zumindest die Aussicht auf ein paar nette Kundinnen in der Deko-Abteilung heitert meine Stimmung ein wenig auf.

Es ist unglaublich, welche Unmengen an reduzierten Produkten sich um diese Zeit schon auf und in den Wagen befinden. Und man kann über Gerstner sagen was man will, aber sein akribisch ausgetüftelter Plan funktioniert perfekt: wie an einer imaginären Perlenschnur gezogen strömen die Kunden an nahezu jedem Sonderangebot vorbei, und mittlerweile sind auch die ersten Kunden bereits an der Kasse angekommen. Das Piepen der Scanner sei Musik in seinen Ohren, hatte mir Gerstner einmal gesagt. OK, aber wahrscheinlich auch nur dann, wenn man Musik mag, die aus lediglich einem einzigen Ton besteht. Jedenfalls geht es an den Kassen heute überraschenderweise richtig zivilisiert zu, normalerweise dreht nämlich allerspätestens um kurz nach neun schon einer komplett durch. Aber heute stehen die Wagen mit den dutzenden Lichterketten, Insektenschutz-vorhängen, 400-teiligen Kinderbastel-Sets, Fahrrad-Flickzeug, Sonnenschutzfolien mit Marmoreffekt-Dekor oder einem unser schlimmsten Ladenhüter, dem Flaschenregal „Bordeaux" für bis zu 48 Flaschen, so geordnet hintereinander als wäre das hier und heute gleichzeitig eine Übung für das Bilden einer perfekten Rettungsgasse auf der A3 zwischen dem Dreieck Porz und Köln-Dellbrück.

„Was macht der Kopf?" fragt Patrick, als er gerade noch einem Kunden ausweichen kann, dessen Wagen so überladen ist, dass er sich quasi nur noch im Blindflug durch den Markt bewegen kann.

„Geht schon." lüge ich, denn dieses ganze Gewimmel trägt in keinster Weise dazu bei, mich auch nur ansatzweise besser fühlen zu können.

Kurz bevor wir bei den angepeilten Sissi-Spiegeln ankommen, reißt mich allerdings eine Durchsage aus meiner gerade entstehenden Wunschvorstellung, vielleicht sogar meinen kompletten restlichen Tag in dieser von Kundinnen dominierten Abteilung verbringen zu können.

„Herr Seifert, Eisenwaren, 16 bitte."

Patrick und ich schauen uns an. Eine von Gerstner durch-gesagte 16 verheißt schon alleine nichts Gutes. In Kombination mit der Erwähnung der Eisenwaren-Abteilung jedoch noch weniger. Die Zahlencodes stehen bei uns für die Buchstaben des Alphabets, eine 16 also für den ersten und sechsten Buchstaben. Und ‚AF' ist der charmante, aber unmissver-ständliche Code für ‚aber flott'. Schlimmer wäre nur noch die 14 gewesen, denn das bedeutet nicht weniger als ‚aber dalli'. Jedenfalls platzt mit Gerstners 16 die Wunsch-Seifenblase meines Plans für den restlichen Tag, noch bevor sie die Größe eines olympiagenormten Tischtennisballs erreicht hat.

„Sechzehn und Eisenwaren klingt eher suboptimal" reibt Patrick noch ein paar zusätzliche Salzkörner in meine gerade entstehende Wunde.

„Das kannst du laut sagen. Vielleicht kann ich ja sagen, ich hätte es nicht gehört und das Problem löst sich von selbst" erwidere ich.

„Herr SEIFERT, Eisenwaren. 16".

OK. Es wird sich also weder von alleine lösen, noch kann ich einen plötzlichen Hörsturz als Ausrede vorschieben.

„Ich drück dir die Daumen." sagt Patrick mit etwas gequältem Gesichtsausdruck, als ich mich mit einem letzten traurigen Blick in Richtung des fast schon erreichten Sissi-Paradieses auf den Weg zu den Eisenwaren mache.

„Na endlich. Da sind Sie ja, Seifert." Gerstner steht vor den Regalen mit den Wandhaken, Scharnieren und Möbelknöpfen, an denen die gestern noch akkurat angebrachten Rabatt-schildchen mittlerweile in alle möglichen Richtungen abstehen. Neben ihm stehen zwei ältere Herren, von denen einer unseren Prospekt in der Hand hält, während der andere aufgeregt irgendetwas auf seinem Handy tippselt. Erst als ich näherkomme, sehe ich, dass es sich nicht um ein Handy handelt, sondern um eine Art Solar-Taschenrechner, was ich wahrscheinlich zum letzten Mal in der achten Klasse gesehen habe.

„Sie haben doch gestern die Waren hier ausgezeichnet, Herr Seifert. Richtig?" Sein vermeintlich freundlicher Tonfall liegt einzig und allein an der anwesenden Kundschaft. Diese rettet mich zumindest erstmal vor einem Einlauf im Stile eines großen Morgenappells bei der Bundeswehr.

„Richtig, Herr Gerstner. Alles gemäß Ihrer vorbereiteten Listen. Gibt es ein Problem?" frage ich im nahezu identisch-freundlichen Ton zurück.

„Nun ja, laut den beiden Herren hier stimmt kein einziges Angebot mit dem überein, was in unserem Prospekt steht."

„Kann ich mir gar nicht vorstellen, ich habe doch ..."

In diesem Moment fällt mir ein, dass Jonas ja gestern diesen Bereich für mich übernommen hatte.

„Ja? Was haben Sie?" fragt Gerstner.

„Äh, ich … also ich kann mir das nicht erklären." stammele ich.

„Seifert" sagt Gerstner durch die gepressten Zähne und zieht mich ein Stück zur Seite „haben Sie ir-gend-ei-ne Idee wie das passieren konnte?"

„Ich hab' keine Ahnung. Wirklich." Zwar könnte ich Jonas jetzt ans Messer liefern, aber selbst wenn Gerstner mir glauben würde, dass Jonas für das ganze Chaos hier verantwortlich ist, wäre trotzdem ich der Depp. Denn hätte ich gestern Abend einfach noch mal alles kontrolliert, wäre das alles nicht passiert. Habe ich aber nicht. Ich wollte ja unbedingt ins *Aquarium*. Zu meinen Kopfschmerzen gesellt sich jetzt also noch eine ansehnliche Menge Ärger.

„Wie ist das denn jetzt mit den Preisen?" fragt der Herr mit dem Solarrechner. In diesem Moment fällt mir auf, dass die beiden scheinbar Zwillinge sind, die es bis in ihr mittelhohes Alter geschafft haben, immer noch nahezu gleich auszusehen. Lediglich anhand der unterschiedlichen Farben ihrer Brillen kann man sie auseinanderhalten.

„Nach meiner Rechnung komme ich auf einen Gesamtpreis von 39 Euro und 74 Cent. Ihre Preisauszeichnung ergibt aber einen Gesamtpreis von 47 Euro und 79 Cent."

Der Zwilling mit der blauen Brille nickt eifrig, gerade so als müsse er der Aussage seines Bruders noch zusätzlich Nachdruck verleihen.

„Ich bin mir sicher, dass Sie hier richtig liegen. Ich muss aber leider weiter und darf mich an dieser Stelle von Ihnen verabschieden. Bitte entschuldigen Sie nochmals den Fehler, meine Herren. Herr Seifert kümmert sich ab sofort um Sie." Den richtigen Umgang mit Kundenreklamationen muss man Gerstner jedenfalls nicht mehr beibringen. Hier ist er Profi.

„Wenn das erledigt ist, werden Sie alle Preise nochmal kontrollieren. Und wir beide sprechen uns dann später noch."

flüstert er mir noch schnell zu und schlägt mir mit der Hand auf die Schulter. Für Außenstehende könnte das jetzt den Eindruck vermitteln, er würde diese Aufgabe gerade an seinen besten Mann delegieren. Aber eben leider nur für Außenstehende. Ich dagegen weiß, dass mir am heutigen Tag noch mindestens ein Gespräch bevorsteht, was keinesfalls zur Kategorie ‚vergnügungssteuerpflichtig' gehören dürfte.

„Das kann ja schon mal passieren, Herr Seifert. Aber Kontrolle hat noch nie geschadet. Und wir sind immer gut vorbereitet." fuchtelt er mit seinem uralten Casio-Solarrechner vor meiner Nase herum, während Bruder ‚Blaue Brille' die Möbelknöpfe in der Zwischenzeit in seinem Einkaufskorb feinsäuberlich in kleine 3er-Grüppchen eingeteilt hat.

„Wir beide mögen Ordnung sehr." sagt er, da ihm offensichtlich mein fragender Blick bezüglich der aus meiner Sicht völlig überflüssigen Einkaufskorb-Anordnung nicht entgangen ist.

„Wir haben auch sonst sehr viel gemeinsam. Außer der Farbe unserer Brillen." ergänzt sein Bruder albern lachend. Und als wären sie hier gerade bei der Qualifikation für die Senioren-Meisterschaft im Synchronschwimmen tippen beide gleichzeitig mit ihrem rechten Zeigefinger dreimal an ihre Sehhilfen.

„Aha. Ich begleite Sie dann mal zur Kasse." sage ich, verbunden mit der Hoffnung, mir damit weitere belehrende Vorträge zu ersparen, vor allem aber, um mir jetzt nicht auch noch irgendwelche, aus ihrer Sicht, unheimlich lustige Verwechslungsgeschichten ihres Zwillingslebens anhören zu müssen.

„Acht Euro und fünf Cent haben oder nicht haben." meint die rote Brille und erntet dafür erneut ein anerkennendes Nicken von seinem Bruder. Ich frage mich, welchen Beruf die beiden früher wohl gehabt hatten, bin mir aber nicht sicher, ob es den staatlich geprüften Erbsenzähler wirklich mal gegeben hat. Im Kindergarten waren die beiden aber ganz sicher die ungekrönten Könige beim Kaufladen-Spielen gewesen. Aber spätestens nach dem dritten Tag wollte bestimmt keiner mehr mit ihnen spielen. Oder hat ihnen mit dem Spielgeld mal gepflegt das Maul gestopft.

Nachdem die 39 Euro und 74 Cent abgerechnet sind, und die Brillen-Zwillinge im Gleichschritt den Markt verlassen haben, hole ich die Preislisten aus Gerstners Büro und mache mich zurück auf den Weg zu den Eisenwaren. Bei Schrauben und Nägeln komme ich recht gut durch mit meiner Kontrolle, denn zu meiner großen Überraschung hatte ich am Vorabend tatsächlich alles richtig ausgezeichnet. Das große Chaos beginnt aber, als ich zu den Regalen komme, die ich Jonas überlassen hatte. Was zur Hölle hat er gestern gemacht? Nach den ersten Stichproben ist klar, dass hier nichts stimmt. Überhaupt nichts. Meine große Herausforderung besteht also jetzt darin, zwischen den ganzen Schnäppchenjägern an die Regale zu gelangen und möglichst unauffällig die ganzen Kleber auszutauschen, ohne dass hier noch mehr von solchen Papageibrillen-Zwillingen auftauchen und anfangen, mir irgendwelche läppischen Cent-Beträge vorzurechnen.

„Na, stimmt was nicht mit den Preisen?" höre ich den bekannten Unterton neben mir, als ich gerade die Terrassen-schrauben auf die korrekten 40% Rabatt umetikettiere.

„Jetzt pass mal auf, du Fruchtzwerg" sage ich, gerade noch so leise, dass es außer Jonas niemand hören kann. „Dass Gerstner ein Auge auf deine Mutter geworfen hat, verschafft dir vielleicht hier und da einen Vorteil. Aber wenn du glaubst, dass das dein Freifahrtschein für die Position als stell-vertretender Filialleiter ist, dann hast du dich getäuscht."

„Kümmer' du dich mal besser um die richtigen Preise."

Ich kann mich gerade noch zurückhalten, ihm mit einem der Etiketten seine beiden Augenbrauen in der Mitte zusammenzukleben.

„Ach ja. Und nicht vergessen. Bollerwagen Ruhrpott kostet neunundachtzigneunundneunzig und steht im Gang 22. Bei Garten und Freizeit." grinst er, rückt das Etikett bei den Terrassenschrauben in die waagerechte Parkposition, und verschwindet.

Ich brauche tatsächlich den kompletten restlichen Vormittag um das ganze Chaos wieder in Ordnung zu bringen. Parallel dazu muss ich dummerweise andauernd irgendwelche Kundenfragen beantworten, was mich zusätzlich noch aus der Konzentration bringt. Patrick und ich hatten einmal abends im *Aquarium* die goldenen Regeln für das Überleben am D-Day erstellt. Regel Nummer eins lautete: „Nie freiwillig länger als zehn Sekunden in einem Gang aufhalten!" Gegen diese Regel habe ich allerdings fast zwei Stunden lang am Stück verstoßen, wenn auch unfreiwillig. Noch weniger will ich allerdings daran denken, wie viele Frauen Patrick in dieser Zeit glücklich gemacht hat, indem er ihnen weisgemacht hat, wieviel schöner doch ein Tag mit einem Blick in einen unserer Sissi-Spiegel beginnen könne.

„Wie sieht's aus, Seifert?" holt mich Gerstners Stimme zurück in die Realität.

„Im Moment fertig." sage ich und klopfe wie zur Bestätigung nochmal mit der flachen Hand auf die mittlerweile ziemlich zerfledderten Listen.

„Sehr gut. Dann wäre das ja erledigt."

In den letzten Minuten hat sich auch der Kundenansturm deutlich abgeschwächt, wahrscheinlich muss auch der leidenschaftlichste Schnäppchenjäger ja mal Mittag machen. Der erste Teil des D-Days wäre also überstanden. Halleluja.

„Weber hat mich gefragt, ob er mit Ihnen Mittag machen könne. Also, ab mit Ihnen."

„Danke, Chef." Nach diesem Vormittag ist eine Pause mit Patrick jetzt genau das, was ich brauche. Und dass Gerstner das auch noch von sich aus vorschlägt, kann nur bedeuten, dass wir umsatztechnisch im dunkelgrünen Bereich seines Plans liegen. Das ist die zweite gute Nachricht innerhalb weniger Sekunden.

„Na, du Chaot" begrüßt mich Patrick mit einem meiner Meinung nach viel zu breiten Grinsen, was nur daran liegen kann, dass seine Sissi-Verkaufsquote einen spürbaren Anteil des guten Vormittagsabsatzes ausmacht.

„Blödmann. Eigentlich müsste die Mittagspause auf dich gehen. Nach dem Vormittag."

„Hab's schon gehört. Jonas war vorhin kurz bei mir und hat es mir erzählt."

„Das glaube ich jetzt ja wohl nicht. Was hat er dir erzählt?"

„Immer mit der Ruhe, Herr Seifert. Jetzt bestellen wir erstmal unser Lunch auf Ihre Kosten und dann erzähl ich es dir. Bäckerei oder Food-Truck?"

„Food-Truck natürlich. Wolltest du nicht das Sonderessen?"

„War ja nicht ernstgemeint die Frage." lacht er und biegt auf dem Parkplatz ab in Richtung des umgebauten, alten amerikanischen Schulbusses.

Auf dem Weg dorthin sehe ich durch die Glasscheibe der Bäckerei das gewohnte Bild des D-Day um diese Zeit. Dutzende Kurzarmhemdträger in Reih und Glied, die für Leberkäsebrötchen oder Käse-Schinken-Ciabatta anstehen, hin und wieder flankiert von aufgeregt durcheinander hüpfenden

Kindern. Wo wart ihr heute Morgen, als ich euch für meine Wette gebraucht hätte, denke ich mir und schicke innerlich noch einen kleinen Fluch in deren Richtung hinterher.

Am Food-Truck ist erfreulicherweise weniger los als befürchtet, sodass wir schon zehn Minuten mit einer großen Portion Saltimbocca vom Maishähnchen (Patrick) und einem Continental-Burger (ich) plus zwei kalten Cola an einem der wackeligen Stehtische stehen.

„Auf dich. Und die verspäteten Kurzärmler. Danke für die Einladung." prostet Patrick mir lachend zu.

„Glückwunsch nochmal." sage ich etwas gequält und schiebe ihm den noch fälligen Zehner zu.

Da Patrick einer der Menschen ist, die manchmal gleichzeitig essen und dabei klar verständliche Sätze von sich geben können, bringt er mich gleich auf den neuesten Stand bezüglich seiner vormittäglichen Erfolge in der Deko-Abteilung.

„Steffi und Hannah" deutet er mit seiner Holzgabel virtuell auf das Adressbuch seines iPhones.

„Ne, oder?"

„Steffi hatte mich gefragt, ob es denn sehr schwer sei, einen so großen Spiegel aufzuhängen. Und Hannah wollte wissen, ob ich ihr behilflich sein könne, den richtigen Platz dafür in ihrer Wohnung zu finden."

„Natürlich. Alles ganz uneigennützig. Glückwunsch, Herr Weber." lache ich und kann mir genau vorstellen, wie Patrick den beiden mit seinem Charme nicht nur ihre Telefonnummern entlockt hat, sondern wahrscheinlich sogar auch noch einen Bollerwagen ,Ruhrpott' verkauft hätte.

„Und, was hat Jonas dir erzählt?" wechsele ich das Thema, um mich nicht weiter darüber ärgern zu müssen, wie ich im Gegensatz dazu meinen Vormittag verbracht habe.

„Er meinte, du hättest wohl gestern Abend bei den Eisen-waren einiges durcheinandergebracht und müsstest jetzt die ganzen Artikel neu auszeichnen."

„So ein Arsch." fliegt mir beinahe eine Ladung Zwiebeln aus dem Mund.

Ich erzähle Patrick über Jonas' eigenartiges Hilfsangebot vom Vortag und seinen heutigen süffisanten Auftritt, als ich gerade dabei war, Ordnung in das von ihm angerichtete Chaos zu bringen.

„Also wenn ich das so höre, da glaube ich, unser guter Jonas Palfrader hat sich mit der Aktion mal ein kleines Dankeschön verdient. Oder was meinst du? Und ich habe da auch schon eine Idee." kommentiert Patrick meine Zusammenfassung.

„Was hast du vor?"

„Du kennst doch meine Schwester Nadine. Sie ist mir noch einen Gefallen schuldig. Und ich glaube, heute ist ein ziemlich guter Tag, um diesen einzulösen."

„Fängt gut an, deine Idee." sage ich.

„Ich denke mal, unser Jonas wird heute Nachmittag eine ganz besondere Kundin kennenlernen. Und die wird mehr als nur eine Frage haben." lacht Patrick. Hätte er jetzt noch spontan Hunger auf ein zweites Saltimbocca vom Maishähnchen gehabt – ich hätte es ihm sofort liebend gerne bezahlt.

Patrick nimmt sein iPhone und scrollt im Adressbuch zum Buchstaben ‚N'.

„Ich stelle auf laut, dann kannst du gleich mithören."

„Hi Bruderherz" hören wir nach dem dritten Klingeln.

„Hallo Schwesterlein. Alles gut bei dir? Wo bist du gerade?"

„Ich bin noch in der Uni, wollte aber gleich nach Hause fahren. Was gibt's denn?" Sympathische Stimme denke ich mir. Wenn sie nur halb so viel Charme hat wie ihr Bruder, dann wird unser Jonas heute tatsächlich noch einen unvergesslichen Nachmittag erleben.

„Du bist mir doch noch einen kleinen Gefallen schuldig. Und darauf würde ich heute sehr gerne zurückkommen." zieht Patrick gespannt die Augenbrauen nach oben.

„Kein Problem. Ich habe heute sowieso nichts mehr vor. Also leg los." sagt Nadine ohne lange zu zögern

„Pass auf. Ich hatte dir doch mal von Jonas erzählt."

„Ja, ich erinnere mich. Was ist mit ihm?"

„Der Typ ist eine ziemlich linke Bazille und hat deswegen mal einen Denkzettel verdient. Heute ist doch bei uns Sonderangebots-Tag und da bräuchten wir eine Kundin, die, sagen wir mal, ganz, ganz viele Fragen zu all unseren Produkten hat. Je mehr, je besser."

„Kein Problem. Im Fragen stellen bin ich besonders gut." lacht sie.

Ich zeige Patrick meinen nach oben gestreckten Daumen.

„Kannst du so in einer Stunde hier sein? Am besten kommst du in die Abteilung ‚Garten und Freizeit', da hält er sich besonders gerne auf, weil er denkt, er hätte den grünsten Daumen aller Baumarktverkäufer Westeuropas. Ich werde auch da sein und zeige dir unauffällig, wer er ist. Und dann hast du freie Bahn."

Nadine lacht laut auf. „Super, bin dabei. In einer Stunde bin ich da. Bis dann Bruderherz."

„Bis nachher." sagt Patrick und drückt auf den roten Kreis mit dem weißen Telefonhörer.

„Genial. Damit hast du dir heute Abend schon mal ein paar Freigetränke verdient." klopfe ich Patrick auf die Schulter.

Ich sehe auf die Uhr. Es ist viertel vor eins.

„Komm, lass uns wieder reingehen." sage ich zu Patrick. „Nicht, dass Gerstner seine gute Laune wieder verliert."

Um 13:40 Uhr schleiche ich mich rüber zur Abteilung ‚Garten und Freizeit'. Das erste Aufeinandertreffen von Jonas und seinem heutigen Alptraum will ich mir auf keinen Fall entgehen lassen. Patrick hält sich zwischen ein paar hochgewachsenen Pflanzen auf, um in den nächsten Minuten möglichst nicht von irgendeinem Kunden in ein Gespräch verwickelt zu werden. Nur Jonas ist nirgends zu sehen. Patrick sieht unauffällig zu mir herüber und zuckt mit den Schultern. Ich zucke genauso hilflos zurück. Es ist nach wie vor recht ruhig, vielleicht ist Jonas daher ja der Meinung, er müsse jetzt auch mal in den anderen Abteilungen nach dem Rechten sehen. Inzwischen ist auch schon Nadine eingetroffen, wie mir Patrick mit einer eindeutigen Kopfbewegung bedeutet. Es hätte keinen Vaterschaftstest gebraucht, um eindeutig zu erkennen, dass die beiden Geschwister sind. Denn Nadine ist quasi die weibliche Ausgabe von Patrick. Diesem Charme wird Jonas nicht eine Minute widerstehen können. Ihre langen Haare hat sie zu einem Pferdeschwanz zusammengebunden, dazu trägt sie ein gelb-grünes Sommerkleid und eine so große Handtasche, dass man sie im ersten Moment für eine Ladendiebin mit einem ziemlich großen Wunschzettel hätte halten können. In meiner Begeisterung entfällt mir fast, dass auch unser ‚Mister Grüner Daumen' mittlerweile seine unfreiwillige Bühne betreten hat. Und während er alibimäßig hier und da ein paar Preisschildchen zurechtrückt, nähert sich Nadine ihm von der Seite.

Die Show kann beginnen.

Ich stehe leider zu weit entfernt von den beiden, somit kann ich nicht hören, was sie zu ihm sagt. An Jonas' schlagartig veränderter Körperhaltung kann ich aber eindeutig erkennen, dass er bereits nach wenigen Augenblicken unseren Köder geschluckt hat. Und das komplett. Das bestätigt mir nicht zuletzt auch Patricks zufriedenes Grinsen. Und Nadine legt sich sofort ins Zeug, zeigt wahllos auf Sonnenliegen, Hochbeet-Behälter, neuartige Bewässerungs-Balkonkästen, von deren Existenz ich bis zu diesem Zeitpunkt keine Ahnung hatte oder auf einen Stapel naturbelassener Nussbaum-Rollzäune. Dabei schaut sie so hilflos drein wie möglich. Herrlich. Jonas kommt kaum hinterher, versucht aber dennoch souverän zu wirken, zumindest äußerlich. Innerlich hingegen, da bin ich mir sicher, dürfte er sich in etwa so fühlen, als müsse er im Sekundentakt Schläge eines ordentlich stromführenden Weidezauns über sich ergehen lassen.

„Na, Seifert, was gibt's denn Interessantes zu sehen?"

Es ist Gerstner. Ausgerechnet jetzt.

„Ich wollte nur mal schauen, ob hier alles OK ist." sage ich schnell und versuche gleichzeitig, das Geschehen weiterhin im Auge zu behalten.

„Schauen Sie mal lieber, ob ihre Preisschilder in der Mittagspause nicht wieder Reise nach Jerusalem gespielt haben." sagt Gerstner, der in seiner Mittagspause offenbar seinen süffisanten Ton wiedergefunden hat.

„Bin schon weg." sage ich und gebe mir Mühe, dabei besonders motiviert zu klingen.

Im Weggehen schiele ich nochmal in Richtung der beiden. Jonas versucht gerade, Nadine die Falttechnik unseres neuen Hightech-Sonnenschirms zu erklären und schlägt sich dabei eine der massiven Lamellenstangen gegen das Kinn. Mit einem breiten Grinsen mache ich mich daher auf den Weg zurück in meine ungeliebte Eisenwaren-Welt und bemerke erfreut, dass sich meine Kopfschmerzen mittlerweile scheinbar in Luft aufgelöst haben.

Zu meiner Erleichterung hat sich in den letzten beiden Stunden dem ersten Anschein nach nichts verändert im Rabattschildchen-Dschungel, was ich aber durch ein paar Stichproben sicherheitshalber noch zusätzlich überprüfe. Jonas ist schließlich alles zuzutrauen. Und solange Gerstner seiner Mutter schöne Augen macht, hat er immer noch viel zu viele Freiheiten, die in der düsseldorf'schen Zentrale sicherlich zu einigen Nachfragen führen könnten, wenn da mal ein dezenter Hinweis platziert würde.

Kurze Zeit später meldet meine vibrierende linke Hosentasche den Eingang diverser WhatsApp-Nachrichten. Und die können nur von einem sein. Und genauso ist es auch. „7 neue Nachrichten von Patrick Weber" leuchtet auf dem Display. Gerstner hasst zwar nichts mehr, als wenn wir uns während der Arbeit mit dem Handy beschäftigen, aber das ist jetzt zweitrangig. Es handelt sich um sechs Bilder und die Nachricht: „Das MUSST du dir anschauen!", versehen mit vier lachenden Smileys. Allerdings ist unser Gebäude scheinbar eine Art faradayscher Mobilfunk-Käfig, der alles abhält was auch nur im Entferntesten mit Elektrizität zu tun hat. Und dazu gehört zweifelsfrei auch jegliches Handy-Signal. Nur an ganz wenigen Stellen im *Honäsch* hat man so etwas ähnliches wie Empfang. Hinzu kommt, dass unser Kunden-WLAN schon überlastet ist, wenn mehr als drei Personen gleichzeitig darin umherreisen und damit auch keine sinnvolle Alternative darstellt. Somit muss ich mich ein paar Minuten gedulden, bis alle Bilder geladen sind. Aber wenn sich etwas gelohnt hat, dann das Warten auf diese Bilder. An Jonas' Kinn klebt mittlerweile ein großes weißes Pflaster, was auf dem ersten Bild in schöner Großaufnahme zu sehen ist. Die nächsten vier

Bilder zeigen ihn, wie er ausführlich, aber natürlich völlig vergeblich versucht Nadine die Vorteile von Klick-Holzfliesen zu erklären. Auf dem letzten Bild schließlich läuft er ziemlich amateurhaft mit einer Rasenwalze über unseren Roll-Kunstrasen, was Nadine mit einem Zwinkern und zwei hochgereckten Daumen in Richtung von Patricks Kamera quittiert.

Hätte mir heute Morgen irgendjemand gesagt, dass dieser Tag eine solche Wende nehmen wird, hätte ich ihn höchstens müde belächelt. Mehr wäre zu diesem Zeitpunkt aufgrund meiner körperlichen Verfassung sowieso nicht möglich gewesen. Aber dank dieser neuen Rahmenbedingungen beantworte ich mittlerweile äußerst locker und entspannt die wenigen Fragen, mit denen mich unsere spärliche Nachmittags-Kundschaft davon abhält, immer wieder mal zu schauen, ob Patrick neue magische Momente von Nadine und Jonas geschickt hat. Aber anscheinend habe ich mit diesen sechs Bildern mein heutiges Empfangs-Kontingent bereits ausgeschöpft und so blinkt erstmal keine neue Zahl im oberen rechten Eck der grünen WhatsApp-Telefonhörer-Sprechblase.

Nachdem sich der Bedarf an kompetenter Beratung im Großraum der Eisenwaren nach etwa zwei Stunden immer stärker in Richtung des Nullpunktes bewegt, kann ich mir endlich einen kleinen Ausflug in Richtung Patrick, Nadine und Jonas erlauben. Mittlerweile ist es allerdings schon kurz vor vier, daher gehe ich nicht davon aus, die drei dort noch anzutreffen. Als ich gerade auf der Höhe unseres Kassen-bereiches bin, kommen mir dann aber doch Nadine und Jonas entgegen. Während sie aus dem Grinsen immer noch nicht rausgekommen ist, folgt ihr Jonas mit einer verständlicher-weise nicht ganz so begeisterten Miene. Irgendwie erinnert mich sein Gesichtsausdruck ein wenig an Sylvester Stallone in ‚Rocky IV', ungefähr Mitte der achten Runde in seinem Kampf gegen Ivan Drago. Und das nicht nur wegen seines weißen Pflasters am Kinn, in dessen Mitte sich ein kleiner dunkelroter Fleck abzeichnet.

„Das ist wirklich sehr nett, dass Sie mich noch zur Kasse begleiten, Herr Palfrader." höre ich sie im Vorbeigehen sagen.

„Das mache ich doch gerne. Schade, dass Sie sich für keines unserer Produkte entscheiden konnten." antwortet Jonas etwas gequält.

Nadine hat ihn also tatsächlich über zwei Stunden in Beschlag genommen und wie es scheint, auch durchgezogen, am Schluss kein einziges Produkt zu kaufen. Unglaublich. Fast tut mir Jonas jetzt ein bisschen leid. Aber, wie heißt es in Hollywood: Leg dich nicht mit Zohan an. Und in diesem Fall eben: Leg dich nicht mit Seifert an.

Die Verabschiedung will ich mir natürlich nicht entgehen lassen. Daher tue ich spontan so, als müsse ich ein paar LED-Lampen wieder auf ihren richtigen Platz ins Regal zurückräumen. Von dort dürfte ich den idealen Blick auf das Grande Finale haben.

„Sie hat es komplett durchgezogen." steht plötzlich Patrick neben mir und schnappt sich alibimäßig auch eine Handvoll Reflektorlampen-Doppelpacks.

„Und ich war nicht dabei" sage ich mit gespielter Leidensmiene.

„Kein Problem. Hab alles drauf." deutet er auf sein Telefon, das er schon wieder in Position gebracht hat, um auch den letzten Akt für die Nachwelt festzuhalten.

Nadine hat mittlerweile fast den Ausgang erreicht, als sie sich plötzlich nochmals umdreht. Gerstner hat an diesem Tag jeden Quadratmeter im *Honäsch* generalstabsmäßig durch-geplant, und dazu gehört natürlich auch der vordere Kassenbereich, der die eine oder andere Spontan-Verführung bereithält. Und irgendetwas muss sie da entdeckt haben. Sie wird nicht doch noch…? Da sie aber zunächst mit dem Rücken zu uns steht, können wir nicht wirklich erkennen, was Nadine in der Hand hält.

„Kannst du was erkennen?" frage ich Patrick nachdem ich zum dritten Mal unsere Bicolor-LED-Lampen völlig sinnlos von links nach rechts und wieder zurückgeräumt habe. „Was hat sie da in der Hand?"

Mit Daumen und Zeigefinger zieht Patrick das letzte Bild auseinander.

„Das Raumduft-Set 'Sunny Beachtime'" sagen wir beide fast zeitgleich und müssen schallend lachen.

„Runtergesetzt von 14,99 auf 7,99." ergänze ich. „Das bedeutet für unseren Jonas einen sensationellen Durch-schnitts-Umsatz von knapp vier Euro, wenn man das mal runterrechnet auf die Stunde."

„Ob er weiß, dass Umsätze des Kassenbereichs nicht den einzelnen Verkäufern zugeteilt werden?" schaut Patrick mich fragend an.

„Bestimmt nicht." schüttele ich den Kopf.

„Oh, oh. Dann wird's aber eng für unseren kleinen Streber."

Patrick steckt sein iPhone wieder ein, denn Nadine hat mittlerweile endgültig den Ausgang erreicht und Jonas winkt ihr apathisch noch in einer Art Zeitlupe hinterher.

„Wenn Gerstner heute Abend seine berühmte Umsatz-Excel ausdruckt, wird da einer auf keinen Fall ganz oben stehen." lacht Patrick. Und ‚nicht ganz oben' ist noch vorsichtig ausgedrückt. Jonas hat in den letzten zwei Stunden souverän sein Ticket für den letzten Platz gelöst. Selbst das reduzierte Raumduft-Set hätte ihn da nicht mehr retten können.

Die letzten beiden Stunden bis zum Feierabend verbringe ich schließlich mit mehr oder weniger sinnlosen Tätigkeiten, denn die heutige D-Day-Schlacht ist definitiv beendet. Mittlerweile befinden sich auch nur noch Kunden im Markt, die entweder gar nicht wissen, dass bei uns heute Sonderangebots-Tag ist, oder es ist ihnen schlichtweg egal. Und so habe ich sogar Zeit, mich über eine halbe Stunde mit einer etwas schwerhörigen Kundin über die Vor- und Nachteile von beleuchteten Badezimmerschränken zu unterhalten. Die Hälfte der Zeit geht allein schon dafür drauf, jeden zweiten Satz für sie wiederholen zu müssen. Warum sie sich dann am Ende des Gesprächs für vier Doppelpacks „Super-kontakter" entscheidet, erschließt sich mir in keiner Weise, ist aber auch unwichtig. Denn nach diesem Gespräch erkläre ich den heutigen Tag als offiziell für mich beendet.

Herr Seifert, Sie haben fertig.

Kurz darauf betrete ich unsere Personalräume, um mich für heute endgültig aus der *Honäsch*-Uniform zu schälen, und höre als erstes gleich Jonas' Stimme aus dem hinteren Teil des Raumes, unserer sogenannten Kaffeeküche. Diesen Bereich allerdings ernsthaft als Kaffeeküche zu bezeichnen, ist genauso übertrieben als wolle man behaupten, die Flippers hätten für die Musikwelt eine größere Bedeutung als Michael Jackson. Denn eine Kaffeemaschine, deren letzte Entkalkung noch zu Zeiten des Schwarz-weiß-Fernsehens stattgefunden haben musste, ein paar aufeinandergestapelte Motiv-Tassen und ein grinsender Porzellan-Pinguin, in dem circa. 400 Zuckertütchen stecken, wären in einem DDR-Kombinat vielleicht sogar als Wohlfühl-Ecke durchgegangen. Hier allerdings ist es einfach eine eindeutige Empfehlung, besser an jedem anderen Ort der Welt einen Kaffee zu trinken, aber bestimmt nicht hier.

Jonas ist gerade dabei, seinen Horror-Nachmittag mittels sehr eigenartiger Gesten für zwei Kolleginnen zusammen-zufassen. Am Gesichtsausdruck der beiden glaube ich jedoch ablesen zu können, dass sie ihm weder folgen können, noch dass sie ihm auch nur ansatzweise abnehmen, was er ihnen da erzählt. Darüber hinaus befürchte ich, dass Gerstner auch schon seine berühmt-berüchtigte Umsatz-Excel ausgedruckt hat. Und als da der Name Palfrader überraschenderweise erst bei den hinteren zweistelligen Platzierungen erschien, gab es wohl spontan eine kleine Privat-Audienz bei Gerstner. Ohne Schnittchen. Und ohne Sekt.

In der Zwischenzeit ist auch Patrick im Personalraum angekommen und verständlicherweise bester Laune. Mit einer unauffälligen Geste mache ich ihn auf die Geschehnisse in der Kaffeeküche aufmerksam und halte mir gleichzeitig den rechten Zeigefinger vor den Mund.

„Jonas?" fragt er leise

„Jonas! Ich glaube, hier hat gerade die Verzweiflung eine neue Heimat gefunden." flüstere ich.

„Ich habe ihn vorhin aus Gerstners Büro kommen sehen. Die Nominierung für den MdM wird dieses Mal wohl ohne einen gewissen Herrn Palfrader stattfinden." sagt Patrick mit gespieltem Bedauern.

„Jonas Palfrader null Punkte. Zero Points." ergänze ich mit schlecht imitierter Eurovision Song Contest-Stimmlage.

„Nadine hat mich übrigens vorhin noch angerufen und gefragt wie wir es fanden. Ich habe ihr gesagt, dass wir nach dieser Galavorstellung nicht nur wieder quitt seien, sondern dass sie jetzt sogar wieder einen Gefallen bei mir guthat. Ach ja, und unsere Mutter hat sich sehr über das Raumduft-Set für das Gäste-WC gefreut." lacht Patrick.

„Genial. Na dann würde ich doch mal sagen: Feierabend, Herr Weber. Aquarium?"

„Aquarium, Herr Seifert!"

„Die Getränke gehen natürlich auf mich."

„Ich hatte nichts anderes erwartet."

Im rausgehen meldet Patricks iPhone ihm durch ein dezentes ‚pling' eine neue Nachricht. Und noch während er sie liest, huscht ein merkwürdig zufriedenes Grinsen über sein Gesicht.

„Was wichtiges?" frage ich.

Statt mir zu antworten, hält er mir sein iPhone vor die Nase. Es ist eine Nachricht von einer gewissen Hannah: „Hallo lieber Patrick, hast du am Samstag Zeit, dass wir zusammen den Spiegel aufhängen? Würde mich sehr freuen. LG Hannah"

SECHS

Ich habe es mir gerade auf dem Sofa bequem gemacht, da fährt plötzlich mein Telefon hektisch vibrierend auf der Glasplatte meines kleinen IKEA-Glastischs umher.

4 Nachrichten von Dennis Sandner.

18:51 Uhr: Mahlzeit!
18:51 Uhr: Alles OK bei dir?
18:51 Uhr: Gibt Neuigkeiten!
18:52 Uhr: Weißt du was ich habe?
Das Ganze hätte man natürlich auch in eine Nachricht packen können, aber Dennis glaubt immer noch, man dürfe bei WhatsApp immer nur einen Satz auf einmal verschicken.

Ich habe keine Ahnung, was er denn haben könnte, bei Dennis muss man aber immer mit allem rechnen. Somit ist jetzt einiges möglich, und zwar von ‚im Lotto gewonnen' über ‚meinen Führerschein verloren' oder ‚mir die Lippen aufspritzen lassen' bis hin zu ‚vergessen, wie ich heiße'.
Daher schreibe ich zurück:
18:54 Uhr: Ich weiß nicht was DU hast, dafür aber was ICH habe: nämlich keine Ahnung
18:54 Uhr: Rate mal!
Auch das noch. Wenn ich auf etwas keine Lust habe, dann darauf. Aber OK, ich hau einfach mal eine der Varianten raus, die mir vorhin als erstes in den Sinn gekommen sind.
18:54 Uhr: Du hast dir die Lippen aufspritzen lassen.
18:55 Uhr: Woher weißt du das?

Noch während ich überlege, ob er das hier gerade wirklich geschrieben hat, kommt zum Glück sofort eine zweite Nachricht hinterher.

18:55 Uhr: Kleiner Scherz.

18:55 Uhr: Aber gib zu, du hast es kurz geglaubt.

18:56 Uhr: Habe ich. Also, dann lass mal hören ...

18:56 Uhr: Ich hab den Job bei Ouzo-Udo!

Ich gehe gerade in Gedanken nochmal die vier Varianten durch, welche mir vorhin in den Sinn gekommen sind und bin überzeugt, jede einzelne davon dürfte einen deutlich höheren Wahrscheinlichkeitsgrad haben, als die Aussage ‚den Job bei Ouzo zu haben'. Genau genommen sogar alle vier zusammen, auch wenn in dem Fall der Wahrscheinlichkeitsgrad dann nicht mehr ganz so deutlich im hohen zweistelligen Bereich liegen würde.

18:57 Uhr: Ernsthaft? Glückwunsch!

Ich verzichte zunächst auf Rückfragen zu den Problemfeldern ‚früh aufstehen' oder ‚fünf Tage am Stück arbeiten müssen', auch wenn ich mir gerade nicht annähernd erklären kann, wie Dennis' Allergie gegen diese beiden zentralen Faktoren und der jetzt bei Ouzo-Udo angenommene Job zueinander passen können.

18:57 Uhr: Danke.

18:57 Uhr: Ist übrigens nicht der Job, an den du gerade denken wirst.

Aha. Wäre dieses Rätsel also gelöst. Dennis wird also doch nicht Germanys Next Top-Azubi.

18:58 Uhr: Sondern?

Bis zu seiner nächsten Antwort dauert es ein wenig. Ich bin gespannt, was er da jetzt alles zusammenformuliert. Und auf wie viele Nachrichten sich das dann verteilen wird.

19:03 Uhr: Ich fahre abends und am Wochenende die Mädelsabend-Sixpacks aus.

Diese Nachricht ist am Ende mit unzähligen, ziemlich wahllos zusammengestellten Emojis von jungen Damen mit verschiedenen Haarfarben und dem ganzen Angebot an Alkohol-Emojis dekoriert, was die leichte zeitliche Verzögerung seiner Antwort erklärt.

Ich mache mir jetzt erstmal ein Bierchen auf und stoße virtuell auf ihn und seinen neuen Job an. Denn viel bessere Beispiele für die allseits bekannten Win-Win-Situationen wird man so schnell nicht finden. Genau genommen handelt es sich hier wahrscheinlich sogar um die erste Win-Win-Win-Situation. Denn Dennis hat einen Job (Win Nummer eins), er kann weiterhin ausschlafen (Win Nummer zwei) und Ouzo-Udo hat seine sowieso schon brillante Geschäftsidee durch den abendlichen Zustell-Service nochmal optimiert (Win Nummer drei). Dass Dennis bei diesem Job dann auch noch die transpirierenden, durstigen Handwerker-Trupps erspart bleiben, wäre quasi sogar noch Win Nummer vier. Respekt. Und auch wenn das nicht unbedingt als Musterbeispiel für eine seriöse Lebensplanung gelten dürfte, freue ich mich sehr für ihn. Zugegebenermaßen bin ich auch ein bisschen neidisch auf ihn, denn gegen eine zu 100% weibliche Zielgruppe hätte ich irgendwie auch nichts einzuwenden.

19:06 Uhr: Du Glückspils

Zur Erklärung dieses vermeintlichen Schreibfehlers hänge ich ein Foto meines geöffneten Bierchens an, damit jetzt nicht zurückkommt, man schreibe Glückspils mit ‚z' am Ende.

19:06 Uhr: Glückspilz schreibt man mit ‚z' am Ende.

Warum denken manche Leute einfach nicht mit?

19:07 Uhr: Wann fängst du denn an?

19:08 Uhr: Morgen ist die erste ‚Dennis-Delivery'

19:08 Uhr: Ich erwarte natürlich einen detaillierten Bericht. Mit Bildmaterial!

19:08 Uhr: Selbssversstndlich.

An diese Nachricht hat er erneut ein paar Alkohol-Emojis angehängt. Ich hoffe nur, er ist jetzt nicht der Meinung, zur Lieferung gehörten auch noch ein paar heitere Probier-schlückchen mit den Teilnehmerinnen des Mädelsabends. Das würde seine Karriere dann schneller enden lassen, als er ‚Rosé-Sixpack von Ouzo-Udo' sagen kann, wenn lasziv ‚Ja bitte?' durch die Sprechanlage gesäuselt wird.

19:10 Uhr: Ich bin gespannt. Viel Spaß morgen. Und schöne Grüße an Udo.

19:10 Uhr: Danke

19:10 Uhr: Mache ich

19:11 Uhr: Melde mich morgen wieder.

Irgendwann werde ich ihm sagen, dass man wahrscheinlich sogar den kompletten Brockhaus in eine Nachricht packen könnte bei WhatsApp. Müsste ich dann aber vielleicht vorher sicherheitshalber nochmal querchecken mit deren Hotline.

SIEBEN

„Bisschen Kleingeld."

Ich bin gerade mit meinem Coffee to-go auf dem Weg zurück in den *Honäsch*, als ich diese mir sehr bekannten Worte höre.

„Grüß dich Alfons." sage ich daher automatisch.

„Ach so, du bist es." schaut er hoch, nachdem er meine Stimme gehört hat.

„Alfons, du musst den Leuten in die Augen schauen, wenn du was von ihnen willst. Und ein ‚bitte' dazu wäre vielleicht auch nicht so schlecht." werfe ich ihm meine 70 Cent Wechselgeld vom Kaffee in seinen fast leeren Becher.

„Ich weiß. Das sagst du mir ja auch jedes Mal, wenn wir uns sehen." versucht er irgendwie zu lächeln, was aber durch seinen unkontrolliert in alle Richtungen wachsenden Bart kaum erkennbar ist.

„Eben. Und genauso oft wie ich dir das sage, genauso wenig hältst du dich halt auch dran. Richtig?"

„Ja, tut mir ja auch leid." kratzt er sich etwas verlegen am Kopf.

„Schon OK. Sonst soweit alles in Ordnung bei dir?" frage ich, obwohl ich schon weiß, was jetzt gleich als Antwort kommen wird.

„Klar, Chef." lacht er laut auf.

Er würde nie zugeben, dass es ihm irgendwie nicht gut geht oder es ihm sonst an irgendetwas fehlt. Das ehrt ihn zwar, aber ich glaube nicht, dass er sich damit wirklich einen Gefallen tut.

„Dann denk dran. Augen auf, Kopf nach oben. ‚Bitte' sagen. Und rasier dich mal wieder. Ein freundliches Lächeln, das man auch erkennen kann, könnte dir statt nur ein bisschen Kleingeld vielleicht auch mal ein bisschen größeres Geld bescheren. Ansonsten wird aus ein bisschen Kleingeld schlimmstenfalls bald ein bisschen Gar-kein-Geld."

„Hmmm."

„OK?" ziehe ich meine Augenbrauen nach oben.

„Wird gemacht." antwortet er und deutet dabei eine Art militärischen Gruß an.

Mit einem kurzen Schulterklopfen verabschiede ich mich in Richtung Eingang. Und leider auch mit dem Wissen, dass er meine Worte in diesem Moment auch schon wieder vergessen haben wird. Ich befürchte, dass sein Kurzzeitgedächtnis wahrscheinlich noch schlechter sein dürfte als das einer Eintagsfliege. Aber trotzdem mag ich ihn. Oder vielleicht auch gerade deswegen.

Alfons Schaumreiter, oder wie wir ihn alle nennen, der „Kleingeld-Mann" gehört quasi schon zum Inventar des *Honäsch*. Das erste Mal habe ich ihn vor knapp zwei Jahren gesehen. Damals hatte er es sich gerade auf einem unserer Sonderangebote, genauer gesagt der ziemlich gemütlichen Garten-Schwingliege ‚Riviera Relax 2000' bequem gemacht, welche zu der Zeit gerade in unserem Außenbereich platziert war. Und schon da trug er genau den Mantel, den er bis heute trägt. Wenn ich es mir recht überlege, habe ich ihn noch nie in einem anderen Mantel gesehen. Und auch noch nie ohne. Und das zu jeder Jahreszeit. Noch nicht mal, wenn das Thermometer weit über 30 Grad anzeigt, kommt er hier ohne Mantel her. Während sich an solchen Tagen manche unserer Kunden in einem Outfit in den Baumarkt wagen, in dem ich mich noch nicht mal zuhause guten Gewissens auf einen blickdichten Balkon setzen würde, ist Alfons konsequent hinsichtlich des Outfits für seine alltägliche Kleingeld-Tour. Im Winter kommt manchmal noch eine nicht mehr ganz taufrische, dunkelblaue Baumwoll-Mütze dazu, an den richtig kalten Tagen vielleicht auch noch ein Schal, mehr Varianten gibt es bei ihm aber nicht. Zwei weitere Dinge gibt es allerdings noch, die sind ein so fester Bestandteil seines Erscheinungsbildes, dass man sie bedenkenlos in seinem Pass unter der Rubrik „unveränderliche Kennzeichen" eintragen könnte: das eine ist eine selten noch mehr als halbvolle Flasche Weißwein, das andere ist eine Zigarre, von der man nie genau sagen kann, ob sie gerade brennt oder ob er sie einfach nur so in einem seiner beiden Mundwinkel geparkt hat.

Seit ich ihn kenne, frage ich mich, wie alt Alfons wohl sein mag. Seine überschaubare Körpergröße, kombiniert mit dem gebückten, schlurfenden Gang lassen Alfons Schaumreiter gefühlt mindestens zehn Jahre älter erscheinen, als er meiner Meinung nach in Wirklichkeit sein dürfte. Vielleicht sind es auch fünfzehn Jahre. Genau weiß ich es nicht, denn sein Alter hat er mir bis heute noch nicht verraten. Für zusätzlichen Interpretations-Spielraum hinsichtlich seines Alters sorgt natürlich auch sein Bart, der stilistisch irgendwo zwischen dem von Vadder Abraham und den beiden Typen von ZZ Top einzuordnen ist. Somit würde ich sein Alter zumindest mal auf eine Spanne zwischen knapp über fünfzig und kurz vor einhundert eingrenzen.

„Seifert, ich habe Ihnen doch schon x-mal gesagt, dass Sie sich nicht mit diesem Typen abgeben sollen."
Na toll. Gerstner. Wie aus dem nichts steht er plötzlich neben mir. Irgendwie muss er einen siebten Sinn haben, wenn es um die intuitive Ortung anderer Menschen geht.
„Hui, der Herr Gerstner. Na so ein Zufall." versuche ich, irgendwie locker zu wirken, was in Wirklichkeit aber bestimmt ziemlich dümmlich auf Gerstner wirken dürfte.

„Es gibt keine Zufälle." erstickt Gerstner meine alberne Charme-Offensive daher auch gleich wieder im Keim.

„Natürlich nicht."

„Also, passen Sie auf Seifert. Ich weiß ja, dass Sie aus irgendeiner Mutter Teresa-Emotionalität heraus einen Narren an diesem Schaumreiter gefressen haben, aber glauben Sie wirklich, dass unsere Kunden es gut finden, wenn sie sehen, dass einer der Mitarbeiter in der Mittagspause ein Kaffeekränzchen mit einem an einer Zigarre nuckelnden Profi-Alkoholiker abhält?"

„Äh…" stammele ich.

„Eben. Ich auch nicht." fällt mir Gerstner ins Wort bevor ich mir eine einigermaßen glaubwürdige Erklärung einfallen lassen kann. „Und deshalb möchte ich, dass Sie ihn durch Ihr Verhalten nicht noch zusätzlich ermutigen, sich ständig bei uns herumzutreiben. Haben wir uns verstanden?"

„Verstanden. Ich werde ihn aber bestimmt nicht von der Polizei abführen lassen, wenn Sie das meinen." antworte ich fast ein wenig trotzig. „Schließlich hat ihm das alles hier mal gehört."

„Sie sagen es, Seifert. Es hat ihm mal gehört. Und es konnte auch keiner ahnen, dass er das ganze Geld, was ihm die Zentrale damals für das alles hier gezahlt hat, noch schneller verpulvern würde als das ein unterbelichteter Lotto-Hauptgewinner hinbekommen würde."

„Er hatte einfach Pech an der Börse." starte ich einen erneuten Verteidigungsversuch.

„Pech?" lacht Gerstner so laut, dass mir vor Schreck fast der Kaffee aus der Hand fällt.

„OK. Die eine oder andere Spekulation in Südamerika war wirklich etwas, naja, sagen wir mal, optimistisch." muss ich zugeben.

„Optimistisch ist in diesem Fall wohl noch leicht untertrieben." steigert sich Gerstner jetzt förmlich in eine Generalabrechnung mit dem armen Alfons hinein. „Oder würden Sie in Firmen investieren, deren Namen lediglich an einer international ziemlich unbekannten bolivianischen Börse bekannt sind? Und deren Firmenanschriften komischerweise alle identisch sind mit der Adresse eines insolventen Massage-Salons irgendwo im subtropischen Hinterland?"

„Sie haben ja recht." gebe ich klein bei und verzichte darauf zu erwähnen, dass mir Alfons hin und wieder Tipps gibt, in welche Aktien ich seiner Meinung nach investieren soll, weil die – so wie er es immer ausdrückt – ‚in Kürze aber sowas von durch die Decke schießen werden'. Ihm zuliebe hätte ich das sogar beinahe schon mal gemacht, mich aber bis heute noch nicht getraut, nachzuschauen, was seitdem aus dieser Himmelfahrts-Investition geworden wäre.

„Gut. Dann haben wir das ja geklärt." fährt Gerstner seinen Puls wieder etwas herunter und will gerade nach links in Richtung seines Büros abdrehen, als er sich doch nochmal zu mir umdreht.

„A apropos Bolivien, Seifert. Heute kommen die neuen Sommermöbel. Die müssen bis heute Abend aufgebaut auf unserer Sonderverkaufs-Fläche direkt neben dem Eingang stehen."

„Verstanden, Chef."

„Sehr gut. Ich verlasse mich auf Sie."

„Können Sie."

„Ach ja, und geben Sie sich dieses mal ein bisschen mehr Mühe mit der Dekoration. Das Arrangement aus O-Saft-Tetrapacks, Plastik-Obst und dem Stapel alter Kicker-Hefte fanden die Kollegen aus der Zentrale bei ihrem unangekündigten Besuch letztes Jahr nicht wirklich prickelnd." schenkt mir Gerstner noch ein verzerrtes Grinsen.

„Also die Verkäufe sprachen da aber eine ganz andere Sprache." entgegne ich.

Wir haben damals innerhalb von nur vier Tagen die kompletten Sommermöbel verkauft. Ohne Rabatte. Einfach so. Natürlich kann man jetzt drüber streiten, ob meine zugegebenermaßen etwas eigenwillige Dekoration dazu beigetragen hat oder ob wir ohne sie vielleicht auch schon nach drei Tagen das ‚Ausverkauft'-Schild hätten aufstellen müssen. Aber ich bin mir sehr sicher, dass nur ersteres zutreffen kann. Denn ein Verrückter hat sogar noch darauf bestanden, die ollen Kicker-Hefte mit dazu zu bekommen und hat dafür einen Fünfziger extra draufgelegt. Aber das würde Gerstner natürlich nie zugeben. Und die Maßanzugs-Träger aus der Zentrale schon gleich gar nicht.

„Wie auch immer. Ich verlasse mich auf Sie." lässt er sich auf keine Diskussion ein und verschwindet in Richtung seines Büros.

„Natürlich. Herr Seifert macht das schon." sage ich. Allerdings erst als ich sicher bin, dass er mich nicht mehr hören kann. Als Selbstkritik in der Schule durchgenommen wurde, muss Gerstner krank gewesen sein, denn das findet sich nachweislich nicht in der Inventarliste seiner Charaktereigenschaften.

Mittlerweile ist es vierzehn Uhr, wie mir ein Blick auf unsere geschmacklose Uhr über dem Eingang zeigt. Bevor ich mich auf den Weg ins Lager mache, um nachzusehen, ob dort schon ein paar XXL-große Kisten mit der Aufschrift „Productos de Bolivia" rumstehen, schaue ich noch mal in Richtung der Parkplätze hinaus. Spätestens um diese Zeit sind die letzten Mittagspausen-Gäste der Bäckerei wieder in ihre Büros zurückgekehrt und damit ist für Alfons die Zeit gekommen, eine erste Tages-Zwischenbilanz zu ziehen. Aber genauso wenig wie ihn meine anderen gut gemeinten Ratschläge interessieren, so ignoriert er auch meine Bitte, unsere Outdoor-Grillkamine nicht dafür zu missbrauchen, um darauf seine verschiedenen Münzen aufzuhäufen, und diese dann auch noch in aller Seelenruhe mehrfach durchzuzählen. Zu allem Überfluss stellt er meistens auch noch seine um diese Zeit nur noch maximal zu einem Viertel gefüllte Weißweinflasche daneben, gerade so als wolle er zu den Münzen sagen: ‚Schaut her, gleich liegt ihr in der dunklen Kasse vom lieben Ouzo-Udo und der Alfons hat sich im Tausch dafür ein schönes Fläschchen Riesling für den Abend gesichert.'

„Alfons!" zische ich in seine Richtung, denn wie erwartet steht er bereits bei einem der Grills.

Keine Reaktion.

Stattdessen zaubert er aus irgendwelchen Taschen oder Löchern im Innenfutter weitere Münzen hervor, die er akribisch ihren akkurat aufgestapelten Euro- und Cent-Geschwistern zuordnet.

„Alfons" sage ich jetzt etwas lauter. Gerstners Büro hat mehrere Fenster, und eins davon geht dummerweise genau in Richtung der Parkplätze. Sollte der Chef also mal plötzlich das Bedürfnis bekommen, in diese Richtung frische Luft schnappen zu wollen, dann gute Nacht für Alfons, sein Kleingeld, den abendlichen Riesling und die Zigarre danach.

In Zeitlupe dreht sich Alfons in meine Richtung. Als er sieht, dass ich es bin, der seinen Namen gerufen hat, hebt er seinen linken Arm und winkt mir mit einer Geste zu, die selbst die Queen nicht eleganter und staatsmännischer hinbekommen würde.

Meine Reaktion ist allerdings nicht ganz so royal, denn mit einem zackigen, nach links geneigten Kopfnicken mache ich ihm unmissverständlich klar, dass er schleunigst seine

Nachmittags-Inventur beenden soll, wenn er auch morgen hier wieder auftauchen will.

Irgendwas scheint er mir zu antworten, denn seine lapprige Zigarre wippt ein paar Mal von oben nach unten, während er die kleinen gold-, silber- und kupferfarbenen Häufchen in seinem Mantel verschwinden lässt. Ich habe zwar keine Ahnung was er mir gerade sagen will, ist mir aber in diesem Moment auch völlig egal. Hauptsache er zieht weiter und Gerstner hat in den letzten Minuten kein Bedürfnis nach frischer Parkplatz-Luft verspürt.

„Na, zählst du gerade Autos, oder was machst du hier?"

Zum zweiten Mal fällt mir heute beinahe mein Kaffee aus der Hand.

Statt Gerstner sehe ich zum Glück aber nur Patricks blödes Grinsen links neben mir.

„Spinnst du? Oder willst du, dass ich einen Herzinfarkt bekomme?"

„Natürlich nicht. Und wenn, dann bitte nicht heute. Ich hab' nämlich keine Lust, die ganze bolivianische Rattan-Scheiße selber aufzubauen." hält er mir einen dreifarbigen Lieferschein in den Farben rot, gelb und grün unter die Nase. Na das nenne ich mal ein gelungenes Staatsmarketing, denke ich mir. Lieferscheine in den Landesfarben, da muss man erst mal drauf kommen.

„Hat Gerstner dich etwa auch dafür abkommandiert?" frage ich.

„Dich etwa auch?" antwortet Patrick mit einem Achsel-zucken.

„Ja. Ich musste aber erst noch dafür sorgen, dass Alfons nicht wieder Weltspartag auf den Grillkaminen spielt."

„Er wird's nie lernen. Gib's einfach auf und nimm ihn so, wie er ist."

„Du hast ja recht." antworte ich, wenn auch nicht wirklich überzeugt.

„Komm, lass uns reingehen. Südamerika ruft." lacht er.

„Vamos, Amigo." muss ich jetzt auch lachen.

Wenn Patrick etwas kann, dann auf jeden Fall mittels weniger Worte meine Stimmung heben.

Als wir im Hauptlager ankommen, ist nicht zu übersehen, was uns die nächsten Stunden beschäftigen wird und mir morgen einen ordentlichen Muskelkater bescheren wird, wie ihn sonst wahrscheinlich nur Couch-Potatoes bekommen, die der Meinung sind, einen Halbmarathon könne man auch ohne große Vorbereitungen einfach mal so an einem sommerlich-schwülen Sonntagmorgen absolvieren. Als zweites fällt mir auf, dass die Bolivianer das mit ihrem Flaggen-Marketing wohl ziemlich konsequent durchziehen, denn auch die ganzen Kisten strahlen mir in den Landesfarben rot, gelb und grün entgegen. An den Seiten ist zusätzlich noch eine Art Silhouette aufgemalt, die mich irgendwie an eine Christus-Statue erinnert, welche ich aber eigentlich eher Brasilien zugeordnet hätte. Da werde ich bei meinem nächsten Besuch bei Ouzo-Udo meine internationalen Geographie- und Kultur-Kenntnisse wohl mal wieder etwas auffrischen müssen.

„Also, los geht's." holt mich Patrick aus meinen bolivianisch-brasilianischen Überlegungen in unsere schlecht belüftete Lagerhalle zurück. Mit einem Brecheisen öffnet er die erste der fünf Kisten, in der sich laut Lieferschein vierzig ockerfarbene Gartenstühle befinden müssten. Denn das spuckt mir das Übersetzungsprogramm meines Handys aus, als ich die Produktbezeichnung ‚Silla de jardín' eintippe, die auf dem Lieferschein steht. Ansonsten erwarten uns noch eine ganze Menge ‚tumbonas', ‚tablas' und ‚taburetes'. Also Liegen,

Tische und Hocker, wie ich jetzt nach drei weiteren Eingaben weiß. Bei der grundsätzlichen Vorstellung über die sommerliche Balkon- und Terrassen-Ausstattung liegen Deutsche und Bolivianer kulturell wohl also nicht sehr weit auseinander. Eine spaßeshalber ins Übersetzungsprogramm eingegebene Hollywood-Schaukel wird mir mit ‚columpio de Hollywood' ausgewiesen, findet sich aber leider an keiner Stelle des Lieferscheins.

Na gut, man kann nicht alles haben.

Nachdem sich Patrick erfolgreich durch einige Meter Luftpolsterfolie durchgearbeitet hat, erscheint er mit den ersten fünf Gartenstühlen. Deren Farbe würde ich zwar nicht unbedingt mit dem im Lieferschein stehenden ‚ocker' bezeichnen, aber vielleicht dunkeln die ja noch etwas nach, wenn man sie ein paar Tage ungeschützt der europäischen UV-Strahlung ausgesetzt hat.

„Ich weiß ja nicht, wie lange diese Kisten unterwegs waren, aber im Gegensatz zu der Luft darin, riecht unser Lager hier wie eine gerade frisch eröffnete Parfümerie in Paris oder New York." sagt Patrick, als er mit dem nächsten Fünferpack Stühle herauskommt, umgeben von gefühlt zwei weiteren Kubik-metern Luftpolsterfolie und ein paar Luftkissen.

„Soll ich mal?" biete ich ihm an, hoffe aber natürlich, dass er dieses Angebot gleich dankend ablehnen wird.

„Oh ja, bitte. Mach du mal." antwortet er aber leider mit einer spürbaren Erleichterung in seiner Stimme.

Na toll, hat ja super geklappt. Aber was frage ich auch?

„Warte mal." sagt Patrick, als ich mich gerade, Luft anhaltend auf die Suche nach dem nächsten Fünferpack machen will.

„Was ist los? Willst du doch lieber wieder selber rein?" frage ich.

„Nein. Aber schau dir das mal an." sagt Patrick mit ernster Miene und hält mir zehn zusammenhängende, ungefähr schokoladentafelgroße Luftkissen entgegen.

„Ja. Kenn ich. Können wir nachher zusammen platt machen." lache ich.

„Das meine ich nicht. Schau dir die Dinger mal genau an."

Patricks veränderte Stimmlage verrät mir, dass es hier um noch was anderes gehen muss als die Aussicht auf infantilen Luftpolster-Knall-Spaß kurz vor Feierabend.

„Ach du scheiße." sage ich, nachdem ich mir die vier mittleren Luftkissen genauer anschaue. „Meinst du etwa, das ist...?"

„Ich weiß es nicht." meint Patrick, dessen Gesichtsfarbe jetzt in etwa so weiß geworden ist, wie das Pulver, das sich im Inneren der Luftkissen erahnen lässt.

„Vielleicht gehört das ja zu einem typischen sonnigen Samstagnachmittag in Südamerika und die Firma will uns damit ihre Landes-Kultur etwas näherbringen."

„Du Witzbold." sagt Patrick mit unveränderter Mine, aber zumindest mittlerweile wieder etwas natürlicherer Gesichtsfarbe.

„Komm, lass uns mal schauen, ob es da drin noch mehr von den Dingern gibt." schlage ich vor.

„Ich fass da erstmal gar nix mehr an. Wer weiß, welche Überraschungseier da sonst noch versteckt sind."

„Wahrscheinlich hast du recht." sage ich, auch wenn meine Neugier gerade deutlich größer ist als die Angst vor weiteren bolivianischen Überraschungseiern.

„Die Dinger sind randvoll" drückt Patrick vorsichtig auf eins der Luftkissen.

„Was schätzt du, was die wiegen?" frage ich.

„Keine Ahnung, vielleicht fünfhundert Gramm pro Stück? Hier, probier du mal." reicht er mir das wahrscheinlich teuerste Zehner-Pack Luftkissen, das es momentan zu kaufen gibt.

„Kommt hin. Also insgesamt zwei Kilo. Und das wird bestimmt noch nicht alles sein." zeige ich auf die restlichen vier noch ungeöffneten, und vermeintlich unschuldig dastehenden Kisten.

„Genau. Und übrigens: im Lieferschein stehen die auch nicht drin." lacht Patrick, der zu meiner großen Freude nach seiner Gesichtsfarbe auch seinen Humor wiedergefunden hat.

„Blödmann. Ich rufe jetzt jedenfalls mal Gerstner an."

„Und ich mach in der Zwischenzeit einen Geschmackstest." sagt Patrick und nähert sich mit einem Teppichmesser den prallen Luftkissen.

„Spinnst du?" rufe ich.

„Natürlich nicht." lacht Patrick jetzt noch lauter.

So sehr ich mich über seine Humor-Rückkehr freue, ein paar Prozent weniger dürfen es in dieser Situation dann doch gerne sein, wenn es nach mir geht.

„Herr Gerstner? Seifert hier. Könnten Sie bitte mal ins Lager kommen? Wir haben hier, naja, sagen wir mal ein etwas ungewöhnliches Problem." sage ich mit möglichst ruhiger Stimme.

„Ein etwas ungewöhnliches Problem. Aha. Geht's ein bisschen genauer?" antwortet Gerstner in seiner gewohnt charmanten Art.

„Die Möbel aus Bolivien wurden mit ein paar Deko-Elementen geliefert, die nicht wirklich in unser Sortiment passen." antworte ich etwas kryptisch. Nachdem vor ein paar Monaten mal das Gerücht die Runde machte, dass hier vereinzelt Telefonate von der Zentrale abgehört werden sollen, will ich Gerstner nicht direkt sagen, dass die Kisten anscheinend eine so große Menge Drogen beherbergen, dass man damit die Einwohner mehrerer Kleinstädte ein ganzes Jahr lang in einen Zustand grenzdebilen Dauergrinsens versetzen könnte.

„Seifert, haben Sie mit dem Kleingeldmann vorhin noch einen gekippt auf dem Parkplatz?"

„Nein, natürlich nicht. Es wäre wirklich sehr nett, wenn Sie mal kurz zu uns ins Lager kommen können." versuche ich weiterhin den Gesprächstonfall in einem neutralen Bereich zu halten.

„Wenn's sein muss. Bin gleich da."

„Danke." sage ich, obwohl Gerstner schon hörbar aufgelegt hat.

„Und. Wann kommt er?" fragt Patrick, der die pulverisierten Luftkissen mittlerweile über die Lehne des obersten Rattanstuhls gelegt hat.

„Ist gleich da."

„Der wird sich freuen. Endlich muss er das Zeug nicht mehr Samstagabends in irgendwelchen dunklen Bahnhofs-Unterführungen kaufen." sagt Patrick und grinst dabei etwas eigenartig. Daher frage ich mich, ob vielleicht schon das alleinige Berühren der Luftkissen ausreicht, um spontane Bewusstseinsveränderungen hervorzurufen.

„Sag das ja nicht, wenn er gleich kommt. Ich glaube Gerstners Humorverständnis ist heute auf noch niedrigerem Niveau wie sonst sowieso schon."

Bevor Patrick etwas dazu sagen kann, steht Gerstner auch schon in der Eingangstür zum Lager.

„Also, die Herren Seifert und Weber. Was haben meine beiden fähigsten Mitarbeiter denn für ein etwas außergewöhnliches Problem?"

Da ich nicht weiß, ob Patrick seine geistige Vernebelung nur gespielt hat, rechne ich damit, dass er diese Frage möglicherweise gleich mit einem zackig geschmetterten ‚Drogenfund, Herr Feldmarschall' beantworten könnte.

„Hier." antwortet Patrick aber erfreulicherweise völlig ruhig und reicht Gerstner das Luftkissen-Päckchen. Vielleicht hat ja die Wirkung schon wieder nachgelassen.

„Und wegen so ein paar blöder Luftkissen holen Sie mich ins Lager?"

„Schauen Sie mal die vier in der Mitte etwas genauer an." ergänzt Patrick.

„Das gibt's ja nicht. Ist das …?" fragt Gerstner nach wenigen Augenblicken mit weit aufgerissenen Augen.

„Wir haben das Zeug noch nicht probiert." meint Patrick süffisant. OK, die Wirkung hat also scheinbar doch noch nicht komplett nachgelassen.

„Und das war in der Kiste mit den bolivianischen Rattan-Möbeln?"

Diese Frage halte ich logischerweise für komplett überflüssig, und bin froh, dass Patrick diese auch einfach nur mit einem kurzen Kopfnicken bejaht.

„Unglaublich. Und wie und wo haben Sie das Zeug gefunden?" fragt Gerstner und versucht sich dabei einen Tatortkommissar-ähnlichen Ton zu geben.

Nachdem Patrick ihm einen Kurzabriss der Geschehnisse der letzten Minuten gegeben hat, greift Gerstner zum Telefon.

„Ich rufe die Polizei. Und ihr fasst nichts mehr an." sagt er mit unveränderter Stimme und geht nach draußen.

„Alles OK bei dir?" frage ich Patrick, nachdem ich sicher bin, dass Gerstner außer Hörweite ist.

„Klar. Warum fragst du?"

„Ach. Nur so." sage ich, um nicht auf sein eigenartiges Grinsen eingehen zu müssen.

„Hast du vorhin eigentlich das gleiche gedacht wie ich, als Gerstner reinkam?" sagt Patrick mit leiser Stimme und sieht mich erwartungsvoll an.

„Was meinst du? Was soll ich denn gedacht haben?"

„Na ganz einfach. Hätte ja sein können, dass Gerstner weiß, dass in den Kisten außer den Möbeln noch ein paar kleine Gastgeschenke mit drin sind, oder?"

„Spinnst du?"

„Warum. Könnte doch sein."

Patrick scheint ein wenig enttäuscht zu sein, dass ich in unserem Chef nicht auch einen möglichen Kleinstadt-Drogenboss sehe.

„Wenn das so wäre, hätte er uns doch nie die Kisten alleine auspacken lassen."

„Hm. Stimmt natürlich auch wieder. Aber normalerweise schmeißen wir diesen Verpackungsmüll ja sofort im hohen Bogen in die Tonne. Dann hätte er nach Feierabend ganz entspannt die Dinger da rausholen können und keiner hätte etwas mitbekommen."

„Jetzt beruhig dich mal, Miss Marple. Auch wenn wir ihn beide nicht mögen, traue ich ihm sowas definitiv nicht zu." beende ich Patricks kriminalistische Überlegungen. Zumal ich auch höre, dass Gerstner sein Telefonat gerade beendet hat.

„Die Polizei ist gleich da" kommt er zurück ins Lager. „Wir sollen nichts anfassen und vor allem auch die vier anderen Kisten nicht öffnen."

„Selbstverständlich." antworten wir beide zeitgleich. Aber auch, wenn wir noch nie eine Folge ‚Miami Vice' oder ‚CSI Las Vegas' gesehen hätten, ist uns völlig klar, dass das Auspacken von weiteren ‚Productos de Bolivia' jetzt erstmal runter ist von der Agenda.

„Polizeiobermeister Langfelder, das ist mein Kollege Hartel. Schönen guten Tag, die Herren." stellen sich knapp zehn Minuten später zwei Herren bei uns im Lager vor.

Etwas spektakulärer hatte ich mir meine erste Begegnung mit der Polizei allerdings schon vorgestellt. Das kann aber auch daran liegen, dass ich an den bundesliga-freien Wochenenden möglicherweise zu viele Folgen der Serie ‚Auf Streife' auf RTL gesehen habe. Und solange bis ich aus Versehen mal im Abspann den Hinweis gelesen hatte, dass es sich zwar um echte Polizisten handeln soll, die Fälle aber wohl nur so ähnlich passiert seien, war ich immer der Meinung, dass das da alles real sei. Dabei hätte normalerweise das RTL-Logo oben links im Bild ausreichen müssen, um zu erkennen, dass das alles inszeniert sein muss. Wie auch immer, das was hier gerade passiert, war unbestritten die unverfälschte Realität. Und die Herren Langfelder und Hartel strahlen ein Höchstmaß an Kompetenz aus, sodass Patrick und ich instinktiv unsere Personalausweise zücken und den beiden reichen.

„Wohl am Wochenende zu oft ‚Auf Streife' gesehen, was?" fragt der, bei dem drei Sterne auf der breiten Schulter wohnen.

„Ertappt." sagt Patrick und ich bin froh, dass er den beiden jetzt nicht auch noch automatisch seine beiden Arme entgegenstreckt, um sich von ihnen Handschellen anlegen zu lassen.

„OK, Herr ...äh ... Weber, Sie haben also den Fund gemacht, richtig?" gibt er Patrick lässig mit Zeige- und Mittelfinger seinen Ausweis zurück.

„So ist es. Ich hab' zuerst gedacht, ich sehe nicht recht. Ich meine, wir sind hier ja in einem Baumarkt, und da sieht man sowas ja nicht alle Tage. Wissen Sie, was ich damit ..."

„Also wir schon." unterbricht ihn der Kollege mit dem einsamen einzelnen Stern auf der Schulter zu meiner

Erleichterung, denn irgendwie scheint bei Patrick gerade unregelmäßig immer wieder ein beträchtlicher Schub Frohsinn durch den Körper zu fahren, was in seinem Fall offensichtlich zu einem unkontrollierten Redefluss führt. Kann vielleicht doch bloßes Berühren der gefüllten Luftkissen eine solche Wirkung auslösen? So eine Art Phantom-Rausch? Wie bei Phantom-Schmerzen, wo der Anblick eines abgehackten Beins dazu führt, dass man plötzlich das dringende Bedürfnis verspürt, sich am Fuß kratzen zu müssen? Egal, darüber kann ich mir auch später noch Gedanken machen, wenn ich diesen Schwachsinn bis dahin nicht schon längst wieder vergessen habe.

„Gleich kommen die Kollegen von der Spurensicherung und werden die restliche Kiste untersuchen." erklärt uns Kollege Hartel die weitere Vorgehensweise.

„Ah, die Spusi?" rutscht mir ungewollt raus.

„Genau die." antwortet er mit leicht genervtem Unterton. Offenbar haben sie es öfter mit Typen wie uns zu tun, die zu viele Samstagnachmittage mit vermeintlichem Bildungsfernsehen verbracht haben und die dieses gesunde Halbwissen dann in solchen Situationen zum besten geben wollen.

„Die vier Kisten dahinten gehören auch zur Lieferung?" zeigt er mit seinem Kugelschreiber in deren Richtung.

„Ja, insgesamt sind es fünf Kisten. Die hier war die erste, die wir aufgemacht haben." versucht Patrick betont lässig zu wirken. In seinen Gedanken hat er aber wahrscheinlich schon den ganzen Baumarkt mit Absperrband gesichert und führt gerade die Staffel mit den Drogenspürhunden zum Tatort.

„Rattanmöbel aus Bolivien. Hm." murmelt Polizeiobermeister Langfelder beim Blick auf den bonbonfarbenen Lieferschein, den Gerstner ihm mittlerweile gegeben hat.

„Hatten wir jetzt auch noch nicht so oft." ergänzt Kollege Hartel etwas gelangweilt.

„Was sind denn sonst so die beliebtesten Transportwege?" fragt Patrick zu meinem erneuten Entsetzen.

„Normalerweise kommen die immer per Brieftaube, aber seit neuestem meistens als Amazon-Paket. Per Nachnahme." bemerkt Langfelder trocken.

„Wirklich? Das ist ja genial." sagt Patrick, dessen Kleinhirnbereich für das Erkennen von Ironie sich augenscheinlich gerade im Stand-by-Modus befindet.

„Herr Weber, ich glaube die Herren würden jetzt gerne mit ihrer Arbeit beginnen."

„So ist es. Danke, Herr... äh... Gerstner." gibt ihm Langfelder den Lieferschein zurück.

„Sie beide halten sich bitte zu unserer Verfügung, falls wir noch Fragen haben." wendet sich Kollege Hartel nochmal kurz an uns.

„Machen wir." bewegt Patrick seinen Kopf wie in Zeitlupe rauf und runter.

Gut, dass wir jetzt erstmal das Lager verlassen können, denn ich befürchte, Patrick hat momentan ein wenig die Kontrolle über sein Gesamt-Befinden verloren. Kann aber auch an der südamerikanischen Holzlasur liegen, deren Geruch sich hier in der letzten halben Stunde immer breiter gemacht hat und inzwischen auch mir irgendwie so langsam die Sinne vernebelt. Und da Patrick ja deutlich näher und länger mit dem ganzen verkoksten Rattan-Zeugs zugange war wie ich, dürfte er davon bestimmt Mengen eingeatmet haben, bei denen jeder Arzt oder Apotheker sofort hektisch in der Packungsbeilage nochmal ganz genau bei den Nebenwirkungen nachlesen würde.

„Komm erst mal an die frische Luft." ziehe ich Patrick in Richtung des Hinterausgangs.

„Wohin?" schaut mich Patrick fragend an, während sich seine beiden Pupillen wie von einem Magneten angezogen in Richtung seiner Nasenspitze bewegen.

„Sag mal, was hast du denn da alles eingeatmet?" frage ich ihn, obwohl mir klar ist, dass ich von ihm in den nächsten Minuten nicht wirklich eine irgendwie sinnmachende Aussage erwarten darf.

„Keine Ahnung, aber mir ist irgendwie ein bisschen schwummrig."

„Wird gleich besser." sage ich, wobei hier in erster Linie der Wunsch Vater des Gedankens ist. Die frische Luft, die uns unmittelbar nach dem Öffnen der Tür des Hintereingangs entgegen strömt, bewirkt aber zumindest bei mir sofort ein großes Gefühl der Erleichterung. Und auch bei Patrick scheint sie ihre Wirkung nicht zu verfehlen, denn nach knapp einer Minute bewegen sich seine Pupillen langsam wieder in Richtung ihrer normalen Position.

„Soll ich uns mal was zu trinken besorgen?" frage ich.

„Gute Idee. Einen Mai-Tai bitte. Aber ohne Eis."

„Ohne Eis. Geht klar." sage ich, verzichte aber darauf, ihm klarzumachen, dass wir hier gerade nicht auf der Terrasse des *Aquariums* sitzen. Die Zeit, die ich bis zum Getränkemarkt und zurück benötigen werde, müsste aber ausreichen, damit Patrick wieder im hier und jetzt des *Honäsch* ankommt.

„Was war das denn gerade dadrin?" sind die ersten Worte, die Patrick schließlich wieder von sich gibt, nachdem er eine der von mir mitgebrachten 1,5-Liter-Sprudel-Flaschen ohne abzusetzen heruntergeschüttet hat und diese Leistung mit einem gradlinig vorgetragenen Rülpser gekrönt hat.

„Ich habe keine Ahnung, was die Bolivianer da alles in die Kiste gepackt haben. Aber diese Rattan-Möbel sind definitiv nicht die gleichen wie die vom letzten Jahr."

„Hundert Pro!" japst Patrick, der kurz die zweite Flasche absetzt und das zweite Wort dadurch mehr herausrülpst als ausspricht.

„Ich frage mich, für wen das Zeugs bestimmt war. Gerstner fällt meiner Meinung nach aus. Und wenn es einer von den Jungs aus dem Lager wäre, hätte derjenige bestimmt darauf bestanden, die Kisten selber auszupacken."

„Die beiden Dorfsheriffs werden das schon rausfinden." sagt Patrick grinsend und leert direkt danach auch noch die zweite Flasche komplett. Dieses Mal dankenswerterweise aber ohne eine erneute akustische Untermalung.

Leider bemerken wir beide erst jetzt, dass die von Patrick gerade so romantisch als Dorfsheriffs titulierten Herren Langfelder und Hartel im Türrahmen des Hintereingangs lehnen. Und ihr Gesichtsausdruck bestätigt uns, dass sie mindestens schon so lange da stehen, um Patricks originelle Neuinterpretation ihrer Dienstgrade klar und deutlich mitbekommen zu haben.

„Na Ihnen scheint es ja schon wieder ziemlich gut zu gehen." meint Kollege Hartel trocken.

„Ist denn die Spurensicherung schon fertig?" fragt Patrick, und versucht dadurch das Thema zu wechseln. Ich bin froh, dass er dabei diesmal auf die RTL-übliche Abkürzung verzichtet.

„Ja. Sind durch." sagt Drei-Sterne-Langfelder

„Und wie sah es in den anderen Kisten aus?" möchte ich wissen.

„Die nehmen wir ungeöffnet mit. Sonst müssten wir ja bis mindestens heute Abend ihr Lager besetzen. Und das wollen Sie bestimmt nicht, oder?

„Och ..." meint Patrick, während er auch noch den letzten Tropfen aus der Flasche presst.

„Tja, Happy Hour ist damit wohl vorbei." grinst Langfelder mit Blick auf die beiden leeren Sprudelflaschen.

„Sie können jetzt wieder rein." ergänzt Hartel noch leicht süffisant.

„Mmmh."

„Ihr Chef hat bestimmt auch schon Sehnsucht nach Ihnen." legt Langfelder noch mal einen drauf. Die Retourkutsche für die Dorfsheriffs ist den beiden damit jedenfalls gelungen.

„Schönen Tag noch." tippen sie beide nahezu synchron mit ihren rechten Zeigefingern an ihre Mützen und verschwinden im Baumarkt.

„Aufbau des bolivianischen Sommer-Ensembles in Rattan-Optik... check!" lacht Patrick.

„Was?" schaue ich ihn fragend an, da ich trotz drei Litern Blubberwasser einen Rückfall bei ihm befürchte.

„Na, wenn die jetzt alles mitgenommen haben, dann gibt's da erstmal nix mehr aufzubauen für uns."

Auch wenn Gerstner für uns bestimmt schon längst eine andere Aufgabe gefunden haben dürfte, ist die Aussicht auf einen rattan-befreiten Nachmittag nicht die schlechteste, da hat Patrick mehr als recht.

„Also dann mal zurück an die Arbeit, Señor Weber." lege ich ihm lachend meine Hand auf die Schulter, während ich mit der anderen Hand die Tür des Hinterausgangs schließe.

Der Geruch der Holzlasur hat sich zum Glück komplett verzogen, sodass die Gefahr einer erneuten Vernebelung gebannt zu sein scheint. Und auch im Lager deutet nichts mehr darauf hin, was sich dort noch vor kurzem abgespielt hat. Da auch von Gerstner weit und breit nichts zu sehen ist, beschließen wir uns auch nicht damit zu beeilen, anzuhören, welches Alternativ-Programm er für uns denn jetzt beschlossen haben könnte.

„Schau mal da." sagt Patrick und zeigt zum Schreibtisch, auf dem neben einer Vielzahl von Ordnern, überquillenden Ablagefächern, verschiedenen zulange schon nicht mehr gespülten Kaffeetassen auch noch ein Stück Papier in den bekannten Farben rot, gelb und grün liegt.

„Das ist doch der Lieferschein. Wieso haben die den denn nicht mitgenommen?"

„Keine Ahnung. Vielleicht haben sie ihn ja abfotografiert. Oder meinst du wegen den Fingerabdrücken?" schaut mich Patrick fragend an

„Klar. Und wenn die deine Fingerabdrücke mal mit denen aus ihrer Kartei abgleichen, da sind die meisten Einbrüche der jüngeren Vergangenheit bestimmt im Handumdrehen aufgeklärt." lache ich.

„Blödmann."

„Im Ernst. Vielleicht haben Holmes und Watson das Ding auch einfach nur vergessen. Ich nehm ihn mit zu Gerstner. Er soll ihn den beiden einfach hinterherschicken."

Auf dem Weg zu Gerstners Büro kommen wir gerade an der Lampenabteilung vorbei, als wir auf einmal eine bekannte Stimme hinter uns hören.

„Hallo Jungs. Kurze Frage: Morgen kommen doch die neuen Rattan-Möbel. Könnt ihr mir Bescheid geben, wenn die Lieferung da ist?"

Patrick und ich schauen uns kurz an und drehen uns dann unfreiwillig synchron um.

„Na das ist ja eine Überraschung. Was hast du denn damit zu tun?" frage ich.

„Nix besonderes. Ich würde euch nur gerne beim Aus-packen und Aufbauen helfen. Ist ja bestimmt viel Arbeit, oder?"

„Kannst du machen. Musst du aber mit Gerstner klären." sage ich und verstecke schnell den Lieferschein unbemerkt hinter meinem Rücken.

„OK, das mache ich. Danke Jungs."

„Jonas Palfrader! Ausgerechnet unser Mittelscheitel-Streber. Das glaube ich ja jetzt echt nicht." sage ich zu Patrick, nachdem ich sicher bin, dass Jonas außer Hörweite ist.

Der scheint seine Stimme verloren zu haben und zuckt nur hilflos mit den Schultern.

A C H T

Als ich am nächsten Tag in den *Honäsch* komme, hoffe ich auf genau vier Szenarien:

1. Kein Aufeinandertreffen mit Gerstner
2. Kein Aufeinandertreffen mit Jonas
3. Kein Aufeinandertreffen mit Gerstner und Jonas gleichzeitig
4. Patrick ist wieder komplett der alte

Punkt vier kann ich erfreulicherweise schon nach wenigen Sekunden auf meiner Wunschliste abhaken, denn Patrick passt mich in dem Moment ab, in dem ich unseren Personalraum betrete. Sein aufgeräumter Gesichtsausdruck zeigt mir, dass er wieder komplett der prä-bolivianische Patrick ist. Lediglich sein Puls wird wahrscheinlich aufgrund der gestrigen Ereignisse noch nicht ganz im zurechnungsfähigen Bereich angekommen sein. Ist bei mir aber genauso.

„Hast du Gerstner oder Jonas heute schon gesehen?" fragt er mich noch bevor ich meine Jacke ausziehen kann.

„Auch einen guten Morgen." sage ich und schließe meinen Spind auf.

„Jaja. Guten Morgen Herr Seifert. Ich hoffe, Sie haben angenehm geruht?"

„Habe ich. Danke. Könnten Sie bitte meine Jacke zum Kleiderabteil geleiten?" reiche ich ihm meine Jacke.

„Du hast echt die Ruhe weg." nimmt er mir sie ab und hängt sie zu meiner Überraschung tatsächlich auf einen der freien Bügel.

„Danke, Johann. Und jetzt wäre mir nach einer Tasse Tee und der Tageszeitung." sage ich mit einem angedeuteten britischen Akzent und grinse.

„Ich geb' dir gleich Tee und Tageszeitung!" muss Patrick jetzt zum Glück auch schmunzeln.

„Also jetzt mal im Ernst. Nein, ich hab' die beiden heute zum Glück noch nicht gesehen, und ich hoffe, dass das auch noch eine ganze Weile so bleibt." kehre ich bezüglich des Akzents wieder zum Hochdeutschen zurück.

„Ich verstehe immer noch nicht, wie Jonas das ganze Theater mit der Polizei und der Spurensicherung gestern nicht mitbekommen konnte."

„Ich auch nicht. Und als wir Gerstner gestern gefragt hatten, was wir statt dem Möbelaufbau tun sollen, hat der sich entweder nichts anmerken lassen, oder Jonas war noch nicht in seinem Büro gewesen." ergänze ich.

„Alles sehr merkwürdig. Aber es ist natürlich auch klar, dass Gerstner alle zehn Wurstfinger seiner beiden Hände schützend über ihn hält. Alleine schon wegen seiner Liebelei mit Mama Palfrader. Und wenn Jonas gestern tatsächlich bei ihm war um nach der Lieferung zu fragen, dann muss der eins uns eins zusammengezählt haben. Mama hin, Mama her."

„Wenn das stimmt, meinst du, er hat ihm dann auch die ganze Geschichte erzählt?" frage ich Patrick.

„Entweder das. Oder er hat Jonas mal richtig auf den Zahn gefühlt, woher so plötzlich sein Interesse an südamerikanischen Sommer-Möbeln kommt."

„Und jetzt halten die beiden einfach die Klappe und dann wird nie jemand erfahren, was hier gestern in Wirklichkeit auf den Hof gefahren kam. Geschweige denn für wen der ganze Party-Puderzucker wirklich bestimmt war."

„Vielleicht hast du recht. Aber Gerstner wird ihm sehr wahrscheinlich nicht erzählt haben, dass wir beide bei dieser Nummer eine nicht ganz unbedeutende Rolle gespielt haben. Auch unsere beiden Dorfsheriffs werden hier bestimmt auch noch mal auftauchen und ein paar Fragen stellen. Und je nachdem was da in den anderen Kisten noch zum Vorschein kam, dürfte das dann eine längere Befragung werden. Da dürfte also sehr wahrscheinlich noch ein zweiter Akt in unserer romantikbefreiten bolivianischen Telenovela folgen." sage ich und stelle mir dabei ungewollt vor, wie ich in Kürze in einem fensterlosen, unterbelüfteten Raum sitze, in eine grelle 120-Watt-Lampe schaue und irgendwie versuche, sinnvolle Antworten auf die Fragen eines stark übermüdeten Drogenfahnders zu geben.

„Hör bloß auf." holt mich Patrick zurück in die nicht wirklich gemütlichere Realität unseres Personalraums. „Daran will ich gar nicht erst denken. Und dass tatsächlich unser Vorzeige-Streber etwas damit zu tun hat glaube ich erst, wenn es wirklich zweifelsfrei bewiesen ist."

„Ich auch. Also dann, auf geht's in den Alltagswahnsinn" sage ich und prüfe nochmal kurz den korrekten Sitz meines Namenschildes, bevor mich unsere heiligen Hallen mit ihrem unwiderstehlichen Duftmix aus gerade zugeschnittenen Holzlatten, frisch gegossenen Balkonpflanzen und ausdünstenden Kunststoff-Duschkabinen begrüßen.

Von Jonas und Gerstner ist tatsächlich den ganzen Vormittag nichts zu sehen. Ich habe im Eingangsbereich schon fünfmal die sowieso schon akkurat, Kante auf Kante liegenden neuen Heimwerker-Kataloge noch penibler gestapelt als es eigentlich möglich ist, um dadurch vielleicht etwas Verdächtiges in Gerstners Büro sehen zu können. Aber da ist wahrscheinlich mehr Bewegung im Nest eines Igels während seines Winterschlafs, als heute Vormittag in Gerstners Büro.

„Meinst du nicht, dass die Kataloge jetzt ordentlich genug liegen?" flüstert mir plötzlich jemand ins Ohr.

Patrick!

„Bist du eigentlich noch ganz sauber, mich so zu erschrecken?" fahre ich herum.

„Also auffälliger als du kann man sich ja kaum noch verhalten. Fehlt nur noch ein Fernglas oder so ein satellitenschüsselähnliches Abhörgerät. Und passend dazu noch knallrote Fluglotsen-Ohrenschützer auf dem Kopf."

„Mach dich nur lustig. Wie sollen wir denn sonst irgendwas rausbekommen?" frage ich ihn, muss mir allerdings eingestehen, dass er damit nicht ganz unrecht hat. Hätte mich jemand in den letzten Stunden beobachtet, würde er entweder denken, ich hätte den IQ einer Poolnudel oder ich wäre gerade frisch aus der Geschlossenen entlassen worden. Oder beides zusammen, d.h. bei mir handelt es sich um eine gerade aus der Geschlossenen entlassene Poolnudel.

„Ganz einfach. Gerstner direkt ansprechen." antwortet Patrick mit einer Selbstverständlichkeit als hätte ich ihn gerade gefragt, ob die Erde wirklich keine Scheibe ist.

„Super Idee." schlage ich mir ironisch mit der Hand an die Stirn, so als würde ich mich gerade fragen, warum ich nicht selber auf diese Idee gekommen bin.

„Eben. Und deswegen habe ich genau das gerade gemacht." sagt er mit unveränderter Selbstverständlichkeit in der Stimme.

Hätte ich jetzt eine dieser Fieberpistolen, mit denen auf asiatischen Flughäfen immer die Körpertemperatur frisch angekommener Fluggäste gemessen wird, ich hätte sie ihm direkt auf die Stirn gedrückt.

„Du hast was?" sage ich stattdessen in Ermangelung dieser medizinischen Ausstattung.

„Ich hab' ihn natürlich nicht gefragt, ob Jonas was mit der Sache zu tun hat oder ob er zufällig gerade den aktuellen Verkaufskurs von bolivianischem Kokain parat hat."

„Sondern?"

„Ganz einfach. Ich hab' ihn gefragt, ob er den Lieferschein schon abgeschickt hat. Und ob er schon etwas über den Inhalt der anderen vier Kisten gehört hat."

„Und?"

„Ja und nein."

„Hä?"

„Lieferschein abgeschickt? Ja. Neuigkeiten zum Inhalt der vier Kisten? Nein." sagt Patrick und unterstützt den zweiten Teil seiner Antwort zusätzlich mit einem Schulterzucken.

„Toll, Holmes. Viel schlauer sind wir damit jetzt aber auch nicht, oder?"

„Das ist ja noch nicht alles, Watson." kostet Patrick seine ‚Ich-frage-einfach-mal-Gerstner-direkt'-Aktion merklich aus.

„Möchten Sie Ihr Wissen denn vielleicht mit mir teilen, Herr Weber?" frage ich mit leicht genervtem Unterton.

„Aber nur weil Sie es sind, Herr Seifert." grinst Patrick in etwa so blöd, als hätte er gerade nochmal ein paar tiefe Lungenzüge von der gestrigen Holzlasur genommen.

„Sprich jetzt. Sonst fange ich gleich wieder an, Kataloge zu sortieren. Und du darfst die saubere Stapelkante mit dem Lineal kontrollieren."

„Na gut. Also, als ich vorhin zu Gerstner ins Büro gegangen bin, um ihn nach dem aktuellen Stand zu fragen, lag eine Krankmeldung auf seinem Schreibtisch. Und einmal darfst du raten, von wem."

„Jonas?"

„Genau. War jetzt aber auch nicht allzu schwer."

Interessant, denke ich. So fit wie uns Jonas gestern Nachmittag noch gefragt hatte, ob wir seine Hilfe benötigen, so schnell war er jetzt also plötzlich krank geworden.

„Bolivianisches Sumpffieber, tippe ich." sage ich.

„Definitiv. Und das ist ja bekanntermaßen hochansteckend." ergänzt Patrick lachend.

„Hat er sich denn sonst noch auf irgendeine Art komisch verhalten?" frage ich Patrick.

„Nicht merkwürdiger als in den letzten Jahren. Ich glaube, der hat echt keine Ahnung, was sein kleiner Wichtigtuer da möglicherweise so alles hinter seinem Rücken veranstaltet."

„Tja, dann wird da vielleicht ja bald ein neues Foto benötigt für den Bilderrahmen des Mitarbeiters des Monats."

„Aber ob es ausreicht, einen ganzen Vormittag lang die rechtwinklige Lage unserer Kataloge kontrolliert zu haben, um am nächsten Monats-Ersten eingerahmt neben dem Eingang zu hängen? Ich glaube, da muss noch ein bisschen mehr kommen, Herr Seifert."

„Danke für deine motivierenden Worte. Wenn du irgendwann mal was anderes machen möchtest im Leben, entscheide dich bitte nicht für die Nachtschicht bei der Telefon-Seelsorge für Suizidgefährdete, OK?"

„Also gut. Wenn, dann übernehme ich nur Tagesschichten. Zufrieden? Und können wir jetzt endlich Pause machen? Detektivarbeit macht hungrig." schlägt sich Patrick ein paar Mal mit der flachen Hand auf den Bauch.

„OK. Lass uns rausgehen. Bei Ouzo-Udo ist heute Baguette-Tag."

Einmal pro Woche gibt es bei Udo Scharnitzky alias Ouzo-Udo im Getränkeladen kleine Baguettes in der Mittagspause. Diese Dinger sind zwar wirklich ziemlich klein, aber mindestens genauso klein sind fairerweise auch die Preise, die er dafür verlangt. Ist wahrscheinlich eine Plus-Minus-Null-Kalkulation für ihn, was er aber über seinen Getränkeumsatz dann dreimal wieder reinholt. Und als wir um kurz nach halb eins bei ihm einlaufen, empfängt uns bereits die bekannte Duftmischung aus leicht Verbranntem und einem Hauch von Fritteuse. Da die Baguettes im Ofen warm gemacht werden, bin ich bis heute noch nicht dahintergekommen, woher dieser Fritteusen-Geruch kommt. Angeblich soll der bei bestimmten Zielgruppen ja appetitanregend wirken. Und so ein Verkaufs-Ass wie es Ouzo-Udo ist, traue ich ihm zu, dass er genau diesen Geruch kurz vor der Mittagspause einfach mal so ganz unauffällig in seinem Eingangsbereich versprüht. Wenn ich es mir recht überlege, traue ich es ihm nicht nur zu, ich bin sogar sicher, dass er es genauso macht.

„Endlich mal wieder gesundes Mittagessen." holt mich Patrick aus meiner Bewunderung für Udos Verkaufspraktiken zurück in die reale Welt der mit reichlich Analog-Käse eingecremten Aufbackbrötchen.

„Ich nehme eine Cola dazu. Aber zuckerfrei. Nicht, dass mein Verdauungstrakt heute Überstunden machen muss." sage ich mit leicht erhobenem Zeigefinger.

„Gut, dass wenigstens einer von uns beiden vernünftig ist." sagt Patrick und öffnet die Tür des arktisblau beleuchteten Kühlschranks mit den Kaltgetränken. Während er mir meine Cola reicht, entscheidet er sich für eins dieser isotonisch-psychedelisches Sportgetränke mit unaussprechlichem Namen. Gefühlt die Hälfte der darin enthaltenen Stoffe klingen für mich in etwa so, als gehörten sie zur Grundausstattung dieser Chemie-Baukästen, wie man sie noch aus der eigenen Kindheit kennt. Wenn man sich dann noch daran erinnert, welche lustigen Effekte das Zusammenmischen der verschiedenen Bestandteile damals zur Folge hatte, möchte ich mir nicht wirklich vorstellen, dass sich sowas heute dann im eigenen Verdauungs-System wiederholt. Und so wie die da alle in Udos Kühlschrank vor sich hin leuchten, befürchte ich, dass man ab einer bestimmten Menge möglicherweise auch noch von innen zu leuchten beginnt. Muss dann auch nicht wirklich sein.

„Danke." sage ich und nehme Patrick die Cola ab. „Also ich weiß ja, dass Cola nicht wirklich zu den Getränken gehört, die auf der Liste der gesündesten Lebensmittel einen der einstelligen Tabellenplätze belegen. Aber das was du da ständig trinkst, das steht in der Liste bezüglich der Nährwerte doch bestimmt noch weit hinter Nagellack-Entferner und Sekundenkleber."

„Nur kein Neid." grinst Patrick. „Außerdem neutralisiert das Zeugs perfekt Udos Papperlapapp-Baguettes, die man trocken ja kaum genießen kann."

„Das stimmt allerdings. So trocken wie die manchmal sind, könnten die dir schlimmstenfalls schon auf den ersten Zentimetern im Hals steckenbleiben."

„Wasse bleibe wem in die Hals stecken?" steht plötzlich Udos Snackbeauftragter neben uns und sieht uns gespielt vorwurfsvoll an.

„Enrique! Alles klar bei dir?" dreht sich Patrick um und reagiert geistesgegenwärtig hervorragend, bevor mir im Affekt die einzig ehrliche Antwort auf seine Frage heraus- rutscht.

„Ah, de Patrick un' de Rudiger. Habe bissele Hunger mitegebrachte?" schnippt er mit seiner Grillzange ein paar Mal vor unseren Köpfen herum.

„Rüdiger." sage ich. „Rüdiger. Mit ü. So wie in Küche."

„Rudiger. Sage ich doch. Wo isse die Problem, eh?" lacht er und schnippt erneut mit seiner verkrusteten und reichlich verkohlten Grillzange. Bei einer Überprüfung durch den Wirtschaftskontrolldienst würde die alleine schon dazu führen, dass Udos temporärer Mittagsimbiss sofort für ein paar Wochen geschlossen werden müsste. Und sicherheits- halber würden wahrscheinlich auch noch die umliegenden Krankenhäuser hinsichtlich kürzlich eingelieferter Patienten mit Magenproblemen abtelefoniert.

„Also, wasse wolle ihr beide heute fur die kleine Hunger?"

Ein Blick auf seinen von Hand geschriebenen Aufsteller verrät mir, dass das Angebot heute genau zwei Geschmacks-Alternativen umfasst: Schinken und Käse. Oder Champignons und Tomate.

„Zwei mal zwei mit Schinken und Käse und zwei mal zwei mit Champignons und Tomate, bitte."

„Isse eine sehr gute Wahl, Companeros." sagt er fast schon euphorisch, wobei ich mich frage, was bei dieser recht überschaubaren Auswahl in seinen Augen dann eine nicht ganz so gute Wahl sein könnte. Und als könne er meine Gedanken lesen, fummelt er mit seiner Zange die acht bestellten Teilchen aus dem Ofen und balanciert sie auf zwei Papptellerchen, gerade so als wäre das hier die Endausscheidung bei irgendeiner TV-Kochshow. Auf den Papptellerchen ist auf dem Rand in dunkelroter Schrift der Hinweis ,Nicht mitessen' eingedruckt, was ich aufgrund der naheliegenden Geschmacks-Ähnlichkeiten zwischen den Baguettes und dem Teller für durchaus angebracht halte. Könnte aber auch lediglich eine Vorsichtsmaßnahme sein, mittels derer er im Ernstfall die Delegation des Wirtschafts-kontrolldiensts milde stimmen wollen würde.

„So, Señores. Acht snuckelige Baguettes, eine Cola und eine von die bunte Flasse. Machte zusammen dreizehn Euro und funfzig Cente. Isse aber funfzig Cente fur die Pfand mit dabei."

Ich gebe ihm vierzehn Euro.

„Stimmt so" sage ich schnell noch hinterher um zu vermeiden, von ihm jetzt gleich ,Das isse dann funfzig Cente zurück, fur de Rudiger' als Antwort zu bekommen. Eine Umlaute-Korrektur für insgesamt vier Wörter in einem Satz halte ich angesichts der Schlange hinter uns für nicht wirklich angebracht.

„Danke dir, Rudiger." schenkt er mir ein 50-Cent-Lächeln und schnippt das Trinkgeld mit einer lässigen Handbewegung auf einen an der Seite stehenden Pappteller, bei dem der ‚Nicht mitessen'-Aufdruck handschriftlich noch um den Zusatz ‚Aber gerne was drauflegen.' ergänzt wurde. Bestimmt auch eine von Udos genialen Ideen, die Enriques wöchentliche Anwesenheit noch ein wenig lohnenswerter macht.

„Hasta la vista" meint Patrick, bevor er sich mit zwei Tellern und seiner Flasche Aqua de Fluoreszierenda in Richtung der Stehtische in Bewegung setzt.

„Baby!" ruft uns Enrique hinterher und versucht dabei den coolen Terminator-Gesichtsausdruck zu imitieren. In seinem Fall sieht das aber eher so aus, als hätte er sich gerade aus Versehen mit seiner versifften Grillzange ins Auge gepiekst.

So ungesund diese kleinen Baguettes mit Schinken und Käse und Champignons und Tomate sein mögen, so sensationell ist ihr Geschmack. Und einmal pro Woche kann man das seiner Magenschleimhaut durchaus zumuten ohne befürchten zu müssen, es mit einem mehrtägigen Krankenhausaufenthalt bezahlen zu müssen, an dessen Auftakt ein ziemlich unappetitliches Auspumpen des Magens stehen würde.

„Waf machen wir denn jetft mit Gerftner und Jonaf" fragt mich Patrick, während er mit einem Stück Schinken kämpft, das sich mit Hilfe eines langen Käsefadens an das Baguette in seiner rechten Hand klammert.

„Am besten machen wir gar nichts."

„Waf?"

„Jetzt schluck bitte erstmal runter. Oder spül mal nach. Das Zeug in deiner Flasche sieht ja sowieso schon ein bisschen so aus wie eine Mischung aus Flüssigseife und Meister Propper."

„Wieso willst du denn nichts unternehmen?" sagt Patrick, nachdem der Schinken und der Käsefaden den Kampf gegen Patrick verloren haben.

„Wir haben doch nichts in der Hand. Wenn wir irgendjemand erzählen, dass wir aufgrund von Jonas' Frage und seiner heutigen Krankmeldung jetzt ernsthaft vermuten, dass hinter seinem Mittelscheitel und den Bundfaltenhosen eine kriminelle Seele schlummert, erklären uns doch alle für ..."

„... verrückt. Wahrscheinlich ja" ergänzt Patrick.

„Dreh dich jetzt nicht um." sage ich und halte mir zur Tarnung das letzte noch verfügbare Champignon-Tomate-Baguette vor den Mund.

„Was würde ich da sehen? Die beiden Polizei-Koryphäen von gestern? Oder vielleicht eine verdunkelte, mehrtürige Limousine mit bolivianischem Diplomaten-Kennzeichen?" grinst Patrick, dreht sich aber dankenswerterweise zumindest nicht um.

„Gerstner steht da. Mit Mama Palfrader. Und so wie er da rumfuchtelt, gibt er ihr gerade bestimmt nicht ein paar Tipps, wie man bei einem Anfang-Zwanzigjährigen die Wadenwickel richtig anlegt." versuche ich einigermaßen plastisch zusammenzufassen, was ich in circa dreißig Metern Entfernung beobachte.

„Sehr schön. Deine Neugier und dein in dir schlummernder detektivischer Spürsinn sind also wieder hellwach." freut sich Patrick.

„Frau Palfrader macht jedenfalls einen relativ entspannten Eindruck. Zumindest im Gegensatz zu Zappel-Gerstner." fahre ich mit meiner Berichterstattung fort, nachdem Patrick sich überraschenderweise immer noch nicht umgedreht hat.

„Lass uns mal die Plätze tauschen, jetzt will ich das mal selber sehen."

„Nein, bleib genau so stehen." sage ich zu Patrick, über dessen Schulter hinweg ich das Geschehen am besten beobachten kann.

„Du gönnst mir auch gar nichts."

Mit diesen Worten schüttet er ungefragt den noch verbliebenen Rest meiner Cola herunter. Vier Baguettes, ein halber Liter Leuchtfarbe und ein großer Schluck Cola. Da möchte ich in den nächsten Stunden nicht aktives Mitglied seiner inneren Organ-Mannschaft sein.

„Was ist das denn? Das ist doch ..." muss ich plötzlich lachen, denn ein paar Meter neben Gerstner und Jonas' Mutter sehe ich eine mir ziemlich bekannte blaue Mütze im Gebüsch durchblitzen.

„Ich dreh mich jetzt gleich um." droht Patrick

„Kein Problem. Mach ruhig. Die beiden schauen sowieso nicht in unsere Richtung." lache ich jetzt noch etwas lauter.

„Heißt das, ich hätte schon von Anfang schauen können, oder wie?"

„Korrekt, Herr Weber."

„Und was hast du da jetzt spektakuläres entdeckt." fragt Patrick mit spürbar genervtem Unterton und dreht sich betont gelangweilt in Richtung von unserem Baumarkt-Romeo und seiner Julia.

„Schau mal links neben dem Familienparkplatz-Schild."

„Das glaub ich jetzt auch nicht." gluckst Patrick. „Unser guter Freund Alfons scheint da ja ganz nah dran zu sein am Geschehen." Das ‚ganz' betont er dabei exakt so wie Christoph Maria Herbst in seiner Paraderolle als Bernd Stromberg, wenn er bei der Capitol-Versicherung mal wieder eine Order von ‚ganz oben' kommentiert.

„Da weiß ich schon, wen wir nachher mal zum Einzelgespräch einladen."

„Und hoffen, dass seine heutige Füllmenge noch nicht allzu groß ist." ergänzt Patrick, der natürlich auch weiß, dass sich beim Kleingeldmann die Wahrnehmung der Umwelt deutlich von den 99% der restlichen Bevölkerung unterscheidet.

Gerstner hat mittlerweile Frau Palfrader zum Auto begleitet und sich auch scheinbar wieder etwas beruhigt. Zumindest sieht er ihr für mehrere Sekunden hinterher, ohne sich dabei allzu hektisch zu bewegen.

„Komm, lass uns schnell reingehen. Gerstner muss ja nicht unbedingt sehen, dass wir mal wieder die Mittagspause etwas in die Länge gezogen haben."

Ich räume noch schnell die Reste von der Baguette-Schlacht zusammen und versuche sie möglichst unfallfrei in den randvollen Mülleimer neben Enriques schmucklosem Snack-Stand zu manövrieren.

„Ware gut die Baguettes, Rudiger?" grinst Enrique.

„Delicioso. Wie immer."

Selbst wenn sie geschmeckt hätten wie eine Packung gebrauchte Hühneraugenpflaster würde ich ihm das nie sagen. Und schon gar nicht, wenn ich unter Zeitdruck bin, so wie heute. Denn eine Analyse der Geschmacksqualität würde im Falle von Enrique bestimmt mindestens so lange dauern wie im Jahr 1990 die Verhandlungen über die deutsche Wiedervereinigung.

„Freute mich. Hatte die Patrick hoffentlich auch gute gesmeckt."

„Delicioso doble." sage ich schnell, um auch hier keine offene Flanke für eine größere Erörterung zu riskieren.

„Momente, nixe die Flasse in die Mulleimer werfe, Rudiger. Isse doch noch Pfand drauf!" hält er mich am Arm, als ich die beiden Flaschen gerade in den jetzt noch überfüllteren Mülleimer werfen will.

„Gib die fünfzig Cent unserem Alfons, OK?"

„Si si, wirde sich freuen die Alfonso. Isse ja genau das bissele Kleingeld, nachdem er immer die Leute anbettele." schnippt Enrique noch zweimal final mit seiner verkohlten Grillzange, während ich mich beeile den Eingang zu erreichen, bevor Gerstner zurückkommt.

„Wo bleibst du denn?" empfängt mich Patrick mit einem vorwurfsvollen Unterton.

„Enrique." sage ich nur und drehe beide Augen nach oben.

„Ist Gerstner schon wieder zurück?"

„Nein, isse wahrscheinlich noch aufe die Parkeplatze."

„Na dann lass uns mal schnell ein paar Kunden finden, die eine qualitativ hochwertige Beratung brauchen. So sieht uns Gerstner ja immer am liebsten."

„Wandfarbe oder Badezimmer?" fragt Patrick.

Diese zwei Abteilungen sind bei uns die beiden mit dem höchsten Beratungsbedarf, wie mal im Rahmen einer aufwendigen Kundenbefragung ermittelt wurde. Somit ist dort also die höchstmögliche Wahrscheinlichkeit auf einen Kunden zu treffen, der in etwa so ahnungslos ist wie eine asiatische Reisegruppe an einem Ticketautomat der Deutschen Bahn.

„Schnick, schnack, schnuck?"

„OK"

„Verlierer geht zu Wandfarbe!"

„Klar."

„Schnick, schnack, schnuck." sage ich und halte Patrick die flache Hand hin.

Er mir auch.

„Schnick, schnack, schnuck." sagt jetzt Patrick und hält mir erneut die flache Hand hin.

Na toll. Beim zweiten Mal habe ich mich für Faust entschieden.

„Herr Seifert, bitte sofort zu den Wandfarben. Kundschaft." lacht Patrick und hält sich dabei eine Hand vor den Mund, so dass es in etwa so klingt wie eine unserer knarzenden Lautsprecherdurchsagen.

„Sehr witzig. Ich wünsch' dir einen kurzsichtigen Kunden, der eine maßgefertigte XXL-Regen-Eckdusche mit allem pipapo sucht." wünsche ich ihm noch schnell und mache mich dann auf den Weg zu den Wandfarben.

„Seifert. Haben Sie einen Moment?" passt mich Gerstner ab, wenige Meter bevor ich das ungeliebte Ziel für meinen heutigen Nachmittag erreiche.

„Klar. Worum geht's?"

„Es geht nochmal um gestern." sagt Gerstner und neigt dabei den Kopf in einer Art verschwörerischen Haltung in meine Richtung.

„Gibt's Probleme wegen dem ganzen Koks?"

„Psssst. Nicht so laut." legt er mir die Hand auf die Schulter und schiebt mich zwischen zwei Paletten mit verchromten Trittfuß-Mülleimern, die wir diese Woche im Angebot haben.

„'schuldigung."

„Seifert. Ich glaube, jemand hier aus dem Honäsch hat irgendwas damit zu tun. Und das können wir uns natürlich nicht erlauben."

„Jemand vom Personal?" frage ich mit gespielter Empörung. „Haben Sie denn einen Verdacht?"

„Ja. Nein. Also vielleicht schon." stammelt Gerstner.

Jetzt wird's spannend, denke ich. Erlebe ich hier gerade vielleicht das Ende der Karriere vom heiligen Jonas Palfrader?

„Und wer ...?" frage ich möglichst unbeteiligt.

„Kann ich Ihnen nicht sagen." Gerstners Stimme wird mit jedem Satz leiser. Vielleicht befürchtet er, dass die links und rechts von uns eng gestapelten hohlen Trittfuß-Mülleimer einen verstärkenden Effekt haben könnten und unser Gespräch wie bei einem Dosen-Telefon gerade bis in den letzten Winkel des Baumarktes übertragen wird.

„Und was kann ich da für Sie tun?" versuche ich mir meine Enttäuschung nicht anmerken zu lassen.

„Ich möchte, dass Sie mit keinem darüber sprechen, was hier gestern passiert ist, bevor wir das alles geklärt haben."

„Kein Problem. Dann sage ich dem Team von Stern TV den Termin heute Abend wieder ab." sage ich und ziehe mein Handy aus der Tasche.

„Wie bitte? Stern TV? Sind Sie wahnsinnig?" quetscht Gerstner die sechs Worte mit zusammengepressten Zähnen heraus.

„Kleiner Scherz."

Leider habe ich in diesem Moment vergessen, dass Gerstner in etwa so wenig für Scherze übrig hat wie Polizisten bei nächtlichen Alkoholkontrollen, wenn sie bei herunter-gelassener Seitenscheibe vom Fahrer gefragt werden, wo man denn auch außerhalb der Karnevalszeit so ein lustiges Kostüm kaufen könne.

„Seifert, das hier ist kein Spaß. Und sagen Sie bitte auch Ihrem Kollegen Weber, dass darüber absolutes Stillschweigen zu herrschen hat." fällt seine Antwort erwartungsgemäß kühl aus.

„Wird gemacht."

„Sehr gut. Ich verlasse mich auf Sie beide." klopft er mir noch zweimal auf die Schulter, bevor er sich auf den Weg zurück in sein Büro macht.

Scheinbar ist heute kein Tag zum Kauf von Wandfarben, denn auch nach weit über einer Stunde sind dort nur Kunden unterwegs, die entweder alle vom Fach sind oder sich auf unserer Website so gut informiert haben, dass sie nachfragen-

frei und zielgerichtet eimerweise Wandfarbe auf ihre Einkaufswagen wuchten. Selbst bei den Pinseln, Walzen und
Abdeckbändern sehe ich in keinem der Gesichter etwas, das
ein Fragezeichen darstellen könnte. Heißt für mich also, dass
ich mal kurz nach meinem Freund Alfons Ausschau halten
kann, um ihn zu fragen, was er denn so mitbekommen hat von
dem Gespräch zwischen Gerstner und Madame Palfrader.

Als ich auf den Parkplatz komme, schaue ich als erstes in
die Richtung, in der seine Mütze vor knapp zwei Stunden noch
aus dem Gebüsch herausblitzte. Soviel Konstanz bezüglich
seines Aufenthaltsortes zu erwarten, erscheint mir jedoch sehr
unwahrscheinlich. Und das zurecht, denn weit und breit ist
nichts zu sehen von ihm. Bleibt also nur noch der
Getränkemarkt, denn in fast schon ritueller Tradition wird das
bis mittags eingenommene Geld von Alfons in der Regel sofort
in Flüssiges umgemünzt. Anfänglich tauchte er dort immer
schon um die Mittagszeit bei den Einkaufswagen auf und hat
versucht, das oft als Chip verwendete Ein-Euro-Stück von den
Kunden zu schnorren. Diesem Geschäftsmodell hat Udo aber
schnell den Stecker gezogen, indem er seinen Kunden kleine
Plastikchips geschenkt hat, auf denen sein peinlicher Ouzo-
Slogan eingeprägt war. Da er Alfons aber auch irgendwie in
sein Herz geschlossen hat, hatte er sich für ihn ein spezielles
Rabatt-Programm ausgedacht. Je später Alfons bei ihm
vorbeikommt, umso mehr spart er. Und seitdem klappt das
perfekt, denn vor drei Uhr taucht er seitdem fast nicht mehr
bei ihm auf.

Da es aber schon nach sechzehn Uhr ist, befürchte ich, dass
Alfons seine heutige Shopping-Tour in Udos Geränketempel
schon beendet haben könnte und vielleicht sogar schon auf
dem Weg nach Hause ist. Aber ich habe Glück, denn er hat es

sich neben der Zufahrt zu unseren LKW-Parkplätzen gemütlich gemacht. Zusammen mit einer nicht mehr ganz vollen Flasche französischen Grauburgunders. Als ich noch näher komme, sehe ich auch noch ein paar kleine Baguettes. Komischerweise habe ich deren Belag heute allerdings nicht auf Enriques hingekrakelter Menükarte gesehen.

„Bisschen Kleingeld." sagt er in seinem typischen Automatismus, wenn Menschen sich ihm auf weniger als drei Meter nähern. Und natürlich ohne nachzusehen, wen er da gerade um ein paar Cent anbettelt.

„Alfons. Ich bin's."

„Ah, Rüdiger. Schön. Bisschen Kleingeld?" schaut er mich an und hält mir seinen Starbucks-Becher hin, in dem es sich ein paar einsame Kupfer-Münzen bequem gemacht haben.

„Nein danke. Behalte du die mal besser selber." sage ich.

„Hm?"

OK, scheinbar setzt Alkohol nicht nur das Kurzzeitgedächtnis außer Kraft, sondern auch die Fähigkeit zum Erkennen von kleinen Späßchen.

„Nichts." sage ich und bemerke erst jetzt, dass Enrique es bei der Kleingeldmann-Variante seiner Baguettes mit der Käsemenge scheinbar ziemlich gut gemeint hat, denn wenn ich mir so Alfons' Bart ansehe, frage ich mich, ob er seinen Mittagsschlaf heute möglicherweise in einem großen Topf Ofenkäse abgehalten hat. Ich hoffe nur, dass sich in diesem ganzen Geschwurbel nicht auch noch irgendwo seine Zigarre aufhält.

„Alfons, du warst doch heute Mittag bei den Familienparkplätzen, richtig?"

„Hm."

„Hast du da unseren Chef gesehen? Er hat sich ziemlich angeregt mit einer Frau unterhalten."

„Hm."

Na toll. Wenn das auch die Antwort auf alle meine noch kommenden Fragen ist, wird das kein Gespräch mit einem messbaren Mehrwert.

„Diese Baguettes musst du mal probieren." hält mir Alfons plötzlich ein Baguette entgegen, auf dem ich zu meiner Verwunderung neben deutlich zu viel Käse auch noch Salami- und Paprikastückchen entdecke. Da wird mir unser umlaut-verweigernder Spanier mit seiner Schnappzange nächste Woche mal erklären müssen, warum diese Variante heute anscheinend nur ausgewählten VIP-Kunden zuteilwurde.

„Mache ich. Beim nächsten Mal. Versprochen." sage ich.

Alfons wirft sich das letzte Stück seines Baguettes ein und spült mit einem kräftigen Schluck Grauburgunder nach. Ich frage mich gerade, wieviel Punkte man dafür wohl beim ‚Perfekten Diner' bekommen würde, wenn diese Kombination so etwas wie einen Gruß aus der Küche darstellen würde.

„Hast du denn was hören können von dem Gespräch?" starte ich einen erneuten Versuch, etwas aus diesem promille-umnebelten Männlein herauszubekommen.

„Wovon?"

„Alfons! Gerstner, Frau, Unterhaltung."

„Ach davon."

„Ja, genau davon."

„Nein."

„Was?"

„Hab nix mitbekommen."

„Gar nix?" Versuch Nummer drei ist der letzte, schwöre ich mir.

„Haben ständig durcheinander gequasselt. Hab mich deswegen immer wieder verzählt."

Ich unterdrücke ein Lachen bei der Vorstellung, wie Alfons seine akkurat gestapelten Münzhäufchen durchzuzählen versucht, während Gerstner im Hintergrund gerade Jonas'

Mutter klarmacht, dass ihr kleiner Sonnenschein in den Sommerferien wohl ein paar Folgen ‚Breaking Bad' zu viel angeschaut hat.

„Ging's dabei um Jonas?"

„Wen?"

„Jonas. Hast du vielleicht auch schon mal gesehen. Ist ein Kollege von mir. Ist im Nebenberuf abwechselnd Klugscheißer und Volltrottel. Der würde dir nicht mal dann ein bisschen Kleingeld geben, wenn du ihm dafür die Lottozahlen vom nächsten Wochenende verrätst. Und die Frau, mit der sich Gerstner da unterhalten hat, ist seine Mutter."

„Sehr schöne Frau. Wäre was für mich" grinst Alfons verschmitzt, was allerdings etwas bizarr aussieht, weil der in seinem Bart mittlerweile angetrocknete Käse nur noch eine sehr eingeschränkte Mimik zulässt.

„Und? Ging es da irgendwie auch um Jonas?"

„Ich weiß es nicht." schaut mich Alfons fast schon entschuldigend an.

Ich schaue auf die Uhr und merke, dass ich eindeutig schon zu lange hier draußen bin.

„Schon OK. Ich muss jetzt auch wieder rein." erhebe ich mich, drücke Alfons aber vorher noch zwei Euro in die Hand.

„Danke Rüdiger. Ich halte die Augen und Ohren offen." strahlt er.

Super, dann kann ja nix mehr schiefgehen.

Auf dem Weg zurück schreibe ich Patrick noch schnell eine Nachricht: ‚Alfons hat nix mitbekommen. Und er ist verknallt in Jonas' Mutter."

Nur wenige Sekunden kommt die Antwort, die nur aus zwei Emojis besteht. Dem Affen der sich die Augen zuhält. Und dem Grinsegesicht, bei dem links und rechts die Lachtränen rausschießen.

„Guten Morgen, Rüdiger."

Hab' ich da gerade Jonas' Stimme gehört? Ich drehe mich um, und tatsächlich: der verlorene Sohn ist wieder da.

„Jonas. Schön dich zu sehen." sage ich und habe damit das ‚Du-sollst-nicht-öfter-als-einmal-pro-Tag-lügen'-Kontingent bereits um kurz nach halb neun verbraucht.

„Gleichfalls."

OK, er seins jetzt auch.

„Wie geht's dir denn? Du warst ja jetzt insgesamt … lass mich kurz überlegen … fast zwei Wochen krank, richtig?"

In diesem Moment fällt mir auf, dass unser bolivianischer Koksnachmittag tatsächlich schon fast zwei Wochen her ist. Und außer einem Besuch der beiden Dorfsheriffs bei Gerstner und einer Unterschrift von Patrick und mir unter dem Protokoll ist seitdem nichts mehr passiert. Oder zumindest nichts, was wir mitbekommen haben. Auch Jonas' Mutter haben wir seit diesem Tag nicht mehr gesehen. Wächst über diese Angelegenheit tatsächlich nach so kurzer Zeit schon bolivianisches Gras?

„Alles wieder OK. Danke."

Seine sonst ziemlich überhebliche Art ist heute wohl zuhause geblieben, so bescheiden wie Herr Palfrader Junior hier gerade auftritt.

„Warst du schon bei Gerstner?" frage ich und beobachte dabei ganz genau seine Reaktion.

„Ja, hab mich gerade zurückgemeldet." sagt er und klingt dabei fast schon ein wenig gleichgültig.

„Na dann, willkommen zurück. Und nicht gleich wieder übertreiben." versuche ich seine niedergeschlagene Stimmung etwas aufzuheitern.

„Mach ich schon nicht." lächelt er etwas gequält.

Erst jetzt bemerke ich, dass er heute gar keine Firmen-kleidung trägt.

Ich verzichte darauf, ihn wegen des fehlenden Firmen-Outfits zu fragen und verabschiede mich in Richtung der Farbenabteilung, für die mich Gerstner heute eingeteilt hat. Auf dem Weg dahin schreibe ich schnell noch eine kurze Nachricht an Patrick, um ihn auf den neusten Stand zu bringen: „Unser Jonas ist wieder da."

Erst nach zehn Minuten vibriert mein Telefon: ,1 Nachricht von Patrick Weber'.

„Hatte er weißes Pulver an der Nase?"

Normalerweise würden mir dazu jetzt mindestens zehn passende Antworten einfallen, aber so bedauernswert wie Jonas gerade vor mir stand, verzichte ich erstmal auf eine Antwort an Patrick. Stattdessen lenke ich mich damit ab, ein junges Pärchen zu beobachten, das scheinbar seit über fünf Minuten versucht, sich auf eine Farbe wofürauchimmer zu einigen. Da er immer wieder auf die unterschiedlichen Blautöne im Farbmuster-Buch tippt, während ihre Hand von Anfang auf der beige gestrichenen Musterwand ruht, wird das wohl noch eine ganze Weile dauern, bis da der weiße Rauch der Entscheidung aufsteigt. Aber bevor nicht einer von beiden hysterisch wird, lautstark mit Auszug aus der gemeinsamen Wohnung oder sogar dem Ende der Beziehung droht, sehe ich noch keine Notwendigkeit, helfend einzugreifen.

Meine Beobachtungen werden abrupt unterbrochen, als plötzlich Martin, einer unserer beiden unterbelichteten M&M-Zwillinge, neben mir steht.

„Sollen heute Mittag alle zum Chef kommen." sagt er ohne dabei den Mund weiter aufzumachen als notwendig.

„Um was geht's denn?" frage ich, obwohl ich schon ahne, um was es da wahrscheinlich gehen dürfte.

„Weiß nicht genau. Hat nur gemeint, ich soll allen Bescheid geben."

„Alles klar. Danke für die Info."

Damit ist auch klar, womit Martin seinen heutigen Vormittag verbringen wird, denn er hat ein Kurzzeitgedächtnis, was in seinem Fall diesen Namen mehr als verdient. Ich gehe demzufolge davon aus, dass er - erstens - bereits in wenigen Sekunden vergessen hat, dass er mir diese Info mitgeteilt hat und - zweitens - mir deswegen diese in wenigen Minuten erneut mitteilen wird. Und das wird bei den anderen Kollegen hier im *Honäsch* nicht anders ablaufen. Ersteres würde mir jeder andere Kollege daher sofort blind unterschreiben, mit zweiterem liege ich überraschend falsch, zumindest zur Hälfte. Denn nur wenig später steht M&M-Zwilling Nummer zwei bei mir in der Farbenabteilung.

„Hi Rüdiger."

Oha. Markus bekommt zumindest eine Anrede hin. Damit liegt er punktemäßig schon mal vor Martin.

„Hi Markus."

„Wir sollen heute Mittag alle zum Chef kommen, sagt Gerstner."

Bevor ich meine Frage von eben wiederholen kann, ergänzt er bereits von selbst: „Ich weiß allerdings nicht, worum es geht."

OK. Bezüglich der Effizienz liegt er ebenfalls klar vorne.

Aktueller Spielstand somit: Markus: zwei. Martin: null.

„Alles klar. Danke, Markus. Soll ich noch jemand Bescheid geben?"

Zugegeben, diese Frage ist gemein.

„Ne ne, lass mal. Das machen Martin und ich schon."

„Dann bis später." sage ich und frage mich gleichzeitig, welcher Dialog sich wohl ergäbe, wenn sich die beiden jetzt im Lauf des Vormittags zufällig über den Weg laufen würden.

„Wir sollen heute Mittag alle zum Chef kommen."

„Ich weiß."

„Von wem?"

„Von Gerstner."

„Is ja witzig, hat er mir auch schon gesagt."

„Und ich soll es auch noch den anderen sagen."

„Du auch?"

„Ja. Du etwa auch?"

„Hm."

„Der Gerstner. Irgendwie nicht so der Allerhellste, oder?"

„Höchstens 10 Watt."

Was würde ich darum geben, einen solchen Dialog einmal miterleben zu dürfen!

In der Zwischenzeit scheint die Diskussion des jungen Pärchens hinsichtlich der passenden Farbauswahl in die entscheidende Phase zu gehen. Während sie versucht, durch mittlerweile beide fest angepresste Hände die beigefarbene Wand zu ihrer Verbündeten zu machen, lädt er bereits die ersten Farbeimer mit einem klar erkennbaren, dunkelblauen Deckel auf den gemeinschaftlichen Einkaufswagen.

Zeit für den Fachmann.

„Schönen guten Tag. Kann ich behilflich sein?" lächle ich beide unparteiisch an.

„Ja gerne." strahlt sie mich erleichtert an, ungefähr so, als wäre ich der Lawinen-Bernhardiner mit dem Schnaps-Fässchen um den Hals, der gerade seine knuffige Schnauze durch die eben noch dicht geschlossene Schneedecke steckt.

„Nein danke, wir kommen klar." lautet hingegen seine forsche Antwort.

„OK, aber es gibt wohl unterschiedliche Meinungen bei der Auswahl der Farbe, oder?"

„So ist es." antworten beide nahezu gleichzeitig.

„Für welche Räume benötigen Sie denn die Farbe?" bleibe ich weiterhin charmant, neutral und lösungsorientiert.

„Das Gäste-Bad."

Ich halte kurz inne, obwohl ich beiden viel lieber ‚und deswegen macht ihr seit bald einer viertel Stunde so einen Zirkus?' entgegnet hätte.

„Na, dieses Problem lösen wir drei doch aber ganz entspannt. Den Europäischen Gerichtshof müssen wir nur einschalten, wenn es um Ihr Wohn- oder Schlafzimmer gehen würde." sage ich stattdessen, und bin gespannt, wie groß das Humor-Verständnis der beiden ist.

„Siehst du Schatz, ich hab' dir doch gleich gesagt, wir sollen jemanden vom Personal fragen." geht die junge Dame zwar nicht auf meinen blöden Spruch ein, bestätigt aber damit immerhin meine Farb- und Beratungs-Kompetenz.

„Beige im Gäste-Bad? Ernsthaft?" schaut er mich verzweifelt an und tippt dabei mehrfach auf den dunkelblauen Deckel des oberen Farbeimers auf seinem Einkaufswagen.

„Was soll denn alles gestrichen werden? Wände und Decke? Oder sind die Wände in Ihrem Bad gefliest?"

„Ja. Sind gefliest. Ungefähr bis auf diese Höhe." positioniert er die senkrecht gehaltene, flache Hand vor seinem Kinn.

„Und zwar in blau!" schmettert seine Begleiterin triumphierend hinterher. „Blaue Fliesen und dann noch blaue Wände. Da käme ich mir ja vor wie in einem Aquarium."

Gutes Stichwort. Heute Abend ist Happy Hour im *Aquarium* fällt mir gerade ein. Muss ich also pünktlich Feierabend machen.

„Also, da muss ich Ihrer Frau schon recht geben. Das wäre ein bisschen zu viel blau, oder?"

„Freundin."

„Wie bitte?"

„Meiner Freundin. Wir sind nicht verheiratet."

„Aber bald." streckt sie mir euphorisch ihre linke Hand entgegen. Das soll wohl bedeuten, dass einer von dem halben Dutzend Ringen, die mir da unkontrolliert entgegenblinken, ein Verlobungsring sein dürfte.

Gönn' ihr das beige, denke ich. Es ist nur das Gäste-Bad, Junge. Wenn du da jetzt weiterhin auf deinem blau bestehst, wird sie dir dein Sky-Abo nicht abnicken. Nie.

„Herzlichen Glückwunsch." strahle ich beide an.

„Dankeschön. Sehr nett von Ihnen." zieht sie ihre Hand verschämt lächelnd zurück, um sie sofort wieder auf die Musterwand zu legen.

„Also, was meinen Sie? Wollen Sie Ihren Gästen tatsächlich ein Aquarium-Gefühl zumuten?" frage ich in seine Richtung, zwinkere ihm dabei möglichst unauffällig zu und ziehe danach noch beide Augenbrauen nach oben, damit er mich auch wirklich versteht.

Geht im ersten Versuch aber schief.

„Klar. Ein Bad muss immer reichlich blau sein." untermauert er seine Farbansicht erneut. Passt witzigerweise zu meinem geplanten Abendprogramm, denn reichlich blau laufe ich manchmal auch nachts aus dem *Aquarium* raus.

„Wir haben in unserer Lampenabteilung seit dieser Woche schöne Deckenlampen mit Wechsel-Schirm. Inklusive einer Variante in blau. Vielleicht wäre das ja ein Kompromiss." Zum Glück fällt mir das gerade ein, denn das könnte vielleicht das rettende Lösungs-Ufer für die beiden werden.

„Das machen wir." klatscht sie begeistert in die Hände, was ihre unzähligen Ringe wild durcheinander klingen lässt.

Scheinbar kommen meine versteckten Botschaften etwas verzögert bei ihm an. Aber immerhin kommen sie überhaupt an, denn so wie es scheint, öffnet sich bei ihm gerade das Zeitfenster für die von mir vorgeschlagene Lösung.

„Können wir uns ja mal anschauen."

OK, Begeisterung sieht zwar anders aus, aber zumindest hat er schon mal den Blinker gesetzt, um seine ‚Alles muss blau sein'-Geisterfahrt hoffentlich an der nächsten Autobahn-Ausfahrt zu verlassen.

In der Lampenabteilung angekommen, muss ich die beiden nicht lange von der Deckenlampe mit dem blauen Schirm überzeugen. Blau ist seine Farbe und das Design des Schirms, das mich irgendwie an eine Kuchenform erinnert, ist nahezu identisch mit einem ihrer vielen Ringe. Bingo. Nach nur drei Minuten stehen wir daher schon wieder an der Muster-Wand und er beginnt tatsächlich, seine Farbeimer freiwillig wieder zurück ins Regal zu stellen.

„46 A" ruft ihm seine Freundin zu, und schenkt mir ein zweideutiges Lächeln.

In anderen Kulturkreisen würde das unweigerlich dazu führen, dass mir ihre Brüder innerhalb von weniger als vierundzwanzig Stunden einen Tauchkurs im örtlichen Freibad spendieren würden. Mit einem gut gefüllten Beton-Eimer an den Füßen. Und ohne Sauerstoff-Flasche.

„Wie bitte?" fragt er, nachdem der zweite Eimer wieder an seinem alten Platz steht.

„46 A, Schatz. Das ist die Farbnummer."

„Saharasand-beige" ergänze ich und verspüre dabei einen eigenartigen Phantomschmerz an meinen Füßen.

Wäre ich telepathisch begabt, würde ich jetzt versuchen, ihm ein paar Bilder von baldigen Champions League-Abenden auf Sky in seine Gedanken zu transferieren. Natürlich in HD. Das könnte ihm die Sandfarbe etwas erträglicher machen.

„Beige sieht ja vielleicht auch ganz gut aus." sagt er aber zu meiner Verblüffung, nachdem er den dritten und letzten Farbeimer neben den Karton mit der blauen Kuchenform-Lampe auf dem Einkaufswagen gestellt hat.

Hat das etwa doch geklappt mit der Telepathie?

„Danke, Schatzi." lächelt sie ihn freudestrahlend an. Dieses Lächeln ist erfreulicherweise deutlich verliebter als das, was ich noch vor wenigen Augenblicken von ihr erhalten hatte. Die Gefahr des drohenden Beton-Tauchkurses wäre damit also wohl gebannt.

„Und am Ende wollen Ihre Gäste dann vielleicht gar nicht mehr raus aus Ihrem Gäste-Bad."

„Hihi. Das kann gut sein." gluckst sie und klopft jetzt ihrerseits ein paar Mal mit ihren goldglänzenden Fingern abwechselnd auf den Farbeimer und den danebenstehenden Lampenkarton.

„Kann ich sonst noch etwas für Sie tun?" frage ich, denn ein Blick auf die Uhr zeigt mir, dass Jonas' Stunde der Wahrheit unweigerlich näher rückt.

„Ja. Haben Sie auch diese lustigen Seifenschalen in Form von springenden Delfinen?"

„Wie bitte?" frage ich.

Die Frage habe ich natürlich Wort für Wort verstanden, aber ich muss Zeit gewinnen, um nicht gleich schallend loszulachen. Oder alternativ ihrem Begleiter die Hand tröstend auf die Schulter zu legen, so als wolle ich ihm damit vermitteln, dass es dekotechnisch unter deutschen Dächern noch deutlich schlimmeres gäbe als diese Delfin-Seifenschalen, die seine Verlobte gern hätte.

„Nein, leider nicht." sage ich wahrheitsgemäß, denn wir führen in erster Linie klassische Badezimmer-Artikel. Die sind in etwa vergleichbar mit der Art Porzellan, wie es damals an Bord der ‚Titanic' zum Einsatz kam und jetzt wahrscheinlich etwa dreihundert Seemeilen südöstlich von Neufundland friedlich auf dem Meeresboden schlummert.

„Ach, wie schade." huscht eine leichte Enttäuschung über ihr zugegebenermaßen recht hübsches Gesicht, während er dagegen ungefähr so glücklich dreinschaut, als hätte er gerade erfahren, dass er bei allen zukünftigen Fußball-Weltmeisterschaften freien Eintritt zu allen Spielen bekommt. Inklusive Stadionwurst-Flatrate.

Da sein Schatzi diese Dinger natürlich früher oder später massenweise im Internet finden wird, dürfte sein Glücksgefühl allerdings eine maximale Haltbarkeitszeit bis heute Abend haben. Und schon nach kurzer Zeit bewegen sich seine Mundwinkel wie in Zeitlupe nach unten.

Er hat es also auch gerade gemerkt.

„Dann suchen wir einfach woanders." hat sie ihre gute Laune schnell wieder gefunden.

Jaja, reib nur fleißig Salz in die offene Wunde, denke ich.

„Gute Idee. Oder vielleicht schauen Sie sich einfach nochmal in unserer Bäderabteilung um, ob da was anderes passendes dabei ist." tue ich so, als würde ich unter ihrem ‚woanders' eine andere Abteilung hier bei uns im *Honäsch* verstehen. Vor allem aber muss ich die beiden langsam mal loswerden, denn Gerstners Mittagsansprache rückt immer näher. Und sollte er tatsächlich heute den Rauswurf von Jonas verkünden, möchte ich natürlich aus erster Hand erfahren, wie er das begründet.

„Aber wenn Sie doch gar keine Delfin-Seifenschalen haben?" seufzt sie.

„Lass uns doch einfach mal schauen." legt er seine Hand auf ihre.

Sehr gut. Sein Kampfgeist ist wieder da. Oder das war hier gerade die Premiere. Völlig egal. Hauptsache die beiden sind bald raus hier bei den Farben.

„Na gut."

„Dann wünsche ich Ihnen viel Freude mit Ihrem neuen Gästebad und hoffe, dass Sie dafür auch noch die passende Seifenschale finden. Sie wissen, wie Sie zur Bäderabteilung kommen?"

„Finden wir schon. Danke für Ihre freundliche Beratung." sagt er mit einem eigenartigen Unterton. Keine Ahnung, ob er das jetzt ehrlich gemeint hat oder ob in diesen acht Wörtern mehr Ironie und Sarkasmus steckt als in einem dieser typischen Kabarett-Abende kurz nach den Bundestagswahlen. Ist mir in diesem Moment aber auch ziemlich egal.

„Sehr gerne. Einen schönen Tag Ihnen beiden."

„Danke. Ihnen auch." flötet sie ein letztes Mal in meine Richtung.

Ich schaue den beiden noch kurz hinterher und sehe, dass sie am Ende des Farbenganges nach links abbiegen.

Zur Bäderabteilung geht's rechts, ihr Amateure, denke ich.

Nur fünf Sekunden später sehe ich den mir bekannten Einkaufswagen mit drei Farbeimern und einem Backform-lampen-Karton recht flott von links kommend am Gangende in Richtung der Bäderabteilung vorbeirauschen.

So, jetzt aber ab zu Gerstner.

Als ich kurz nach zwölf Uhr sein Büro betrete, bin ich gefühlt der letzte, so dicht geknubbelt stehen hier bereits meine Kolleginnen und Kollegen. Gerstner steht direkt am Fenster, Jonas mit einer Art Anstands-Abstand etwa einen Meter neben ihm. Patrick scheint als einer der Ersten dagewesen zu sein, denn er lehnt an dem heftpflasterbraunen

Schiebeschrank an der hinteren Wand, von dem aus man erfahrungsgemäß den besten Überblick über das Gesamtgeschehen bei Großversammlungen dieser Art hat.

„Ah, der Herr Seifert hat es also auch geschafft." zeigt Gerstner auf mich.

„Ich hatte noch Kundschaft und die konnte sich nicht auf eine Farbe für ihr…"

„Jaja, schon gut."

„… Bad einigen." flüstere ich meiner Kollegin Hannah ins Ohr, damit wenigstens einer hier drin weiß, warum ich zu spät komme.

„Liebe Kolleginnen und Kollegen." beginnt Gerstner seine Rede und nimmt dafür eine eigenartig wirkende, fast schon staatstragende Haltung ein, gerade so als hätte er etwas zu verkünden, was in seiner Bedeutung sogar noch die Botschaft Hans-Dietrich Genschers über die genehmigte Ausreise der DDR-Flüchtlinge im September 1989 auf dem Balkon der Deutschen Botschaft in Prag in den Schatten stellen könnte.

„Ich will Sie gar nicht lange von der Arbeit abhalten, aber ich möchte Sie kurz über eine Personalentscheidung informieren."

‚Arbeit? Wir haben Pause.' signalisiert mir Patrick lautmalerisch.

„Herr Palfrader wird nach seiner erfolgreichen Zeit hier bei uns ab nächsten Monat in der Zentrale ein Düsseldorf eine neue Position im Bereich Controlling übernehmen. Ich freue mich für ihn und wünsche ihm für diese neue Aufgabe natürlich alles Gute und viel Erfolg."

Stille.

Als Gerstner Jonas die Hand schüttelt und ihm damit beinahe den rechten Arm auskugelt, beginnen die M&M-

Zwillinge langsam zu klatschen. Nach und nach steigen wir anderen mit ein. Jonas ringt sich dabei zwar ein Lächeln ab, aber jeder der mal auch nur eine halbe DIN A4-Seite über Mimik und ihre Bedeutung gelesen hat, dürfte ahnen, wie es gerade wirklich in ihm aussehen wird.

„Tja, und das war es dann eigentlich auch schon. Ich wünsche Ihnen eine angenehme Mittagspause und später einen erfolgreichen Nachmittag." presst Gerstner irgendwie verlegen die Hände zusammen.

Unglaublich mit welcher Routine er so was über die Bühne bringt. Und sein falsches Grinsen nimmt ihm hier sowieso keiner ab. OK, M&M hätten in einer solchen Situation wahrscheinlich noch ‚danke' gesagt und sich gegenseitig abgeklatscht. Aber die anderen wissen spätestens jetzt, dass irgendwas Bedeutendes vorgefallen sein musste. Denn einen Wechsel von einer Baumarkt-Filiale in die Zentrale hat bisher noch keiner geschafft, ohne vorher mindestens fünf Jahre die harte Schule der Kunden-Konfrontation vor Ort mitgemacht und ohne größere psychische Spätfolgen überlebt zu haben. Und Jonas ist ja noch nicht mal ein komplettes Jahr bei uns.

Vor Gerstners Büro warte ich auf Patrick. Nachdem alle an mir vorbei sind, inklusive des bemitleidenswerten Jonas, kommt er schließlich als letzter raus.

„Hast du etwa gewartet, ob es noch Sekt und Schnittchen gibt?" frage ich ihn.

„Hatte eher auf ein paar Schoko-Plätzchen spekuliert."

„Blödmann."

„Du hast gefragt."

„Und was halten wir jetzt von dem, was wir da gerade miterlebt haben?"

„Na immerhin wechselt er ins Controlling und nicht in den Einkauf oder die Logistik. Da hätte ich mir dann schon meine

Gedanken gemacht, ob hinter dem Unternehmenszweck nicht vielleicht doch was ganz anders steckt, als das was in unserem Unternehmensportrait steht." grinst Patrick.

„Jetzt mal im Ernst. Auch wenn ich ihn nicht leiden kann, tut er mir echt leid. Irgendwie habe ich das Gefühl, dass er uns damals vielleicht wirklich nur dabei helfen wollte, diesen ganzen bolivianischen Scheiß aufzubauen."

„Das kann natürlich sein. Aber wer soll denn sonst dahinterstecken? Gerstner kann es ja nicht sein, sonst hätte der uns nie das Auspacken der Kisten anvertraut."

Patrick legt den Kopf leicht schräg und zieht die Augenbrauen hoch, gerade so als erwarte er jetzt die fällige Anerkennung seiner kriminalistischen Analyse-Fähigkeiten.

„Weiß ich doch. Hatten wir ja auch schon damals angenommen." sage ich stattdessen kurz und knapp. Denn meine Theorie, dass Gerstner vielleicht doch irgendetwas damit zu tun haben könnte, zerrinnt gerade endgültig wie feiner Sahara-Sand zwischen meinen Fingern.

„Lass uns was zu essen holen." legt Patrick seine Hand auf meinen Rücken und schiebt mich in Richtung Treppe.

„OK. Wo gehen wir hin?" frage ich.

„Bäckerei? Ich habe heute Lust auf ein Mittagessen mit möglichst geringem Vitamin-Anteil."

„Das heißt dann in deinem Fall Leberkäsebrötchen mit reichlich Senf und Ketchup. Und dazu irgendwas aus dem Cola-Imperium zum runterspülen?"

„Sehr gut erkannt, Herr Seifert!"

„Lass uns gehen."

Hauptsache erstmal weg von hier.

Bevor ich allerdings die erste Stufe der Treppe betrete, höre ich von unten ein mir irgendwie bekannt vorkommendes Geräusch von zu hohen High-Heels näherkommen. Ich sehe mich zu Patrick um, der mit seinen Händen pantomimisch einen gut gebauten Frauenkörper nachzeichnet und mit dem Mund gleichzeitig den Namen Palfrader stumm ausspricht. Ich nicke kurz und schaue im nächsten Augenblick in Richtung des unteren Endes der Treppe. Tatsächlich. Es ist Mama Palfrader. Und so wie sie aufgemacht ist, könnte man eher das Gefühl bekommen, dass sie gerade auf dem Weg zum Pferderennen in Ascot sei und nicht zum Büro eines aalglatten Leiters einer Baumarkt-Filiale: Blau-weißes Cocktailkleid, dazu einen ausladenden Hut, weiße Schuhe und eine Handtasche, die so klein ist, dass sie eher so wirkt wie die Handyhülle für ein altes Nokia 3210.

Was in aller Welt findet so eine Frau an einem Typ wie Gerstner, frage ich mich. Als ich mich zu Patrick umsehe, glaube ich in seinen Augen allerdings eher Gedanken zu lesen, die sich mit ganz anderen Betätigungsfeldern rund um Jonas' Mutter zu beschäftigen scheinen.

„Guten Tag." sage ich möglichst unverkrampft, als sie an mir vorbeigeht und mich für ein paar Sekunden in die Welt ihres ziemlich teuer duftenden Parfums hereinbittet.

„Guten Tag." lächelt sie freundlich unter ihrem Hut hervor.

„Kann ich Ihnen weiterhelfen?" fragt Patrick, als sie die oberste Stufe erreicht hat.

„Danke, junger Mann. Ich kenne den Weg." bleibt sie kurz stehen und scheint Patrick dabei einmal komplett von unten nach oben und wieder zurück zu mustern.

Mach den Mund zu, denke ich, mach bitte den Mund zu. Denn ihr Blick löst bei Patrick eine plötzliche, scheinbar unkontrollierbare Schockstarre aus.

„Patrick, wir müssen los." rufe ich nach ein paar Sekunden in seine Richtung, in der Hoffnung damit in die Bereiche seines Gehirns vordringen zu können, die für die Reaktivierung seiner Motorik zuständig sind.

„Hören Sie? Sie müssen los, Herr ... äh.. Weber." tippt sie zweimal auf Patricks Namensschild.

„Wer?" fragt Patrick.

Na toll, die mentale Betäubung hat also auch noch andere Teile seines Gehirns lahmgelegt.

„Na Sie. Oder sind Sie etwa nicht Herr Weber?" tippt sie erneut auf sein Namensschild.

Vielleicht löst ihr Parfum ja auch eine allergische Reaktion bei ihm aus, versuche ich mir die Situation zu erklären. Patrick kenne ich nämlich sonst nur als den Erfinder der Lässigkeit, wenn es um Frauen geht. Aber die Wirkung von Mama Palfrader scheint Patricks Hormone in seinem Körper gerade in etwa so unkontrolliert hin und her fliegen zu lassen wie man es sonst höchstens noch von den neunundvierzig Lottokugeln im samstäglichen Ziehungsgerät her kennt.

„Ich bin Patrick Weber. Guten Tag." stammelt Patrick.

„Angenehm, ich bin Johanna Palfrader." hält sie ihm ihre rechte Hand hin.

Mach irgendwas, denke ich, nachdem sich auch nach einigen Sekunden keinerlei körperliche Bewegung abzeichnet, die darauf hindeuten könnte, dass er ihr die Hand geben wollen würde.

„Tja, ich muss dann mal weiter." zieht sie ihre Hand elegant zurück und löst damit souverän die befremdliche Situation auf, wohlwissend, welchen Anteil sie am Zustand des armen schockgefrorenen Patrick hat.

So wie er schaut, bin ich mir fast sicher, dass er sich jetzt gleich mit einem erneuten ‚Ich bin Patrick Weber. Guten Tag.' von ihr verabschieden wird.

„Einen schönen Tag, Frau Palfrader." sagt er stattdessen kaum hörbar.

Selten war ich so froh, mich getäuscht zu haben.

Nach wenigen Schritten erreicht Frau Palfrader Gerstners Büro und verschwindet darin, ohne sich noch einmal umzuschauen.

„Patrick!" packe ich ihn an den Schultern.

„Ich bin Patrick Weber. Guten Tag."

„Erde an Patrick. Jemand zuhause?" beginne ich, ihn leicht zu schütteln, was seine Wirkung nicht verfehlt. Denn so langsam kommen sowohl seine Motorik als auch seine mentale Nomalstufe wieder zurück.

„Hast du das gesehen?" fragt Patrick noch etwas verwirrt.

„Ja." sage ich kurz und knapp und verzichte darauf, ihn zu fragen, was er mit dieser Frage genau meint.

„Geh du schon mal raus. Ich komme gleich nach."

„Ja. Ich gehe schon mal raus."

Ich glaube, selbst wenn ich jetzt zu ihm gesagt hätte, er solle mit dem Kopf voraus auf dem Geländer herunterrutschen, er hätte es gemacht.

„Bis gleich." schiebe ich ihn in Richtung Treppe.

Da Frau Palfrader Gerstners Bürotür nicht ganz geschlossen hat, hoffe ich, noch ein bisschen etwas mitzubekommen, was ein wenig Licht in den bolivianischen Dschungel bringen könnte. Und dabei kann ich Patrick in seinem hormonellen Ausnahmezustand jetzt am allerwenigsten gebrauchen.

„Aber das habe ich doch gerne gemacht, Frau Palfrader." ist der erste Satz, den ich aufschnappe, nachdem ich mich circa einen Meter neben der einen kleinen Spalt geöffneten Tür positioniert habe. Ist Gerstner etwa immer noch per ‚Sie' mit Jonas' Mutter? Oder haben die beiden vielleicht doch nix miteinander? Egal, darüber kann ich mir später noch Gedanken machen.

„Ich stehe da echt in Ihrer Schuld." sagt sie mit fast dem gleichen lasziven Tonfall, mit dem Sie vor wenigen Augenblicken noch ‚Angenehm, ich bin Johanna Palfrader.' zu Patrick gesagt hat und damit für reichlich Hormon-Turbulenzen bei ihm gesorgt hat.

„Nein, nein." sülzt Gerstner jetzt zurück. „Ich bin doch auch froh, dass wir das alles so lösen konnten. Und Jonas wird sich in Düsseldorf bestimmt schnell einarbeiten."

„Ich hoffe es. Aber was ist, wenn doch noch mal die ..." hier macht Frau Palfrader eine Pause.

„Polizei vorbeikommt?" ergänzt Gerstner.

„Ja." antwortet sie mit einem leichten Zittern in der Stimme.

„Keine Sorge. Nachdem sich in den anderen Kisten nichts gefunden hatte, haben sie mir geglaubt, dass es sich hier nur um einen Irrläufer gehandelt haben kann. Und der Name Jonas fiel auch zu keiner Zeit. Also, da besteht ganz sicher keine Gefahr."

Unglaublich. So wenig ich ihn ja leiden kann, muss ich in diesem Fall zugeben, dass er Jonas hiermit wohl seinen mittelgescheitelten Arsch gerettet hat. Das hätte ich ihm nicht zugetraut. Naja, wenn Jonas' Mutter nicht so aussehen würde wie Jonas' Mutter nun mal aussieht, wäre seine karitative Motivation bestimmt auch deutlich geringer ausgefallen.

„Ich kann mir immer noch nicht erklären, was sich Jonas dabei gedacht haben könnte. Wenigstens hat er mir hoch und heilig versprochen, davon in Zukunft die Finger zu lassen."

Also doch. Jonas, unser kleiner Streber, hat wirklich versucht, sich im Drogenmilieu ein zweites Standbein aufzubauen. Unfassbar.

„Vielleicht können wir unser gemeinsames Abendessen ja mal wiederholen." hat sie mittlerweile ihre leicht laszive Stimmlage wiedergefunden.

Hoppla, hat Gerstner ihren Reizen beim damaligen Abendessen etwa tatsächlich widerstanden und es gab noch keine Nachspielzeit? Das wäre dann ja glatt die zweite Überraschung innerhalb von nur einer Minute.

„Versprochen." höre ich ihn leise sagen und beschließe, mich in Richtung Treppe aufzumachen. Mehr muss ich nicht wissen hinsichtlich Jonas' erweiterter Biographie. Und Details bezüglich kommender Abendessen sind jetzt nicht wichtig. Ob mit oder ohne Nachtisch. Und jetzt noch blöderweise von einem der beiden hier gesehen zu werden, das wäre das letzte, was ich brauchen kann.

Eine Minute später stehe ich vor dem Haupteingang, atme mehrfach tief durch und rekapituliere, was da gerade alles passiert ist. Also …

… Jonas wollte ins Koksgeschäft einsteigen

… die Controller in der Düsseldorfer Zentrale dürfen sich auf einen erstklassigen Klugscheißer freuen

… Gerstner hat tatsächlich so etwas ähnliches wie ein Herz

… und Mama Palfraders Charme hat bei Gerstner bisher nur für ein Abendessen gereicht

Keine schlechte Erkenntnis-Ausbeute für gerade mal knapp zwanzig Minuten.

Ein Ereignis jedoch hat das alles komplett in den Schatten gestellt: Und zwar die für mich immer noch nicht begreifbare Tatsache, dass Patrick beim Anblick von Jonas' Mutter gerade in etwa so schnell dahingeschmolzen ist wie es der Stahl einer Tresortür machen würde, wenn 007 mit seiner Hightech-Laserstrahl-Uhr ein paar Sekunden draufhält. Vergeblich versuche ich, bei dieser Konstellation jetzt nicht an die vier miteinander verbundenen Buchstaben M, I, L und F zu denken. Aber da ist es leichter eine Minute lang nicht an einen rosa Elefanten zu denken, wenn man gerade ‚Denken Sie eine

Minute an irgendwas, nur nicht an einen rosa Elefanten' gesagt bekommen hat.

Nachdem Gerstner als potentieller neuer Stiefvater von Jonas wohl erstmal aus dem Rennen zu sein scheint, bleibt für Patrick jetzt nur noch die Aufgabe, das dem Kleingeldmann zu erklären, der ja auch ein Auge auf sie geworfen hat. Aber wahrscheinlich hat Alfons das Ganze auch schon wieder vergessen. Außerdem würde der sie mit ein bisschen Kleingeld und einem in alle Himmelsrichtungen wachsenden ZZ-Top-Bart sowieso nicht ernsthaft überzeugen können, mit ihm einen romantischen Abend bei zwei bis vier Flaschen Spätburgunder verbringen zu wollen. Somit: Klarer Vorteil Patrick Weber.

A propos Patrick Weber. Als ich mich in Richtung der Bäckerei aufmache, ist er nirgends zu sehen. Da es in unserem näheren Umfeld keinen Blumenladen gibt, kann ich aber zumindest schon mal ausschließen, dass er vielleicht spontan einen viel zu großen Strauß Baccara-Rosen gekauft haben könnte, um das Auto von Jonas' Mutter ein wenig zu verschönern.

,Wo bist du?' schreibe ich ihm eine kurze Nachricht.

Keine Antwort.

Nach zwei Minuten vibriert endlich mein Telefon.

,Bin bei Ouzo-Udo.'

Er wird jetzt aber hoffentlich nicht eine Flasche Schampus statt der kurzfristig nicht verfügbaren Baccara-Rosen gekauft haben, denke ich.

,Kommst du zur Bäckerei?' schreibe ich zurück und wünsche mir, ein ganz normales ,Bin gleich da' als Antwort zu bekommen.

,Bin gleich da.'

Sehr schön. Wünsche werden also manchmal doch wahr.

Wenige Augenblicke später sehe ich ihn über den Parkplatz laufen und zu meiner großen Freude hat er weder eine Flasche Schampus unter dem Arm noch sonst irgendwas, das dazu geeignet sein könnte, als Geschenk für Jonas' Mutter bestimmt zu sein.

„Sorry." begrüßt er mich und sein Atem lässt zweifelsfrei darauf schließen, dass er sich bei Ouzo-Udo mal kurz eins dieser kleinen Fläschchen aus dem Wühlkorb im Kassenbereich genehmigt hat.

„Hast du dir etwa einen hinter die Binde gekippt?" frage ich, obwohl ich die Antwort sowieso schon kenne.

„Hab' ich. Aber nach einem Leberkäsebrötchen mit fünf fetten Sprotzern Mayo und Ketchup würde das nachher nicht mal mehr der beste Spürhund vom Frankfurter Flughafen riechen." lacht Patrick.

„Na, wenn du meinst. Aber von offenem Feuer und von Gerstner würde ich mich trotzdem in den nächsten Stunden erstmal fernhalten."

„Zu Befehl, Herr Seifert." schlägt Patrick symbolisch die Hacken zusammen.

Durch Patricks Constellation d'amour und meinen kleinen Lauschangriff bei Gerstner ist es mittlerweile kurz nach halb eins und es herrscht Hochbetrieb in der Bäckerei. Dementsprechend lang ist die Warteschlange und die Leute stehen bis direkt vor dem Eingang. Das hat zur Folge, dass sich die bewegungsmeldergesteuerten Schiebetüren mehr oder weniger ständig öffnen und schließen und sich damit bestimmt auch perfekt als psychologisches Folterinstrument in Guantanamo eignen würden. Ich nütze daher die Zeit, um Patrick darüber zu informieren, was ich gerade alles aufgeschnappt habe. Dabei versuche ich, möglichst wenig darauf einzugehen, was Mama Palfrader zur Aufklärung der ‚Casa Jonas' beigetragen hat, da Patrick ansonsten wahrscheinlich wieder gedanklich in seine amouröse Parallelwelt abdriften würde und ich jedes Wort dreimal wiederholen müsste.

„Tja, und damit schließt sich dann das Kapitel Jonas Palfrader." beende ich meinen Kurzreport. Patrick hat kein einziges Mal nachgefragt, was bedeutet, dass er entweder alles verstanden hat oder keinen einzigen Ton, weil er sich gedanklich schon mit Jonas' Mutter im offenen Cabriolet sieht, unterwegs auf irgendeiner Passstraße an Frankreichs südlicher Atlantikküste.

„Irgendwie schade." sagt er aber plötzlich zu meiner Überraschung.

„Schade? Inwiefern?"

„Na, über wen sollen wir uns jetzt lustig machen. So viel Angriffsfläche wie Jonas uns da immer geboten hat, soviel wird uns hier sobald niemand anders bieten."

„Hast du auch wieder recht." nicke ich zustimmend.

Wer hätte jemals gedacht, dass Jonas auch eine positive Seite haben könnte.

Und während Patrick seinen Blick über die enggedrängte Backwaren-Auslage hinter den Glasscheiben schweifen lässt, gerade so als suche er vielleicht doch noch eine Alternative zu seinem mayo-getränkten Leberkäsebrötchen, stelle ich mir unfreiwillig das erste Aufeinandertreffen von Patrick und Jonas vor, wenn der gerade mit dem Satin-Morgenmantel von Mama Palfraders Ex-Mann aus dem Bad kommt und dort Jonas in seinem Bayern München-Frottee-Schlafanzug in die Arme läuft. Von einem solchen Moment hätte ich dann zu gerne ein paar Bilder.

„Was darf's denn sein?" holt mich eine äußerst sympathische Stimme aus dem palfraderschen Badezimmer-Szenario zurück in die Bäckerei-Realität.

„Moment, ich überlege noch, hab's aber gleich." sage ich und löse meinen Blick von den unzähligen mit Käse, Wurst, Tomaten oder Ei belegten Brötchen, die beinahe so akkurat nebeneinander aufgestellt sind, als wären es russische Soldaten, die gerade an einer Militärparade auf dem Roten Platz teilnehmen.

„Vielleicht ein Ciabatta mit Parmaschinken und Rucola? Kann ich auch gerne warmmachen, dann schmeckt's noch besser." lächelt mich das Gesicht an, das zu der sympathischen Stimme gehört.

„Genau das nehme ich." antworte ich ohne groß nachzudenken. Dieses Lächeln bringt mich gerade etwas aus der Fassung, weswegen ein Satz mit mehr als vier Wörtern bestimmt in einem heillosen Gestammel enden würde.

„Warm machen?"

„Wie bitte?"

„Ob ich es auch warm machen soll?" fragt sie, ohne dabei aufzuhören, mich freundlich anzulächeln.

„Ja, bitte." sage ich, wobei mir die Alternativen warm oder kalt beim Anblick ihres Lächelns gerade völlig egal sind.

„Ist in einer Minute soweit." Mit diesen Worten balanciert sie das mediterrane Graubrot in den kleinen Backofen, in dem es schon von einer, kleine Luftblasen bildenden Käselaugen-stange erwartet wird.

„Noch was zu trinken dazu?"

„Eine Cola bitte." versuche ich besonders cool zu antworten, klinge aber wahrscheinlich eher so, als würde ich gerade mit einem dreijährigen Kind Kaufmannsladen spielen.

„Soll ich die auch warm machen?"

„Ähm, ich verstehe nicht ganz ..."

„Kleiner Scherz. Macht dann zusammen vier neunzig, bitte."

Unglaublich. Es ist noch nicht mal eine Stunde her, dass ich mich darüber lustig gemacht habe, wie Patrick sich beim Anblick von Mama Palfrader in ein stammelndes, gallertartiges Etwas verwandelt hat, und jetzt passiert mir hier gerade die Light-Version davon.

„Klar. Scherz. Wer will schon eine heiße Cola?" lege ich einen Fünf-Euro-Schein auf das Plexiglas-Tellerchen und tippe mir mit der anderen Hand an die Stirn.

„Eben." lacht sie und greift sich lässig mit zwei Fingern meinen Fünfer.

„Und zehn Cent zurück. Guten Appetit und einen schönen Tag noch."

Wenn sie jetzt wenigstens mal kurz aufhören würde, so freundlich zu lächeln, wäre ich möglicherweise in der Lage, mich mit einem ganzen Satz zu verabschieden, aber so beschränke ich mich auf zwei definitiv zu unromantische Worte, die ich aber zumindest unfallfrei über die Lippen bekomme.

„Danke, ebenfalls." nehme ich das 10 Cent-Stück und drücke es in das dunkelblaue Trinkgeld-Schweinchen direkt neben der Kasse.

„Dankeschön."

Ich greife mir die Cola und die Tüte mit dem heißen Ciabatta, an dem ich mir fast die Finger verbrenne und bewege mich in einer Art Trance zum Ausgang. Dort lehnt Patrick lässig am Türrahmen und grinst.

„Herr Seifert, was ist Ihnen denn da gerade passiert?"

„Ich weiß nicht wovon Sie sprechen, Herr Weber." versuche ich so zu tun, als wäre in den letzten drei Minuten rein gar nichts außergewöhnliches passiert.

„Also das sehe ich irgendwie ein wenig anders, Casanova." beißt er genüsslich in sein Leberkäsebrötchen, aus dem die Mayonnaise bereits an beiden Seiten zähflüssig rausläuft.

Um ein wenig Zeit zu gewinnen, pfriemel ich mein immer noch viel zu heißes Schinken-Rucola-Brötchen aus der schon ein wenig durchgesuppten Papiertüte.

„Nicht ablenken. Ich glaube, da gibt es wohl etwas noch Heißeres als dein komisches italienisches Labberbrötchen." lässt Patrick aber natürlich nicht locker.

„Was meinst du?" stelle ich mich weiterhin dumm.

„Bäckerei. Bedienung. Spontaner Verlust der Fähigkeit, zusammenhängende Sätze von sich zu geben."

„Hast du ihr Lächeln gesehen?" gebe ich jetzt dann doch meine gespielte Dummstellerei auf.

„Habe ich. Und ich habe auch noch etwas anderes gesehen."

„Nämlich?"

„Dass sie die anderen Gäste nicht so freundlich angelächelt hat." sagt Patrick süffisant und wischt sich eine größere Menge Mayonnaise von seinem Handrücken, die gerade auf dem besten Weg ist, Bekanntschaft mit seinem Jackenärmel zu machen.

„Ernsthaft?"

Wäre nicht das erste Mal, dass mich Patrick verarscht, deswegen versuche ich die gerade in mir aufsteigende Euphorie noch zu dämpfen.

„Ernsthaft!"

Aha, scheint also zu stimmen, denke ich und lasse der Euphorie gleich wieder mehr Raum, um es sich in meiner mentalen Verfassung gemütlich zu machen.

„Was bitteschön ist das denn heute für ein Tag?" frage ich Patrick, versuche aber dennoch, mir meine Hochstimmung nicht anmerken zu lassen. „Da kommst du morgens ins Büro und denkst, das wird ein Tag wie jeder andere, und ein paar Stunden später ist unser Lieblingskollege gefeuert und wir beide haben eine unheimliche Begegnung der dritten Art."

„Hätte schlechter laufen können, oder?" grinst er zurück.

„Allerdings. Also, lass uns Feierabend machen."

„Wie bitte?"

„Kleiner Scherz. Komm, lass uns reingehen."

So abenteuerlich der Tag bisher verlaufen ist, so komplett unspektakulär ist dagegen der Nachmittag im *Honäsch*. Gerstner lässt sich nicht blicken und Jonas scheint direkt nach dieser unwürdigen Verabschiedung gegangen zu sein. Auch wenn ich ihn nicht leiden konnte, so hätte ich mich zumindest noch gerne von ihm verabschiedet. Soviel gute Kinderstube ist bei mir immer noch vorhanden. Könnte aber auch damit zusammenhängen, dass mich diese drei Minuten in der Bäckerei in einen Wohlfühl-Ausnahmezustand versetzt haben, in dem ich heute möglicherweise sogar freiwillig unser Kunden-WC nass rauswischen würde.

Als ich um kurz nach halb sechs in den Personalraum komme, sehe ich einen kleinen Post-it an der Tür von meinem Spind hängen.

Ciao, Rüdiger.
Hat immer Spaß gemacht,
mit dir zusammen zu arbeiten.
Alles Gute, Jonas.

Wow, das hätte ich ihm echt nicht zugetraut. Im ersten Moment kommt mir die Idee, dass ich ihm ja vielleicht über Patrick eine Antwort zukommen lassen könnte. Allerdings halte ich die Vorstellung, dass Patrick ihm diese dann ausgerechnet beim gemeinsamen Frühstück mit seiner Mutter übergeben könnte, doch nicht für so wirklich ideal.

Auf dem Weg zu meinem Auto mache ich noch einen kleinen Umweg an der Bäckerei vorbei. Aber außer Enrique, der sich scheinbar auch mal Gutes tun will, statt sich ausschließlich von seinen XS-Brötchen zu ernähren, ist niemand zu sehen.

„Hey, Rudiger, schon Abendfeier?"

„Feierabend, Enrique. Es heißt Feierabend. Und, ja, habe ich. Und du?"

„Wollte mir noch snelle ein paar Brotchen fur den Abend holen. Isse aber schon zu." fuchtelt er mit beiden Händen vor dem Bewegungsmelder herum, als würde er damit die Tür vielleicht davon überzeugen können, doch nochmal aufzugehen.

„Ich glaube, das wird nix mehr." zucke ich mit den Schultern und sehe über meine übliche Umlaute-Korrektur ausnahmsweise mal hinweg.

„Eine Tüte Brötchen mit würzigen Kürbiskernen und Kümmel drauf?" frage ich ihn stattdessen etwas umlaut-übermütig und bekomme als Antwort wenig überraschend ein offensichtlich stark überfordert dreinschauendes, spanisches Augenpaar.

„Si, si. Rudiger. Ich glaube, wir habe die gleiche Gesmack." lacht er mit etwas Verzögerung. Wobei ich mir sicher bin, dass er nicht wirklich verstanden hat, was ich ihn da gerade gefragt habe.

„Bestimmt. Dann wünsche ich dir einen schönen Abend und viel Erfolg bei der Brötchensuche." verabschiede ich mich von ihm.

„Danke, wunsche ich dir auch."

Er wird's nie lernen, denke ich mir. Aber ein Leben ohne Umlaute ist bestimmt auch nicht so viel schlechter als das eines Baumarkt-Verkäufers mit duden-konformem Satzbau und der dazu gehörenden korrekten Aussprache. Außer dieser Baumarkt-Verkäufer heißt Rüdiger Seifert und hatte heute die vielleicht bedeutendste Mittagspause seines noch jungen Lebens.

Dementsprechend gut gelaunt mache ich mich auf den Heimweg und sortiere mich in die abendliche, wieder nur im Schneckentempo vorwärts kommende Blechlawine ein. Mein Lieblingssender versüßt mir dabei die Fahrt erst mal mit ‚The heat is on' von Glenn Frey und direkt im Anschluss mit Huey Lewis and The News, die mich doch tatsächlich ‚Do you believe in love?' fragen. Und auch wenn ‚Yes, I do!' nicht zum offiziellen Songtext gehört, rufe ich das nach jedem Refrain zum halb geöffneten Fenster heraus. Mit ‚Carbonara' von Spliff biege ich schließlich auf den letzten freien Stellplatz vor meinem Zuhause ein und mache beim Mitsingen aus ‚Car-bo-na-ra, e u-na Co-ca-Co-la' mal schnell ‚Ci-a-bat-ta, e u-na Co-ca-Co-la'. Woher kennt der Sender meinen heutigen Tagesablauf, frage ich mich und muss spontan an die Truman Show denken. Könnte mein Leben vielleicht auch nur eine 24-Stunden-Livesendung auf irgendeinem dieser Pay-TV-Sender sein?

Das Vibrieren meines Telefons lässt mich diesen Gedanken erstmal in die Warteschleife legen. Es ist eine Nachricht von Patrick.

‚Bock auf Aquarium? Getränke gehen auf mich.'

Natürlich würden die auf Patrick gehen, denke ich mir. Wenn der bald bei Mama Palfrader einzieht, sinkt die Position ‚Lebenshaltungskosten' in seinem persönlichen Haushaltsbuch stark in Richtung des Nullpunktes. Da hätte ich dann bestimmt eine Getränke-Flatrate sicher. Bis mindestens Ende des Jahres.

Irgendwie ist mir aber heute Abend nicht so wirklich nach *Aquarium*, daher schreibe ich nach einer Minute zurück: ‚Heute nicht. Gehen die Getränke morgen auch noch auf dich?' und schicke noch drei zwinkernde Smileys hinterher.

‚Klar!' kommt nach ein paar Sekunden schon die Antwort, garniert mit dem Cocktailglas-Emoji.

Ich schicke noch schnell ein paar wahllos ausgewählte Emojis hinterher und mache mich dann auf den Weg in meine Wohnung. Als ich gerade die Jacke aufhänge, vibriert das Telefon nochmal. Dieses Mal ist es aber nicht Patrick.

‚1 Nachricht von Dennis Sandner' lese ich auf dem Display und drücke auf öffnen.

‚Hi Rüdiger, alles OK bei dir?'

‚Alles OK, und bei dir?' schreibe ich ihm zurück, während ich mit der anderen Hand den Kühlschrank öffne, und mir ein kleines Bierchen herausfische.

‚Ich soll dir schöne Grüße ausrichten'

‚Von wem?'

‚Von meiner Schwester'

‚Von Marie?'

‚Genau.'

Irgendwie stehe ich gerade komplett auf dem Schlauch.

‚Wie komme ich denn zu der Ehre?' schreibe ich daher zurück.

‚Du hast ihr heute ein echt großzügiges Trinkgeld gegeben. 10 Cent. Respekt!'

Mir fallen beinahe das Bier und mein Telefon aus der Hand. Dieser Sonnenschein in der Bäckerei ist Dennis' Schwester Marie. Und ich Vollidiot habe sie nicht erkannt. OK, ich habe sie seit Jahren nicht mehr gesehen, aber so stark verändert hatte sie sich doch nicht, oder? Und wenn, dann ausschließlich zum Besseren.

‚Lebst du noch?' kommt nach zwei Minuten eine erneute Nachricht von Dennis.

Ich schicke ihm schnell ein ‚Alles OK', während ich das zweite Bier öffne.

‚Rüdiger Seifert, du wirst wahrscheinlich nie Mitarbeiter des Monats im Honäsch, aber heute bist du zweifellos und eindeutig der Trottel des Tages.' sage ich zu meinem Spiegelbild, das mir die Glasscheibe meiner Mikrowelle zurückwirft.

Im Hintergrund vibriert mein auf dem Küchentisch liegendes Telefon erneut zweimal:

‚2 Nachrichten von Dennis Sandner.'

Ich drücke auf ‚öffnen'.

Die erste Nachricht ist das Daumen-hoch-Emoji

Die zweite Nachricht lautet: „Ich glaube, sie mag dich!"

ZEHN

Den heutigen Tag verbringen Patrick und ich in erster Linie mit dem Versuch, die Geschehnisse des gestrigen Tages irgendwie innerlich zu sortieren. Nicht mal RTL hätte diese ernsthaft als Handlung für eine ihrer unzähligen Daily-Soaps in Betracht gezogen, so unglaubwürdig wie das im ersten Moment für einen Unbeteiligten erscheinen würde. Zum Glück ist heute ordentlich was los bei uns, sodass meine Gedanken nicht ausschließlich um Marie oder Patricks sonderbare Begegnung mit Jonas' Mutter kreisen. Und mit einem Tag Abstand geht mir Jonas' Schicksal auch nicht mehr ganz so nahe, wie das gestern nach seiner Nachricht vielleicht noch der Fall gewesen war. Die Damen und Herren in der Zentrale werden ihn schon wieder auf den richtigen Weg bringen. Und wenn nicht, erschließen sich da bestimmt ganz schnell völlig neue Zielgruppen für sein kleines Nebengeschäft.

‚Bei dir auch so viel los heute?' schreibe ich am späten Vormittag eine kurze Nachricht an Patrick.

Erst nach über zwanzig Minuten kommt eine Antwort von ihm.

‚Hör mir bloß auf. Ich komm ja zu gar nix privatem heute.'

‚Frechheit. Ich glaube da hilft nur eins. Aquarium heute Abend?' schreibe ich ihm lachend zurück.

‚Wegen mir auch jetzt gleich.' lautet nach nur zehn Sekunden seine Antwort.

Das mit ‚auch jetzt gleich' bleibt natürlich lediglich ein frommer Wunsch und so ist es kurz nach sieben, als ich heute schließlich im *Aquarium* aufschlage. Eine gute Zeit, um nicht gleich schon im Eingangsbereich, zwischen Garderobe und Zigarettenautomat, die erste Hand auf der Schulter zu spüren, verbunden mit einem „Soso, der Seifert ist also auch wieder da." Das ,auch wieder da' wäre hier zugegebenermaßen aber nicht wirklich übertrieben. So oft wie ich in letzter Zeit meine kompletten Abende im *Aquarium* verbringe, könnte so mancher das Gefühl bekommen, ich hätte entweder keine eigene Wohnung, oder diese wäre wegen Dauereinsatzes des Kammerjägers bis auf weiteres nicht bewohnbar. Und dafür, dass ich in den letzten Tagen sogar quasi immer nahtlos vom *Honäsch* ins *Aquarium* überwechsele, bin ich heute sogar richtig spät dran. So erklärt sich dann vielleicht auch das strahlende Grinsen, mit dem mich Bastian begrüßt, gerade so als hätte er mich vor wenigen Stunden noch als vermisst gemeldet und würde jetzt erleichtert feststellen, dass er die bestellten Hubschrauber mit den Wärmebildkameras und die Hunde-staffel wieder stornieren kann.

Das *Aquarium* verdankt seinen Namen einer dort zuvor jahrelang beheimateten Zoohandlung. Nachdem der Besitzer mit fast achtzig Jahren in den Ruhestand gegangen war, hatte Bastian sofort zugeschlagen und den Laden innerhalb von acht Wochen komplett renoviert. Scheinbar muss der Vorbesitzer es in seinen letzten Monaten aber nicht mehr ganz so genau genommen haben mit dem Abschließen seiner Terrarien und Käfige, denn während dieser acht Wochen tauchten wie aus dem nichts immer wieder plötzlich irgendwelche Klein- und Mitteltiere auf. Meistens waren diese so verstört, dass es nahezu unmöglich war, sie einzufangen. Daher hatte Bastian nachts die Tür immer einen Spalt breit offenstehen lassen, wodurch er letztendlich wahrscheinlich mehr Tieren die Freiheit geschenkt hatte, als dies mit einer großzügigen Spende an den WWF innerhalb eines Jahres möglich gewesen wäre. Vereinzelte spitze Frauenschreie aus der Damentoilette lassen aber darauf schließen, dass wohl doch nicht alle Tiere das ihnen großzügig angebotene Portal in die Freiheit auch durchschritten hatten, sondern es ihnen mittlerweile so gut im *Aquarium* gefällt, dass sie die Spezies Mensch heute immer noch hin und wieder durch ihr plötzliches Erscheinen daran teilhaben lassen wollen. Und aus bisher nicht untersuchten Gründen liegt deren Fokus wohl auf dem Damen-WC. Den Herren passiert es jedenfalls äußerst selten, dass ihnen ab und zu mal einer dieser putzigen Gesellen überraschend aus dem elektrischen Hochdruck-Händetrockner entgegenblickt.

Das besondere Highlight der ehemaligen Zoohandlung war ein riesiges Aquarium mit einem Fassungsvermögen von unglaublichen dreißig Kubikmetern Wasser, also schlappen 30.000 Litern oder ungefähr so viel Wasser, wie in etwa 250 handelsübliche Badewannen passt. Als Bastian damals erfuhr, was es kosten würde, dieses Riesending im Rahmen der Renovierung abzubauen, hatte er nicht nur spontan beschlossen, es einfach drin zu lassen, sondern gleichzeitig auch den idealen Namen für seine Bar gefunden. Um sich dann nicht mit dem Kauf von Fischfutter in Unkosten stürzen zu müssen, hatte er aus einem Theater-Fundus einige Dutzend künstliche Fische besorgt, die jetzt zwischen den blau, grün, gelb oder rot angestrahlten Korallen- und Höhlen-Imitaten ihre Runden zogen. Da diese Gummifische alle länglich und orangefarben waren, hatten sie auch schnell ihren Spitznamen weg: wir nannten sie nur die „Fischstäbchen". Und die größte, irgendwie iglu-förmig aussehende Höhle des Beckens bekam den perfekt dazu passenden Namen verpasst: Käptn's Iglu.

Die obligatorische Einweihungsfeier des *Aquariums* endete wie zu erwarten in einem unkontrollierten Chaos. Denn dank

Bastians nur vermeintlich genialer Idee, dass jeder fünfte Cocktail auf's Haus ginge, war bereits um kurz nach 21 Uhr die Hälfte der eigentlich als durchweg trinkfest bekannten Gäste nicht mehr in der Lage, ohne fremde Hilfe stehen zu können, geschweige denn sich in einer allgemein verständlichen Sprache zu artikulieren. Cocktails wurden daher nur noch durch Erwähnung des jeweiligen Anfangsbuchstabens bestellt. G, C, T, S – also Gin Tonic, Caipirinha, Tequila Sunrise oder Sex on the Beach. Bei einer C-Bestellung mixte Bastian irgendwann dann auch spontan mal einen Cuba Libre dazwischen. Fiel aber niemandem auf. Und durch die ständig wechselnden Farben der Aquarium-Beleuchtung hatten alle Cocktails sowieso jede Sekunde eine andere Farbe. Patricks Versuche hingegen, mittels einem gelallten Z einen Zombie zu bestellten, scheiterten alle recht kläglich, weswegen er dann irgendwann mit einem eher gespuckten denn klar verständlichen P spontan auf Pina Colada umstieg und für die nächsten Stunden auch dabei blieb. Niemals durcheinandertrinken, war wohl sein Motto. Auf den Hinweis, dass dieses nach einer zweistelligen Anzahl des gleichen Getränks auch nur noch sehr bedingt vor einer gehörigen Portion Kopfweh am nächsten Tag schützen könne, verzichtete ich jedoch an diesem Abend. Nicht zuletzt auch weil die zwölf lustig gemusterten Papierschirmchen, die mittlerweile in meinen Gürtelschlaufen steckten, eine mehr als bedenkliche Cocktail-Statistik meinerseits darstellten.

Als sich in den Morgenstunden die Eröffnung schließlich dem Ende neigte, zogen die Fischstäbchen zwar immer noch unbeirrt ihre Runden, hatten im Verlauf des Abends aber durch unzählige Schnapsgläser, Münzgeld in verschiedenen Währungen, diversen Smartphones, zwei Autoschlüsseln und einem schwarzen String-Tanga spontan noch ein paar überraschende Mitbewohner bekommen. Bastian und ich konnten Patrick damals gerade noch davon abhalten, zu den Klängen von Van Halens ‚Jump' per Kopfsprung ins Becken abzutauchen, um den schwarzen String mit den Zähnen aus der gelb beleuchteten Käptn-Iglu-Höhle zu retten. Das war dann auch so ziemlich die letzte Aktion, an die ich mich am nächsten Mittag noch einigermaßen erinnern konnte. Oder um es mit anderen Worten auszudrücken: Guns n' roses wären stolz auf uns gewesen. Viel mehr dürfte bei denen auch nicht abgegangen sein hinter der Bühne. OK, die haben im Backstage-Bereich wahrscheinlich auch nicht zwingend ein Aquarium in Blauwal-Größe rumstehen. Lediglich mehr Groupies dürften die gehabt haben. Da müsste Bastian also definitiv noch mal nacharbeiten.

„Hi Rüdiger. Martini- oder Pils-Tag?" fragt mich Bastian, als ich auf einem der Hocker an der kurzen Seite der Bar Platz nehme.

„Definitiv Pils-Tag."

„Kommt in sieben Minuten." grinst Bastian.

„Ich geb' dir maximal drei." lache ich zurück.

Die Bezeichnungen Martini-Tag und Pils-Tag sind für Bastian und mich eine Schnell-Analyse hinsichtlich meines jeweiligen Tagesverlaufs. Pils heißt alles zwischen sehr gut bis ganz OK, Martini bildet dagegen die Kategorie ‚frag besser nicht'. An Martini-Tagen erspart sich Bastian daher sowohl Nachfragen als auch irgendwelche, wenn auch gut gemeinte Späße. Zumindest solange bis ich von Martini zu Pils wechsele und damit der erste Frust verarbeitet ist.

„So. Wer hat das Sieben-Minuten-Pils bestellt?" ruft Bastian nach höchstens zwei Minuten und lässt dazu aus mehreren Metern einen ovalen Bierdeckel in meine Richtung über den

Tresen flitzen. Und das mit exakt der Geschwindigkeit, die es benötigt, damit der millimetergenau vor mir zum Anhalten kommt.

„Danke." sage ich, als Bastian das Glas auf den Bierdeckel stellt und es dann noch wie selbstverständlich so hindreht, dass ich genau in das Gesicht des grenzdebil grinsenden Mönchs vom Markenlogo schaue.

Würde es „Wetten, dass…?" noch geben, ich hätte Bastian dort schon längst angemeldet. Solange bis sie ihn genommen hätten. Und nachdem er mit seiner Bierdeckel-Zielwurf-Performance haushoch Wettkönig des Abends geworden wäre, hätten wir auf der Aftershow-Party dann mal schön mit den ganzen Hollywood-Größen abgefeiert. Aber „Wetten, dass…?" gibt's eben leider nicht mehr. Das Ganze dafür bei „Klein gegen Groß" mit Kai-nur-die-Liebe-zählt-Pflaume anzumelden, halte ich aber nicht für eine geeignete Alternative. Eine Niederlage gegen einen möglicherweise noch talentierteren Erstklässler will ich Bastian dann doch nicht zumuten.

Während ich also langsam im Feierabend-Modus ankomme, tänzelt Bastian hinter der Bar gekonnt zwischen seinen Gläsern in den verschiedensten Formen und Größen und einem beeindruckend hochprozentigem Flaschen-Sortiment hin und her. Gäbe es das allseits bekannte Klischee vom typischen Barkeeper noch nicht, Bastian wäre die perfekte Blaupause. Slimfit-Hemd in hellblau, bis zum Ellenbogen hochgerollte Ärmel, dunkelblaue Weste mit silberglänzendem Rücken, Pierce-Brosnan-Frisur, auch wenn die in seinem Fall blond ist, und selbstverständlich ein rot-weiß-kariertes Geschirrtuch lässig über der rechten Schulter. Und heute rundet Musik von Billy Joel das Klischee zu meiner Freude perfekt ab.

„Sing us a song, you're the Piano Man" singe ich leise den Refrain mit und sehe mich gedanklich dabei selber am Flügel sitzen, während eine junge Frau, die selbstverständlich sehr viel Ähnlichkeit mit einer gewissen Bedienung aus einer Bäckerei hat, sich ihren Weg über eben jenen Flügel in meine Richtung bahnt. Bevor ich diese dienstägliche Phantasie jedoch noch weiter ausbauen kann, holen mich fünf gackernde Hühner hart in die Realität des *Aquariums* zurück. Mein erster Gedanke ist, dass es sich dabei hoffentlich nur um einen dieser meistens schnell vorübergehenden Kurzbesuche eines überdrehten Junggesellinnen-Abschieds handelt. Dieser Wunsch löst sich allerdings auch gleich wieder in Bastians Bar-Luft auf, als ich sehe, welchem hohen zweistelligen Segment der Alterspyramide diese fünf, bereits jetzt offensichtlich schon nicht mehr fahrtauglichen Damen angehören. Zudem haben die fünf einen Lautstärkepegel, dass Billys ‚Piano Man' akustisch sofort freiwillig die Segel streicht. An der Bar angekommen, gelingt es der vermeintlichen Anführerin des Quintetts gerade noch so, einen Barhocker zu bezwingen ohne gleich wieder hinten runterzufallen. Die Versuche der restlichen vier misslingen dagegen nicht nur komplett, sondern vor allem auch ziemlich kläglich.

„Dann bleibt halt einfach stehen," gackert das Haupthuhn schließlich in Richtung des gescheiterten Quartetts.

„Einen Versuch mach' ich noch" höre ich, kann aber nicht sehen, wer das gesagt hat, denn das einzige was ich sehen kann, sind vier wippende Hochsteckfrisuren, die wie in einem Marionetten-Kindertheater hektisch hinter dem Tresen hin und her laufen.

„Geschafft!" zieht sich dann aber doch noch eine zweite Dame erfolgreich an der Kante des Tresens hoch und schaut triumphierend ausgerechnet in meine Richtung.

„Willkommen am Gipfel" sage ich, weil mir zum einen nichts Besseres einfällt und ich zum anderen auch nicht unhöflich sein möchte.

„Wipfel. Hihi. Der war gut." ruft das zweite Huhn aufgeregt und fällt dadurch fast gleich wieder runter von ihrem Hocker.

„Jetzt bleib doch erstmal sitzen." hält sie die Rudelführerin aber gerade noch am Arm und zwitschert dann noch „Ich bestell jetzt mal ein paar Schirmchengetränke für uns alle." hinterher.

Mir ist klar, dass sie mit diesen sogenannten Schirmchengetränken definitiv nichts meinen dürfte, was unter 25 Prozent Alkohol enthält und damit auch nicht geeignet wäre, ihren aktuellen Pegelstand halten zu können.

„Oder wollt ihr lieber so ein Mönchs-Pils?" fragt sie und dreht sich dabei recht dynamisch in meine Richtung.

„Können Sie das empfeeeeeehlen?" wendet sie sich an mich und macht dabei eine Kopfbewegung, die befürchten lässt, dass sie sich innerhalb der nächsten Sekunden von Teilen ihres Mageninhalts verabschieden könnte. Vielleicht macht sie das aber auch nur um sicher zu gehen, dass sie auch garantiert meine Aufmerksamkeit hat und deutet daher noch eine Art unbeholfen-lässiges winken an. Das sieht zum einen ziemlich bescheuert aus und wirkt zum anderen so, als hätte sie mit ihrer rechten Hand gerade aus Versehen gleichzeitig beide Pole einer fabrikneuen Autobatterie angefasst.

„Und, kannst du es empfeeeeeehlen?" mischt sich jetzt auch noch Bastian in die verworrene Gemengelage mit ein.

„Seeeeeehr." sage ich nach kurzem Zögern und nicke in die Richtung aller Beteiligten.

Allerdings frage ich mich in diesem Moment, was ich hier gerade mache und ob ich eigentlich noch ganz dicht bin.

„Na dann, fünf Pils für die Damen?" fragt Bastian in Richtung der angeschickerten Frisuren-Truppe.

„Jawoll, pünf Fils, bitte." höre ich eine bisher dahin noch nicht in Erscheinung getretene Stimme, welche irgendwo aus dem Fußbereich auf den Tresen der Bar hochschwappt.

„Kommen in mieben Sinuten," sagt Bastian und grinst zu mir herüber.

„Lassen Sie sich Zeit. Wir haben es nicht eilig. Hihi." höre ich die gleiche Stimme, die jetzt auch ein Gesicht bekommt. Denn die Dame hat es als dritte geschafft, sich auf einen der Barhocker zu setzen. Ihre Frisur hat allerdings deutlich unter diesen Versuchen gelitten, denn große Teile davon stehen jetzt irgendwie in Richtung Nordnordost. Ich glaube, da käme jetzt selbst Drei-Wetter-Taft an seine Grenzen!

In den nächsten beiden Minuten schaffen es schließlich auch noch die letzten beiden Vertreterinnen des Hühnchen-Quintetts, sich unfallfrei auf zwei freie Hocker hochzuarbeiten. Und das sogar ohne auf den ersten Blick erkennbare Frisurschäden. So wie die fünf jetzt dasitzen, könnte man den Eindruck gewinnen, hier fände gerade das Casting für den TV-Spot einer dieser Treppenlift-Firmen statt. Nur das Erscheinungsbild der verwirrt schauenden Nordnordost-Frisur fällt dabei irgendwie aus dem Rahmen, aber bestimmt könnte man durch einen gekonnt in Szene gesetzten Einsatz von ihr ganz neue Zielgruppen erschließen. Treppenlifte in der Irrenanstalt würden bestimmt vom Staat oder der Krankenkasse besonders bezuschusst.

„So, die Damen, da wären dann mal Ihre fünf Pils." sagt Bastian, und stellt die fünf kranzförmig gehaltenen Gläser elegant eines nach dem anderen auf dem Tresen ab. Da die Damen direkt vor der Zapfanlage sitzen, verzichtet er zum

Glück auf seine Bierdeckel-Flugnummer. Ich bin sicher, etwaige Versuche, diese festzuhalten hätten bei mindestens dreien zum erneuten Verlust der mittlerweile doch recht fest eingenommenen Sitzplätze geführt. Und besonders im Fall der Nordnordost-Frisur hätte das gefährlich enden können, denn ihre Haare kommen der tiefhängenden Barbeleuchtung immer wieder gefährlich nahe.

„Auf einen lustigen Abend, Mädels. Und auf den Rest der Truppe." Mit diesen Worten ergreift das Oberhuhn das Glas.

„Gut Holz und alle Neune." schallt es vom restlichen Quartett zurück, wenn auch nicht wirklich im Chor, sondern eher stark zeitversetzt.

OK, ein Kegelclub. Wäre also die Frage schon mal beantwortet, was es mit den Damen auf sich hat. Bastian kommentiert diese Ansage mit einer angedeuteten Kegel-kugel-Aushol-Bewegung entlang seines Tresens, was die fünf mit einem erneuten „Gut Holz.", gefolgt von einem genauso euphorischen „Ex und hopp" quittieren.

Und offensichtlich verfügen diese fünf Damen über ein recht forsches Trinkverhalten, denn nach weniger als gefühlt fünfundvierzig Sekunden finden fünf akkurat geleerte Pilsgläser fast zeitgleich ihren Weg zurück auf die wahllos verteilt liegenden Bierdeckel auf Bastians Tresen. Respekt, die Damen!

In diesem Moment hat das verrückte Frisurhühnchen anscheinend durch einen Blick in die verspiegelte Zapfanlage festgestellt, welche Katastrophe sich in den letzten Minuten da auf ihrem Kopf entwickelt hat. Leider scheint ihr persönlicher Alkoholpegel aber nicht auszureichen, das Ganze einfach nur mit einem hysterischen Lachen zu kommentieren. Stattdessen versucht sie mit Hilfe diverser Strohhalme Ordnung in ihre

Frisur zu bringen. Oder zumindest in das, was davon noch übrig ist. Nachdem der ungefähr zehnte Strohhalm in ihrer Haarpracht verschwunden ist, sind die Haare zwar alle wieder in einer einheitlichen Himmelsrichtung angeordnet, allerdings sieht sie dadurch jetzt in etwa so aus wie eine Mallorca-Touristin, die sich gerade am Strand, mitten in der Nacht, für neunzehn Euro mal schnell eine farbenfrohe Rasta-Frisur hat machen lassen. Oder anders gesagt: jetzt wirkt sie eindeutig so, als wäre sie tatsächlich gerade eben erst aus der Irrenanstalt entflohen.

„Und jetzt…" hebt eine der Damen an, die sich bisher am zurückhaltendsten verhalten hat.

„Cocktails!" gackert der Rest wie auf Kommando zurück.

So akkurat, wie hier die Antworten kommen, handelt es sich bei diesen Abläufen wohl um eine Art Ritual, zumindest was die Abfolge bei den alkoholischen Getränken angeht. Ich frage mich, wo wohl der Pegel entstanden ist, mit dem die fünf Kegelpralinen hier vorhin eingelaufen sind. Ich tippe auf ein paar deutlich zu übermütig eingeschenkte Likörchen im Clubheim, denn ein Vorglühen an einer Tankstelle oder dem Parkplatz eines Supermarktes wäre dann doch nicht ihr Niveau. Aber so gut die Getränkeabfolge bei ihnen auch funktioniert, sicheres Einnehmen von Sitzplätzen dürfte bei der Manöverkritik des heutigen Abends höchstwahrscheinlich mit einem ‚Das müssen dringend nochmal üben'-Hinweis ins Protokoll aufgenommen werden.

„Cosmopolitan zum Auftakt?" fragt die Dame erwartungsfroh in die Runde.

„Nehmen wir." kommt die Bestätigung von der Chefin unmittelbar nach der aus meiner Sicht sowieso nur proforma gestellten Frage.

„Aber bitte mit Schirmchen!" ruft die Rasta-Oma in die Runde.

Ich bin irritiert. Auch wenn ich nur wenige Folgen ‚Sex and the City" gesehen habe, bin ich mir doch ziemlich sicher, dass es darin keine Szene gibt, in der bei einer der vier Hauptdarstellerinnen irgendwann einmal ein Schirmchen in ihrem Cosmopolitan rumgeschwommen wäre. Aber vielleicht sind das dann eben die kleinen aber feinen Unterschiede zwischen einem Senioren-Damenkegelclub aus irgendeinem deutschen Kuhkaff und der Suche nach Mr. Right im kosmopolitischen New York.

„Vielleicht auch noch mit Strohhalm?" prustet eine der Damen zurück und versucht, ein gelbes Exemplar aus dem schon wieder leicht in Schieflage geratenem Rasta-Vogelnest herauszuziehen.

„Ich geb' dir gleich Strohhalm!"

„Mädels, Mädels" bevor die Situation eskaliert, mischt sich die Kegelchefin in die Schirmchen-und-Strohhalm-Diskussion ein. „Wir sind hier nicht auf der Bahn. OK?"

Diese Ermahnung lässt mich befürchten, dass eine solche Diskussion in ihren Augen tatsächlich ein adäquates Benehmen auf einer Kegelbahn darstellen könne. Ob das die jeweiligen Bahnbetreiber auch so sehen, wage ich allerdings stark zu bezweifeln. Zumindest aber würde es den äußerst bemitleidenswerten Zustand mancher Kegelkugeln erklären, vor allem aber die Dellen in der einen oder anderen Kegelbahn, die jedem Hagelschaden einer stinknormalen Hyundai-Motorhaube problemlos Konkurrenz machen könnten.

„Wir hätten dann gerne jetzt fünf Cosmopolitan, bitte." beendet eins der Hühner die Debatte grammatikalisch einwandfrei und stilsicher in Richtung von Bastian, der das ganze nach wie vor aus sicherer Entfernung beobachtet. In seinem Gesicht glaube ich ein kleines zufriedenes Grinsen zu erkennen, was garantiert mit dem heute noch zu erwartenden Umsatz der Kegel-Schwadronage zusammenhängen dürfte. Denn dass da nach fünf Pils und fünf Cosmo-Dingsbums schon Feierabend ist, das dürfte genauso undenkbar sein wie die Wahrscheinlichkeit, dass irgendwann auf meinem *Honäsch*-Namensschild außer Rüdiger Seifert auch mal der Zusatz „Filialleitung" stehen würde.

Acht Minuten später stehen fünf von Bastian perfekt gemixte Cosmopolitan vor den fünf aufgedrehten Kegel-hühnern.

„Moment, Mädels. Keiner rührt sich. Das müssen wir doch für die Gruppe festhalten." zückt Lady-Bob-Marley ihr Handy und will es Bastian über den Tresen reichen. Allerdings stößt sie dabei mit zwei etwas zu weit von ihrem Frisurenrest abstehenden Strohhalmen an eine der tiefhängenden Bar-lampen, wodurch ihr das Telefon entgleitet und sich in einem eleganten Bogen auf den Weg zu den Getränke-Regalen macht. Aber Bastian ist halt Bastian, und so bekommt er es mit einer höchst eleganten Handbewegung gerade noch zu fassen bevor es zwischen den Whiskey-Flaschen einschlagen kann.

Tja, die einen können gut Cocktails mixen, die anderen fliegende Telefone fangen. Und Bastian kann eben beides.

„Und jetzt schön lächeln." sagt Bastian, nachdem er es endlich geschafft hat, alle fünf Mitglieder des Zappelhaufens auf dem Bildschirm zu versammeln.

Sie aufzufordern, etwas natürlicher zu lächeln, hätte ich jedoch für deutlich angebrachter gehalten. Denn so wie die fünf ihre künstlichen Kukident-und-perlweiss-gestählten

Zähne in Richtung Kamera halten, vermitteln sie eher den Eindruck, gerade für die nächste Kampagne des Gesundheitsamtes gegen Alkoholmissbrauch zu posieren. Egal. Sind ja alt genug und wissen hoffentlich was sie tun. Bei dem Gedanken muss ich allerdings fast selbst über mich lachen.

„Machen Sie aber gleich ein paar mehr. Eine von uns hat nämlich garantiert immer die Augen zu." gackert eines der Hühnchen und erntet dafür vier anerkennende Blicke und reichlich Kopfnicken von links und rechts.

„Und mit Blitz. Sonst sieht man die Falten so sehr." höre ich noch jemand ergänzen.

„Na na na, welche Falten meinen Sie denn?" lügt Bastian und zwinkert mir dabei zu.

Diese Aussage wird ihm definitiv ein Trinkgeld im hohen zweistelligen Bereich bescheren, führt dummerweise allerdings auch dazu, dass jetzt alle fünf noch bescheuerter grinsen, während sie auf das blitzende Vögelchen warten.

„Schauen Sie mal, ob ein gutes Bild dabei ist." reicht Bastian das Telefon zurück, nachdem er einige Male wahllos auf den Auslöser gedrückt hat.

„Gaaaanz sicher. Wenn Sie nur halb so gut fotografieren, wie sie Cocktails mixen, dann sind die bestimmt alle suuuuper geworden." schenkt ihm die Strohhalm-Frisur einen Augenaufschlag, der in den üblichen Seniorenheimen bei etwa der Hälfte der männlichen Bewohner zu sofortigen Fluchtreflexen führen würde.

Noch bevor der Satz zu Ende gesprochen ist, versammeln sich alle fünf um den kleinen Bildschirm. Und schon beim ersten Bild lässt das Gegacker darauf schließen, dass mindestens vier von ihnen irgendwas an ihrem Blick, ihrer Haltung, der Frisur oder überhaupt auszusetzen haben. Bastian hat aber zum Glück so viele Bilder gemacht, dass sich die Kegel-Grazien dann doch auf ein Bild einigen können, das jetzt unter einem merkwürdigen Anstoß-Ritual mit den fünf Cosmopolitan in der WhatsApp-Gruppe hochgeladen wird.

Auch wenn ich mir diesen Abend ein bisschen anders vorgestellt habe, so sorgt er aber immerhin zum einen für eine willkommene Ablenkung zum meinem Alltag im *Honäsch*, zum anderen bekomme ich ein sehr anschauliches Bild davon, wie ich im Alter definitiv nicht sein möchte. OK, Kegelclubs wird es da ohnehin nicht mehr geben, die Gefahr meine Abende mit tagesordnungspunkt-geordneten Cocktails zu verbringen, befindet sich also im niedrigen einstelligen Prozentbereich. Allerdings muss ich auch zugeben, dass diese fünf augenscheinlich einen Riesenspaß haben, und deswegen beschließe ich, mich für den restlichen Abend einfach mal ein bisschen wie das sechste Mitglied ihres Kegel-Kosmos' zu fühlen.

„Was ist los, Rüdiger? Möchtest du dich vielleicht ein wenig zu den Mädels rüber setzen?" fragt mich Bastian grinsend, mittenrein in meine gerade entstehende Kegel-Phantasie, fast so als hätte er jeden einzelnen Gedanken von meiner Stirn ablesen können.

„Wie kommst du denn da drauf?" schüttele ich den Kopf und versuche dabei, möglichst nichtsahnend zu wirken.

„Ich kenne dich. Und ich kenne deine Blicke. Und die Kombination aus diesen beiden Dingen plus deinem vierten Pils sagen mir das." lacht Bastian, während er mir das fünfte Grinsemönch-Pils hinstellt.

„Denkst du denn nicht auch ab und zu daran, was du machen wirst, wenn du irgendwann mal das Alter dieser Kegel-Tanten erreicht hast?" frage ich Bastian, während ich den Wappen-Mönch ein wenig aus meinem Blickfeld herausdrehe.

„Klar. Aber das dauert bei mir zum Glück immer nur ganz kurz."

„Und das wechselt dann bestimmt immer zwischen den beiden Varianten ‚ewiger Barkeeper' und ‚Frau, Kinder, Haus, Garten, Hund'. Richtig?"

„Genau. Und was glaubst du, wer meistens gewinnt am Schluss?"

„Der Barkeeper?"

„100 Punkte."

„Verständlich." sage ich schon fast etwas melancholisch, während an der Breitseite der Bar die fünf Drei-Wetter-Taft Frisuren auf ihren Barhockern in immer stärkerer Geschwindigkeit hin und her wackeln.

„Glaub mir, es kommt alles so wie es kommen soll." sagt Bastian und müsste dafür eigentlich sofort mindestens drei Euro in das Barkeeper-Phrasenschwein einwerfen. Zumindest wenn es sowas im *Aquarium* geben würde. Und das müsste über reichlich Fassungsvermögen verfügen, wenn man bedenkt, wie oft hier wahrscheinlich Gäste nur aus einem einzigen Grund an der Bar rumhingen: um sich vom Barkeeper mit Abreißkalender-Philosophie über ihr verkorkstes Leben hinwegtrösten zu lassen.

„Wem sagst du das?" antworte ich, was zugegebenermaßen zweifellos auch eine Spende für das Phrasenschwein gerechtfertigt hätte.

„Hallöööchen, Herr Barkeeper!" flötet sich die einzige noch im vor-rentnerlichen Alter befindliche Schnapsdrossel mitten hinein in unsere Unterhaltung.

„Wissen Sie, wem Sie zum Verwechseln ähnlichsehen?" Dabei schreit sie die letzten zwei Worte förmlich in Richtung Bar, gerade so als wäre gerade die Erkenntnis in sie eingefahren, mittels derer sie den Planeten noch in letzter

Minute vor dem nahenden Weltuntergang oder einem baldigen Kometeneinschlag retten könne.

„Na, da bin ich aber mal gespannt" wendet sich Bastian wieder der Kegelgemeinschaft zu.

„Schauen Sie doch mal in Ihren Spiegel!" beugt sie sich leicht vor.

Um ihre Begeisterung noch zu unterstreichen, versucht sie, leicht über den Tresen gelehnt, Bastian den Refrain von „Hello again" ins Ohr zu hauchen. Dieses Unterfangen wird jedoch durch den zeitgleich nach hinten zurückkippenden Barhocker bereits sehr früh im Keim erstickt, sodass sich die Dame schnell wieder darauf konzentriert, Bastian durch ihr mittlerweile nur noch mit Resten von Crushed Eis gefülltes Glas zu fixieren.

Leider stellt die Kombination aus angeheitertem Damen-Kegelkränzchen und Sätzen, in denen überproportional oft der Buchstabe ,s' vorkommt keine wirklich gute Kombination dar. Während sich Bastian also mit dem Handtuch die Reste von „Schauen Sie doch mal in Ihren Spiegel!" von der Stirn wischt, macht sich mit einem gelallten „Ssschuldigung" bereits das nächste Wort dieser Kategorie auf den Weg in seine Richtung. Erschwerend kommt hinzu, dass mittlerweile scheinbar auch die anderen Damen an diesem Spielchen Spaß gefunden haben und jetzt in völligem Durcheinander auf Bastian einlärmen. Und höchstwahrscheinlich schwimmt irgendwo in diesem ganzen Stimmen-, Lall- und Zischlaut-Durcheinander auch noch eine Folge-Bestellung für weitere stimmungshebende Getränke mit, was jedoch in der alkoholvernebelten Atmosphäre nicht mehr herauszufiltern ist – weswegen diese somit auch völlig in der komplett verworrenen Gesamt-gemengelage untergeht.

„Ruhe Mädels." Mit einer weit ausholenden Hand-bewegung erhebt sich plötzlich die Chefin von ihrem Barhocker und versucht dabei eine Autorität verströmende Haltung anzunehmen. Nachdem sie in einer einigermaßen schwankungsfreien Balance angekommen ist, macht sie noch eine finale, theatralische Pause und sagt dann schließlich in Zeitlupe:

„Herr Barkeeper, Sie sehen aus wie Hauad Carffndell!"

Mit der letzten Silbe kippt ihr Kopf leicht in Richtung Tresen, zusammen mit einem Großteil ihrer Frisur, bzw. dem was davon noch übriggeblieben ist.

„Oder wollen Sie mir da jetzt etwa widersprechen?" interpretiert sie Bastians Schweigen als scheinbar fehlende Bestätigung und schwankt erneut leicht in seine Richtung. Als wollen sie ihm aber gewissermaßen die Antwort abnehmen, setzen die anderen Kegel-Hühner wie auf Kommando ein, um die Barmusik mit einem vierstimmigen ‚Hello again, ich sag einfach hello again.' zu übertönen. Nur gut, dass ‚Mr. Hitparade' Dieter Thomas Heck das nicht mehr erleben muss, denke ich mir in diesem unschönen Moment.

Meinem geschockten und immer noch sprachlosen Bastian bleibt jetzt wohl nicht viel mehr übrig als die vage Hoffnung, dass die altersbedingt jetzt eigentlich langsam eintreten müssende Müdigkeit dem ADHS-Kegel-Quintett so langsam ihre natürlichen Grenzen aufzeigen wird. Allerdings lässt darauf im Moment so rein gar nichts schließen, eher im Gegenteil. Denn diese bizarre Howard Carpendale-Nummer scheint allen fünf Kegel-Flummis mental nochmal eine komplette Familienpackung Vitasprint in ihre Kegel-Körper gefeuert zu haben. Während die Damen also gerade die nächste Runde ihres immer bizarrer werdenden Abends einläuten, wäre meinerseits jetzt eigentlich der Zeitpunkt gekommen, mich auf den Heimweg zu machen. Aber ich kann Bastian unmöglich mit diesem Haufen promillenter Hochsteckfrisuren alleine lassen. Und als könne er meine Gedanken lesen, scheint er mir mit seinen Augen etwas in der Art wie ,Komm jetzt ja nicht auf die Idee, nach Hause zu gehen' sagen zu wollen. Mit einem Verständnis anzeigenden, kurzen Kopfnicken signalisiere ich ihm, dass die sonst nur im Rahmen von Ehegelübden erwähnte Treue in guten und schlechten Zeiten heute Abend ausnahmsweise auch mal zwischen uns beiden gilt. Und das auch ohne Pfarrer oder Standesbeamten.

Um zumindest aber den bedrohlich näherkommenden „Hello again"-Tinnitus abzuwenden, schnappe ich mir mein Glas mit dem immer noch grinsenden Mönch und setze mich an den Rand des riesigen Aquariums. Während also in der Außenwelt gerade fünf mit Botox, Hyaluron und Cocktails vollgepumpte Treppenlifterinnen den Barkeeper an den Rand des Wahnsinns trinken, ziehen diese Gummi-Fischstäbchen scheinbar völlig unbeeindruckt und gelassen weiterhin stoisch ihre immer gleichbleibenden Runden im XXL-Multicolor-Bassin. Beneidenswert. Und irgendwie auch schon fast meditativ entspannend. Gäbe es eine Rangfolge der ,Wer wäre ich jetzt gerade am liebsten'-Charts, würde die wohl so aussehen:

Platz 3: Barmann Bastian (verwirrt)
Platz 2: Baumarktverkäufer Rüdiger (auch verwirrt, aber zumindest angetrunken)
Platz 1: Diverse Fischstäbchen (komplett tiefenentspannt)

Die fünf Kegel-Königinnen würden in dieser Liste frühestens irgendwo ab Platz 973 abwärts auftauchen, und das auch nur dann, wenn auch das letzte Teil aus Bastians Bar-

Inventar einen der vor ihnen liegenden Platzierungen belegt hätte. Denn bevor ich mit einer dieser fünf tauschen wollen würde, wäre ich mittlerweile dann doch noch lieber einer dieser Papier-Cocktailschirmchen. Oder schlimmstenfalls auch noch eins der Grinsemönch-Gläser.

„Mädels, wir müssen los." schallt es plötzlich lautstark von der Bar herüber, und für einen kurzen Moment habe ich das Gefühl, dass selbst der so stoisch grinsende Mönch kurz zusammenzuckt. Als ich herüberschaue, sehe ich, dass nach diesem Kommando alle nahezu synchron von ihren Barhockern springen und daraufhin erstmal damit beschäftigt sind, ihre deutlich zu weit nach oben gerutschten Rock-Enden wieder in Richtung Kniehöhe herunterzuzupfen. Lediglich die verwirrte Rasta-Oma scheint mit ihrem auf Gürtelbreite zusammengeschrumpften Rock keine Probleme zu haben und konzentriert sich stattdessen darauf, alle Strohhalme aus ihrer Frisur herauszufriemeln. Was auch immer jetzt der nächste Boxenstopp dieses Quintetts sein mag, farbenfrohe Haar-Kunstwerke sind dort scheinbar unerwünscht oder zumindest nicht dem Anlass angemessen zu sein.

Die erste des Quintetts, die sich und ihre Klamotten in den vor-alkoholischen Zustand zurückversetzt hat, reicht Bastian ihre Kreditkarte und zaubert ihm damit ein seliges Lächeln ins Gesicht. Hätte er noch ein zweites Gesicht, würde dies mindestens genauso breit lächeln. Zum einen wegen des in greifbarer Nähe liegenden Endes seines heutigen Alptraums, zum zweiten aufgrund der Summe, die gleich auf seinem Karten-Lesegerät erscheinen würde.

„Oh, herzlichen Dank." höre ich ihn sagen, nachdem ihm das Kreditkarten-Huhn gerade offenbar eine sportlich-großzügige Gesamtsumme ins Ohr geflüstert hat.

„Nichts zu danken. Wir hatten ja auch einen wirklich schönen Abend." tätschelt sie ihm am silberglänzenden Rücken seiner Weste herum, während er die finale Summe in das Gerät eintippt.

„So, bitte sehr." reicht er es ihr, damit dieser Abend durch die eingegebene PIN dann auch wirklich beendet werden möge.

„Mädels, wer von euch weiß nochmal die Nummer von der Kegel-Kreditkarte auswendig?" ruft sie stattdessen in die Runde.

Schweigen.

Bastian seliges Lächeln verwandelt sich schlagartig in ein verzerrtes Grinsen, so als hätte ihm sein Zahnarzt gerade gesagt, dass die Wurzelbehandlung heute ohne Narkose durchgeführt werden müsse, weil die Krankenkasse letzte Woche spontan die Mittel gekürzt hat.

„Kleiner Scherz." gluckst sie.

„Du kannst es nicht lassen, oder?" lallt eins der anderen Hühner in einer Mischung aus gespieltem Entsetzen und Bewunderung für diesen anscheinend regelmäßig zum Einsatz kommenden Witz.

Ich glaube, würde Bastian gerade so ein 24-Stunden-EKG am Körper tragen, wäre im örtlichen Krankenhaus in diesem Moment automatisch der Notarzt benachrichtigt worden. Solche extremen Ausschläge kennt man sonst wahrscheinlich nur bei den Seismographen, die im Pazifik stationiert sind und rechtzeitig vor Tsunamis warnen sollen.

„Na dann bin ich ja beruhigt." lacht er verkrampft über die Situation hinweg. Diese Verkrampfung löst sich erst, als ihm das Lesegerät durch das ratternde Ausdrucken des Belegs bestätigt, dass das ganze wirklich nur ein Scherz war.

Nachdem alle fünf Damen sich gegenseitig versichert haben, dass sowohl ihr Outfit als auch die Frisuren wieder korrekt sitzen, zückt das Oberhuhn einen Umschlag aus ihrer Handtasche.

„Na Mädels, schon aufgeregt? Da sind sie drin!" verkündet sie mit einer bedeutsamen Geste, die einen annehmen lassen könnte, dieser Umschlag beheimate entweder die zehn Geheimnisse ewiger Jugend oder alternativ die Google Maps-Koordinaten, welche sie zum Aufenthaltsort des seit Jahrzehnten verschollenen Bernsteinzimmers führen würde.

Während Bastian und ich uns achselzuckend anschauen, öffnet sie den schmalen Umschlag.

„Meine Damen: die fünf Tickets für die Chippendales!" ruft sie mit fast hysterischer Stimme.

„In Reihe eins!" schallt es einen Sekundenbruchteil später aus vier cocktailgetränkten Kehlen im Chor zurück.

„Auf geht's. Die Show beginnt in fünfundvierzig Minuten."

Mit dieser finalen Mitteilung machen sich die fünf Schnapsdrosseln auf den Weg in Richtung Ausgang von Bastians *Aquarium,* welches in diesem Moment seine kurzzeitig verloren geglaubte Würde zurückerhält.

Bastian und ich sind noch wie gelähmt und trauen uns erst uns zu bewegen, als das sanfte ‚plopp', mit dem die Tür des *Aquariums* ins Schloss fällt, bestätigt, dass diese unheimliche Begegnung der dritten Art jetzt wirklich vorbei ist. Wobei es in diesem Fall zutreffenderweise eher unheimliche Begegnung der fünften Art heißen müsste.

„Was war das denn bitte?"

Bastian hat als erster seine Stimme wiedergefunden.

„Ich ha-be kei-ne Ah-nung." antworte ich wahrheitsgemäß und kopfschüttelnd. Auch wenn ich trotz meiner jungen Jahre schon das eine oder andere erlebt habe, so muss für das gerade

Geschehene auf meiner Festplatte erstmal ein komplett neuer Ordner angelegt werden.

„Immerhin haben sie ein sattes Trinkgeld gegeben." lacht Bastian und zeigt mir den Beleg, an dessen Ende ich einen recht behaglichen, dreistelligen Betrag erkennen kann.

„Respekt. Ob da noch was übrig ist für die Chippendales?"

„Auf alle Fälle. Die gehen jetzt bestimmt noch gegenüber am Bankautomat vorbei." mutmaßt Bastian, und das wahrscheinlich mehr als zurecht.

„Wenn die von der Bank morgen früh das Überwachungsvideo der letzten Nacht anschauen, werden die bestimmt ihren Spaß haben."

„A propos Spaß. Schade, dass Patrick heute nicht da war, der hätte bestimmt auch seinen Spaß gehabt mit den Kegel-Trutschen."

„Patrick!" schlage ich mir mit der rechten Hand heftig an die Stirn. „Shit. Den habe ich ja komplett vergessen!"

„Heißt?" fragt Bastian und zieht dabei seine Augenbrauen nach oben.

„Ich wollte ihm Bescheid geben, wenn ich da bin. Aber die Kegel-Tussis haben mein Hirn wohl komplett vom Netz genommen."

„Damit bist du nicht der Einzige. Ich fahre auch erst gerade wieder hoch." tippt er sich lachend mit seinem rechten Zeigefinger an den Kopf.

Nachdem ich mein Handy entsperrt habe, leuchtet mir auf dem Display die Info ‚11 Nachrichten von Patrick Weber' entgegen. Na toll, denke ich. Die werden spätestens im letzten Drittel bestimmt nicht mehr ganz so freundlich klingen.

Ich tippe auf ‚öffnen'

19:45 Uhr: Bin durch mit dem Training. Bist du schon im Aquarium?

19:52 Uhr: Hallo?

19:59 Uhr: Weber an Seifert: Bitte melden

20:15 Uhr: Bist du mit deinem Handy ins Becken gesprungen, oder was?

(Diese Nachricht ist noch zusätzlich mit drei Haifisch-Emojis versehen)

20:16 Uhr: Denk dran, die Dinger sind aus Gummi, also nicht essen!

20:21 Uhr: Hab vor lauter Langeweile ‚Frauentausch' eingeschaltet.

(Diese Nachricht endet mit dem ‚hochroter Kopf'-Emoji)

20:31 Uhr: Hast du jemand kennengelernt?

20:32 Uhr: Wie heißt sie? Schick mal ein Bild!

20:42 Uhr: (Patrick hat ein Foto geschickt)

Ich klicke es an und sehe Patricks Fernseher, auf dem eine Frau zu sehen ist, die gerade heulend in ein Auto steigt, daneben steht ein rauchender Mann mit einem kleinen Kind auf dem Arm.

‚Frauentausch' muss sofort verboten werden, denke ich und nehme mir für das nächste Wochenende vor, Frau Merkel, der UNO und Amnesty International einen entsprechend unmissverständlich formulierten Brief zu schreiben.

20:55 Uhr: Ich hoffe, du hast eine gute Begründung!

(Nach dem Ausrufezeichen hat er dieses mal noch drei erhobene Zeigefinger angehängt)

21:12 Uhr: Wehe, du hast morgen keine gute Begründung, Seifert!

Auf meinem Display leuchtet aktuell die Uhrzeit 21:30 Uhr. Ich beschließe daher, Patrick zumindest noch eine kurze Nachricht zu schicken.

21:31 Uhr: Sorry, ich erzähl dir morgen die ganze Geschichte. Bin gerade noch etwas traumatisiert.

Eine Minute später schicke ich noch eine zweite Nachricht hinterher.

21:32 Uhr: Die Fische habe ich in Ruhe gelassen. Und kennengelernt habe ich gleich fünf auf einmal. Sind zusammen aber ungefähr 350 Jahre alt. Und das ist noch freundlich geschätzt.

(An diese Nachricht hänge ich am Schluss noch fünfmal das Oma-Emoji)

Nur eine Minute später vibriert mein Telefon:

‚1 Nachricht von Patrick Weber'

21:33: OK, dann wohl doch lieber Frauentausch. Und auf DIE Story bin ich echt gespannt! Haha. Bis morgen, Herr Seifert!

Glück gehabt. Das hätte mir jetzt noch gefehlt, wenn Patrick wegen diesen chaotischen Golden Girls ernsthaft sauer gewesen wäre.

Und während also diese fünf jetzt gleich mit leicht vibrierenden Hochsteckfrisuren in irgendeiner ersten Reihe sitzen werden und darauf warten, dass sich ein paar eingeölte, amerikanische Waschbrettbäuche reihenweise Primark-Feinrippunterhemden vom Leib reißen, verabschiede ich mich von Bastian.

„Gute Nacht. Und schau dir vorher vielleicht noch ein oder zwei Folgen ‚Two and a half men' an. Das könnte dein Unterbewusstsein davon abhalten, dir heute Nacht verstörende Bilder in deine Träume zu schicken, bei denen etwas in die Jahre gekommene Frauen kegelkugelgroße Cocktailkirschen auf halb nackte Männer werfen." gibt mir Bastian grinsend mit auf den Weg.

„Ich hoffe, es hilft. Ansonsten versuche ich es einfach mit meinen alten Benjamin Blümchen-DVDs." antworte ich nicht ganz ernst gemeint.

„Die helfen immer." nickt Bastian aber zu meiner großen Überraschung.

Ich verzichte darauf, ihn zu fragen, wie oft er schon zu diesem letzten Mittel greifen musste um mein Unterbewusstsein nicht noch mehr mit verstörenden Ideen zu füttern.

„Gute Nacht Bastian."

„Gute Nacht, Rüdiger."

Als ich wenige Augenblicke später auf die Straße trete und das vertraute, sanfte ‚plopp' hinter mir höre, atme ich erstmal so viel frische Luft ein, als müsse ich gleich ein handelsübliches Schlauchboot in nur einem Atemzug vollständig aufblasen.

E L F

Bei der Uhrzeit ‚6:30 Uhr morgens' handelt es sich im Grunde genommen immer um eine denkbar ungeeignete Weckzeit, besonders ist dies aber nach einem solchen Abend wie gestern im *Aquarium* der Fall. Anscheinend habe ich dank dieser fünf verrückten Hühner gestern so viele Endorphine, Hormone oder sonst irgendetwas ausgeschüttet, dass ich erst heute Morgen die volle Wucht der Mönchs-Biere im vorderen Stirnbereich zu spüren bekomme. Und ‚Take it easy' von den Eagles, das mir aus meinem schon ziemlich in die Jahre gekommenen Radiowecker entgegenschallt, veranlasst mich auch nicht wirklich, mit einem dynamischen Sprung zunächst aus dem Bett und dann unter die Dusche zu springen.

Ich scrolle mich daher erstmal durch die letzten Mitteilungen auf n-tv.de um mich zu vergewissern, dass es gestern Abend bei uns im Ort nicht zu Ausschreitungen rund um den Auftritt der Chippendales gekommen ist. Auch über eine möglicherweise unsachgemäße Bedienung des Geldautomaten gegenüber vom *Aquarium* wird dort nicht berichtet. Wobei die von mir verwendeten Suchbegriffe ‚Damen-Kegelclub' und ‚völlig von Sinnen' wahrscheinlich auch nur sehr bedingt dafür geeignet sein dürften, hier auf entsprechend aussagekräftige Informationen zu stoßen.

Etwa eine Stunde später ist es mir mithilfe diverser Produkte aus den Häusern Nivea, Beiersdorf und ratiopharm gelungen, zumindest äußerlich den Anschein zu erwecken, fit und motiviert für einen neuen Arbeitstag im Baumarkt zu sein und mache mich auf den Weg. Als ich schließlich um kurz nach acht Uhr im *Honäsch* einlaufe, suche ich erstmal Patrick auf. Denn, mangelnde körperliche Fitness hin oder her, bin ich ihm natürlich noch ein paar erklärende Worte schuldig hinsichtlich meines gestrigen Abends. Zumindest zu den Ereignissen, an die ich mich noch einigermaßen lückenlos und wahrheitsgemäß erinnern kann.

„Sag mir bitte, dass das alles nicht wahr ist!" gluckst Patrick, als ich den Bericht von meinem Abend mit den fünf angeschickerten Kegelkugeln abgeschlossen habe.

„Du kannst mir glauben, dass ich viel dafür geben würde, wenn das alles nicht passiert wäre."

„Verständlich. Und dagegen hilft nur die offensive Abwehr-Strategie." sagt Patrick.

„Und die wäre?" schaue ich ihn fragend an.

„Ist doch ganz klar. Heute Abend gehen wir beide ins Aquarium. Dass sowas an zwei aufeinander folgenden Tagen passiert ist in etwa so unwahrscheinlich wie zweimal hintereinander im Lotto zu gewinnen. Oder dass man zweimal hintereinander freiwillig an einen Elektrozaun fasst, obwohl man schon beim ersten dranfassen festgestellt hat, dass Strom drauf ist."

„Hä?"

„Egal. Was ich sagen will: Wir müssen heute Abend dein aus der Balance geratenes Aquarium-Unterbewusstsein wieder in die Waagerechte zurückführen."

Ich frage mich, ob Patrick gestern Abend nach ‚Frauentausch' noch schnell einen Overnight-Crashkurs in Hobby-Psychologie belegt hat oder woher diese mir nicht wirklich schlüssig erscheinende Vorgehensweise sonst kommen könnte.

„Ich hab' zwar keine Ahnung, was du meinst, aber gegen einen Abend im Aquarium ist grundsätzlich erstmal nichts einzuwenden." beschließe ich, mir zum einen erstmal keine weiteren Gedanken über Patricks plötzliche Erweiterung seiner persönlichen Kenntnisse und Kompetenzen zu machen. Und zum anderen darauf zu hoffen, dass sich mein Gesamtzustand bis heute Abend wieder auf Normalmaß einpendeln wird.

„Sehr gut." legt er mir seine Hand auf die Schulter.

Ich schaue ihn etwas irritiert an, denn ich befürchte ein wenig, dieses Handauflegen könne bereits das erste Ritual des Heilungsplans für kegeldamen-geschädigte Baumarkt-Verkäufer sein.

„Ich glaube, wir sollten dann mal so langsam." sage ich daher schnell und kann mich so elegant seinem vermeintlichen Handauflage-Ritual entziehen.

„Stimmt. Nicht, dass uns Gerstner wieder ausrufen muss." lacht Patrick.

„Die Herren Seifert und Weber bitte zu Garten und Freizeit. Die Caipirinhas werden schon warm." imitiere ich einigermaßen authentisch Gerstners bekannt-genervte Stimmlage.

Bevor wir uns aber in den heutigen Kunden-Nahkampf begeben, checken wir schnell nochmal unser Outfit im Spiegel des Personalraums. Dieser ist an der Innenseite der Tür angebracht, daher lässt es sich nicht vermeiden, beim rausgehen automatisch reinzuschauen. Allerdings versuche ich dabei möglichst immer zu vermeiden, den oberhalb des Spiegels angebrachten Spruch zu lesen. Aber je mehr man sich sowas vornimmt, umso weniger gelingt es natürlich. Und so lese ich auch heute wieder ungewollt die zwölf Worte, die uns jeden Morgen für unseren Arbeitstag motivieren sollen:

„Immer daran denken:
Bei uns kommt der Kunde zurück, nicht die Ware!"

Na dann.

Als wir um 8:15 Uhr die Verkaufshallen betreten, ist es noch ziemlich ruhig im *Honäsch*. Nur die obligatorischen Heim- und Handwerker, die sich für den Tag eindecken, ziehen wie ferngesteuert ihre Runden durch die verschiedenen Gänge, um sich dann, wie von einem Magnet angezogen, alle an den Kassen wieder zu treffen. Gerstner hatte sich aufgrund dieser Beobachtungen vor einiger Zeit mal die Mühe gemacht, die Logik dieser Laufwege zu analysieren und dementsprechend die Paletten mit den dauerhaft preisreduzierten Artikeln genau entlang dieser Routen platziert. Eigenartigerweise hat sich das ganz unterschiedlich auf die Verkäufe der preis-reduzierten Artikel ausgewirkt. Denn während die Absätze von Gießkannen, Mehrfachsteckern und Fahrrad-Flickzeug dadurch zwei-, in manchen Fällen sogar dreistellige Zuwachsraten verzeichneten, gingen diese bei Flügel-Wäscheständern, Gartenthermometern und LED-Schreib-tischlampen dramatisch zurück. Gerstner hatte dummerweise mit den Fahrrad-Flickzeug-Zuwachsraten in der Düsseldorfer Zentrale einen auf dicke Hose gemacht und damit wohl auf eine Beförderung zum Was-auch-immer gehofft. Als die hohen Herren dort allerdings ein paar Wochen später die Umsätze der LED-Schreibtischlampen gesehen haben, verpuffte diese Aussicht so schnell wie sie gekommen war. Denn mit diesen Dingern wird etwa sechsmal so viel Gewinn gemacht wie mit dem Flickzeug. Unter Gerstners genialer Idee stand also in der Endabrechnung eine ziemlich unsympa-thisch-große rote Zahl. Und so verpuffte außer seiner Karrierehoffnung im gleichen Moment auch meine Hoffnung, hier in absehbarer Zeit mal einen anderen Chef zu haben als Oberfeldwebel Gerstner.

Meine Fliesen stehen jedenfalls in der Liste der Produkte mit Sonderangebots-Potenzial nicht wirklich weit oben, was bedeutet, dass ich glücklicherweise nicht Morgen für Morgen immer erstmal prüfen muss, ob heute zum Beispiel die Motiv-Wandfliese ‚Neuschwanstein' oder die Bodenfliese ‚Sonnen-untergang in Tunesien' gerade im Angebot ist. Und für einen Spontankauf sind solche Produkte sowieso nicht geeignet. Ich kenne niemand, der im Vorbeigehen denkt ‚Och, lass uns doch mal spontan 22 Quadratmeter Terrakotta-Fliesen mitnehmen. Sind ja gerade im Angebot.'

Somit bereite ich mich innerlich auf einen ruhigen Vormittag vor. Zusätzlich wird mir dieses angenehme Gefühl durch die Aussicht auf einen mittäglichen Besuch in der Bäckerei versüßt. Seit mir Dennis geschrieben hat, dass seine Schwester Marie scheinbar auf mich steht, hatte ich mich erst einmal nicht mehr in die Bäckerei gewagt, weil ich befürchte, ihr Anblick würde mich erneut daran hindern, vollständige Sätze unfallfrei und verständlich zu formulieren. Gestern fühlte ich mich mental bereit für die zweite Begegnung und dementsprechend selbstbewusst bin ich in die Bäckerei einmarschiert. Dummerweise war gestern aber nicht nur mein Selbstbewusstseins-Tag, sondern gleichzeitig auch ihr freier Tag. Top Timing, Herr Seifert. Im Nachhinein war ich darüber aber gar nicht ganz so unfroh, denn meine wackeligen Beine beim Verlassen der Bäckerei machten mir unmissverständlich klar, dass meine gefühlte Selbstbeherrschung in Wahrheit wohl eher der Stabilität eines Wackelpuddings entsprach. Heute Morgen habe ich sie allerdings am Hintereingang der Bäckerei gesehen. Das heißt: heute gibt es keine Ausreden mehr.

Die Marie von heute hat mit der Marie von damals, welche ich immer von Dennis' Balkon bewundert hatte, quasi nichts mehr gemeinsam. Lediglich die Faszination, die sie schon damals auf mich ausübte, hat in den ganzen Jahren nicht nachgelassen. Eher im Gegenteil. Anders wäre der neuliche zeitgleiche Verlust meiner Muttersprache und der Kontrolle über meine Motorik nicht zu erklären gewesen. Und auch wenn die Marie von heute zwar eine komplett andere Frisur und Haarfarbe haben mag, so hat sie eben auch immer noch das gleiche, unwiderstehlich charmante Lächeln der Marie von damals. Oder um es mit anderen Worten auszudrücken: Ich werde es heute Mittag mit an Sicherheit grenzender Wahrscheinlichkeit erneut vermasseln, wenn ich versuchen werde, ganz cool ein belegtes Brötchen und eine Cola zu bestellen.

Das Vibrieren meines Telefons holt mich aus meinen Tagträumen zurück in die Welt der Neuschwanstein-Fliesen.

‚1 Nachricht von Patrick Weber' leuchtet auf dem Display.

‚Nicht einschlafen, Herr Seifert' schreibt er mit dem Zwinker-Smiley.

‚Blödmann' schreibe ich zurück, bin aber froh, dass diese vier Worte von Patrick kommen und nicht von Gerstner, der dabei dann vielleicht auch gerade noch hinter mir gestanden hätte und mir diese Nachricht auch noch persönlich übermittelt hätte.

Ich schaue mich um, kann Patrick aber nirgends entdecken.

‚Und Ihr Arbeitsplatz müsste dringend mal aufgeräumt werden.' kommt wenige Augenblicke später eine weitere Nachricht von ihm.

Jetzt schaue ich mich schon etwas nervöser um, denn es sieht tatsächlich etwas wüst aus bei mir. Aber das kann man eigentlich nur dann sehen, wenn man genau da steht, wo ich gerade stehe. Oder maximal einen halben Meter neben mir. Links neben mir, wenn man es genau nimmt.

‚Ach ja, und Ihre Kaffeetasse steht übrigens etwas wackelig auf dem Prospektstapel.'

Nachricht Nummer drei bringt mich jetzt vollends durcheinander.

Ich schaue sofort nach und sehe tatsächlich, dass meine Kaffeetasse kurz davor ist, von einem Stapel Prospekte für Kinderbadezimmer-Fliesen mit ‚König der Löwen'-Motiven zu rutschen.

‚Wo bist du?' tippe ich leicht nervös in mein Telefon, während ich mit der anderen Hand meine Tasse in Sicherheit bringe.

‚Big Patrick is watching you' kommt nach wenigen Sekunden als Antwort.

Ich schicke ihm eine Nachricht, die nur drei Fragezeichen enthält.

Seine Antwort besteht aus einem Foto. Dank unserem Schnecken-WLAN dauert es aber fast eine ganze Minute, bis ich es öffnen kann.

Als es endlich geöffnet ist, muss ich laut lachen. Es zeigt eine Drohne, die in etwa fünf Metern Höhe hinter mir schwebt. Als ich mich umdrehe, sehe ich, dass sie fast lautlos über meinem kleinen Fliesenparadies schwebt.

Ohne so wirklich zu wissen warum, winke ich ihr zu, was für einen Außenstehenden, der in diesem Moment nur mich, nicht aber die Drohne sehen würde, ziemlich bescheuert aussehen dürfte. Patrick scheint es aber zu gefallen, denn die Drohne wackelt zwei, drei Mal mit den Armen, wodurch sich die nach oben gerichteten Propeller kurzzeitig unrhythmisch zu verschlucken drohen.

‚Kam heute rein. Musste ich natürlich sofort ausprobieren' erscheint kurz darauf seine nächste Nachricht auf meinem Telefon.

‚Is klar. Aber wehe du fliegst damit in Richtung von unserem Damen-WC'

‚Für wen hältst du mich?'

Ich erspare mir eine Antwort auf diese Frage.

‚Kannst ja mal in Gerstners Büro damit fliegen. Dann hängt er dir gleich deine Kündigung an die Drohne. Hahaha.' schreibe ich stattdessen.

‚Gute Idee. Ich denke mal drüber nach.'

Bevor ich Patrick noch weitere mehr oder weniger geeignete Flugziele oder -zwecke nennen kann, verschwindet die Drohne auch schon wieder genauso lautlos wir sie gekommen sein musste. Und das auch gerade noch rechtzeitig, denn in diesem Moment schwenkt Kundschaft in meinen Gang ein. Und so irritiert ich gerade eben noch darüber war, wie hinter mir unbemerkt eine Drohne in Stellung gegangen sein konnte, so perplex bin ich jetzt darüber, wer da gerade um die Ecke biegt.

„Hallo Rüdiger."

Vor mir steht mein Bruder.

„Stefan. Na das ist ja mal eine Überraschung." antworte ich mit einem etwas verzwungenen Lächeln.

Kurz darauf biegen auch noch Denise und Paul um die Ecke.

Na toll. Bruder, Schwägerin und Neffe auf einmal bei mir im Baumarkt. Mein geplanter ruhiger Vormittag löst sich in diesem Moment innerhalb einer Nanosekunde in der gerade eben noch drohnengeschwängerten Luft auf.

„Schön euch zu sehen." lüge ich in Richtung von Denise und Paul.

„Ebenfalls. Lange nicht mehr gesehen." antwortet meine Schwägerin in ihrer bekannt-charmanten Art.

Hätte wegen mir gerne noch ein bisschen länger gehen können, denke ich mir und kann es gerade noch verhindern, das auch tatsächlich auszusprechen.

„Und, Paul, alles klar bei dir?" widme ich meinem Neffen höflicherweise auch etwas Aufmerksamkeit.

„Yo, Alter."

„Äh?"

„Du musst entschuldigen, aber seit einigen Wochen verbringt er fast den ganzen Tag damit, irgendwelche Rap-Videos und die dazugehörenden Homestories zu schauen." klärt mich Stefan auf.

„Ah. OK. Verstehe."

Erst jetzt fällt mir auf, dass sich auch der Kleidungsstil des Zwergs spürbar verändert hat, seit ich ihn das letzte mal gesehen habe. Damals hatte ihn seine Mutter ausschließlich mit Markenklamotten und akkurat gezogenem Seitenscheitel aus dem Haus gelassen. Und jetzt steht hier ein achtjähriger Dreikäsehoch vor mir mit einer Hose, die so groß ist, dass er die wahrscheinlich noch anziehen kann, wenn er in zehn Jahren mal sein Abitur machen sollte. Dazu trägt er ein ähnlich überdimensioniertes T-Shirt, das den Eindruck erwecken könnte, er hätte damit gerade an der Kinder-Weltmeisterschaft im Schlamm-Catchen teilgenommen. Abgerundet wird das Bild durch seine Körperhaltung, mit der er anscheinend Eminem imitieren will, dabei aber eher wirkt wie DJ Joghurette, der gerade erfolgreich die ersten zwanzig Meter auf seinem Fahrrad nach dem Entfernen der Stützräder gemeistert hat.

Seinen Vornamen hat Paul der Tatsache zu verdanken, dass sein Vater den Comedian Paul Panzer für einen der lustigsten Comedians der westlichen Hemisphäre hält. Und da der Name Paul vor acht Jahren auf der Liste der beliebten Vornamen recht weit oben stand, hat seine Frau seinem

Vorschlag letztendlich zugestimmt, aber nur unter der Voraussetzung, dass ihr Mann niemandem jemals den wahren Hintergrund dieser Namensgebung verraten würde. Als Panzers Paul dann mal für einen Live-Auftritt bei uns in der Gegend war, hat sich Stefan aber leider verplappert und seitdem kenne ich den wahren Hintergrund. Ich selbst halte Paul Panzer auch für einen der besten Comedians, sollte der aber jemals erfahren, was für ein bescheuertes Kind nach ihm benannt worden ist, wäre er höchstwahrscheinlich innerhalb weniger Sekunden ungewollt von seinem Nuschel-Sprachfehler spontangeheilt, was dann wohl auch gleich-bedeutend mit dem Ende seiner Karriere sein dürfte.

„Was kann ich denn für euch tun?" frage ich, nachdem ich mental vom privaten Bruder-Schwager-Onkel-Modus auf den Verkäufer-Modus umgeschaltet habe. „Sucht ihr vielleicht ein paar schöne neuen Fliesen für euer Ferienhaus in der Toskana?"

„Nein, nein, das haben wir ja erst kürzlich mit neuem Carrara-Marmor ausstatten lassen." antwortet Denise mit nach oben gezogenen Augenbrauen.

„Natürlich." sage ich und zwicke mir unbemerkt in den Oberarm, um ihr nicht eins der vor mir liegenden Muster-bücher entgegen zu schleudern.

„Wir suchen ja auch gar keine Fliesen, aber wir dachten, du kannst uns sicher auch bei etwas anderem beraten." sagt Stefan schon fast entschuldigend.

„Klar. Um was geht's denn?" frage ich und hoffe, dass es irgendetwas ist, was bei uns gerade ausverkauft ist oder vorgestern unwiderruflich aus dem Sortiment gestrichen wurde.

„Wir benötigen einen dieser großen Grills für die Terrasse von Stefans Kanzlei" ergreift jetzt wieder Denise das Wort.

„Verstehe. Also einen Gasgrill mit genug Fläche um darauf notfalls auch mal einen ausgewachsenen Elefanten artgerecht zubereiten zu können – richtig?" versuche ich durch etwas Humor die Situation zu entkrampfen.

„Genau so einen." antwortet Denise, das aber in einer Stimmlage, als hätte sie gerade erfahren, dass ihr Lieblings-Friseur morgen zum Nordpol auswandert.

OK, Humor ist also heute eher nicht erwünscht.

„Yo. Elefant mit Barbecue-Soße" ergänzt Paul grinsend.

Na wenigstens einer, der hier die Stimmung noch ein wenig hochhält, denke ich.

„Ich wusste gar nicht, dass du jetzt auch mediterrane Grill-Abende in deiner Kanzlei anbietest." prüfe ich abschließend noch die heutige Humorbereitschaft meines Bruders.

„Macht er auch nicht, aber auch als Anwalt muss man seinem Klientel heutzutage eben noch etwas mehr bieten als nur eine gute Rechtsberatung."

„Natürlich." zwicke ich mir erneut in meinen Oberarm.

Während sich Paul also innerhalb weniger Monate von einem Vorzeigekind zu einem Nachwuchs-Sido entwickelt hat, ist bei meinem sieben Jahre älteren Bruder und seiner Frau alles beim Alten. Er hat Denise vor über zehn Jahren kennengelernt, ohne zu wissen, aus welchem guten Haus sie stammt. Denise' Vater war schon damals einer dieser Staatsanwälte aus der Kategorie ‚freilaufender Kettenhund', bei denen man schon wenige Sekunden nach Betreten des Gerichtssaals weiß, dass man seinen Prozess verlieren wird. Und dabei spielt es auch keine Rolle, ob man zu Unrecht angeklagt ist oder einen dieser Staranwälte an seiner Seite hat – man wird seinen Prozess verlieren. Punkt.

In den ersten Wochen, in denen er mit Denise zusammen war, dachte Stefan noch, er wäre bezüglich seiner eigenen

Berufswahl völlig frei. Aber eben nur solange, bis ihm sein heutiger Schwiegervater unmissverständlich klarmachte, dass er ihm Denise' Hand nur dann gibt, wenn er a) ein Jura-Studium begönne und b) dieses auch als Jahrgangsbester abschließen wird. Stefan hatte schließlich zwar nicht als Jahrgangsbester abgeschlossen, aber aus Sicht seines Schwiegervaters zumindest so gut, dass er ihm seinen Segen für die Hochzeit gegeben hat. Auf Drängen von Denise hat er ihm dann sogar noch beim Aufbau seiner heutigen Kanzlei hilfreich unter die Arme gegriffen. Einen Bruder, beziehungsweise Schwager zu haben, der es nur zu einem Dreier-Abschluss und im Anschluss daran gerade mal so zum Fliesen-Verkäufer in einer Baumarkt-Kette gebracht hat, passt da natürlich nicht wirklich ins Bausparkassen-Idyll. Umso überraschter bin ich, die drei heute hier zu sehen.

„Habt ihr euch draußen denn schon mal umgeschaut auf unserer Freifläche, dort wo die großen Grills stehen?" bin ich jetzt vollends in meiner Verkäuferrolle angekommen.

„Yo. Echt fett-krasse Teile." meint Paul und verschränkt dabei die Arme vor seinem Körper.

„Und fast alle elefanten-geeignet." zwinkere ich ihm zu.

„Ja, sehr witzig, Rüdiger. Bring ihn ruhig auf dumme Gedanken. Können wir dann mal raus gehen?" schaut mich Denise mit einem ermahnenden Blick an.

„Klar. Gehen wir."

Ich gehe voraus und merke nach wenigen Schritten, dass Stefan sich an meine linke Seite vorgearbeitet hat.

„Du musst sie entschuldigen. Dass Paul jetzt gerade seinen eigenen Kopf entwickelt, macht ihr ziemlich zu schaffen." sagt er mit leicht gedämpfter Stimme.

„Dir auch?" frage ich.

„Ehrliche Antwort?"

„Immer!"

„Nein. Mir wäre es auch lieber, er würde auf Pink Floyd oder Bruce Springsteen stehen als auf dieses Rap-Zeugs. Aber das ist immerhin schon mal ein Schritt in die richtige Richtung bei einem Kind, das in seinem Zimmer eine Büste von Brahms auf dem Schreibtisch stehen hat und an der Wand statt einem Poster von Katy Perry oder Pink das Periodensystem mit den chemischen Elementen."

„Hat er das?" frage ich lachend.

„Ja. Denise glaubt, dass er dadurch entweder mal ein guter Chemiker mit Nobelpreis-Potenzial würde oder sich alternativ für eine Karriere in irgendeinem renommierten Sinfonie-orchester entscheidet. In ihren Gedanken sieht sie ihn wahrscheinlich schon in vorderster Reihe in einem dieser Orchester, die bei Staatsempfängen abends immer für gelangweilte Staatsgäste depressive Klassik-Sonaten spielen müssen."

„Tja, dieser Plan ist dann aktuell wohl in recht weite Ferne gerückt." stelle ich mit einer gewissen Zufriedenheit fest.

„Nicht so laut." zischt Patrick. „Das ist bei uns seit ein paar Wochen Thema Nummer eins. Und du kannst dir vorstellen, dass unsere inhaltliche Schnittmenge hier in etwa so klein ist wie die zwischen Donald Trump und Greta Thunberg wenn es um die Ansichten zum Klimaschutz geht. Mittlerweile verbringe ich freiwillig ja schon mehr Zeit in der Kanzlei als zu Hause."

„Und deswegen jetzt der XXL-Grill?" frage ich.

„Naja, es war eigentlich eine Idee ihres Vaters, der der Meinung ist, dass ich mir einen Namen als Wirtschaftsanwalt machen soll, anstatt immer nur irgendwelche Idioten zu vertreten, die mit 70 km/h in der verkehrsberuhigten Spielstraße geblitzt wurden und glauben, dass man nur einen guten Anwalt braucht, um dies als Lappalie abzutun und sich damit einfach mal so aus der Verantwortung stehlen zu können. Und dank hin und wieder einer Grill-Party auf der Kanzlei-Terrasse soll ich mir jetzt die großen Fische an Land ziehen."

Ich kann die Begeisterung meines Bruders förmlich zwischen jeder Zeile riechen.

„Na dann schauen wir doch mal, was wir da Schickes haben für deine Terrasse, Herr Wirtschaftsanwalt" grinse ich zu meinem Bruder, als wir unsere Freifläche betreten.

„Bisschen Kleingeld" höre ich plötzlich hinter mir, noch bevor ich am ersten unserer Freiluftgrills angekommen bin.

Alfons. Ausgerechnet jetzt.

„Is' gerade 'n bisschen schlecht." nehme ich ihn diskret zur Seite, bevor er Denise seinen wie immer schon wieder ziemlich lapprigen Kaffeebecher entgegenstrecken kann.

„Nur bisschen Kleingeld." unternimmt er einen zweiten Versuch, wobei ihm beinahe sein zerfledderter Zigarrenstummel in den Becher fällt.

„Nachher, Alfons. Ich habe hier gerade einen wichtigen Termin."

„Versprochen?"

„Versprochen!"

„Na gut. Aber nicht vergessen." nuschelt er noch, bevor er sich zum Glück zurückzieht.

„Natürlich nicht." sage ich.

Allerdings dürfte die Wahrscheinlichkeit, dass er das innerhalb der nächsten zehn Sekunden vergisst deutlich höher sein, als dass ich es überhaupt vergessen würde.

„Wer war das denn?" fragt mich Denise mit einem völlig verstörten Blick.

„Alfons Schaumreiter. Ihm hat das ganze hier mal gehört." sage ich kurz und knapp, wohl wissend, dass sie mir davon kein Wort glauben wird.

„Klar. Und ich bin ab dem nächsten Monatsersten die neue Aufsichtsratsvorsitzende von Amazon." antwortet sie mit dem mir hinlänglich bekannten süffisanten Unterton, der sogar Gerstner vor Neid erblassen lassen würde.

„Wie auch immer, wir sind ja wegen eurem neuen Grill hier." wechsele ich schnell das Thema.

„Für die Elefanten." mischt sich die kleine XXL-Hose mal wieder ins Gespräch mit ein.

„Paul, wenn du noch einmal mit diesen Elefanten anfängst." richtet sie jetzt eine unübersehbare Ansage in seine Richtung. Und die schüchtert ihn offensichtlich so stark ein, dass er darauf verzichtet, sich nach möglichen Konsequenzen zu erkundigen, um diese dann mit einer erneuten Erwähnung der Elefanten abzuwägen.

Unser Sortiment umfasst nahezu alle Größen und Preisklassen von Gasgrills. Durch den Verwendungszweck ‚Kanzleiterrasse' in Verbindung mit der Funktion ‚Kunden-akquise' ist mir aber klar, dass ich meine Präsentation nicht mit irgendwas Popeligem aus dem 300-Euro-Preissegment anzu-fangen brauche.

„Schau mal Mama, der sieht aus wie R2-D2 aus Star Wars." sagt Paul plötzlich, der sich also offensichtlich für den Verzicht auf Elefanten-Themen entschieden hat.

„Welchen meinst du?" springt sein Vater verbal dazwischen, da er zurecht befürchten dürfte, dass seiner Frau diese Ähnlichkeit komplett egal sein dürfte. Zudem dürfte sie R2-D2 wohl eher für einen neu entwickelten Inhaltsstoff einer dieser völlig überteuerten Cellulite-Cremes halten als dabei an den Kult-Roboter aus Hollywood zu denken.

„Der da." zeigt er auf einen weißen, zylinderförmigen Gasgrill mit einer silberfarbenen Kuppel.

„Tatsächlich." bestätigt mein Bruder mit einer gewissen Bewunderung in der Stimme die Beobachtung seines Sohnes.

Hätte der Gasgrill auf der Vorderseite noch ein paar blaue Schaltflächen, dann könnte er durchaus als Zwillingsbruder des kleinen, fiependen Blechkastens aus Hollywood durchgehen, gebe ich beiden gedanklich recht.

„Sollen wir ihn mal fragen, wo er seinen Kumpel C-3PO gelassen hat?" frage ich daher Paul augenzwinkernd.

„Der is' wahrscheinlich gerade mit Chewbacca beim Metzger und holt die Steaks." antwortet Stefan, wodurch er sich von seiner Frau einen ähnlich eindeutigen Blick einfängt wie Paul gerade eben noch mit seiner x-ten Elefanten-Bemerkung.

„Ja, sehr schön, die Herren. Aber können wir uns dann jetzt vielleicht mal den Dingern widmen, die tatsächlich in Frage kommen?" beendet Denise unsere spontan improvisierte Star Wars-Episode und gibt damit die Marschrichtung vor. Und das ist eindeutig die oberste Garstufe der Preisskala.

„Natürlich."

Dieses Mal verkneife ich mir allerdings Zwicker Nummer drei in den Oberarm. Nicht, dass Marie nachher denkt, ich käme direkt von einer morgendlichen Crack-Party am Bahnhof, wenn ich heute Mittag mit verpixelten Oberarmen bei ihr in der Bäckerei einlaufe.

„Das ist unser absolutes Spitzenmodell. Der Bison 3000S." greife ich bezüglich des Preises sofort ganz oben ins Regal und versuche gleichzeitig dem Zwerg per Augenkontakt irgendwie klarzumachen, dass er jetzt bitte nicht fragen möge, warum der Grill ausgerechnet diesen Namen hat. Ich gehe davon aus, dass sich die eben ausgesprochene Warnung seiner

Mutter auf alle Tiere bezog, die aufgrund ihrer allgemein bekannten Körpergröße nicht mehr in die Kategorie ‚süße Haustiere zum Liebhaben' fallen.

„Sechs Brenner. Fast ein halber Quadratmeter Grillfläche. Mit Drehspieß und Infrarot-Backburner. Inklusive Pizzastein und Warmhalterost. Und als besonderes Highlight: LED-beleuchtete Bedienknöpfe, Farbe nach Wunsch." rattere ich die Besonderheiten des Bison 3000S herunter und bin selber überrascht, was wir hier für tolle Geräte im Angebot haben.

„Perfekt. Was kostet der?" fragt Denise ohne eine einzige Nachfrage zu stellen.

Sehr gut, denke ich. Nicht groß nachdenken. Gleich auf den Punkt kommen.

„Moment." drehe ich das Datenblatt herum. „949 Euro. Und ich sehe gerade: Zwei Gewürzschalenhalterungen und ein verchromter Flaschenöffner sind auch noch mit dabei." zeige ich mit meinem linken Zeigefinger auf den mit einem Sternchen markierten Text am unteren Ende des Preisblattes.

„OK. 949 Euro, aber du bekommst da ja bestimmt noch einen Mitarbeiter-Rabatt, oder?"

Hat sie das jetzt wirklich gesagt? Sie will ernsthaft einen Mitarbeiter-Rabatt? Oder um es genauer zu sagen: Meinen Mitarbeiter-Rabatt?

Ihr Vater besitzt eine Villa mit einem Garten, dessen Größe jeden zweiten Minigolfplatz-Besitzer neidisch werden ließe, im Urlaub würde sie niemals ein Hotel buchen, das nicht über ausnahmslos alle Kategorien eines 5-Sterne-plus Hotels verfügt und ihr monatliches Budget für Kleidung ist wahrscheinlich doppelt so hoch wie mein Gehalt hier. Und da reden wir wohlgemerkt von meinem Brutto-Gehalt. Und so jemand fragt tatsächlich nach der Höhe des Mitarbeiter-Rabattes?

„Natürlich." sage ich irrwitzigerweise, jedoch mit ausgetrocknetem Mund, anstatt ihr einen Kurzabriss über unsere jeweiligen Vermögens- und Budgetverhältnisse zu geben. Gleichzeitig versuche ich mir mit einer zur Dekoration dienenden Grillzange durch das Hosenbein hindurch meinen rechten Knöchel zusammenzupressen, um damit die sich gerade in meinem Hinterkopf abreisebereit machenden Emotionen in Schach zu halten.

„Denise. Du willst doch nicht ernsthaft von Rüdiger verlangen, dass er wegen uns hier seinen Mitarbeiter-Rabatt verbraucht, oder?" geht Stefan aber erfreulicherweise proaktiv dazwischen.

Positiv überrascht von der sich nähernden Kehrtwende, löse ich unmittelbar den Griff der Grillzange wieder.

„Hm. Hast du natürlich auch wieder recht" scheint Denise gerade selber zu merken, dass das wohl doch etwas zu viel verlangt war.

„Also gut. Rüdiger, wir nehmen ihn. Ohne den Mitarbeiter-Rabatt."

Ich nicke ein kurzes ,dankeschön' in Richtung meines Bruders.

„Und ohne Elefanten." ruft Paul hinter dem Zwillingsbruder von R2-D2 hervor.

OK, im Gegensatz zum bekanntermaßen phänomenalen Elefanten-Gedächtnis besteht bei ihm also noch ein recht großes Entwicklungspotenzial, denn die eindeutige Ansage seiner Mutter scheint in seinem kleinen Oberstübchen wohl nur auf der Durchreise gewesen zu sein. Glücklicherweise verzichtet seine Mutter aber auf eine erneute Ermahnung.

„Lieferung und Aufbau sind natürlich im Preis inbegriffen." schieße ich schnell noch etwas Erfreuliches hinterher.

„Na siehst du, ist doch viel besser als der Mitarbeiter-Rabatt." lächelt mein Bruder zu seiner Frau herüber.

Auch wenn sie nicht wirklich zurücklächelt, scheint sie mit diesem Kompromiss einverstanden zu sein. Ich habe zwar keine Ahnung, was ihren plötzlichen Stimmungswandel verursacht haben könnte, aber wer oder was es auch war: Danke, lieber Grill-Gott!

„Na dann, lasst uns wieder reingehen. Ich mache die Rechnung fertig und in ein paar Tagen kannst du schon die ersten argentinischen Steaks auf deinen neuen XXL-Grill werfen." sage ich zu Stefan.

„Perfekt." meint er und fährt sich mit der Zunge über die Oberlippe.

„Und diese Steaks sind übrigens vom Rind." ergänze ich schnell in Richtung des kleinen DJ Playmobil, der sich gerade von seinem neuen Freund R2-D2 verabschiedet. Nicht dass er noch auf die Idee kommt zu fragen, wie viele Elefanten denn da so leben in Argentinien.

Da die komplette Grill-Präsentation inklusive Star Wars-Ausflug nicht mal zehn Minuten gedauert hat, befürchte ich, dass sich mein Freund Alfons, der Kleingeldmann, noch nicht so weit zurückgezogen hat, wie ich hoffe und er jetzt gleich einem Mitglied unserer familiären Vierergruppe wieder ungefragt seinen leeren Kaffeebecher entgegenstrecken wird. Um dies zu vermeiden, gehe ich ein paar Meter vor Stefan und seiner Familie in Richtung Haupteingang. Aus dem Augenwinkel sehe ich dann aber glücklicherweise, dass er es sich in sicherer Entfernung bei unseren Großpalmen bequem gemacht hat. Passt in dreierlei Hinsicht. Erstens fällt meine Schwägerin bei Alfons' Anblick nicht erneut beinahe in Ohnmacht und überlegt es sich vor lauter Schreck schlimmstenfalls nochmal mit dem Kauf des Bison 3000S.

Zweitens scheint Alfons schon genug Kleingeld für seine Mittagspause zusammengeschnorrt zu haben. Und drittens ist unsere Großpalmen-Freifläche definitiv nicht von Gerstners Bürofenster einsehbar.

Läuft heute.

Dementsprechend gut gelaunt mache ich die Rechnung für meinen Bruder fertig. Der hat gerade etwas Mühe, seinem Sohn klarzumachen, dass die automatisch schließenden Glastüren unserer Duschkabine „Tropical Jungle" nicht endlos belastbar sind, vor allem dann nicht, wenn sich ein achtjähriger Junge mit seinem kompletten Körpergewicht dranhängt. Ich befürchte, dass da heute Abend jemand ohne Nachtisch ins Bett gehen wird, wenn ich die in diesem Fall synchron ausfallenden Blicke seiner beiden Elternteile richtig interpretiere.

„So. Da wäre eure Rechnung. Unter dieser Nummer könnt ihr dann einen Termin für die Lieferung und den Aufbau ausmachen." zeige ich mit meinem neongrünen Kugel-schreiber auf die in dunkelrot gedruckte Telefonnummer am linken Rand des hellblauen Rechnungsformulars.

„Vielen Dank." nickt mir Stefan kurz zu.

„War schön, dich mal wiederzusehen." schenkt mir Denise überraschenderweise ein Lächeln, das in dieser Art wahr-scheinlich höchstens noch ihr Friseur zu sehen bekommen dürfte. Oder die Verkäuferin ihrer Lieblings-Boutique, wenn diese ihr freudestrahlend mitteilt, dass gerade die neuesten Modelle aus Mailand eingetroffen sind und Denise die erste ist, die sie zu Gesicht bekommt. In meinem Fall kann das dann wohl nur bedeuten, dass ich ihre Erwartungen hinsichtlich meiner Beratungskompetenz deutlich übertroffen haben dürfte.

„Paul, können wir dann?" fragt Stefan schließlich in Richtung des kleinen Glastür-Kunstturners.

„Sag Auf Wiedersehen zu Onkel Rüdiger" ergänzt Denise mit einem Unterton, der Wiederspruch von vorneherein zu einhundert Prozent ausschließt.

„Echt fette Teile hast du hier, Onkel Rüdiger." streckt er mir seine Ghettofaust entgegen, wodurch seine dicken Finger noch deutlicher an zwei nebeneinanderliegende Pärchen Wiener Würstchen erinnern als sie das im Normalzustand schon tun.

„Bis zum nächsten Mal. Und schau dir mal ein paar Videos von Queen oder Bruce Springsteen an." grinse ich in Stefans Richtung während ich Paul meine Faust entgegenstrecke.

Da Denise im Gehen gerade irgendwas in ihr Telefon eintippt, wird sie diesen Satz höchstwahrscheinlich nicht gehört haben, was mir mein Bruder mit einem leisen, aber dennoch hörbar entspannten Durchatmen quittiert.

So kann der Tag weitergehen, denke ich mir, nachdem mein Bruder mit seiner Familie die Kasse passiert hat und ich durch die große Frontscheibe erkennen kann, wie sich die drei in ihrem klimatisierten SUV verstauen und vom Parkplatz gleiten. Nur wenige Sekunden später läutet der Festnetz-Apparat auf meinem Schreibtisch. ‚Kasse 1', lese ich auf dem hellgrauen Display.

„Seifert."

„Hey Rüdiger. Hannah hier von Kasse eins." höre ich eine euphorische Stimme aus dem Hörer.

„Hi Hannah. Was gibt's?"

„Wollte dir nur kurz gratulieren."

„Wozu?" frage ich, da ich tatsächlich keine Ahnung habe, worum es gehen könnte.

„Hallo? Bison 3000S? Klingelt's" fragt sie ein wenig belustigt.

„Äh … nein." antworte ich wahrheitsgemäß.

„Na die Sonderprämie, du Schlauli."

Ich habe keine Ahnung wovon sie spricht.

„Ach so, das meinst du. Klar. Danke." lüge ich und versuche dabei möglichst unverkrampft zu klingen. Jetzt zeigt sich, ob ich den Ratgeber ‚Überzeugen trotz völliger Ahnungslosigkeit' auch tatsächlich verinnerlicht habe.

„Aber nicht gleich sinnlos verprassen bei Ouzo-Udo oder so, hörst du? Tschüssie." lacht sie noch und legt dann auf, ohne dass ich noch etwas sagen kann.

Jetzt kann nur noch Patrick helfen.

‚Weißt du etwas von einer Sonderprämie bei den Grills?' schreibe ich ihm per WhatsApp. Nach nur zwei Sekunden ändern die beiden grauen Häkchen ihre Farbe in hellblau.

‚Klar. 200 Euro für den ersten Bison 3000S. Liest du keine mails?' folgt umgehend seine Antwort.

Zugegebenermaßen: Mails zu lesen, gehört nicht wirklich zu meiner Hauptbeschäftigung. Ich verlasse mich meistens darauf, dass mir Patrick die wichtigsten Dinge sowieso irgendwann mitteilen wird. Schlimmstenfalls erfahre ich es dann von Gerstner, in dem Fall wäre das dann allerdings mit einem stark unerfreulichen Unterton verbunden.

‚Ich hab' doch dich' antworte ich und füge noch eine Handvoll zwinkernde Emojis hinzu.

Patricks Antwort lässt nicht allzu lange auf sich warten, ich beschließe aber, erstmal meine mails zu checken, bevor ich seine Nachricht lese.

‚127 ungelesene mails' blinkt mir in rot entgegen und lässt mich kurz zusammenzucken. Da habe ich dann wohl tatsächlich schon etwas länger nicht mehr nachgeschaut.

Durch die Eingabe des Begriffes ‚Bison' im Filter-Kästchen reduziert sich die Anzahl der angezeigten Mails auf drei Stück. Die jüngste der drei Mails ist vier Tage alt und hat die Betreffzeile ‚Sonderprämie für den ersten Bison 3000S'. Absender ist Manfred Gerstner.

Etwa dreißig Sekunden später weiß dann auch ich, und das mit Sicherheit als Letzter hier im Laden, dass Gerstner für den Verkauf des ersten Bison 3000S eine Sonderprämie von zweihundert Euro ausgelobt hat. Tja, und genau diese zweihundert Euro werden sich jetzt dann wohl in Kürze auf meinem stets bescheiden gefüllten Berufsanfänger-Girokonto einfinden.

Zeit, um Patricks Nachricht zu öffnen.

‚Sag jetzt nicht, dass du dir die Prämie holen willst. Du hast so wenig Ahnung von Gasgrills wie eine usbekische Volkstanzgruppe von Quantenphysik.' hat er geschrieben.

‚Noch weniger. Aber die Prämie hab' ich trotzdem schon.' schreibe ich grinsend und tippe mit meiner Nase auf ‚senden'.

In den nächsten Minuten schweigt mein Telefon. Da glaubt mir wohl jemand nicht so wirklich.

„Hast du nicht." höre ich plötzlich Patricks Stimme hinter mir und spüre im gleichen Moment seine Hand auf meiner Schulter.

„Willst du mich umbringen?" sage ich und fahre herum.

„Ich würde doch nicht unseren neuen Gasgrill-König umbringen." lacht Patrick. „Und jetzt mal ehrlich. Du hast nicht wirklich den ersten von diesen Ungeheuern da draußen an den Mann gebracht, oder?"

„Hab ich wohl. An einen Anwalt, der hier mit seiner ganzen Familie aufgekreuzt ist." zeige ich lässig mit meinem Finger auf den Durchschlag der Rechnung.

Patrick beugt sich nach vorne und zieht mir den Rechnungsdurchschlag unter meiner Hand weg.

„Einmal Bison 3000S. 949 Euro. Verkäufer: Rüdiger Seifert." murmelt Patrick.

Mal schauen, in welchem Moment sein Blick auf den Namen des Käufers oben links fällt.

„Stefan Seifert? Das ist doch ..."

OK, dieser Moment ist also jetzt.

„Genau. Mein Bruder. Hundert Punkte für dich. Aber Zweihundert Euro für mich." grinse ich.

„Und du hattest nicht mal gewusst, dass Gerstner die Prämie ausgeschrieben hatte?" muss Patrick laut lachen.

„Gerade eben erst gelesen." deute ich auf die noch geöffnete Mail auf meinem Bildschirm.

„Das glaube ich echt nicht." schüttelt er den Kopf und gibt mir die Rechnung zurück. „Du hast echt mehr Glück als Verstand, Rüdiger Seifert."

„Du weißt doch. Blindes Huhn. Korn. Und so weiter."

„Das kostet dich einen ziemlich teuren Cocktail nächstes Mal im Aquarium. Das dürfte dir klar sein."

„Geht klar." zeige ich mit meinem linken Daumen nach oben.

„Ich habe nichts anderes erwartet. So, ich muss zurück zu den Tapeten. Wir sehen uns später."

„Bis später." rufe ich ihm mit einem zufriedenen Grinsen hinterher.

Bevor ich mein Mail-Programm schließe, schicke ich aber schnell noch eine Antwort auf Gerstners Sonderprämien-Info-Mail. Und diese besteht genau aus fünf Worten:

‚Erledigt. Bankverbindung ist ja bekannt.'

Ein leichtes Magenknurren signalisiert mir die näher rückende Mittagspause.

Marie!

Elefanten, Bisons und Sonderprämien hin oder her – jetzt gilt meine Konzentration dem wichtigsten Ereignis des heutigen Tages. Beim Gedanken an Marie verschwindet mein gerade noch kubikmetergroß vorhandenes Selbstbewusstsein leider aber gerade genauso schnell wie vorhin Patricks Drohne. Und außerdem bahnt sich noch ein ganz anderer Gedanke seinen Weg in mein Kleinhirn: Habe ich mit dieser Grill-Geschichte möglicherweise mein ganzes Glücks-Kontingent für heute schon verfeuert oder ist noch genug übrig, um meinen zweiten Auftritt in der Bäckerei nicht genau so zu vermasseln wie den ersten.

Wie auch immer, in wenigen Minuten werde ich es wissen.

ZWÖLF

Ich stelle die Glückskontingent-Frage erstmal zurück, wodurch sich auch meine innerliche Gesamtkonstitution im Verdauungstrakt etwas entspannt. Um mich zusätzlich noch zu beruhigen scrolle ich in meinem Telefon bis zum Namen Dennis Sandner und öffne nochmal seine letzte Nachricht: ‚Ich glaube, sie mag dich!'

Als er mir das geschrieben hatte, war mein erster Gedanke, ihn zu fragen, wie er denn darauf kommt. Habe ich dann aber dann doch nicht gemacht. Dennis war in der Schulzeit mein bester Klassenkamerad, somit gibt es keinen Grund, mich verarschen zu wollen. Und schon gar nicht in einer so sensiblen Angelegenheit!

Nachdem ich die Nachricht wieder geschlossen habe, springt mein Display in den Sperrbild-Modus und zeigt mir die Uhrzeit ‚11:55' an. So langsam wird's also ernst.

Da Patrick heute keine Zeit für eine gemeinsame Mittagspause hat, muss ich zumindest nicht mit blöden Sprüchen oder eigenartigen Fragen rechnen, wenn sich mein heutiger Wortschatz wiederum nur auf die Brötchenbeläge und ein ‚Danke, ebenfalls einen schönen Tag' beschränken sollte. Bleibt also nur noch der Optik-Check in unserem Mitarbeiter-Raum. Als ich den kurz vor zwölf betrete, ist außer mir zum Glück niemand da und die Sichtprüfung ist auch in wenigen Sekunden erfolgreich erledigt. Frisur sitzt, Polohemd hat keine Flecken, Namenschild ist waagerecht und zwischen den Zähnen befinden sich keine Schnittlauch-Reste oder anderes, was bei der Begegnung mit der Traumfrau stören oder diese irgendwie irritieren könnte. Ich frage mich gerade, ob der Sitz meines Namensschildes für eine Begegnung mit Marie tatsächlich relevant ist und probiere daher zum Vergleich kurz die Variante ‚leicht schräg' aus, entscheide ich mich dann aber doch wieder für ‚waagerecht'. Ordnung muss sein.

Ein völlig albernes ‚Hol sie dir!', das ich mit einem ausgestreckten Zeigefinger in den Spiegel spreche, soll mir noch ein paar Selbstbewusstseins-Punkte bescheren. Allerdings komme ich mir dabei ziemlich lächerlich vor, in etwa so wie Alan Harper aus ‚Two and a half men', wenn er zum x-ten Mal versucht so cool zu sein wie sein Bruder Charlie. Daher ersetzte ich das durch ein deutlich begründeteres „Du schaffst das, Rüdiger Seifert. Denk dran: Sie mag dich!"

In dem Moment öffnet sich die Tür und die beiden M&Ms kommen herein. Ich gehe davon aus, dass ich mein ‚Sie mag dich' noch rechtzeitig beendet habe, und die beiden das nicht gehört haben.

„Hallo Rüdiger." sagen beide im Chor.

„Martin. Markus. Alles OK bei euch?"

„Klar, immer doch. Nur noch schnell Hände waschen vor dem Mittagessen." sagt Martin und zeigt auf seine Hand-Innenflächen, auf denen sich eine bunte Mischung aus Blumenerde, Lackfarbe und Resten eines merkwürdig gemusterten Klebebands häuslich eingerichtet haben.

„Natürlich. Das muss sein. Habe ich auch gerade gemacht. Jetzt erstmal Mittagspause." sage ich und schüttele innerlich den Kopf über dieses befremdliche Szenario. Fehlt bloß doch, dass beide jetzt einen jeweils mit ihrem Namen bedruckten ‚Findet Nemo'-Trinkbecher auspacken und den noch mal schnell nass rausspülen, bevor sie da gleich ihre mitgebrachte Capri-Sonne banane-kirsch reinschütten.

„Guten Appetit." meint Markus, während er am Waschbecken seine Hände mit einer tischtennisballgroßen Masse Flüssigseife einschäumt.

„Ebenso. Danke." mache ich mich schon fast überhastet auf den Weg in Richtung Tür. Auch um zu vermeiden, dass beide sich mir schlimmstenfalls in meiner Mittagspause anschließen könnten. Nicht auszudenken, was das für einen Eindruck machen würde, wenn ich mit diesen beiden Trotteln gleich bei Marie in der Bäckerei aufschlagen würde. Da könnte ich mir die Wunschvorstellung, dass dies der Startschuss sein könnte für eine Zukunft mit einem gemeinsamen Häuschen, zwei Kids, Hund, Garten und Doppelgarage, gleich aus dem Kopf schlagen.

Mit einem dezenten ‚klack‘ fällt die Tür unseres Personalraums ins Schloss und bannt damit hoffentlich endgültig die Gefahr des unfreiwilligen M&M-Begleitservices.

Auf dem Weg zum Haupteingang muss ich notgedrungen auch noch an Gerstners Büro vorbei. Dies könnte sich als letztes Hindernis erweisen, wenn ihm gerade einfallen würde, dass es irgendetwas gibt, was unbedingt jetzt und nicht erst nach der Pause erledigt werden muss. Allerdings hat dieses Schicksal heute scheinbar meine Kollegin Steffi getroffen. Sie steht an einem unserer SB-Kassen-Terminals, ihr gegenüber, glücklicherweise mit dem Rücken zu mir, steht Gerstner und fuchtelt mit einem der mobilen Scanner herum, mittels dem unsere Kunden ihre Produkte selber abscannen und danach gleich bezahlen können. Irgendetwas scheint ihn ziemlich aufzuregen, denn er schwenkt so hektisch mit diesem Ding herum, dass das spiralförmige Kabel ständig gegen sein linkes Ohr klatscht. Steffi steht nur einen knappen halben Meter vor ihm und hat Mühe zu vermeiden, dass er, wenn er so weitermacht, ihr das Kabel auch noch ins Gesicht pfeffert.

So leid mir das zwar jetzt gerade für sie tut, so erleichtert bin ich, dass damit auch die letzte mögliche Hürde für eine entspannte Mittagspause erfolgreich genommen wurde. Das Risiko einer Begegnung mit dem Kleingeldmann steht um diese Zeit sowieso bei null, und da er es sich vorhin schon bei den Palmen bequem gemacht hat, gehe ich davon aus, dass er bereits mit einem frisch entkorkten Burgunder seinen Mittag genießt.

Jetzt gilt's also.

Als ich um die Ecke biege, hinter der sich direkt der Eingang der Bäckerei befindet, bin ich überrascht, wie lang die Schlange heute ist. Beim Näherkommen sehe ich, dass diese Schlange fast ausschließlich aus Herren in limettengrünen Overalls mit der Aufschrift „Mission rohrfrei! Mit Ihrer Rohrreinigung Gössner" besteht. Diese Firma gehört schon seit einiger Zeit zu unseren Stammkunden und es vergeht kein Tag, an dem nicht mindestens einer aus der Truppe bei uns eine mittelgroße Wagenladung von irgendwelchem Rohrputz-Krimskrams einkauft. Da auf dem Parkplatz neben der Bäckerei heute aber auch noch fünf Kombis im selben limettengrün stehen, frage ich mich, ob das nur Zufall ist oder ob Seniorchef Gössner möglicherweise die Spendierhosen anhat und die Jungs heute vielleicht ihren Betriebsausflug zu uns in den *Honäsch* gemacht haben könnten. Ist aber wahrscheinlich nur eins dieser modernen Teambuilding-Events. Gemeinsames Einkaufen im Baumarkt, dann ein paar Schlemmerschnitten aus der Bäckerei als Lunch-Paket. Nachmittags dann in Zweiergruppen in den Klettergarten und zum Abschluss geht's abends in den Landgasthof, wo sich alle an den Händen fassen und sich gegenseitig bestätigen wie toll sie den Tag fanden und dass da jetzt ein ganz neuer Teamgeist entstanden ist. Und ab morgen machen alle wieder alles genauso, wie sie es auch schon die letzten Wochen und Monate gemacht haben. Bingo.

Zumindest verzögern die Jungs von der Rohreinigung und meine Vermutungen hinsichtlich ihres heutigen Schicksals mein Aufeinandertreffen mit Marie noch etwas. Und das gibt mir die Möglichkeit, meinen jetzt doch spürbar steigenden Puls wieder etwas zu senken. Da sich jedoch meine Knie erneut in den Gummibärchen-Modus zu verabschieden drohen, lege ich zunächst mal den Fokus darauf, wieder etwas Stabilität in dieses Körpersegment zu bekommen. Gleichzeitig versuche ich bei jedem Öffnen der beiden Schiebetüren möglichst unauffällig einen Blick in Richtung Theke zu riskieren. Nachdem die ersten vier von der Limetten-Crew mit prall gefüllten Brötchentüten und Getränken den Ausgang erreicht haben, bin ich endlich durch die Türe durch. Und dank meiner wiedergewonnenen Stabilität auf Kniehöhe, kippe ich auch nicht unkontrolliert nach rechts, als ich mich etwas zu weit in diese Richtung neige – und das genau in dem Moment, in dem Marie der fünften Limette seine Champignon-Schlemmerschnitte über den Tresen reicht. Sie hat wieder fast genau das gleiche Lächeln, das mich schon damals in Sekundenbruchteilen komplett aus dem Konzept gebracht hat, und mein Sprachzentrum auf das Niveau der achten Klasse zurückgesetzt hat. In meinem Fall sogar noch ergänzt um den Zusatz ‚Versetzung stark gefährdet‘.

Kunde für Kunde schiebt sich in Richtung von Marie, als plötzlich Enrique hinter dem Tresen auftaucht. Als wäre das nicht schon eigenartig genug, sehe ich, dass er auch noch die selbe Schürze anhat wie Marie. Auch schon bevor Marie hier angefangen hat, wurde der Laden in der Mittagspause nur von einer Person geschmissen. Ich hatte mich immer gewundert, warum da nicht noch jemand zusätzliches angestellt wird. Jetzt passiert das ausgerechnet heute. Und dieses Helferlein ist dann ausgerechnet auch noch mein Freund Enrique, der Umlaut-Abstinenzler. Scheinbar habe ich mein Glücks-Kontingent heute Vormittag wohl doch schon nahezu komplett aufgebraucht. Und das ausgerechnet für zwei völlig banale Dinge: eine zufriedengestellte Schwägerin und zweihundert Euro Prämie für den ersten gewaltfrei erlegten Bison der Saison.

Marie hat mich scheinbar noch nicht entdeckt in der Schlange, was aber auch daran liegen könnte, dass die Limetten-Buben alle einen BMI von weit über dreißig haben und ich dahinter quasi solange unsichtbar bin, bis ich an der Reihe bin. Ich versuche auszurechnen, wie hoch die Wahrscheinlichkeit ist, dass nicht Marie mich gleich bedienen wird, sondern Enrique. Allerdings unterscheidet sich die Geschwindigkeit der beiden hinsichtlich ihrer Bedien- und Kassieraktivitäten so stark voneinander, dass ich diesen Versuch sofort wieder abbreche und mich stattdessen schon mal umschaue, ob ich eventuell meinen Hintermann spontan vorlassen könnte. Eigentlich eine ganz gute Idee. Dumm nur, dass ich der letzte in der Schlange bin. Sollte ich bis gerade eben also noch auf einen klitzekleinen Rest meines heutigen Glücks-Kontingents gehofft haben, hat sich das in diesem Moment erledigt.

„Hey, Rudiger. Gruße dich. Schon dich zu sehe." kommt Enrique zu mir herüber, obwohl ich noch gar nicht dran bin.

„Hi Enrique, ebenfalls. Was machst du denn hier?" frage ich ihn und schiele dabei möglichst unverkrampft in Richtung

Marie, die aber gerade noch mit mehreren Leberkäsebrötchen für zwei glatzköpfige XXL-Rohrputzer beschäftigt ist.

„Isse heute meine erste Tag hier. Hatte mir die Ouzo-Udo in die letzte Woche vermittelt. Gut, eh?"

Drei Sätze ohne Umlaut. Das gabs bei Enrique bestimmt auch noch nicht so häufig.

„Freut mich für dich. Glückwunsch!" strahle ich ihn möglichst unverkrampft an.

„Isse alles noch bissele neu fur mich. Also nicht schimpfen, wenn die Brotchen bissele dauern." strahlt er zurück.

„Kein Problem. Ich habe es nicht eilig." sage ich mit einer ziemlich unbeholfenen Handbewegung.

„Hallo Rüdiger." höre ich plötzlich. Marie schaut zu mir herüber und schenkt mir ein Lächeln, von dem ich mir einbilde, dass von den ganzen Limettlern kein einziger heute auch nur annähernd ein vergleichbares bekommen hat.

„Hi Marie." antworte ich und kann gerade noch verhindern, dies mit derselben unbeholfenen Handbewegung zu dekorieren wie gerade bei Enrique.

Ich atme unauffällig durch. Der erste Satz hat also schon mal entspannt und fehlerfrei geklappt. Wobei zwei Wörter selbst in grammatikalischen Entwicklungsländern nur ganz selten als ganzer Satz durchgehen dürften.

„Bin gleich bei dir. Enrique übernimmst du den nächsten Kunden bitte."

Aus dem Augenwinkel sehe ich, dass sich tatsächlich noch ein Kunde hinter mir angestellt hat. Und ich muss ihn noch nicht mal selber vorlassen. Da ist er also doch noch, der mikroskopisch kleine Rest meiner heutigen Glücks-Quote.

„Naturlich, Chefin."

Noch nie war mir Enriques Umlautschwäche so egal wie jetzt gerade.

„Was darfs denn heute sein? Dasselbe wie letztes Mal?"
fragt sie mich mit leicht zur Seite geneigtem Kopf.

Ich könnte mir es jetzt natürlich einfach machen, und
einfach nicken. Damit würde sich zumindest das Risiko,
irgendwelchen vollkommenen Blödsinn von mir zu geben, auf
ein maximales Minimum reduzieren.

„Was würdest du mir denn empfehlen?" frage ich stattdessen und bin selber überrascht, wie entspannt mir das über
die Lippen kommt.

„Die Champignon-Schlemmerschnitte geht heute ganz
gut." lacht sie.

„Mit oder ohne Limette?"

„Limette?" fragt Marie mit irritiertem Gesichtsausdruck.

„Ja, wegen der … also wegen dem Farbton der Overalls von
den Rohrreinigern, das erinnert mich so ein wenig an …"
stottere ich mich in einen ausweglosen Erklärungsversuch
hinein.

„Ich weiß doch, was du meinst." lacht Marie jetzt plötzlich
laut. „Ich wollte den letzten von den Jungs gerade auch fragen,
ob er eine Limette mit dazu haben möchte, wusste aber nicht,
ob er überhaupt den Witz verstehen würde. Oder mich im
dümmsten Fall noch blöd anmacht deswegen."

Sie hat tatsächlich den gleichen Humor wie ich. Jetzt bloß
nicht aus der Fassung geraten Rüdiger Seifert, denke ich.

„Limette isse besonders lecker, wenn die swimmt in die
Caipirinha." ruft Enrique zu uns herüber, während er gerade
damit kämpft, ein Schinken-Käse-Croissant einigermaßen
unversehrt in eine Papiertüte zu manövrieren.

„Da hat er natürlich völlig recht." schaue ich in Richtung
von Marie, widerstehe aber dem ersten Drang, sie spontan zu
fragen, ob sie mal Lust auf einen gemeinsamen Caipirinha mit
mir hätte.

„Wenn es geht um die Esse oder die Trinke, immer frage die Enrique" setzt er noch einen drauf und entkrampft damit zumindest, wenn bestimmt auch unfreiwillig, die Situation.

„So, jetzt aber mal zurück zu dir, Rüdiger. Was darfs denn sein?"

„Ich nehm eine Cola und dieses Ding hier mit Käse und Rucola, bitte." zeige ich auf eine Art plattgefahrenes Olivenbrötchen direkt hinter der Glasscheibe.

„Gerne." zieht sie zwei Papierservietten aus dem Spender neben der Kasse und fischt es elegant mit einer Bewegung aus der Auslage, um es mir nur einen Augenblick später verpackt in der Tüte über den Tresen zu reichen.

Hast du das gesehen, Enrique? So geht das!

„Noch was Süßes für später?" fragt sie und blickt dabei zu den schokoüberzogenen kleinen Verlockungen.

„Warum nicht." sage ich und bin froh, dass ich nicht den ersten Gedanken laut ausspreche, der mir bei dieser Frage durch den Kopf ging.

„Schoko-Muffin?"

„Schoko-Muffin!"

„Gerne. Das macht dann sechs Euro fünfzig." sagt Marie, nachdem sie den Muffin mit der gleichen Lässigkeit verpackt hat wie gerade eben das rechteckige Käse-Rucola-Brötchen.

Zum Glück nicht wieder irgendeine Summe mit neunzig Cent am Ende, denke ich mir. Die zehn Cent Trinkgeld fand ich schon letztes Mal im Nachhinein ziemlich popelig, und das noch bevor ich wusste, dass es sich bei ihr um Marie handelte. Und so wie mich das blaue Trinkgeld-Sparschwein gerade von der Seite anschaut, hat es das scheinbar auch noch nicht vergessen.

Ich gebe Marie einen Zehner.

„Tut mir leid, dass ich dich beim letzten Mal nicht gleich erkannt habe." nütze ich den Moment, in dem sie mit dem

Wechselgeld und dem Kassenbon beschäftigt ist, um das endlich loszuwerden.

„Kein Problem. Ist ja auch schon ein Weilchen her. Und seitdem haben sich sowohl meine Haarfarbe als auch meine Frisur ein wenig verändert." wird sie fast ein wenig verlegen.

„Naja, aber du hast mich ja immerhin gleich erkannt, oder?" frage ich.

„War ja auch nicht so schwer."

„Ach ja? Hab' ich mich gar nicht verändert?" bin ich etwas irritiert.

„Das schon. Aber das hat dich verraten." zeigt sie grinsend in Richtung meines jetzt dann doch leicht schräg stehenden Namenschildes.

Super, Rüdiger Seifert. Da hättest du auch mal selber draufkommen können.

„Und drei Euro fünfzig zurück." gibt sie mir drei Münzen direkt in die Hand anstatt sie auf das kleine Plexiglas-Tellerchen zu legen.

„Und dein Beleg."

„Danke, den Beleg brauche ich nicht." sage ich und drücke dem blauen Schweinchen das goldene 50-Cent-Stück in seinen Rückenschlitz.

„Ich würde ihn mitnehmen." sagt Marie mit einem Blick, von dem ich nicht sicher bin, wie ich ihn zu interpretieren habe. Er wirkt zumindest nicht so, als könne es etwas mit der Befürchtung zu tun haben, das örtliche Finanzamt könnte ausgerechnet heute bei mir die Einhaltung der Bon-Pflicht kontrollieren wollen.

Ich klemme den Beleg zwischen die Brötchen- und die Muffin-Tüte und nehme mit der anderen Hand die Cola.

„Dann wünsche ich dir noch einen schönen Tag." sagt Marie und schenkt mir zum Abschied nochmal ein Lächeln, das bei mir bestimmt bis kurz vor Feierabend vorhalten dürfte.

„Wunsche ich dir auch, Rudiger." ruft Enrique vom anderen Ende der Theke herüber, noch bevor ich mir irgendetwas originelleres einfallen lassen kann als ein banales ‚Danke, wünsche ich dir auch.'

„Musse immer habe die letzte Wort." flüstert Marie mir leise zu.

„Isse ja bestimmt noch in die Probezeit." flüstere ich zwinkernd zurück.

„Guter Hinweis." lacht sie. „Ciao, Rüdiger."

„Ciao, Marie."

Nachdem sich die Schiebetüren hinter mir mit einem dezenten Zischen geschlossen haben, gehe ich noch ein paar Schritte, um dann erstmal tief durchzuatmen und meinen Knien dafür zu danken, mich heute nicht im Stich gelassen zu haben. Auf einem der kleinen Stehtische lege ich kurz die beiden Tüten und die Cola ab, um zu schauen, ob Patrick sich gemeldet hat. Aber keine neuen Nachrichten.

Auch gut. Dann erzähle ich ihm nachher alles persönlich anstatt in einem halben Dutzend Nachrichten, ausgeschmückt mit sinnlos ausgewählten Emojis.

Als ich die beiden Tüten wieder an mich nehme, rutscht der Beleg zur Seite und verabschiedet sich langsam in Richtung Boden. Ich bekomme ihn aber gerade noch zu fassen, bevor er zwischen den Ritzen eines Gullideckels verschwindet. Ich falte ihn auseinander und lese:

Olive-Käse-Rucola	EUR 2,90
Schokoladenmuffin	EUR 1,50
Coca-Cola, 0,5l	EUR 2,10
GESAMT	**EUR 6,50**

Es bediente Sie: Marie Sandner

Toll. Und warum sollte ich diesen Beleg jetzt unbedingt mitnehmen, frage ich mich und will ihn gerade zusammenknüllen und in den kleinen Kipp-Mülleimer neben dem Stehtisch werfen. Da fällt mir auf, dass scheinbar irgendwas auf die Rückseite geschrieben wurde. Ich drehe den Zettel um und muss schmunzeln. Denn dort ist in einer ziemlich schönen Handschrift eine Frage geschrieben:

‚Wie wär's mal mit einem Caipi?'

Darunter hat sie eine Telefonnummer geschrieben, welche ich natürlich gleich in mein Telefon eintippe. Um zu sehen, was für ein Profil-Bild sie in WhatsApp eingestellt hat, aktualisiere ich meine Kontakte und erschrecke, als ich das fingernagelgroße Profilbild sehe. Darauf sind eindeutig eine Frau und ein Mann zu sehen. Ich tippe es an, um es zu vergrößern und muss laut lachen. Es ist ein ziemlich aktuelles Bild von Marie und ihrem Bruder Dennis, aufgenommen im Garten ihrer Eltern.

Und im Hintergrund steht doch tatsächlich auch noch die olle Gartenliege von damals.

DREIZEHN

Es gibt eindeutig schlechtere Tage als den heutigen, um zur Arbeit zu kommen. Maries Kassenbeleg habe ich gestern Abend noch sorgfältig in eine kleine Klarsichthülle gesteckt. Denn wenn das mit uns irgendwann tatsächlich mal zu Haus, Garten, Kindern und Hund führen sollte, wäre dieser kleine unscheinbare Zettel wahrscheinlich so etwas wie das erste Kapitel unserer hoffentlich langen gemeinsamen Geschichte. Gerade laufe ich zum gefühlten x-ten Mal seit ich hier arbeite an unseren Regalen mit den Bilderrahmen vorbei. Bisher haben die mich noch nie wirklich interessiert, aber heute überlege ich mir, welcher von denen wohl am ehesten würdig sein könnte, diese magische Rucola-Muffin-Cola-Quittung angemessen zu beherbergen. Und soll ich den dann im Flur aufhängen, damit ihn bestimmt auch jeder sieht, der bei uns zu Besuch kommt? Oder vielleicht doch lieber direkt neben der Autogrammkarte von Juan Arango, Borussia Mönchengladbachs bestem Linksfuß aller Zeiten? Aber da weiß ich ja bis heute noch nicht mal so richtig, wo ich die am gebührendsten aufhängen soll.

Diese epochalen Fragen stelle ich somit erstmal ein wenig zurück.

„Guten Morgen Herr Gerstner." begrüße ich meinen Chef aus dieser guten Laune heraus deutlich zu euphorisch und bereue das in der nächsten Sekunde auch gleich wieder. Denn gute Laune bei seinen Mitarbeitern führt bei ihm bekanntermaßen entweder zu umfangreichen Rückfragen oder unerwarteten Spezial-Einsätzen. Oder auch beidem. Und weder auf das eine noch das andere habe ich heute Lust. Marie hin oder her.

„Herr Seifert? Einen wunderschönen guten Morgen."

Alles klar. Süffisanter Unterton plus der ansonsten so gut wie nie verwendete Zusatz ‚Herr' vor meinem Nachnamen – das kann nichts Gutes bedeuten.

„Schön, dass ich Sie treffe. Ich habe da heute nämlich einen Spezial-Einsatz für Sie."

Es war so klar. Und ich bin quasi auch noch selber schuld.

„Aha. Worum geht's denn?" frage ich mit jetzt deutlich gedämpfter Tonlage.

„Keine Sorge. Nichts Weltbewegendes. Ich habe vorhin auch schon mit Ihrem Kollegen Weber darüber gesprochen. Er wird Sie unterstützen."

OK, was immer es auch sein wird, zusammen mit Patrick dürfte es zumindest nicht so schlimm werden oder bestenfalls sogar noch Spaß machen.

In diesem Moment vibriert meine linke Hosentasche. Marie kann es aber nicht sein, denn ich hatte gestern beschlossen, ihr erst heute Abend zurückzuschreiben. Das finde ich aber bereits heute Morgen schon wieder ziemlich albern und werde es daher bestimmt auch nicht so lange durchziehen.

Es vibriert erneut.

„Also passen Sie auf Seifert. Wir haben heute Besuch. Aus Düsseldorf."

„Oh, Stippvisite aus der Zentrale?"

„Nicht ganz. Die Tochter vom CEO wird heute bei uns so eine Art Eintages-Praktikum machen. Und da Weber und Sie die beiden Jüngsten hier sind, möchte ich Sie bitten, sie heute ein wenig unter ihre Fittiche zu nehmen."

„Kein Problem." sage ich.

Da hatte ich jetzt deutlich schlimmeres erwartet.

„Sehr gut. Und bitte geben Sie sich Mühe, der jungen Dame einen angenehmen Tag zu bereiten."

„Natürlich, Chef."

Klar. Je angenehmer ihr Tag sein wird, umso besser stehst du da in Düsseldorf, denke ich mir.

„Ach ja, eins noch."

Ich dachte mir, dass da noch was kommen würde.

„Ja?"

„Sie ist etwas ... wie soll ich sagen ... speziell." verzieht Gerstner merkwürdig sein Gesicht.

„Speziell? Könnten Sie das vielleicht etwas präzisieren?"

„Sie machen das schon. Und Sie sind ja auch nicht alleine."

Mit diesen beiden nichtssagenden und mir auch nicht wirklich weiterhelfenden Sätzen verabschiedet sich Gerstner und lässt mich stehen. Und das mit einem recht großen Fragezeichen im Gesicht.

Ich gehe davon aus, dass die beiden Nachrichten, die ich gerade bekommen habe, nur von Patrick stammen können und damit möglicherweise etwas Licht in Gerstners nebulöse Formulierung ‚sie ist etwas speziell' bringen.

Wie erwartet steht ‚2 Nachrichten von Patrick Weber' auf meinem Display. Dann bin ich mal gespannt.

Ich tippe auf ‚öffnen'.

‚Gerstner hat uns heute Amy Winehouse' Schwester aufs Auge gedrückt' lautet die erste Nachricht.

‚Gegen Florentine ist unser Buntspecht Lara in etwa so bieder wie Mutter Beimer aus der Lindenstraße.' lautet die zweite.

OK. Sie heißt also Florentine. Die anderen Infos von Patrick kann ich noch nicht so richtig einordnen. Aber so wie ich Patrick kenne, sollte ich mich auf einen Tag einstellen, der nicht wirklich unter den Oberbegriff ‚Wellness-Tag im Honäsch' fallen dürfte.

‚Ich komme gleich vorbei. Soll ich vorher noch Schnäpse bei Udo holen?' schreibe ich ihm zurück. Nur wenige Sekunden später kommt seine Antwort:

‚Ja bitte. Aber nix unter 40%!'

Na das kann ja heiter werden. Ich atme nochmal tief durch und mache mich auf den Weg. Vorher schreibe ich Marie aber doch jetzt schon eine kurze Nachricht.

‚Guten Morgen, eure Gartenliege scheint ja ein echt langlebiges Qualitätsprodukt zu sein. Ich wünsch dir einen schönen Tag. Und bei Caipi bin ich natürlich dabei. Musse die Enrique aber nicht unbedingt seie mit dabei. Schöne Grüße von Rüdiger.'

So, und jetzt mache ich mir mal ein Bild von der heutigen Tagesaufgabe.

Patrick erwartet mich schon im Hauptgang. So einen Gesichtsausdruck wie heute habe ich selten bei ihm gesehen. Genau genommen noch nie.

„Wie schlimm ist es denn?" frage ich ihn, gerade so als wäre ich Unfallchirurg und mich würde gleich ein gut gefülltes Wartezimmer mit den Beteiligten eines ziemlich unschön verlaufenen Familienstreits erwarten.

„Mach dich auf was gefasst. Ich bin jedenfalls froh, dass du da bist. Wenn wir die überlebt haben, sind wir in den nächsten drei Monaten gesetzt für den MdM."

Auch wenn ich lieber aufgrund meiner verkäuferischen Leistungen ein paar Mal Mitarbeiter des Monats werden würde, finde ich diesen Gedanken im ersten Moment gar nicht mal so uninteressant.

„Also dann. Unser Einsatz, Herr Weber." lache ich und biege in den Gang für Tapeten und Wandfarbe ein.

Weder Gerstner noch Patrick haben zuviel versprochen. Vor dem Regal mit den Motiv-Tapeten steht ein junges Mädchen, bei dem man auf den ersten Blick nicht wirklich sagen könnte, ob sie gestern gerade erst dreizehn geworden ist oder nächste Woche zum sechsten Mal ihren dreißigsten Geburtstag feiern wird. Ihre Frisur hängt irgendwie auf halb fünf Uhr nachmittags, und das obwohl es gerade mal halb neun Uhr morgens ist. An ihrem linken Ohr befinden sich etwa doppelt so viele Piercings wie bei unserem Buntspecht Lara im ganzen Gesicht. Und aufgrund ihres unnatürlich gebräunten Gesichts gehe ich davon aus, dass sie in den letzten Wochen und Monaten öfter die Sonnenbank gedrückt haben dürfte als die Schulbank. Klamottentechnisch passt sie jedenfalls perfekt in diese Abteilung, denn viel mehr Farben als ich da an ihr entdecken kann, dürften selbst wir nicht im Sortiment haben.

„Hi Florentine. Rüdiger." sage ich und strecke ihr die Hand entgegen.

„Flo."

„Flo?"

„Ja. Flo. Nenn mich ja nicht Florentine, da komme ich mir vor wie so'n Weihnachtskeks."

Statt mir die Hand zu geben, prostet sie mir mit einer Dose Red Bull entgegen.

Ich schaue zu Patrick, der aber nur kopfschüttelnd mit den Achseln zuckt und mir damit wohl ‚ich hab's dir gesagt' mitteilen möchte.

„Also gut. Flo. Was interessiert dich denn hier bei uns im Baumarkt?"

Wahrscheinlich dürfte sich es hierbei um eine der bescheuertsten Fragen handeln, die man einem offensichtlich äußerst unmotivierten Weihnachtsplätzchen stellen kann. Aber irgendwo muss man ja mal anfangen.

„Habt ihr hier kein WLAN?" tippselt sie auf ihrem Handy herum.

„Doch. Aber immer nur montags, mittwochs und freitags. Und da dann meistens auch nur ab etwa siebzehn Uhr fünfundvierzig"

„Sehr witzig." verkneift sie sich ein Lachen, weil sie wohl versucht, auf besonders coole Göre zu machen.

„Im Ernst. Das WLAN ist hier eher noch in der Betaphase."

„Hm. Darf ich eine rauchen?"

Ich versichere mich mit einem Blick auf die Uhr, dass es wirklich erst kurz nach halb neun ist. Denn weder Red Bull noch ein Zigarettchen würde ich als besonders typisch für eine solche Uhrzeit erachten. In anderen Berufszweigen vielleicht, aber nicht in einem Baumarkt in Deutschland.

„Wir haben hinter dem Personalraum einen Außenbereich. Da kannst du nachher eine rauchen." sagt Patrick mit fast schon gerstner'schem Chef-Tonfall.

„Wieso nachher?" fragt sie und schaut uns dabei abwechselnd an.

„Naja, es ist gerade mal halb neun und wir dachten, wir führen dich erstmal ein bisschen rum hier."

„Muss das sein?"

„Muss sein. Schließlich sollen der Mitarbeiter-Aschenbecher und der Pfandautomat von Ouzo-Udo ja nicht das Einzige sein, was du heute gesehen haben sollst."

Sehr gut. Punkt für Patrick, denke ich.

„Ouzo-Udo? Klingt cool. Können wir da nicht gleich mal rüber gehen?"

OK, Punktabzug für die Erwähnung von Ouzo-Udo. Beide stehen somit also wieder bei null.

„Das heben wir uns für die Mittagspause auf." sagt Patrick.

„Gibt's hier 'ne Kantine oder sowas?" fragt Flo und schüttet die letzten Tropfen Red Bull in sich hinein.

„Nein, aber wir haben eine Bäckerei. Und ab und zu kommt hier auch ein Food-Truck."

Bitte entscheide dich jetzt nicht für die Bäckerei, bete ich innerlich. Denn genauso wenig wie ich gestern unfreiwillig mit den M&Ms dorthin gewollt hätte, so wenig habe ich Lust darauf, dort heute mit diesem durchgetoasteten Papagei bei Marie aufzutauchen. Wenn sie merkt, dass ich Marie ziemlich toll finde, wird sie bestimmt ihre Klappe nicht halten können.

„Food-Truck klingt cool." strahlt Florentine in Richtung Patrick.

OK, diese Kuh wäre vom Eis.

„Und Nachtisch dann in der Bäckerei." strahlt sie jetzt in meine Richtung.

Shit. Und schon ist sie zurück auf dem Eis, die Milka-Kuh.

„So machen wir das. Aber jetzt gehen wir erstmal durch den Markt." nimmt Patrick das Heft wieder in die Hand.

Nach einer halben Stunde sind wir wieder zurück im Gang mit den Tapeten in Flos Farbenfreunden. Hätte man in diesen dreißig Minuten eine Kamera mitlaufen lassen, könnte dieser Film jetzt problemlos als Erklärfilm in Wikipedia für den Fachbegriff ‚Desinteresse' hochgeladen werden. Denn außer ‚Was kosten denn die Terrakotta-Töpfe?' und ‚Verkauft ihr viele von den Bart Simpson-Klobrillen?' kam von Florentine so gut wie nichts, was darauf schließen könnte, dass sie das Ende des heutigen Tages nicht mindestens genauso sehr herbeisehnt wie Patrick und ich.

„Kann ich jetzt mal eine rauchen?"

„OK, von mir aus. Weißt du noch, wo der Personalraum ist?" frage ich sie.

„Klar. Graue Tür. Zutritt nur für Personal." grinst sie.

„Stimmt. Dann bis gleich."

„Bis später."

Mal schauen, inwieweit sich ihr „bis später‘ von meinem ‚bis gleich‘ zeitlich unterscheiden wird. Ich gehe nicht davon aus, sie innerhalb der nächsten dreißig Minuten wiederzusehen. Vor allem nicht, wenn sie feststellt, dass unser WLAN-Netz aus mir bis heute immer noch nicht nachvollziehbaren Gründen genau auf Höhe des Aschenbechers am stärksten ist.

„Hast du die Schnäpse dabei?" fragt mich Patrick nachdem unser bunter Sonnenschein außer Hör- und Sichtweite ist und atmet tief durch.

„Was haben wir uns denn damit bitteschön angetan?" gehe ich nicht näher auf die Schnapsfrage ein.

„Noch sieben Stunden. Minimum."

„Wir brauchen irgendetwas, mit dem wir sie beschäftigen können und wo sie nix durcheinanderbringen oder kaputt machen kann." sage ich.

„Durcheinander bringen ist ein gutes Stichwort. Wie wäre es denn mit Schrauben sortieren? Die ganzen Kisten sind so durcheinander, als hätte Bastian die im *Aquarium* minutenlang mit einem XXL-Cocktail-Shaker durchgeschüttelt." meint Patrick.

„Gute Idee. Damit wären ja selbst wir mindestens einen halben Tag beschäftigt."

„Und zwar zu zweit."

Unsere Abteilung mit den Schrauben ist nicht nur am Sonderangebots-Dienstag der Bereich, um den wir alle am liebsten einen großen Bogen machen. Denn geschätzt zwei von drei Kunden sind offensichtlich nicht in der Lage, Schrauben oder Nägel, die sie aus einem Fach rausnehmen, um zu schauen, ob es die richtigen für was-auch-immer sind, danach auch wieder in das gleiche Fach zurückzulegen, aus dem sie die Dinger gerade eben rausgenommen haben. Es gleicht also ein wenig einer Sisyphos-Aufgabe, zu versuchen dieses Chaos täglich wieder in Ordnung zu bringen. Und darauf ist hier verständlicherweise natürlich keiner so wirklich scharf.

Somit haben wir aber die perfekte Aufgabe für unseren bunten Red Bull-Räucherlachs gefunden. Wahrscheinlich wird sie zwar allerspätestens nach einer Stunde keinen Bock mehr haben, aber diese eine Stunde kann uns dann keiner mehr nehmen.

„Herr Weber. Glückwunsch zu dieser genialen Idee." strecke ich daher Patrick die Hand entgegen.

„Herr Seifert, ich danke Ihnen." lacht er und deutet dabei eine leichte Verbeugung an.

Tatsächlich erweist sich die Interpretation ihres ‚bis später' und meines ‚bis gleich' mehr als nur ein wenig voneinander abweichend, denn erst nach fast fünfundvierzig Minuten steht Florentine wieder bei uns im Gang.

„Ach, hier seid ihr."

„So ist es. Oder wo hattest du uns vermutet?" frage ich.

„Äh, ja, also ich wusste nicht mehr genau, wo der Gang mit den Farben und den Tapeten ist." stammelt sie, steht dabei witzigerweise aber exakt unter einem etwa drei mal fünf Meter großen Hinweisschild, auf dem in nicht wirklich kleiner Schrift die Worte „Wandfarbe & Tapeten" stehen.

Egal. Fünfundvierzig Minuten sind damit auf der Florentin'schen Beschäftigungs-Uhr abgelaufen. Ich gehe davon aus, dass sie in dieser Dreiviertelstunde jedes verfügbare MB unseres WLAN für ihre sämtlichen Social Media-Aktivitäten abgesaugt hat und dass dementsprechend ihr Akku-Symbol jetzt nur noch ein ganz schmaler Streifen sein wird.

„Kann ich hier irgendwo mein Telefon aufladen?"

In meinem nächsten Leben werde ich Hellseher.

„Ja, hier am Info-Counter." sagt Patrick

„Hm. OK. Danke. Und was machen wir jetzt?"

„Sagen wir dir gleich." sage ich ihr mit einem leicht ironischen Unterton, der aber komplett an ihr abzuprallen scheint.

„Kann ich vielleicht auch mal so 'nen Kunden bedienen, oder so was?"

Patrick und ich sind beide für einen Moment sprachlos.

„Kundenberatung oder so was dürfen bei uns nur Praktis machen, die mindestens vierzehn Tage bei uns sind. Tut mir leid."

Patrick hat als erstes seine Stimme wiedergefunden, und für diese Lüge müsste ich ihm jetzt eigentlich meine Anerkennung per Standing Ovation zum Ausdruck bringen. Nicht auszudenken, was los wäre, wenn wir sie auf unsere Kunden loslassen würden. CEO-Tochter hin oder her. Ich glaube, da würde selbst Gerstner lieber noch ein paar Wochen länger auf eine mögliche Beförderung warten, als das dann später wieder geradebiegen zu müssen.

„Is' OK, war auch nur so 'ne Idee." scheint sie nicht wirklich darüber enttäuscht zu sein, dass das heute nicht auf ihrem Eintages-Lehrplan steht.

„Wir haben eine sehr verantwortungsvolle Aufgabe für dich." sage ich und muss dabei mein Grinsen unterdrücken. Wobei diese Aussage genau genommen sogar absolut zutreffend ist, denn wenn hier heute Abend tatsächlich jedes Schräubchen und jeder Nagel wieder im richtigen Nest liegen würde, wäre das ein Zustand, den es im *Honäsch* wahrscheinlich erst einmal gab. Und zwar an dem Tag, an dem dieser Männergesangsvereins-Clubraum damals eröffnet wurde.

„Kennst du dich mit Schrauben und Nägeln aus?" fragt sie Patrick schließlich.

„Hä? Was gibt's denn da auszukennen? Schrauben und Nägel kennt doch jeder."

OK, die Schrauben, die bei ihr ein wenig locker zu sein scheinen, hätte ich da jetzt zwar nicht mit dazugezählt, aber lassen wir das erst mal.

„Komm mal mit."

„Kann ich vorher noch eine rauchen?"

„Im Ernst jetzt? Du hast doch noch nicht mal vor einer Stunde eine geraucht. Oder wahrscheinlich eher zwei oder drei."

„Waren nur zwei. Ehrlich."

Aha, dauerrauchen und parallel dazu einmal schnell alle Apps abchecken, geht dann wohl doch nicht gleichzeitig.

„Ich zeig dir jetzt erstmal, was deine Aufgabe ist, und dann sehen wir weiter."

„Ja, OK. Ganz schön streng hier bei euch." steckt sie sich einen Kaugummi in den Mund. Könnte natürlich auch einer dieser Nicorette-Dinger sein, mit denen sie sich jetzt für zwei Stunden das Rauchen abgewöhnen will, um dann in der Mittagspause den ganzen Vormittag nachzuholen.

„Du kennst anscheinend Herrn Gerstner noch nicht, wenn du denkst, dass das hier streng sei." muss ich lachen. „Da würdest du wahrscheinlich erst an Weihnachten wieder eine rauchen dürfen. Und zwar an Weihnachten im nächsten Jahr."

„Klar kenn ich den, hat mich ja heute Morgen begrüßt. Bisschen spießig, aber 'n cooles Büro hat er."

„Stimmt. Und von da kann er den ganzen Baumarkt überblicken. Und wenn der sieht, wie du hier gelangweilt durch die Gegend schleichst, klebt er dir heute Abend bestimmt keine Fleiß-Bienchen in dein Tagebuch."

„Sehr witzig."

Ich verrate ihr natürlich nicht, dass Gerstner so oder so ein positives Feedback in die Zentrale schicken würde. Selbst wenn sie hier den ganzen Tag auf einer unserer Sonnenliegen verbringen und dabei drei oder vier Handyakku-Ladungen verballern würde. Denn eine negative Bewertung würde sich in seinen Augen ganz klar negativ auf seine Karrierechancen auswirken. Dann eben doch lieber schnell ein paar hingelogene Fleiß-Bienchen ins Album geklebt.

Mittlerweile sind wir in unserem Gang des Grauens angekommen, in dem sich natürlich auch schon einige Kunden vor den Regalen in Stellung gebracht haben. Und wie nicht anders zu erwarten war, haben diese schon etwa die Hälfte aller Schubladen sinnlos aus ihren Fächern gezogen und inspizieren jetzt kreuz und quer alle möglichen Schrauben und Nägel. Ich habe nie verstanden, wo da jetzt die ganz großen Unterschiede sein sollen. OK, Länge und Farbe lasse ich mir ja noch eingehen, aber dann wird's auch schon eng. Am Schluss verschwinden die Scheißdinger doch sowieso alle in irgendwelchen Wänden oder Holzbrettern.

„Also, pass auf Florentine."

„Flo!"

„Ach so. Ja, natürlich. Also, pass auf Flo. Es geht um folgendes."

„Jetzt bin ich mal gespannt." sagt sie und unterstreicht diese Erwartungshaltung mit einer tennisballgroßen Kaugummi-blase.

Also wohl doch eher Hubba Bubba Kaugummi und nicht nicorette, denke ich mir.

„Schau mal hier rein." gehe ich wahllos zu einer der heraushängenden Schubladen.

„Toll. 'Ne Menge Schrauben. Und?"

„Richtig. Aber eben lauter verschiedene. Und das ist das Problem." ziehe ich meine Augenbrauen nach oben und zeige auf das Schild an der Frontseite, das besagt, dass hier eigentlich nur ‚Spanplattenschrauben, 3 x 20 mm, 2-fach verzinkt‘ drin sein sollten. Aber leider sind da eben auch noch einige andere uneheliche Brüder und Schwestern der Spanplattenschrauben zu Gast.

„Endlich sieht das mal einer. Ist ja nur noch Chaos hier." mischt sich plötzlich einer von den Kunden ein, die im Gang stehen. Seinem Alter nach zu schließen, dürfte der seine handwerklichen Fähigkeiten schon damals beim Bau der Arche Noah unter Beweis gestellt haben.

„Genau. Aber deswegen sind wir ja hier." versuche ich mir ein kundenfreundliches Lächeln abzuringen. Obwohl ich ihm viel lieber klar und deutlich gesagt hätte, dass Leute wie er höchstwahrscheinlich nicht ganz unschuldig an diesem Zustand sein dürften.

„Bis spätestens heute Mittag ist hier alles wieder dort wo es hingehört." sagt Flo plötzlich und grinst dem völlig verdatterten Kunden direkt in sein gefaltetes Gesicht.

Mindestens genauso verdattert bin auch ich in diesem Moment. Bis vor wenigen Sekunden musste ich noch davon ausgehen, dass der einzige Finger, den Florentine heute krumm machen wird, ihr Zeigefinger sein wird. Und zwar dann, wenn sie ihre Zigaretten im WLAN-Aschenbecher ausdrückt.

Und jetzt das.

„Na dann, äh, vielen Dank." schaut er uns immer noch so an, als handle es sich bei uns um zwei virtuelle Baumarkt-Roboter, die darauf programmiert sind, jedes Problem in Sekundenschnelle aufzuspüren und sofort auch die passende Lösung parat zu haben.

„Respekt. So schnell wie gerade eben ist wahrscheinlich noch nie ein Kunde in seiner persönlichen Zufriedenheits-Skala vom minus ins plus befördert worden." sage ich zu

Florentine, und dieses Mal völlig ohne irgendwelche Untertöne.

„Kannste mal sehen. Aber ihr wollt eure Praktis ja erst nach vierzehn Tagen auf die Kunden loslassen!"

Aha, süffisanten Unterton kann sie also auch.

„Sagst du deinem Chef, dass dafür ein ziemlich großes Fleiß-Bienchen fällig wird, oder soll ich?"

„Das mache ich. Versprochen."

„OK. Ich verlass' mich drauf. Und jetzt zeig mal, was hier für mich zu tun ist."

Bei dem Gedanken, ihr nun irgendwie die völlig stupide Aufgabe schmackhaft machen zu müssen, unsere Schrauben und Nägel in die richtigen Kästchen zurückzusortieren, wird mir jetzt dann doch ein wenig mulmig.

„Darf ich etwa die Dinger alle in die richtigen Schubladen einsortieren?" fragt sie noch bevor ich mir eine Taktik überlegen kann, ihr das schonend beizubringen.

So wie sie gerade die drei Worte ‚darf', ‚ich' und ‚etwa' betont hat, höre ich aber eher eine gewisse Vorfreude heraus, als einen vorwurfsvollen Unterton, wie wir auf die Idee kommen können, sie mit einer solchen Aufgabe völlig fernab ihrer Kernkompetenzen einzusetzen.

„Ähm, ja, also das hatten wir tatsächlich so geplant." taste ich mich vorsichtig an die richtige Auslegung ihrer Frage heran und verwende dabei taktischerweise die ‚Wir'-Form. Dadurch wälze ich zumindest fünfzig Prozent der Schuld schon mal vorsorglich auf Patrick ab, sollte ich mit meiner Annahme falsch liegen.

„Super. Ich liebe Ordnung!" fällt sie mir beinahe um den Hals.

„Ernsthaft?" frage ich. Denn auch schon in ihrem Alter verfügen Menschen nachweislich über die Fähigkeit, andere komplett verarschen zu können. Zudem schreit ihr gesamtes

Erscheinungsbild dem Gegenüber diese vier Worte nicht gerade entgegen.

„Ernsthaft. Ich weiß ich sehe nicht so aus, aber du solltest mal mein Zimmer sehen. Moment …" zückt sie ihr Handy und wischt ein paarmal auf dem Bildschirm hin und her.

„Hier." zeigt sie mir das Bild eines Zimmers, dass eher so aussieht wie ein Versuchslabor für exakt im 90-Grad-Winkel angeordnete Möbelstücke, Bilder, Sofakissen und auf Kante liegenden Zeitschriften.

„Das ist dein Zimmer? frage ich zur Sicherheit.

„Hm. Hätteste nicht gedacht, oder?"

Eine Antwort auf diese Frage erübrigt sich selbstverständlich.

„Dann habe ich ja die richtige Aufgabe für dich herausgesucht." wechsle ich jetzt in die Ich-Form, um so zu tun, als wäre es ganz alleine meine Idee gewesen.

„Hast du. Oder soll ich vielleicht besser sagen: habt ihr?" grinst sie mich mit einem zugekniffenen Auge an.

Bevor ich ihr noch weitere Möglichkeiten gebe, mir zu zeigen, dass ich sie nicht nur ein wenig, sondern komplett unterschätzt habe, ziehe ich wahllos ein paar weitere Schubladen heraus, in denen es genauso aussieht, wie in der von gerade eben.

„Dann ist ja alles klar. Jetzt ist es kurz nach zehn. So gegen zwölf machen wir Mittag. Dann holen wir dich ab. Noch Fragen?"

„Ne. Alles klar. Wenn ich früher fertig bin, komme ich vorbei."

„Tapeten und Wandfarbe."

„Weiß ich doch. Steht ja groß drüber." setzt sie nochmal eine Kaugummiblase in Gang, dieses mal zerplatzt sie aber schon knapp nach dem Erreichen der Olympianorm-Größe für Tischtennisbälle.

„Sprechen wir gerade von derselben Person?" fragt mich Patrick, nachdem ich ihm die Geschehnisse der letzten Minuten zusammengefasst habe.

„Ja. Unser farbenfrohes Weihnachtsplätzchen hat scheinbar zwei Gesichter."

„Spaß beim Sortieren von Schrauben, also ich würde in so einem Fall mal besser zum Arzt gehen." schüttelt Patrick immer noch den Kopf.

„Ach ja, und sie hat gesagt, dass sie vorbeikommt, wenn sie früher fertig ist."

„Haha. Früher im Sinne von ‚vor Weihnachten', oder?"

„Vor der Mittagspause."

„Also wenn das passiert, dann werden nicht wir die MdMs, sondern sie. Und das für die kommenden Monate. Mindestens bis Weihnachten." lacht Patrick.

„Lach besser erst wenn es nach zwölf Uhr ist und sie bis dahin noch nicht wieder hier ist."

Patrick hat zum Glück Recht behalten mit seiner Vermutung und so machen wir uns kurz nach zwölf auf den Weg.

„Langsam." sagt Patrick, als ich gerade in den Schrauben-Gang einbiegen will.

„Warum?"

„Ich will mal schauen, ob sie überhaupt noch da ist, oder ob sie dich verarscht hat mit ihrer Ordnungs-Nummer."

Ungefähr so als wären wir zwei von den drei Fragezeichen nähern wir uns langsam der Ecke des Ganges und schauen vorsichtig hinein.

„Das ist jetzt nicht wahr, oder?" flüstere ich Patrick zu.

„Ich befürchte doch." grinst Patrick.

Florentine hat sich scheinbar aus unser Gartenmöbel-Abteilung zwei Klapptische organisiert, auf denen sie mehrere Dutzend Schubladen platziert hat. Davor liegen kleine

Häufchen mit unterschiedlichen Schrauben und Nägeln. In ihrer Hand hat sie ein wildes Sammelsurium unterschiedlichster Schrauben und Nägel, die sie in beeindruckender Geschwindigkeit den einzelnen Häufchen zuordnet. Auf der anderen Seite der beiden Tische stehen vier Kunden. Völlig fasziniert schauen sie Florentine zu, gerade so als würde es sich hier um eine moderne Form des Hütchenspiels handeln und sie dürften nachher darauf wetten, in welcher der Schubladen sich eine dort nicht reingehörende Schraube oder ein falscher Nagel befindet.

„Lass uns mal hingehen. Ich setze auf die Schublade mit den schwarzen 50-Millimeter-Holznägeln" sage ich.

„Hä?" fragt mich Patrick, der natürlich nicht wissen kann, dass ich mir unter dieser Szenerie gerade die moderne Form des Hütchenspiels vorstelle.

„Erzähl ich dir nachher."

„Na dann."

„Hi Flo. Wie läuft's denn so?" frage ich unser Ordnungsvögelchen, nachdem wir ihre kleine Klapptisch-Idylle erreichen.

„Is' doch ein bisschen mehr als gedacht. Aber macht immer noch riesig Spaß." strahlt sie uns entgegen.

„Und sie macht das richtig gut."

Ich traue meinen Ohren kaum, denn diese Aussage kommt tatsächlich von Noahs Haus- und Hofschreiner, also dem Kunden, der sich vorhin noch lautstark über die Unordnung beschwert hat. Offenbar steht er hier seit fast zwei Stunden und schaut Florentine dabei zu, wie sie Ordnung ins Chaos zu bringen versucht. War ich vor kurzem noch der Meinung, dass ich meine Rentnerjahre nicht so verbringen möchte wie die fünf Kegel-Schnapsdrosseln meines neulichen Abends im *Aquarium*, erscheint mir diese Zukunftsaussicht aber gerade als nahezu paradiesisch im Vergleich zu dieser Version hier.

„Das macht sie. Aber jetzt macht sie erstmal Mittagspause."

„Schon zwölf?" schaut mich Florentine mit großen Augen an.

„Genau genommen schon zehn nach." sagt Patrick beim Blick auf sein Telefon.

„Und ich war noch nicht mal eine rauchen. Seit fast zwei Stunden."

Stupides Sortieren von irgendwelchen Kleinteilen als effektive Methode einzusetzen, um sich das Rauchen abzugewöhnen, müsste wahrscheinlich erst noch in diversen klinischen Tests verifiziert werden, grundsätzlich dürfte das aber ein probater Vorschlag sein, den man mal mit dem Gesundheitsminister diskutieren könnte.

„Ich hol nur noch kurz meine Tasche." verabschiedet sie sich kurz, was Patrick und mir die Gelegenheit verschafft, für einen kleinen Moment über das gerade Geschehene zu sprechen.

„Läuft super, oder?" lacht Patrick.

„Absolut."

„Und ich würde mal sagen: Die Nachmittagsplanung ist damit auch klar." sagt er

„Dem ist nichts hinzuzufügen."

In dem Moment, in dem wir auf dem Weg zum Foodtruck an der frischen Luft angekommen sind, steckt sie sich erstmal eine Zigarette an. Nach den zwei Stunden Raucher-Askese hätte ich jetzt sogar erwartet, dass sie sich möglicherweise gleich drei Stück auf einmal anzündet. Aus ihrer Tasche zaubert sie schließlich auch noch vier leere Dosen Red Bull, die gleich im ersten Mülleimer landen, an dem wir vorbeikommen.

‚Man, man, man' würde RTL-Oberfinanzguru Peter Zwegat wahrscheinlich nur kopfschüttelnd sagen, wenn er das jetzt gesehen hätte. Einen Euro mal eben so in die Tonne gepfeffert, und das obwohl wir auch kurz bei Ouzo-Udo hätten vorbeischauen können. Denn der hat in seinem Eingangsbereich mittlerweile nicht weniger als vier stets hungrige XXL-Leergutautomaten stehen. Aber ich weiß auch, wer sich über dieses kleine Geschenk bestimmt sehr freuen wird. Und als hätte ich es geahnt, steht nur wenige Augenblicke später Alfons an genau diesem Mülleimer und fischt mit einem glücklichen Gesichtsausdruck die vier kleinen Blubberwasser-Dosen heraus. Ich gehe davon aus, dass auch ein zufriedenes Grinsen Bestandteil dieses Gesichtsausdrucks sein dürfte, aufgrund seines immer wilder quer in der Gegend herumwachsenden Bartes kann ich das aber nur vermuten.

Außer mit einem veganen Burger vom Foodtruck verbringt Florentine die Mittagspause in erster Linie mit dem Leer-rauchen der Vorräte ihres Rucksacks. Damit dürfte sie trotz ihres jungen Alters schon bald beste Chancen auf den Titel ‚Deutsche Juniorinnen-Meisterin im Rauchen' haben. Und mit knapp dreißig wird sie dann vermutlich Ehrenvorsitzende bei der internationalen Marlboro-Stiftung. Das aber dann zumindest mit dem ordentlichsten Büro des ganzen Gebäudes.

„So. Und jetzt brauche ich noch einen Nachtisch." sagt sie, nachdem sie die gefühlt zehnte Zigarette in dem mittlerweile ziemlich gut besuchten Aschenbecher ausgedrückt hat.

Ich hatte ja gehofft, sie könnte es vergessen haben. Aber da habe ich wohl vergeblich gehofft. Auf dem Weg zum Foodtruck hatte ich einen kurzen Blick in die Bäckerei geworfen, um zu schauen, ob Marie heute da ist, konnte aber nur Enrique erkennen, der, wie auch gestern schon, ziemlich ungelenk versucht hat, irgendwelche heißgemachten Schlemmerschnitten in die unterschiedlich großen Tüten zu manövrieren.

„Was könnt ihr denn empfehlen?" fragt Florentine

„Also ich würde ja den Schokomuffin nehmen." sagt Patrick mit einem gewissen Unterton, den zwar ich, glücklicherweise Florentine aber nicht zu deuten weiß.

„Und du?"

„Definitiv." sage ich möglichst cool, um mir nicht anmerken zu lassen, dass bei dem Gedanken an die Muffin-Marie-Kombination meine Knie schon wieder leicht in den ungeliebten Gummibärchen-Modus wechseln.

„Ich hole drei Stück. Gehen auf mich." springt Florentine auf.

Wehe, du sagst jetzt, dass wir mitgehen, denke ich in Richtung Patrick.

„Super. Danke." sagt er aber nur.

„Oh man, was habt ihr denn hier für schräge Typen?" kommt sie nach ungefähr fünf Minuten lachend wieder zurück.

Das kann nur bedeuten, dass sie gerade von Señor Baguette persönlich bedient wurde.

„Wen meinst du?" fragt Patrick, dem ich noch nichts davon erzählt hatte, dass Enrique jetzt, außer ab und zu leicht verkohlte Mini-Baguettes bei Ouzo-Udo zu verkaufen, neuerdings auch in der Bäckerei arbeitet.

„Kann sich nur um Enrique handeln. Arbeitet jetzt ab und zu auch bei der Bäckerei. Oder, wie er sagen würde, in die Backerei." kläre ich ihn kurz auf.

„Genau der." lacht Flo.

„Wie lange hat er denn gebraucht, bis die drei Muffins in der Tüte waren?"

„Fast zwei Minuten lang hat er probiert, diese drei Dinger in eine Tüte zu verpacken, die selbst für zwei davon schon zu klein wäre. Als ich ihm dann gesagt habe, dass ich heute noch bisschen was vorhätte, hat er endlich aufgegeben und so eine hier genommen." zeigt sie auf eine Tüte, die im ersten Moment nichts besonderes zu sein scheint.

Aber dann entrollt sie die Tüte und Patrick und ich sehen kopfschüttelnd, dass es sich um eine Tüte handelt, in der sonst nur die großen Baguettes verpackt werden. Und zwar nicht die bekannten Mini-Dinger von Enrique, sondern die Kategorie, die bei Klischee-Franzosen immer sonntags morgens unter dem Arm klemmt, wenn sie entspannt durch Paris spazieren.

„Isse wahrscheinlich auch nicht das richtige Tute." imitiert sie seine umlautbefreite Grammatik nahezu perfekt und holt die drei Muffins aus dem Papierschlauch.

„Danke. Echt nett von dir." meint Patrick.

„Gern geffehen. Mit der Aufgabe habt ihr mir efft einen groffen Gefallen getan. Iff daffte ja, daff daf heute hier eine ganf langweilige Nummer werden würde." sagt sie einigermaßen verständlich. Und das trotz eines halben Muffins im Mund.

Patrick und ich schauen uns an und denken dabei höchstwahrscheinlich gerade genau dasselbe. Denn etwas langweiligeres als stundenlang diese Dinger zu ordnen, könnten wir beide uns wahrscheinlich nicht vorstellen. Aber für Florentine scheint das die Erfüllung des ersten Lebenstraums ihres noch jungen Alters zu sein.

Na dann. Auf geht's in Runde zwei.

Florentines Hütchenspiel-Szenerie ist noch unverändert, als wir zurückkehren. Lediglich die vier Kunden von vorhin sind nicht mehr da. Auch nicht mein Freund aus dem vorletzten Jahrtausend. Wahrscheinlich hat Noah eine Brieftaube geschickt, dass an seiner Arche dringend noch was ausgebessert werden muss, bevor er guten Gewissens zur nächsten Sintflut-Kreuzfahrt aufbrechen kann.

Sie kann es scheinbar kaum erwarten, weiter zu sortieren und hat daher bereits beide Hände voll, kaum dass sie auf ihrem kleinen Camping-Stühlchen Platz genommen hat.

„Viel Spaß. Und wenn was ist …"

„…weiß ich wo ihr seid. Tapeten und Wandfarbe."

„Genau. Also, bis später."

Patrick und ich verzichten darauf, uns gegenseitig abzuklatschen, auch wenn das hier einen dafür mehr als angemessenen Anlass darstellt. Vor etwa fünf Stunden dachten wir noch, uns stünde ein Tag bevor, der uns beide in bis dahin noch unentdeckte mentale Grenzbereiche führen wird. Und jetzt sitzt da ein paar Gänge weiter ein kunterbuntes Mandelplätzchen, sortiert Schrauben und Nägel, und ist glücklich und zufrieden.

„Na, die Herren, wie läuft's denn so mit unserem Nachwuchs-Talent?"

Gerstner. Natürlich. Wäre auch zu schön gewesen.

„Hallo Herr Gerstner."

„Und?"

Patrick und ich schauen uns an, als ob wir mental Schnick-Schnack-Schnuck gegeneinander spielen wollten. Und der Verlierer hat dann die ehrenvolle Aufgabe, ihm zu sagen, womit Florentine die komplette zweite Halbzeit verbringen wird.

„Sie ist bei …" fängt Patrick freiwillig an.

„… den Schrauben und Nägeln." ergänze ich mit leiser Stimme.

Geteilte Antwort. Auch nicht schlecht. Das war dann quasi wie der Kompromiss nach einem Schnick-Schnack-Schnuck-Remis.

„Und? Was macht sie da?" schaut uns Gerstner mit fragender Miene an.

OK, jetzt kommt der kritische Teil.

„Sie kümmert sich darum, dass die ..." fange ich dieses mal mit der Antwort an und hoffe, dass mich Patrick jetzt nicht hängen lässt.

„... Schrauben und Nägel alle richtig geordnet sind."

So. Jetzt ist es raus.

„Seifert und Weber. Mir ist nicht nach Scherzen zumute. Also, was macht sie wirklich?"

Das letzte Wort klingt bei ihm eher so wie ein vokalbereinigtes ‚wrklch', denn er hat dabei die Zähne so stark zusammengepresst, dass sein Zahnarzt bald Arbeit bekommen dürfte, wenn er das noch öfter macht.

„Es stimmt. Sie hat sich förmlich darum gerissen, das machen zu dürfen. OK, sie sieht zwar so aus, als wäre sie im Bälleparadies groß geworden, aber im Vergleich mit ihrer Ordnungsliebe wirkt eine nordkoreanische Militär-Kaserne in etwa so chaotisch wie ein Messi-Musterhaus."

Gerstner ist sprachlos.

„Sie hat sogar zwei Stunden lang vergessen, eine Zigarettenpause zu machen." ergänzt Patrick, wobei ich nicht sicher bin, ob dies unsere Glaubwürdigkeit jetzt irgendwie untermauern wird.

„Aha."

Für etwa zehn Sekunden stehen wir drei wortlos einander gegenüber.

„Ich gehe da jetzt mal rüber. Und wenn ich da nicht ein junges Mädchen sitzen sehe, das mit leuchtenden Augen Schrauben und Nägel sortiert ..."

Den Rest kann sich Gerstner tatsächlich sparen, denn wenn er da irgendetwas anderes sieht, wird das weder eine üppige Weihnachtsgratifikation noch einen Dienstwagen aus der Kategorie „obere Mittelklasse" nach sich ziehen, soviel ist klar.

„Und Sie beide warten hier." erstickt er Versuche, dass wir beide vielleicht vorschlagen könnten, mitzugehen, sofort im Keim.

Nachdem Gerstner sich auf den Weg gemacht hat, bete ich inständig, dass Florentine nicht ausgerechnet jetzt gerade ihre zweite Zigarettenpause macht oder sogar spontan festgestellt hat, dass Ordnung halten vielleicht doch nicht das wichtigste im Leben ist. Dann bliebe uns nur noch der Arche Noah-Schreinermeister als Zeuge. Aber ob der nochmal wiederkommt ist natürlich auch mehr als fraglich.

Nach etwa zehn Minuten ist Gerstner zurück. Aus seiner Miene etwas herauszulesen ist allerdings unmöglich. Gäbe es das Pokerface nicht schon, er hätte gute Chancen auf das dafür zu vergebende Patent.

„Also meine Herren," beginnt Gerstner und verzieht immer noch keine Miene, „Sie hatten tatsächlich recht."

Patrick und ich lassen uns nichts anmerken, aber in diesem Moment fällt uns nachvollziehbarerweise eine mittelgroße Natursteinmauer vom Herzen.

„Was hat sie denn gesagt?" frage ich vorsichtig.

„Ich hatte echt Probleme, sie auch nur mal kurz von ihrem Sortier-Ding abzuhalten." muss Gerstner jetzt sogar mal lachen.

„Das glaube ich Ihnen. Vorhin war es nur die Mittagspause und die Aussicht auf ein paar Zigaretten, mit der wir sie von ihren Klapptischen loseisen konnten."

„Sie meinte, das hätte für sie etwas unglaublich beruhigendes, fast meditatives." schüttelt Gerstner ungläubig mit dem Kopf.

„Dann lassen wir sie also für den Rest des Tages da?" frage ich.

„Sie können ja zum Schluss nochmal mit ihr durch die anderen Abteilungen gehen, damit sie auch noch etwas anderes gesehen hat."

„Haben wir heute Morgen schon. Aber so gelangweilt wie sie da war, hätte wahrscheinlich ein Vegetarier mehr Spaß beim Metzger gehabt als sie hier bei uns." sagt Patrick achselzuckend.

Auch wenn ich den Vergleich nur bedingt nachvollziehen kann, scheint das für Gerstner auszureichen, weder einen Abteilungswechsel noch einen abendlichen Abschluss-Spaziergang ernsthaft in Erwägung zu ziehen.

„Einverstanden. Aber Sie schauen ab und zu mal nach ihr. Verstanden?"

„Klar. Machen wir." antworten wir unfreiwillig synchron.

Patrick und ich beschließen, alle fünfundvierzig Minuten abwechselnd nach ihr zu sehen. Aber auch nach dem fünften und letzten Kontrollgang um kurz vor siebzehn Uhr zeigt sich das unveränderte Bild. Unser buntes Nachwuchs-Talent sitzt seelenruhig und glücklich dreinschauend auf ihrem kleinen Hocker und verteilt souverän Schräubchen, Schrauben und Nägel in kleine Boxen. Ich weiß zwar nicht, ob sie sich schon ernsthafte Gedanken über ihre Zukunft gemacht hat, aber mir fallen da gleich mehrere Berufsbilder ein. Denn außer 90-Grad-Architektin oder Zigaretten-Testerin kommt jetzt auch noch Casino-Angestellte mit dazu. Karten auszugeben beim Black Jack würde sie bestimmt mit der gleichen Ruhe und Eleganz hinbekommen, mit der sie hier die letzten sechs Stunden die verschiedensten Metallstifte in ihre kleinen Einzimmer-Wohnungen einsortiert hat.

„So, Flo, Feierabend."

„Ne, oder? Ich bin doch noch gar nicht fertig!" schaut sie mich erschrocken an.

„Wieviel hast du denn schon geschafft?" frage ich.

„Also diese Wand ist komplett fertig und bei der hier bin ich so weit gekommen." zeigt sie mit der linken Hand auf ein Regal, das fast am Ende des Ganges steht.

Jetzt muss man wissen, dass es sich bei den Wänden oder Regalen in unserem Baumarkt nicht um ein paar laufende Meter handelt, sondern um fast fünfundzwanzig Meter.

„Diese Wand ist komplett fertig?" schaue ich sie daher unglaubwürdig an.

„Schau nach."

„Ich glaube es dir. Aber in dieser kurzen Zeit ..."

„Schau nach." erneuert sie ihre Forderung.

Ich ziehe also hier und da wahllos Schubladen heraus. Und wie nicht anders erwartet, entdecke ich in keiner von ihnen irgendein verirrtes schwarzes Schaf.

„Du bist echt unglaublich, weißt du das?" schaue ich sie an.

„Ich weiß. Oder hattest du vielleicht etwas anderes erwartet?" steht sie mit verschränkten Armen vor mir.

Auch ohne, dass ich jetzt antworte, kann sich Florentine denken, dass alle hier drin heute Morgen noch davon ausgegangen sein dürften, ihr höchster Schulabschluss wäre irgendwann mal maximal das Seepferdchen-Diplom gewesen. Zumindest wenn der erste Eindruck, den sie hier vermittelt hat, letztlich auch der richtige gewesen wäre.

„Ich helfe dir noch beim Abbauen." deute ich auf die beiden verwaisten Klapptische.

„Und was machen wir mit den restlichen Regalen?" fragt sie.

„Da kümmern wir uns morgen drum." antworte ich.

Ich verzichte darauf, ihr ehrlicherweise zu sagen, dass ihre heutige Fleißarbeit morgen Abend wahrscheinlich schon wieder Geschichte sein dürfte. Allerspätestens übermorgen.

Denn dann werden hier wieder die ganzen Ignoranten durch den Laden gewildert haben, die eine solche Sortier-Orgie überhaupt erst notwendig machen.

„Na gut. OK." zieht sie ihre Augenbrauen nach oben und ist verständlicherweise nicht wirklich überzeugt davon, dass jemand anderes das auch nur annähernd so gut hinbekommen würde wie sie.

„Wir gehen noch bei Gerstner vorbei bevor wir dir deine Freiheit wiedergeben." sage ich augenzwinkernd, nachdem wir die beiden Tische wieder zurück in die Gartenabteilung gebracht haben. Mittlerweile hat sich uns auch Patrick angeschlossen, der sich Gerstners Tagesfazit und die dazugehörende Abschlussrede natürlich auch nicht entgehen lassen will.

„Herein" höre ich kurz nach meinem Klopfen seine Stimme dumpf durch die Türe dringen.

„Ah Florentine und meine fleißigsten beiden Mitarbeiter." sagt er, als wir sein, wie sie es genannt hat, cooles Büro betreten.

„Endlich hat er das mal erkannt." flüstere ich ihr zu, das aber so laut, dass Gerstner es auch hören kann.

„So, wie war denn dein Schnuppertag hier bei uns?"

Hat er wirklich gerade Schnuppertag gesagt? Ich weiß nicht, wann ich zum letzten Mal eine solche Bezeichnung für ein Eintages-Praktikum gehört habe. Aber das Internet dürfte da bestimmt noch in den Kinderschuhen gesteckt haben.

„War echt super. Dachte ja zuerst, dass das hier stinklang-weilig werden würde, aber dank den beiden hier, war es ein toller Tag." zeigt sie auf Patrick und mich, was Gerstner ein zufriedenes Kopfnicken entlockt.

„Das freut uns natürlich. Dann wirst du diesen Tag ja bestimmt in guter Erinnerung behalten, wenn dich jemand fragt."

Respekt, Gerstner hat nicht wirklich lange damit gewartet, ihr subtil mitzugeben, dass sie über diese Filiale nur in den höchsten Tönen sprechen soll. Und das möglichst am besten von sich aus, und nicht nur, wenn sie danach gefragt wird.

„Werde ich. Und meinem Dad werde ich natürlich auch berichten."

Peng. Das hat gesessen. Patrick und ich müssen uns beherrschen, nicht laut loszuprusten. Unterschätze nie die Tochter eines CEOs, auch wenn sie so ähnlich heißt wie ein Weihnachtsplätzchen und optisch rüberkommt, als wäre bei ihr das ganze Jahr Rosenmontag.

„Äh, naja, so war das natürlich nicht gemeint." nimmt Gerstners Gesicht für ein paar Augenblicke ein frisches feuerwehrrot an.

„Schon gut. Danke auf jeden Fall, dass ich mal einen Tag bei euch mitmachen durfte." hält sie dem immer noch verdutzten Gerstner die Hand entgegen.

„Sehr gerne. Alles Gute." schüttelt er sie etwas apathisch. „Seifert, Weber, Sie begleiten Florentine bitte noch zum Ausgang."

„Flo reicht."

„Wie? Ach so. Natürlich. Dann alles Gute, Flo. Seifert, Weber, Sie begleiten Sie?"

„Klar, Chef." sagt Patrick, der den nahenden Lachanfall wohl schon ganz gut unter Kontrolle zu haben scheint.

„Also dann, war schön dich kennenzulernen, Flo. Und danke für deine tolle Unterstützung!" halte ich ihr die Hand hin, als sich die beiden großen Glastüren gerade hinter uns geschlossen haben.

„Ich danke euch!" umarmt sie, statt meine Hand zu schütteln, erst und mich und dann Patrick. Und ich glaube sogar, eine kleine Träne in ihrem Augenwinkel entdeckt zu haben.

„Danke für diesen Moment gerade bei Gerstner im Büro. Der war echt unbezahlbar." lacht Patrick.

„Das ist jedes Mal dasselbe, wenn ich mal für einen Tag in irgendeiner Filiale bin." wischt sie sich jetzt tatsächlich möglichst unauffällig die Träne weg. „Und wenn ich bei meinem Dad jemand positiv erwähne, dann bestimmt nur euch beide."

Jetzt muss ich beinahe selber aufpassen, dass sich da nicht was entwickelt in meinen Augenwinkeln.

„Du darfst gerne jederzeit wieder vorbeikommen. Offiziell oder inoffiziell." sage ich.

„Danke. Ich glaube, das werde ich sogar wirklich machen."

Damit verabschiedet sie sich. Patrick und ich schauen ihr noch so lange nach, bis sie hinter den Bäumen am Rand unseres Kundenparkplatzes verschwunden ist.

„Was ein Tag, oder?"

„Allerdings. Und Gerstner hat sich mal so richtig zum Trottel gemacht vor ihr."

„Dieses Ereignis werde ich sofort in meinem Langzeitgedächtnis verankern." tippt sich Patrick lachend zweimal an die rechte Schläfe.

„Feierabend?"

„Feierabend!"

Auf dem Weg zum Personalraum fällt mir ein, dass ich vor lauter Florentine, Schrauben, Nägeln und Gerstners Fauxpas noch gar nicht geschaut habe, ob Marie sich bei mir gemeldet hat. ,5 Nachrichten aus drei Chats' teilt mir mein Telefon mit, als ich es aus der Tasche hole.

Eine Nachricht ist von Patrick, eine stammt von Bastian, drei sind von Marie. Klar, dass ich als erstes die Nachrichten von Marie öffne.

10:45 Uhr: Guten Morgen. Rüdiger. Danke, den wünsche ich dir auch. Unglaublich, dass du dich noch an die Garten-liege erinnern kannst … Liebe Grüße, Marie

13:15 Uhr: Wieso bist du denn nicht mit in die Bäckerei gekommen?

Diese Nachricht hat sie mit einem zwinkernden und einem weinenden Smiley verschönert.

13:17 Uhr: Und wehe, das ist deine neue Freundin! So bunt wie die kann ich mich schon gleich dreimal anziehen.

Ans Ende dieser Nachricht hat sie noch das Clown-Emoji drangehängt.

Damit steht eins fest. Wäre ich nicht schon über beide Ohren in Marie verknallt, wäre ich es spätestens jetzt. Mit diesem beschwingten Gefühl verschwinde ich hinter unserer tristen, grauen Tür zum Personalraum. Aber irgendwie kommt sie mir in diesem Moment so vor, als würde sie in all den Farben strahlen, die Florentine heute anhatte.

VIERZEHN

09:21 Uhr leuchtet mir in neongrün entgegen, als ich an dem heutigen, leicht verregneten Sonntag das erste Mal auf meinen Radiowecker schaue. Das bedeutet zum einen, dass ich in dieser Nacht sogar mehr als die medizinisch-empfohlenen acht Stunden Schlaf bekommen habe, zum anderen, dass noch genug Zeit bleibt für ein ausgiebiges Frühstück, bevor um elf Uhr der ‚Krombacher-Doppelpass' auf Sport1 beginnt.

Auf dem Weg ins Bad schaue ich wie jeden Morgen auf mein Telefon, welches mir signalisiert, dass wohl einige Nachrichten von Patrick eingegangen sind. Und da ich zum letzten Mal um kurz nach halb eins bei WhatsApp vorbeigeschaut hatte, müssen die wohl alle heute Nacht eingetroffen sein; denn ich kann mir weder vorstellen, dass Patrick um diese Zeit schon wach ist, geschweige denn, dass er um diese Zeit bereits eifrig Nachrichten verschickt.

‚14 Nachrichten von Patrick Weber' zeigt mir mein Display an. Da hatte also wohl jemand einiges zu erzählen heute Nacht.

00:57 Uhr: Bist du noch wach?
01:09 Uhr: Wer geht denn bitteschön um diese Zeit schon ins Bett? Es ist Samstag!
01:10 Uhr: OK, korrigiere, es ist schon Sonntag. Trotzdem geht man da noch nicht ins Bett!
01:15 Uhr: Ich war gestern bei Johanna.
‚Johanna?' frage ich mich für einen kurzen Augenblick, aber im gleichen Moment fällt bei mir der Groschen. War er etwa gestern tatsächlich bei Jonas' Mutter? Seit seiner denkwür-

digen Begegnung mit ihr vor Gerstners Büro am Tag von Jonas' Rauswurf hatten wir über dieses Thema nicht mehr gesprochen. Deswegen bin ich davon ausgegangen, dass es sich bei diesem Entflammen für sie nur um ein Strohfeuer mit sehr kurzer Brenndauer gehandelt hatte. Aber jetzt scheint da wohl Bewegung in die Angelegenheit gekommen zu sein. Und ich gehe fest davon aus, dass die jetzt noch verbleibenden zehn Nachrichten etwas Licht in dieses amouröse Dunkel bringen werden.

01:41 Uhr: Ich wollte sie überraschen und stand ab sechs Uhr bei ihr vor'm Haus. Als um halb sieben unser Seiten-scheitel-Streber gegangen ist, hab' ich noch bis kurz nach sieben gewartet und wollte dann klingeln.

Da zwischen den beiden letzten Nachrichten eine Zeit-spanne von 26 Minuten vergangen ist, gehe ich davon aus, dass Patrick sich in dieser Zeit ein bis zwei alkoholhaltige Kaltgetränke mit einem dem Anlass angepassten Prozent-Gehalt gegönnt hat. Denn zwischen den Zeilen der letzten Nachricht lässt sich bereits ziemlich eindeutig herauslesen, dass dieser Abend für ihn nicht unter die Rubrik ‚Happy End' gefallen sein dürfte.

01:42 Uhr: Foto

Ich öffne das Bild und sehe eine zugegebenermaßen sehr schicke Villa mit großen Glasfenstern und einer halbhohen Hecke, welche die Bewohner wohl vor den Blicken allzu neugieriger Nachbarn schützen soll. In der Einfahrt steht ein Wagen, den ich auch an Jonas' letztem Tag im *Honäsch* schon auf unserem Parkplatz gesehen hatte. Damals dachte ich mir schon, dass der nur Mama Palfrader gehören könnte. Denn Kunden, die mit einem silberfarbenen Aston Martin vorfahren haben wir ungefähr so selten wie Tage, an denen Gerstner gute Laune verströmt. Genau genommen haben wir bei einem solchen Vergleich definitiv eine höhere Aston Martin-Wahrscheinlichkeit auf unserem *Honäsch*-Parkplatz. Beim weiteren Betrachten des Fotos kann ich jedoch außer einer am Straßenrand geparkten Mercedes E-Klasse nichts weiter erkennen, was mir erklären könnte, warum Patrick mir dieses Bild geschickt hat. Und erst jetzt sehe ich auch noch, dass er es mit der Bildunterschrift ‚Fällt dir was auf?' und dem Lupen-Emoji versehen hat.

OK, dann schauen wir mal genauer hin. Mit Daumen und Zeigefinger ziehe ich das Bild auseinander und versuche zu entdecken, was er gemeint haben könnte. Und dann sehe ich es. Die schicke E-Klasse hat doch tatsächlich ein Düsseldorfer Kennzeichen und am Heck prangt, wenn auch sehr dezent, ein Aufkleber mit dem Logo unseres Baumarktes. Da hatte Mama Palfrader also scheinbar Besuch aus der Zentrale.

01:43 Uhr: Hast du das Kennzeichen gesehen? Und den Aufkleber am Heck?

Tja, hätte ich mal gleich die nächste Nachricht gelesen. Aber dadurch bin ich ein bisschen stolz auf meinen detektivischen Spürsinn. Und das noch vor zehn Uhr morgens. An einem Sonntag.

01:59 Uhr: Ich tippe auf den CFO von dem ganzen Puff!

OK, die erneut etwas größere Zeitspanne bedeutet dann wohl, dass er die Einnahme seiner Getränke nicht nur fortgesetzt, sondern auch etwas beschleunigt haben dürfte. Denn die Bezeichnung unserer Düsseldorfer Zentrale als ‚Puff' kannte ich bis dato noch nicht in Patricks Vokabular.

02:00 Uhr: Foto

Auch in der Unschärfe kann ich schon erkennen, dass es sich um ein hell beleuchtetes Zimmer mit deckenhohen Glasfenstern handeln dürfte. Er wird doch nicht in den Garten eingedrungen sein und dann ein Foto von Frau Palfraders Wohnzimmer gemacht haben?

Ich tippe auf ,öffnen'.

Er hat ein Foto von Frau Palfraders Wohnzimmer gemacht!

Auf einem weißen Ledersofa sitzt sie in einer Art Cocktailkleid, das ihr von einem Designer quasi auf den Körper genäht worden sein muss, so perfekt sitzt es. Viel Stoff hatte er jedoch wohl nicht zur Verfügung, denn der obere und der untere Rand des guten Stücks liegen beängstigend nahe beieinander. Dagegen wäre das, was sie damals bei Gerstner getragen hatte, schon fast geeignet als Outfit, welches man bei der Aufnahmeprüfung zur Krankenschwester-Ausbildung in einem Benediktiner-Kloster anziehen könnte, ohne befürchten zu müssen, bereits bei der Registrierung durchzufallen.

Neben ihr sitzt ein Mann von etwa Mitte vierzig mit deutlich zu starker Gesichtsbräune und, dazu passend, genauso stark nach hinten gegelten Haaren. Um seinen Karibik-Teint noch zu betonen trägt er eines dieser potthässlichen Zweifarb-Hemden. Grundfarbe babyblau, dazu ein weißer Kragen. Sollte der kurzfristig auf Zuhälter umschulen müssen, dürfte das für ihn keine ernstzunehmende Herausforderung darstellen, denn beim genauen Hinsehen kann ich auch noch erkennen, dass selbst das klischeemäßige Goldkettchen am rechten Arm nicht fehlt.

Beide prosten sich irgendwie sinnlos grinsend zu, und der auf dem Glastisch vor ihnen stehende silberne Sektkühler, aus dem eine auf dem Kopf stehende Flasche Schampus herausragt, lässt ahnen, dass es sich dabei nicht um das erste Glas des Abends handelt. Und auch, dass der von Patrick so passend titulierte Puff-CFO nicht vorbeigekommen ist, um eventuell noch fehlende Unterlagen für Jonas' Einstellungsformalitäten abzuholen. Augenscheinlich könnte dieses Bild auch als Szenenfoto für eine Tatort-Folge dienen, welche irgendwo im

Nobelviertel der entsprechenden Stadt spielt. Denn so wie die beiden sich anschauen vermitteln sie auf dem Foto ein wenig das Gefühl, sie hätten vor wenigen Wochen ihren Ehemann um die Ecke gebracht und am heutigen Vormittag kam der Brief der Lebensversicherung mit der Bestätigung, dass die Versicherungssumme in Höhe von zwei Millionen in wenigen Tagen anstandslos und frei von Rückfragen überwiesen wird.

Ich weiß nicht, ob sich Patrick ernsthaft Hoffnungen gemacht hatte, dass da was laufen könnte mit Mama Palfrader, denn ein Altersunterschied von gefühlt fünfzwanzig Jahren passt so gar nicht in sein Beuteschema. Und ihm dürfte auch klar sein, dass sie nicht jeden Tag so rumlaufen wird wie neulich bei Gerstner, als sie aussah als wäre sie gerade auf der Durchreise zu irgendeinem Society-Event. Hinzu kommt, dass wohl auch die Berufsbezeichnung ,Führungskraft' eine nicht ganz unbedeutende Rolle bei ihrer Auswahl des Personen-kreises spielt, der mit ihr auf dem Sofa Schampus schlürfen und sich im Anschluss persönlich davon überzeugen darf, dass sie unter diesem Cocktail-Kleid höchstwahrscheinlich keine Unterwäsche trägt.

02:02 Uhr: Da müsste jetzt doch eigentlich ich sitzen, oder???

Gut, dass ich diese ganzen Nachrichten erst heute Morgen lese, stelle ich gerade fest. Denn wäre ich um diese Zeit noch wach gewesen, hätte sich heute Nacht höchstwahrscheinlich eine Diskussion entwickelt, die erst in den frühen Morgen-stunden geendet hätte. Und das mit Sicherheit auch noch komplett ergebnislos.

02:32 Uhr: Zwei Fotos

Bitte lass das jetzt keine Fotos sein, welche ihr Schlafzimmer zeigen, bei dem die Jalousien doch nicht so blickdicht sind, wie es die Werbung dafür versprochen hat.

Ich drücke auf öffnen und muss laut lachen. Das erste Bild zeigt Patrick, wie er mit dem Inhalt von gefühlt zehn Senf-tütchen die Frontscheibe des Mercedes einer intensiven Neugestaltung unterzieht. Das dürfte bedeuten, dass er den Tatort für einen kleinen Ausflug zum Drive-In unterbrochen hat. Ich stelle mir gerade das Gesicht der verdutzten Bedienung vor, wenn er auf die ‚Was darf's denn sein?'-Frage lediglich mit ‚Zehn Tütchen Senf zum mitnehmen' geantwortet hat. Das zweite Bild steht dem ersten in nichts nach, denn es zeigt, dass er am Heck des Mercedes unterhalb des Aufklebers unseres Baumarkt-Logos mit einem Edding in schwungvoller Schrift den Hinweis ‚Der Puff Ihres Vertrauens!' ergänzt hat. Damit steht aber auch fest: Sollten die Straßen dieses noblen Wohnviertels mit Kameras ausgestattet sein, dürfte er wahrscheinlich in Kürze unangekündigt Besuch bekommen. Und der heißt dann definitiv nicht Johanna Palfrader und kommt auch nicht vorbei, um mit ihm Schampus zu schlürfen. Der trägt Uniform und stellt ihm als erstes die Frage ‚Sind Sie Patrick Weber?'

02:45 Uhr: Ich bin müde und muss ins Bett. Wahrscheinlich habe ich auch ein wenig zu viel getrunken. Ruf mal an, wenn du morgen wach bist.

02:53 Uhr: Korrektur. Ich rufe dich an, wenn ich morgen wach bin. Falls es da noch vor 22:00 Uhr ist.

Damit endet Patricks Zusammenfassung der Geschehnisse rund um Johanna und unseren überbräunten CFO. ‚Zuletzt online heute 04:32' lese ich unter seinem Namen, was bedeutet, dass er nach der letzten Nachricht noch gute einhundert Minuten bei Bewusstsein war. Ich hoffe nur, dass er sich in dieser Zeit nicht nochmal zu einem zweiten, spontanen Kurzausflug in Richtung Villa Palfrader entschieden hat, weil ihm aufgrund seines Alkoholpegels noch weitere Optimierungs-Ideen für die E-Klasse in den Sinn kamen, deren Umsetzung in seinen Augen keinen zeitlichen Aufschub duldeten.

Nach dem Frühstück schreibe ich ihm eine kurze Nachricht. Ich hoffe, dass er sein Telefon nicht direkt neben dem Bett liegen hat oder zumindest seinen Benachrichtigungston ,crazy frog' auf lautlos gestellt hat. Ansonsten ist es in Kürze vorbei mit seiner Nachtruhe.

10:36 Uhr: Guten Morgen, du Senf-Picasso. Tut mir leid, wie der Abend gelaufen ist. Aber ab sofort dann eben wieder volle Konzentration auf die Generation U30. Gruß Rüdiger

Ich bin mir sehr sicher, dass er diese Geschichte schon bald vergessen haben dürfte. Wäre allerdings statt des Autos aus der Düsseldorfer Zentrale Gerstners Wagen vor ihrem Haus gestanden, hätte er definitiv länger gebraucht, um darüber hinweg zu kommen. Soviel ist auch klar.

Als um dreizehn Uhr der Doppelpass beendet ist, hat sich Patrick noch nicht gemeldet. Nachdem unter seinem Namen nach wie vor ,zuletzt online heute 04:32' steht, gehe ich davon aus, dass bei ihm heute nicht nur das Frühstück, sondern auch gleich das Mittagessen ausfallen dürfte. Ich gebe ihm noch bis achtzehn Uhr, danach würde ich dann aber doch mal anrufen und fragen, ob alles OK ist. Ein kleines Risiko besteht schließlich, dass er jetzt gerade nicht bei sich zuhause im Bett liegt, sondern selig auf dem Fahrersitz seines tiefergelegten 3-er-BMWs schlummert. Und wenn Mama Palfrader dann am frühen Nachmittag zum Golf-, Tennis- oder Sonstwas-Platz aufbrechen sollte, könnte das zu unangenehmen Rückfragen führen, wenn sie dann energisch mit ihrem Aston Martin-

Schlüssel von außen an die Seitenscheibe klopft, an der von innen gerade sein Kopf lehnt.

Um kurz vor fünf Uhr signalisiert mir das Vibrieren meines Telefons schließlich das erwartete Lebenszeichen von Patrick.

16:56 Uhr: Ich trinke nie wieder was

Sehr gut. Die Konzentration liegt auf dem Thema Kopfweh und nicht mehr auf der entgangenen Schampus-Romanze in der Villa Palfrader.

16:58 Uhr: Hast du sie gesehen? Und was sie anhatte?

OK, es ist also doch noch ein Rest Johanna vorhanden.

Ich schreibe ihm sofort zurück.

17:00 Uhr: Habe ich gesehen. Deine Verschönerung des Düsseldorfer Firmenwagens fand ich aber deutlich attraktiver!

Seine Antwort lässt nicht lange auf sich warten.

17:02 Uhr: Danke. Was würde ich nur ohne dich machen?

Und nur eine Minute später schreibt er

17:03 Uhr: Ich gehe jetzt erstmal ins Bett.

Shit. Heißt das, er hat tatsächlich die Nacht im Auto verbracht? Und das dann auch noch direkt vor ihrem Haus? Zur Sicherheit schreibe ich ihm daher doch noch schnell zurück.

17:04 Uhr: Hast du etwa im Auto bei ihr vor dem Haus gepennt??

Erst knapp zehn Minuten werden die beiden Häkchen hellblau und Patrick antwortet.

17:15 Uhr: Natürlich nicht. Bin doch Profi-Spion. Wollte noch schnell was essen und bin dann aber auf dem Parkplatz vom McDrive eingeschlafen.

Diese Nachricht hat Patrick noch mehrfach mit dem ZZZ-Emoji und der Pommestüte verziert. Trotz Müdigkeit scheint also zumindest noch eine gewisse Kreativität vorhanden zu sein. Sehr gut.

17:16: Wer hat dich geweckt? Der Sicherheitsdienst vom McDonalds?

17:17: Nein, ich bin im Schlaf mit dem Kopf auf die Hupe geknallt.

Großartig. Gäbe es einen Menschen wie Patrick noch nicht, man müsste ihn schleunigst erfinden.

17:18 Uhr: Dann gute Nacht und bis morgen, 007!

17:18 Uhr: Danke. Bis morgen, Moneypenny.

FÜNFZEHN

Es hat dann doch tatsächlich bis zum heutigen Mittwoch gedauert, dass sich Patrick von seinem frustrierenden Wochenend-Erlebnis erholt hat. Wobei sich die lange Erholungsdauer in erster Linie auf seine körperliche Verfassung bezog. Scheinbar steckt man bereits in seinem, sich gerade mal in der Mitte der Ü20-Zone befindlichen, Alter eine mehr oder weniger schlaflose Samstagnacht doch nicht ganz so einfach weg. Und die Verschiebung des Schlafs, verteilt auf die frühen Stunden des Sonntagmorgens beziehungsweise des Sonntagabends hatte sich da wohl auch als eher kontraproduktiv erwiesen.

Zumindest mental ist Patrick aber bereits seit Montag schon wieder ganz der Alte, was in erster Linie an zwei wild durcheinander gackernden, gleichzeitig aber ziemlich hübschen Holländerinnen lag. Die hatten ihn mit allerhand Fragen zu den unterschiedlichen Qualitäten unserer Wandfarben gelöchert und bei jeder seiner Antworten so intensiv angestrahlt, als hätte er ihnen gerade sämtliche magischen Tricks von David Copperfield, den Ehrlich Brothers und Siegfried & Roy auf einmal verraten. Damit war also bereits am frühen Montagnachmittag sein Charme-Selbstvertrauen wieder in der richtigen Balance; und Johanna Palfrader ist für ihn ab jetzt wieder nur die Mutter unseres ehemaligen Streber-Sorgenkindes. Und der wird in Zukunft also nicht mehr die schützende Hand von Gerstner über sich spüren, sondern wohl eher eine stark solarium-gebräunte Hand. Mit einem breiten Goldkettchen dran. In Düsseldorf.

Für neutrale Standpunkte in Angelegenheiten, die irgendwie mit Frauen zu tun haben, bin ich momentan sowieso der denkbar ungeeignetste Ansprechpartner, denn mit Marie schwebe ich seit einigen Tagen nur noch auf diversen, hauptsächlich mit der Zahl sieben nummerierten Wolken durch unser Baumarkt- und Bäckerei-Universum. Anfangs haben wir uns hauptsächlich stundenlang per WhatsApp geschrieben, bis sie eines Abends plötzlich einfach angerufen hat. Glücklicherweise hat sie dabei nicht den Video-Modus gewählt, denn um 22:10 Uhr ist meine Gesamtoptik nur noch sehr bedingt geeignet, eine Frau davon zu überzeugen, man sei der Richtige, um mit ihr die nächsten Jahrzehnte zu verbringen, eine Familie zu gründen und dann schließlich irgendwann mit ihr beim Notar zu sitzen, um zusammen den Kaufvertrag für das Häuschen im Grünen zu unterschreiben.

Schon am Abend darauf haben wir uns zum Caipirinha-Abend getroffen, allerdings nicht im *Aquarium*. Erste Dates in der eigenen Stamm-Location bergen immer gewisse Risiken. Und im Falle von Marie lag meine Risikobereitschaft definitiv bei null. Bei meinem Versuch eine der zentralen Grundregeln für erste Dates einzuhalten, nämlich die Frau beim ersten Date nicht zu küssen, habe ich allerdings auf ganzer Linie versagt. Auch wenn die Schuld daran nicht ausschließlich bei mir lag. Immerhin habe ich bei diesem Regelverstoß aber zumindest so lange gewartet, bis ich Marie zu ihrem Auto begleitet hatte. Am nächsten Tag haben wir beide unseren Facebook-Beziehungsstatus fast zeitgleich auf ‚in einer Beziehung' gesetzt und ich bin sogar noch so weit gegangen, bei den Kontakten in meinem Telefon den Namen ‚Dennis Sandner' kurzerhand auf ‚Schwager Dennis' zu ändern. Das habe ich Marie aber natürlich nicht verraten. Man will ja am Anfang auch nicht gleich zu viel Druck aufbauen.

„Dich muss man ja momentan nicht wirklich fragen, wie es dir geht." meint Patrick, als wir uns in der Mittagspause auf den Weg zu Ouzo-Udo machen. Da ist heute mal wieder Enrique mit seinem mobilen Baguette-Wagen zu Gast.

„Das stimmt. Mich hat's ordentlich erwischt." grinse ich.

„Freut mich sehr für dich. Und ein bisschen stolz bin ich ja auch, dass ich bei eurer ersten Begegnung mit dabei war. Damit dürfte die Rolle des Trauzeugen so gut wie vergeben sein, oder?"

„Klar. Und das wäre sie sogar dann, wenn du sie erst in dem Moment kennengelernt hättest, wenn ihr Vater sie gerade zum Traualtar führt."

„Sehr schön. Ich hätte dir das auch echt übelgenommen, wenn du Gerstner da den Vorzug gegeben hättest." lacht Patrick.

„Hm. Da bringst du mich jetzt auf eine Idee."

„Ich geb' dir gleich Idee." deutet er einen Haken in Richtung meines Blinddarms an.

„Alfons könnte ich mir auch ganz gut vorstellen" sage ich, denn gerade bemerke ich, dass sich unser lieber Kleingeld-mann bereits auch schon wieder im näheren Umfeld von Enriques umlautbefreitem Grill-Paradies herumtreibt.

„Hast du ihm eigentlich schon gesagt, dass seine Chancen bei Mama Palfrader seit dem letzten Wochenende stark gefallen sein dürften?" fragt Patrick.

„Noch nicht. Steht aber jetzt ganz oben auf meiner Liste." lache ich. Denn daran hatte ich natürlich überhaupt noch nicht gedacht.

„Es wird ihm das Herz brechen."

„Wahrscheinlich. Aber noch wahrscheinlicher würde er uns fragen, wen wir da genau meinen. Denn ich gehe stark davon aus, dass diese kurze Begegnung mit ihr weder in seinem Kurzzeit- noch in seinem Langzeitgedächtnis einen dauer-haften Parkplatz gefunden haben dürfte."

„Da dürftest du wohl recht haben." nickt Patrick bestätigend.

Als hätte Alfons mitbekommen, dass wir gerade von ihm sprechen, schaut er zu uns herüber und deutet mit seiner linken Hand eine Art Winken an. Dieses wirkt insofern etwas eigenwillig, als er dabei zwei Red Bull-Dosen in der Hand hält, die er wohl gerade aus einem der Mülleimer herausgefischt hat. Gut, dass jetzt gerade nicht zufällig ein Vertreter der Werbeabteilung vom Blubberbrause-Imperium vor Ort ist, denn Alfons beweist in diesem Moment so ziemlich genau das Gegenteil davon, dass dieses Zeugs ernsthaft Flügel verleihen könne.

„So, dann schauen wir mal, was unser Spanier heute im Angebot hat." sagt Patrick, nachdem langsam Enriques kleiner Speisekarten-Aufsteller in Sichtweite kommt.

„Also ich tippe auf genau vier Zutaten, und zwar…" deute ich mit beiden Zeigefingern auf ihn.

„Schinken. Käse. Champignons. Tomate."

„Ein gewagter Tipp, Herr Weber." halte ich mir Daumen und Zeigefinger ans Kinn, so als würde ich ernsthaft in Erwägung ziehen, heute tatsächlich mal etwas anderes im Angebot zu finden.

„Meinen Sie, Herr Seifert?" kneift Patrick sein rechtes Auge zur Hälfte zu.

„Ich tippe heute ja auf etwas so verwegenes wie Salami und Paprika."

„Oha. Die ungarische Mischung. Und das beim Spanier. Ein gewagter Tipp."

„Gleich wissen wir es."

Noch bevor wir diese Frage klären können, sehe ich Ouzo-Udo auf uns beide zulaufen.

„Rüdiger, schön dass ich dich treffe. Meinen Glückwunsch." schüttelt er mir die Hand, als wäre sie eine Dose Sprühfarbe, auf der ‚Vor Gebrauch mindestens zwei Minuten gut schütteln' steht.

„Danke. Aber wozu denn, Herr Schar.. äh Udo."

Ich habe mich immer noch nicht so ganz daran gewöhnt, mit ihm per du zu sein, wie ich gerade bemerke.

„Na, du weißt schon." grinst er mich an und wackelt ein paarmal kräftig mit dem Kopf hin und her, gerade so als käme er geradewegs von einem besonders ausgedehnten Ouzo-Probier-Termin.

Ich kann mir natürlich denken, dass es sich nur um Marie handeln kann. Und dass ihm Dennis das brühwarmst erzählt haben wird.

„Kleiner Tipp?" stelle ich mich aber dennoch unwissend.

„OK. Die schöne Bäckerin. Dennis' Schwester. Klingelt es jetzt?"

„Ach so. Natürlich. Klar. Danke. Da hat der gute Dennis wohl ein bisschen geplaudert."

„Hat er. Ich bin übrigens Udo Scharnitzky. Wir kennen uns ja auch nur vom Sehen." wendet er sich jetzt Patrick zu und schüttelt ihm die Hand, allerdings nur kurz und nicht mehr im Sprühdosen-Modus, wie gerade noch bei mir.

„Patrick Weber. Freut mich."

„Ebenso. Ich war früher mal Rüdigers Lehrer. War aber für uns beide nicht die beste Zeit." lacht er.

„Ich habe ihm unsere Geschichte schon erzählt." lüge ich und hoffe gleichzeitig, dass Patrick jetzt nicht gleich ‚Ach ja? Kann ich mich gar nicht dran erinnern' sagt.

„Tja, ich muss auch wieder, wollte das nur kurz loswerden. Schönen Tag noch, euch beiden." verabschiedet er sich auch gleich schon wieder in Richtung Getränkemarkt. Hätte meiner kleinen Notlüge also gar nicht bedurft.

„Ebenso." sagen Patrick und ich, aber Ouzo-Udo ist schon außer Hörweite.

„Kann ich mich ja gar nicht dran erinnern, dass du mir diese Geschichte schon mal erzählt hast." schaut mich Patrick süffisant an.

„Ex-Lehrer. Job quittiert. Frau abgehauen. Getränkeladen eröffnet. Traumjob gefunden. Dennis als Fahrer angestellt. Na, noch Fragen, Herr Inspektor?" fasse ich die Geschichte kurz zusammen.

„Keine weiteren Fragen." schüttelt Patrick nur lachend den Kopf.

Aufgrund der Ablenkung durch Ouzo-Udo bemerken wir erst jetzt, dass wir in der Baguette-Schlange mittlerweile schon beinahe bei Enrique angekommen sind. Und da er seinen kleinen Stand dank des schönen Wetters heute auf dem Parkplatz aufgebaut hat, bleibt uns erfreulicherweise auch seine Dufterlebnis-Kombination aus verkohlter Grillzange und Fritteuse erspart.

„Rrrrrudiger, Amigo. Schon, diche zu sehen. Meine Gluckewunsch." begrüßt er mich völlig euphorisch.

OK, ein zweites Mal brauche ich nicht so tun, als wüsste ich nicht, wozu mich jetzt auch Enrique beglückwünschen möchte.

„Vielen Dank, Enrique."

„Marie iste so eine tolle Madchen."

„Oh ja. Das ist sie."

Wo Enrique recht hat, hat er recht.

„Und de Patrick? Auch schon wasse gefunden fur die Corazón?" zieht er die Augenbrauen hoch bis fast zum Haaransatz.

„Wofür?" fragt Patrick.

„Fur die Corazón. Fur die Herz." schlägt er sich zweimal mit seiner Grillzange auf seine linke obere Brusthälfte.

„Ich arbeite daran." hält sich Patrick aufgrund der Geschehnisse vom Wochenende rund um Mama Palfraders Villa verständlicherweise etwas bedeckt bei seiner Antwort.

„Neue Grillzange?" frage ich, um das Thema zu wechseln. Denn so wie dieses Ding glänzt und blinkt, welches er gerade für die Corazón-Kennzeichnung benutzt hat, muss das neu sein. Selbst eine mehrstündige Behandlung mit Fairy Ultra könnte diese olle Ding niemals wieder in diesen quasi fabrikneuen Zustand versetzen.

„Si si, isse neu. Und siehte gut aus, was? Hate die Udo gesagte, dass die alte ware nix mehr so ganze appetitlich."

Die Bezeichnung ,ware nix mehr so ganze appetitlich' ist eine schöne Umschreibung für eine Produkteigenschaft, die ich eher mit ,geeignet für allerlei Formen der Körper-verletzung' umschreiben würde. Denn das war seine alte Grillzange zweifellos. Und zwar schon seit Wochen.

„Was kannst du uns denn heute empfehlen?" fragt Patrick, der scheinbar auch froh ist, dass sich das Gespräch in Richtung des Themengebietes ,Hygiene am Arbeitsplatz' verschoben hat.

„Heute habe wir ja was ganze besonderes in die Angebot." strahlt Enrique mit seiner neuen Grillzange um die Wette.

„Schön. Da sind wir ja mal gespannt." sage ich in Erwartung von etwas mehr als nur der vorhin vermuteten, ungarischen Salami-Paprika-Variante.

„Habt ihr nichte gesehe aufe die Karte?"

Ich könnte Enrique jetzt natürlich sagen, wie sinnlos ein Blick auf seine Speisekarte normalerweise ist. Denn die Wahrscheinlichkeit bahnbrechender Veränderungen oder überraschend neuer Geschmackskombinationen in seinem kleinen Baguette-Kosmos ist in etwa genauso gering wie Verkehrsbehinderungen aufgrund von Schneeverwehungen rund um die Pyramiden in Ägypten.

„Wow. Thunfisch und Zwiebel." sagt Patrick plötzlich, der sich im Gegensatz zu mir doch für einen Blick auf Enriques Menütafel entschieden hat.

„Isse lecker. Und isse auch gesund wege die ganze Omega-3-Fettsaure." schaut uns Enrique mit große Augen an.

Ich muss mir ein Lachen verkneifen, denn der Anteil an den von Enrique gepriesenen Omega-3-Fettsäuren in den Thunfisch-Würfeln seiner Aufback-Brötchen dürfte ähnlich gering sein wie der Vitamin-Gehalt in seinen schmucklosen Papptellern.

„Also ich probier die mal." sagt Patrick nicht wirklich überraschend. Auch wenn ich sicher bin, dass dafür nicht die Aussicht auf ein paar gesunde Inhaltsstoffe den Ausschlag gegeben haben dürfte, sondern lediglich die Tatsache, dass diese endlich mal eine Alternative zu Schinken, Käse, Champignon oder Tomate darstellen.

„Ich auch. Also viermal Thunfisch-Zwiebel. Und zur Sicherheit aber auch noch viermal Schinken-Käse."

„Die Liebe mache dir große Appetite, Rudiger." unternimmt Enrique einen erneuten Versuch, mehr zu strahlen als seine Chrom-Zange.

„Sind doch nicht alle für mich. Vier für mich, vier für Patrick." muss ich ihn aber in seiner mediterranen Liebes-Expertise etwas einbremsen.

„War doch nur eine kleine Spaße." holt Enrique mit seinem neuen Glanzstück die gewünschten acht Mini-Baguettes aus seinem kleinen Ofen. Der könnte auch mal eine Überholung vertragen, denke ich mir als ich sehe, welche dicke Ruß-Schichten sich da mittlerweile an den Seitenwänden häuslich eingerichtet haben.

„Getranke musse ihr heute leider direkt bei die Udo kaufen. Die Kuhleschrank isse kaputt."

„Kein Problem. Was bekommst du denn?"

„Machte zusammen sieben Euro und swanzig Cente."

„Sieben zwanzig? Deine Baguettes kosten doch einen Euro pro Stück?" frage ich etwas überrascht.

„Fur die neue Dinger mit die Thunfisch und die Swiebele gibt es bissele Rabatt von swanzig Prozent."

Ich bin überzeugt, dass es sich dabei nur um eine Idee von Udo handeln kann. Denn Enrique mag ein guter Kenner von amourösen Schwingungen sein, aber kreative Geschäftsideen sind nicht so wirklich sein Ding. Genau genommen gibt es wahrscheinlich nur eine andere Sache, die noch weniger zu seinen Kernkompetenzen gehört: Und das ist das unfallfreie Verpacken warmgemachter Schlemmerschnitten in Papiertüten bei Marie in der Bäckerei.

„Stimmt so." legt Patrick acht Euro auf Enriques kleinen Tresen.

„Aber wenn die nicht schmecken, kommen wir nachher wieder und holen uns das Trinkgeld zurück." ergänze ich und zwinkere Patrick zu.

Enrique ist für einen kurzen Moment sprachlos, da er mein Zwinkern offensichtlich nicht mitbekommen hat.

„Das war ein Scherz, Enrique." klärt Patrick die Situation aber schnell auf, bevor Enrique uns die achtzig Cent im Affekt gleich jetzt schon wieder zurückgibt.

„Passe bloße auf, ihr zwei." droht er, und fuchtelt dabei mit seiner Grillzange in unsere Richtung. Dies allerdings mit einem so breiten Lachen, dass sogar Jorge González vor Neid erblassen würde.

„Und, was sagen wir zu Enriques neuer Geschmacks-Kreation?" fragt mich Patrick nach seinen ersten zwei Bissen vom Thunfisch-Zwiebel-Baguette.

„Sensationell. Vor allem die Omega-3-Fettsäuren."

„Also mir sind da fast schon ein bisschen zuviele von drin." grinst Patrick und greift zum zweiten Exemplar.

„Zumindest scheint er bei seinem Baguette-Stand deutlich besser aufgehoben zu sein als in der Bäckerei."

„Hat Marie das erzählt?"

„Ja. Im Gegensatz zu seinen paar Baguette-Varianten gibt es ja alleine bei den Muffins schon doppelt so viele. Und dazu kommen dann noch die unterschiedlichen Brote und Brötchen. Der gute Enrique hat wohl schon zweimal die Kasse lahmgelegt, weil er den vierstelligen Code für die Blaubeermuffins in das Feld für ‚Menge' eingegeben hat. Die Summe von knapp sechstausend Euro ließ sich dann nicht mehr durch ein einfaches Storno korrigieren, sondern erst über das HelpDesk der Zentrale."

„Und Enrique ist doch wahrscheinlich auch noch in der Probezeit, oder?" fragt Patrick, während er mit den letzten Thunfisch-Würfelchen kämpft, die durch seine Finger hindurch ihrem Schicksal entfliehen wollen.

„Keine Ahnung, aber er ist ja sowieso nur zur Aushilfe da angestellt, da gibt's sowas wie Probezeit bestimmt nicht."

„Dann muss eben dein Schätzchen mal ein bisschen Nachhilfe geben. Ich glaube nicht, dass sich Enrique nur mit dem Job in Udos Imbisswagen über Wasser halten kann. Oder weißt du, ob er sonst noch irgendwo einen Job hat?"

„Keine Ahnung. Habe ich Marie auch schon gefragt. Sie meinte wohl, dass er nebenher auch noch irgendwo anders Geld verdient, aber wo genau, wollte er nicht sagen."

„Soso, unser Fachmann für Umlaute der deutschen Sprache hat also Geheimnisse." grinst Patrick. „Solange Enrique nicht mit bolivianischen Sommer-Möbeln handelt, mache ich mir noch keine Sorgen." gehe ich jetzt zum ersten von den Schinken-Käse-Teilen über.

„Ich habe damals übrigens eins der kleinen Päckchen mit nach Hause genommen."

Ich hoffe inständig, dass ich gerade nicht ‚ich habe übrigens damals eins der kleinen Päckchen mit nach Hause genommen' verstanden habe.

„Äh. Wie bitte?" höre ich mich fragen.

„Ich habe eins der kleinen Päckchen mit nach Hause genommen." wiederholt Patrick es nochmal, wobei meiner Nachfrage definitiv kein akustisches Verständnisproblem zugrunde liegt. Und die Selbstverständlichkeit, mit der Patrick diesen Satz ausspricht, macht das Ganze in keinster Weise begreiflicher für mich.

„Hast du nicht." sage ich und höre meine Stimme immer noch wie durch einen Wattebausch gedämpft.

„Als wir wieder zurückgekommen sind ins Lager, da lag mitten in diesem Chaos auf dem Schreibtisch doch noch der Lieferschein, den die beiden Rummelplatz-Detektive dort vergessen haben."

„Hm."

„Und du hast doch gesagt, wir nehmen den mit zu Gerstner."

„Hm."

„Aber da lag an der Seite noch was anderes, was die beiden übersehen haben."

„Hm."

„Es war eins von den vier Päckchen. Die müssen die warum-auch-immer auseinandergeschnitten haben und dann haben die nur drei mitgenommen. Keine Ahnung wieso."

„Hm."

„Rüdiger? Hörst du mir zu?"

„Was? Hm!"

Während Patrick mir das gerade alles so mir-nichts-dir-nichts erzählt, versuche ich mir die Geschehnisse noch mal vor mein geistiges Auge zu holen, wodurch meine Antworten nur noch von meinem Unterbewusstsein gesteuert zu sein scheinen.

„Ich weiß, das war ein Fehler. Aber zum Glück isses jetzt mal raus." atmet Patrick hörbar durch.

„Will ich wissen, wo du das Zeug bei dir aufbewahrst?" gewinnt mein Sprachzentrum langsam wieder die Oberhand über meine verschiedenen Bewusstseinsebenen.

„Willst du nicht." schüttelt Patrick mit geschlossenen Augen den Kopf.

„Aber es ist noch zu?!"

„Ist es."

„Ehrlich?"

„Ehrlich. Ich hätte mir eher in die Hose gemacht, als das Ding aufzumachen." versichert er mir glaubhaft.

„Ich glaube, jetzt will ich doch wissen, wo du das Zeug aufbewahrst." sage ich und hoffe inständig, dass er jetzt weder WC-Spülkasten noch Zuckerdose sagt. Und vor allem keinen Ort hier irgendwo im Baumarkt.

„Willst du raten?"

„Patrick!"

„Schon gut. Ich sag's dir ja. Ich hab' das Ding in eine alte Thermoskanne gesteckt. Und die steht im Keller. Gut verpackt. Zufrieden?"

„Hm. OK." sage ich fast ein bisschen enttäuscht. Ein wenig spektakulärer hätte ich mir das Ganze dann doch vorgestellt.

„Ich hab' halt keine Ahnung, wie ich das Zeug loswerden kann. Ich hatte mir schon überlegt, es einfach zu verbrennen, aber ich glaube, bei Google ‚Brennt Koks?' einzugeben, ist keine so wirklich gute Idee. Und wegkippen will ich es auch nicht. Je nachdem in welchem Abwasserkanal das landet, feiern die Ratten da unten dann drei Tage lang Dauerparty im Vollrausch."

„Du kannst es Gerstner ja unter den Scheibenwischer klemmen mit einem kleinen Zettel dran: War noch übrig, Gruß Jonas."

„Blödmann."

„Also mal im Ernst. Ich habe auch keine Ahnung, aber in deiner Thermoskanne findet es ja sowieso erstmal keiner. Und wer weiß, vielleicht zersetzt es sich ja auch mit der Zeit."

„Genau. Das heißt, in etwa zweihundertfünfzig Jahren hat sich das Problem dann hoffentlich von selbst erledigt." seufzt Patrick.

„Kannst ja bei Google mal ‚Zersetzt sich Koks im Lauf der Zeit?' eingeben. Ist vielleicht nicht ganz so auffällig wie die Frage nach dem Brennwert." grinse ich.

„Super Idee. Ich hoffe, du besuchst mich dann aber regelmäßig im Knast."

„Klar. Und Marie backt dir bestimmt ein schönes Spezial-Baguette mit Feile drin."

„Toll. Dann kann ja nix mehr schiefgehen."

„Musst halt nur die richtigen Leute fragen. Und jetzt lass uns reingehen. Ist schon kurz nach eins."

Die Geschichte beschäftigt mich noch den ganzen Nachmittag. Wir sind damals davon ausgegangen, dass in jedem von diesen Dingern ungefähr ein halbes Kilo drin war. Diese spontane ‚Koks to-go'-Aktion heute also irgendwie als Kurzschluss-Reaktion abtun zu wollen, dürfte bei dem auch für einen Laien glasklaren Marktwert von dem Zeug schwierig werden. Und es würde Patrick außer mir definitiv auch niemand abnehmen. Eher im Gegenteil. Am Ende wäre ich auch noch mit dran und wir dürfen uns dann für ein paar Monate oder länger eine kuschelige Doppelzelle teilen. Nicht unbedingt die besten Aussichten, wenn ich es mir recht überlege. Und auch Marie würde das bestimmt nicht wirklich cool finden. Da ist die Wahrscheinlichkeit, dass sie ihren Facebook-Beziehungsstatus zeitnah auf ‚es ist kompliziert' stellen würde deutlich größer. Die Variante, das Zeugs einfach wegzukippen und damit den kleinen Unterwelt-Nagern die Party ihres Lebens zu bescheren, scheint vielleicht doch die beste Idee zu sein. Vielleicht ja nicht alles auf einmal. Denn sollten dabei dann doch reihenweise Kanalbewohner hops gehen und in der Gerichtsmedizin auf dem Seziertisch landen, könnte da möglicherweise jemand auf die Idee kommen, das ganze mal etwas genauer zu untersuchen.

„Na, Seifert, wo sind Sie denn mit Ihren Gedanken?" steht auf einmal Gerstner neben mir. Und ich habe natürlich keinen blassen Schimmer, wie lange er da schon steht.

„Hallo Herr Gerstner." sage ich kurz und knapp, denn mir jetzt irgendeine sinnlose Erklärung auszudenken, wäre ein ziemlich chancenloses Unterfangen. Ich hoffe lediglich, hier nicht Gratulant Nummer drei hinsichtlich meines neuen Beziehungsstatus' vor mir stehen zu haben.

„Ich wollte Ihnen nur sagen, dass ich gerade einen Anruf aus der Zentrale bekommen habe."

Das kann jetzt einiges bedeuten. Und da ich mir ja gerade erst einige Stunden lang Gedanken über diese ganze Koks-Geschichte gemacht habe, ist mein erster Gedanke, dass Jonas auch in der Zentrale versucht haben könnte, sich dort sein zweites Geschäftsstandbein aufzubauen. Aber deswegen würde Gerstner nicht vorbeikommen. Schließlich geht er sicher immer noch davon aus, dass ihm alle seine Version von Jonas' ganz normalem Wechsel in die Zentrale abgenommen haben.

„Worum ging's denn?" versuche ich möglichst teilnahmslos nachzufragen.

„Es war der Vater von Florentine."

„Aha."

Wenn ich Gerstners Gesichtsausdruck richtig interpretiere, dürfte der ihm höchstwahrscheinlich gesagt haben, dass es dem bunten Weihnachtsplätzchen bei uns ziemlich gut gefallen hat. Und die Tatsache, dass er jetzt hier steht, kann nur bedeuten, dass dabei auch die Namen Rüdiger Seifert und Patrick Weber gefallen sind.

„Er hat sich nochmal ausdrücklich bedankt, wie wir uns um sie gekümmert haben. Vor allem ja Sie und der Kollege Weber."

OK, es war jetzt nicht so schwer, das aus seinem Grinsen herauszulesen. Und dass er sich jetzt zu dem Personenkreis dazurechnet, der sich um sie gekümmert haben soll, lasse ich einfach mal so stehen. Für ihn zählt sowieso nur, dass er damit in der Düsseldorfer Zentrale ein paar Karriere-Punkte gesammelt haben dürfte.

„Haben wir ja gerne gemacht. Wenn sie allerdings wüsste, wie es heute schon wieder aussieht bei Schrauben und Nägeln, würde sie entweder in Tränen ausbrechen oder sofort wieder ihre kleine Camping-Garnitur aufbauen."

„Bestimmt." quält sich Gerstner zu einem Grinsen, denn ein jetzt möglicherweise noch folgender Smalltalk würde für ihn mit Sicherheit nur eins darstellen: Reine Zeitverschwendung.

„Ich richte das dann Patrick, äh, Herrn Weber aus, wenn das für Sie OK ist."

„Wie? Ach so, ja klar, können Sie natürlich gerne machen. Vielen Dank."

Mit diesen Worten macht sich Gerstner wieder auf den Weg zurück in sein Büro. Als er eigentlich schon um die Ecke verschwunden ist, dreht er sich aber noch mal um.

„Ach ja, Glückwunsch Herr Seifert zur Liaison mit Frau Sandner aus der Bäckerei."

Ohne eine Antwort abzuwarten, ist er verschwunden. Ich hätte sowieso nicht gewusst, was ich darauf hätte antworten sollen. Bei Udo und Enrique hatte ich mich ja sogar ein wenig gefreut, aber Gerstner? Der weiß wahrscheinlich noch nicht mal, wann ich Geburtstag habe.

Genau genommen ist mir das aber auch völlig egal, denn wie mir ein Blick auf die Uhr zeigt, ist dieser Arbeitstag für mich eigentlich schon seit fast fünfzehn Minuten beendet. Leider ist mir in den letzten Stunden keine wirkliche Alternative zur schrittweisen Kanal-Entsorgung von Patricks kleinem Thermoskannen-Pulver eingefallen. Sollte er also auch keine Blitzidee gehabt haben, wird das dann wohl der Plan für die nächsten Tage und Wochen sein. Auch wenn mir gerade etwas mulmig zumute wird, wenn ich mir vorstelle, wie wir beiden Hobby-Kokser das Zeug dann demnächst esslöffelweise der Kanalisation zuführen werden.

„Was ziehst du denn für ein Gesicht?" fragt mich Patrick, als wir uns kurze Zeit später im Personalraum treffen.

„Die Entsorgungsthematik hat mich gedanklich ein wenig auf Trab gehalten." antworte ich etwas kryptisch, da man nie weiß, wer einem hier so alles zuhört.

„Ernsthaft?"

„Ernsthaft!"

„Ist dir denn ein Alternativ-Szenario eingefallen?"

„Nicht wirklich. Dir?"

„Auch nicht wirklich." zuckt er mit den Schultern, was wahrscheinlich damit zusammenhängen wird, dass er sich in den letzten Stunden nicht annähernd so intensiv mit diesem Thema beschäftigt haben wird wie ich. Was auch logisch ist, denn er dürfte sich diese Frage in den letzten Wochen bestimmt schon öfter gestellt haben und die Pros und Kontras auch schon deutlich öfter gegeneinander abgewägt haben als ich in den letzten Stunden.

„Lass uns erstmal rausgehen." sage ich. Denn kryptisch verschlüsselte Dialoge dürften bei dem einen oder anderen hier möglicherweise auf noch mehr Interesse stoßen als vielleicht eine eindeutig gestellte Frage wie zum Beispiel ‚Was machen wir denn jetzt mit dem ganzen Scheiß-Koks?'

„Machen wir. Holst du Marie gleich noch ab?"

„Klar!" sage ich freudestrahlend. Denn egal wie ein Tag verläuft, mit dieser Aussicht lässt sich alles sehr entspannt ertragen.

„Na dann. Gute Nacht Honäsch!" lacht Patrick und schließt die Tür hinter uns.

Marie steht bereits vor der Bäckerei und unterhält sich angeregt mit Enrique. Der hat scheinbar nach seiner Baguette-Mittagsschicht noch in der Bäckerei gearbeitet, denn im Gegensatz zu ihr hat er noch seine Schürze und Mütze an. Und in seiner Hand hält eine ziemlich prall gefüllte Brötchentüte.

„Darf ich stören?" sage ich, als ich bereits einen Meter neben Marie stehe, ohne dass sie es bemerkt hat.

Ihre darauffolgende feste Umarmung beantwortet meine Frage sehr schnell zu meiner vollsten Zufriedenheit.

„Habt ihr ein wenig Überstunden gemacht?" fragt sie in Patricks Richtung.

„Lag nicht an mir. Dein Schatz ist mal wieder auf den Blumenerde-Paletten eingeschlafen." grinst er.

„Ihr durfte auf die Paletten schlafe?" schaut uns Enrique mit großen Augen an.

„Pst, nicht so laut. Nicht dass das Gerstner noch mitbekommt." halte ich mir den Zeigefinger vor den Mund.

„Glaub den beiden Spinnern kein Wort." sagt Marie zu Enrique und lächelt mich dabei wieder so charmant an wie bei meinem ersten Besuch bei ihr in der Bäckerei. In solchen Momenten kann ich es immer noch nicht so richtig fassen, was für ein XXL-Glückspilz ich bin.

„Ihr sollte doch nix immer mache solche Späße mit die Enrique."

„Na gut. Nächstes Mal fragen wir dich vorher."

„Sehr witzig, Rudiger."

„Wofür sind denn die Brötchen?" fragt Patrick und zeigt auf die Tüte in seiner Hand.

„Isse fur die gute Alfonso." hat Enrique seine gute Laune bereits wiedergefunden.

„Die Zentrale hat uns erlaubt, einmal pro Woche eine Tüte für ihn zu packen. War seine Idee." strahlt Marie und drückt Enrique kurz an sich.

„Wow, tolle Idee, Enrique!" sage ich beeindruckt, verzichte aber verständlicherweise darauf, ihn auch kurz zu drücken.

„Wo ist Alfons denn?" fragt Patrick.

„Isse wahrscheinlich bei die Parkeplatze."

„Lass uns mal rübergehen." sagt Marie und nimmt meine Hand.

Mit dieser Idee hat Enrique bei mir mindestens eine genauso große Tüte Pluspunkte gesammelt, wie die, die er gerade in der Hand hält. Mal schauen, was unser guter Alfons dazu sagen wird. Fast ein bisschen wie die vier Musketiere machen wir uns auf den Weg in Richtung der Parkplätze und schon aus großer Entfernung sehen wir seine dunkelblaue Mütze zwischen den parkenden Autos umherwippen. Allerdings scheinbar recht erfolglos, denn er verweilt immer nur wenige Sekunden bei den letzten Kunden, die sich hier gerade auf den Heimweg machen. Das sieht nicht wirklich danach aus, dass es gerade laut klimpern dürfte in seinem Becher.

„Bisschen Kleingeld." hören wir ihn gerade zu einem älteren Ehepaar mit mehreren Gardinenstangen im Einkaufswagen sagen, als wir uns ihm von hinten nähern. Während der Mann dieses Ansinnen aber nur mit einem ziemlich verächtlichen Blick in Richtung des armen Alfons quittiert, wirft dessen Frau ihm tatsächlich ein paar Münzen in seinen schon wieder ziemlich lapprig aussehenden Becher.

„Dankeschön gnä' Frau." höre ich ihn zu meiner Freude sagen. Hat er also doch den einen oder anderen Freundlichkeits-Ratschlag von mir beherzigt.

„Hallo Alfonso." sagt Enrique.

„Bisschen Kleing... ach so, ihr seid's." bilde ich mir ein, ein kurzes Lächeln durch seinen immer dichter werdenden Bart zu erkennen, als er sich zu uns umdreht.

„Alles gut bei dir?" frage ich.

„Läuft ganz OK." klopft er sich auf die rechte Manteltasche, was diese mit einem deutlich hörbaren Münzenklimpern bestätigt.

„Schau, Alfonso. Habe wir bissle was fur dich mitgebracht." hält ihm Enrique seine XL-Brötchentüte entgegen.

„Für mich?"

„Si, si. Und der beste ist: Kommte jetzt einmal in die Woche."

„Du bist echt der Beste, Amigo." strahlt er ihn an.

„Musse wir doch alle bissele zusammenhalten." freut sich Enrique und ist sichtlich auch ein wenig gerührt.

„Und du Rüdiger? Frisch verliebt in die schönste Frau vom ganzen Honäsch-Areal?"

Sapperlott, Alfons ist also diesbezüglich also auch schon auf dem neuesten Stand.

„Sieht man mir das so deutlich an?"

Statt zu antworten zeigt er nur auf unsere beiden fest miteinander verbundenen Hände.

„Setzt euch doch." deutet Alfons auf die freien Steinquader am Rand der Parkplätze, gerade so als handele es sich dabei um die seidengepolsterten Stühle aus dem Buckingham-Palast. Und auch wenn sein Bart immer mehr an in einem Weihnachtsbaum verheddertes Lametta erinnert, macht er heute erfreulicherweise einen ziemlich aufgeräumten Eindruck.

„Ich hoffe, du hast auf meine Tipps gehört, Rüdiger. Eine Familie zu ernähren ist nämlich nicht billig."

Marie und ich schauen uns lachend an. Auch wenn es noch ein bisschen früh dafür ist, scheint uns beiden der Gedanke irgendwie zu gefallen.

„Welche Tipps meint er denn?" fragt mich Patrick.

„Alfons meint bestimmt seine Aktien-Tipps, richtig?" schaue ich in seine Richtung.

„Richtig. Alles auf Tesla hab ich dir vor zwei Jahren gesagt. Hast du investiert?"

„Hm, nein. Hab mich nicht getraut."

Die ehrliche Antwort wäre gewesen, ihn zu fragen, warum ich in Finanzfragen ausgerechnet dem Mann vertrauen soll, der aussieht wie die Wiedergeburt von Rübezahl nach vierzehn Tagen Dauerregen und höchstens nachts mal einen Promillewert von weniger als 1,0 hat.

„Ich habe die Alfonso getraut." sagt Enrique plötzlich. „Hatte er mich auch vor die zwei Jahre gesagt, dass ich kaufe soll die Tesla."

In diesem Moment geht in Alfons' Gesicht die Sonne auf.

„Wieviel hast du denn reingesteckt?" fragt er Enrique mit einem eigenartigen Grinsen.

„Zweitausendfunfhundert. Oder war vielleicht doch bissle zuviel?" zieht Enrique jetzt seine Augenbrauen ängstlich zusammen.

„Haben wir gleich." holt Alfons aus seiner inneren Manteltasche eine etwas zerfledderte Zeitung heraus.

„Gleich wissen wir, ob deine Entscheidung die richtigere war." drückt mir Marie ihren linken Zeigefinger in meine rechte Seite.

„Ist von vorgestern, also aktuell." hat Alfons mittlerweile seine Zeitung vor sich ausgebreitet.

„Jetzt bin ich mal gespannt." hoffe ich für Enrique, dass es bei ihm die richtige Entscheidung war, dem Mann zu vertrauen, der sein ganzes Geld innerhalb weniger Wochen an der bolivianischen Börse verloren hat.

„Wieviel hast du damals gezahlt pro Stück?" schaut er Enrique mit einem Blick an, von dem ich nicht wirklich sagen kann, ob er Mitleid oder Vorfreude aussagen soll.

„Musse funfundzwanzig gewesen seie. Ich habe hundert Stuck bekommen fur die zweitausendfunfhundert Euro." wirkt auch Enrique jetzt ein wenig nervös.

„Zweihundertfünfzig." sagt Alfons nur ein einziges Wort und faltet seine Zeitung wieder zusammen.

„Zweihundertfunfzig? Das heißte, neunzig Prozente Verlust fur die arme Enrique?"

„Gut, dass du die Finger davongelassen hast," flüstert mir Marie ins Ohr und gibt mir einen kleinen Kuss.

„Pro Stück." lehnt sich Alfons zurück und zündet sich geradezu weltmännisch seine Zigarre an.

Für ein paar Sekunden könnte man jetzt eine Stecknadel auf dem Parkplatz fallen hören.

„Äh, pro Stuck?" hat Enrique nicht nur als erstes seine Stimme wiedergefunden, sondern auch gefühlt zum ersten Mal so etwas ähnliches wie einen Umlaut von sich gegeben.

„Korrekt, Amigo." nimmt Alfons einen tiefen Zug.

„Das sind ja dann … Moment … fünfundzwanzigtausend Euro!" hat Patrick als zweites seine Stimme wiedergefunden.

Während Enrique in diesem Moment aufspringt und wie ein mit ADHS infizierter Flummi quer über den mittlerweile fast leeren Parkplatz hüpft, schaue ich Marie an und versuche dabei einigermaßen überzeugend ein ‚Geld ist nicht alles, wir haben ja uns'-Gesicht zu machen.

„Gut, dass du bei der Auswahl deiner Freundin ein besseres Händchen hattest als in finanziellen Dingen" lacht sie aber zu meiner großen Erleichterung.

Erst nach knapp zwei Minuten scheint Enriques Akku etwas an Leistung zu verlieren und er kehrt zu unserer kleinen Brötchen-und-Börsen-Runde zurück.

„Woher haste du gewusst, dass die habe werde so eine gute Kurs, Alfonso?" japst er, sichtlich noch außer Atem.

„Hab ich nicht gewusst, nur gehofft." sagt Alfons und zuckt kurz mit den Schultern.

„Du bist echt unglaublich, Alfons." lacht Patrick und schüttelt mit dem Kopf.

„Nächstes mal investiere ich vielleicht doch ein paar Euro. Unsere Kinder sollen es ja mal guthaben." flüstere ich Marie zu, die daraufhin meine Hand noch ein wenig stärker drückt.

„Was haben wir denn hier für einen fidelen Gesprächs-kreis?" steht auf einmal Gerstner neben Enrique.

„Isse nur bissele Plauderei an die Abendfeier." antwortet Enrique nachdem er sich von dem Schreck erholt hat.

„Er meint Feierabend."

„Schon klar, Weber. Aber danke für die Aufklärung. N'Abend, Herr Schaumreiter."

Alfons schaut kurz nach oben und nickt zweimal in Gerstners Richtung.

„Spricht nichts dagegen, oder?" fragt Marie.

„Na von mir aus. Aber wenn hier morgen noch irgendwas rumliegt, sind Sie verantwortlich." wendet er sich an mich, gerade so als wäre ich persönlich verantwortlich für das Außenbüro unseres Kleingeldmanns.

„Klar." sage ich. Denn irgendwie fühle ich mich tatsächlich ja ein bisschen verantwortlich für ihn.

„Gut. Dann noch einen schönen Abend."

„Hm. Danke. Gleichfalls." sagt Marie mit einem für ihre Verhältnisse sehr sparsamen Lächeln.

„Sag mir Bescheid, wenn er weg ist." murmelt Alfons kaum hörbar.

„Er ist weg." sage ich kurz darauf zu Alfons, nachdem Gerstner langsam von seinem Dienstwagen-Parkplatz in Richtung Ausfahrt rollt.

„Kann ihn nicht leiden." brummelt er und verliert dabei beinahe seine Zigarre.

„Da bist du nicht allein." lacht Patrick.

Auch wenn Gerstner vielleicht auch seine guten Seiten haben mag, verzichte ich hier auf eine Richtigstellung. Denn leider wird der gute Alfons mit an Sicherheit grenzender Wahrscheinlichkeit nie in den Genuss auch nur einer diesen guten Eigenschaften kommen. Das ist so sicher wie der Sonnenbrand, den englische Mallorca-Touristen beim All-you-can-eat-Abendbuffet spätestens an Tag drei ihres Urlaubs den restlichen Hotelgästen ungeniert präsentieren.

„Wo ist eigentlich Enrique?" frage ich beim Blick in unsere Runde.

„Gute Frage. Keine Ahnung."

„Hier ist die Enrique." hören wir ihn kurz darauf und müssen lachen, als wir uns in seine Richtung drehen. In der einen Hand hält er zwei Flaschen Weißwein, in der anderen Hand einen Karton, dessen Aufdruck unmissverständlich darauf hinweist, dass sich darin sechs perfekt zu Weißwein passende Gläser befinden.

„Musse wir doch feiern, wenn die Enrique mal so viele Gluck hat, oder?"

Wo Enrique recht hat, hat er recht, stelle ich gerade mal wieder fest.

„Korkenzieher hab' ich." schmunzelt Alfons.

Das dürfte in dieser Runde niemanden wirklich überraschen.

„Und Brötchen sind auch reichlich da." tippt Marie auf die immer noch prall gefüllte Bäckereitüte.

„Zeig mal her, was du da Feines mitgebracht hast." streckt Alfons seine rechte Hand in Richtung einer der beiden Weinflaschen aus.

„Habe ich zu die Udo gesagte, dasse die Preis isse nicht so wichtig." gibt ihm Enrique stolz eine der beiden Flaschen.

„Milmanda Chardonnay von 2016. Und auch schon in der richtigen Trinktemperatur. Perfekt. Den habe ich schon ziemlich lange nicht mehr getrunken." hebt Alfons seinen Daumen und strahlt, um gleich danach seinen schon ziemlich in die Jahre gekommenen Korkenzieher in den spanischen Korken hineinzudrehen. In der Zwischenzeit öffnet Enrique den Karton und drückt jedem ein Glas in die Hand.

„Aufe die gute Alfonso." hält Enrique kurz darauf sein Glas zum Anstoßen in die Höhe.

„Auf unseren Alfons!" stoßen wir alle an.

Und der scheint fast ein wenig bewegt, nimmt einen großen Schluck und zieht danach genüsslich an seiner mittlerweile allerdings schon recht kurz gewordenen Zigarre.

„Pass auf, dass dir das Ding nicht den Bart verkokelt." sagt Patrick, der scheinbar gerade den gleichen Gedanken hat wie ich, denn dieses Ding kommt Alfons' zerzaustem Nikolaus-Bart wirklich gefährlich nahe.

„Kein Problem. Der wächst wieder nach." nimmt er ganz entspannt noch einen weiteren tiefen Zug.

„Notfalls löschen wir mit dem Chardonnay." lacht Marie und zeigt auf die zweite Flasche Weißwein.

Mit einem tiefen Seufzer lässt uns Alfons jedoch eindeutig wissen, dass er wahrscheinlich lieber seinen kompletten Bart opfern würde, als für dessen Rettung ernsthaft auch nur einen Tropfen dieser Güteklasse zu verschwenden.

Mittlerweile kreist auch Enriques Brötchentüte in unserer illustren Parkplatz-Runde und vor allem Alfons scheint ziemlich überrascht zu sein, wie gut diese eher normalen Backwaren in Kombination mit einem Weißwein der deutlich erhöhten Preiskategorie schmecken können. Ich bin mir sicher, dass diese Szenerie für jeden Außenstehenden mehr als befremdlich wirken dürfte. Trotzdem oder vielleicht auch gerade deswegen überkommt mich aber genau in diesem Augenblick das Gefühl, dass dies hier wahrscheinlich einer der schönsten Momente meines bisherigen Lebens ist. Denn wenn unser Baumarkt-Parkplatz auch noch so unpassend sein mag, um sich Gedanken über eine gemeinsame Familienplanung zu machen oder den satten Börsengewinn eines spanischen Baguette-Experten mit Umlaut-Allergie standesgemäß zu feiern, möchte ich jetzt gerade an keinem anderen Ort der Welt sein.